The Gardens of Emily Dickinson

JUDITH FARR ——————— LOUISE CARTER

狄金森的花园

[美]朱迪丝·法尔 [美]路易丝·卡特 — 著 卢文婷 — 译 马一鸣 — 校

广西师范大学出版社
·桂林·

DICKINSON DE HUAYUAN
狄金森的花园

THE GARDENS OF EMILY DICKINSON
by Judith Farr with Louise Carter
Copyright© 2004 by the President and Fellows of Harvard College
Published by arrangement with Harvard University Press
through Bardon-Chinese Media Agency
Simplified Chinese translation copyright© (year)
by Guangxi Normal University Press Group Co., Ltd.
ALL RIGHTS RESERVED

著作权合同登记号桂图登字：20-2018-065 号

图书在版编目（CIP）数据

狄金森的花园 ／（美）朱迪丝·法尔，（美）路易丝·卡特著；卢文婷译；马一鸣校. --桂林：广西师范大学出版社，2023.1
ISBN 978-7-5598-5301-1

Ⅰ．①狄… Ⅱ．①朱… ②路… ③卢… ④马… Ⅲ．①狄金森 (Dickinson, Emily Elizabeth 1830-1886)－诗歌研究 Ⅳ．①I712.072

中国版本图书馆 CIP 数据核字（2022）第 153215 号

广西师范大学出版社出版发行
（广西桂林市五里店路 9 号　邮政编码：541004　）
　网址：http://www.bbtpress.com
出版人：黄轩庄
全国新华书店经销
广西广大印务有限责任公司印刷
（桂林市临桂区秧塘工业园西城大道北侧广西师范大学出版社集团有限公司创意产业园内　邮政编码：541199）
开本：880 mm × 1 240 mm　1/32
印张：13.625　　　字数：280 千字
2023 年 1 月第 1 版　　2023 年 1 月第 1 次印刷
定价：138.00 元

如发现印装质量问题，影响阅读，请与出版社发行部门联系调换。

花之不朽令生命丰盈,无花的救赎引人怨忿

艾米莉·狄金森致莎拉·塔克曼夫人
1877

给乔治与泰德

请你，狄金森的读者，到她的花园拜访

20世纪80年代，艾米莉·狄金森诗名渐至国内。作为四川外语学院英美文学专业的研究生，既有阅读原作的语言便利，又拜导师蓝仁哲先生的英美诗歌课程所赐，我近水楼台，得以窥见几缕19世纪冷月清辉——当时，狄金森创作通常被划入美国浪漫主义，也即超验主义时段。按照泛泛而论的文学流派总结来解读她的经典选篇，大抵不会跑偏：主观抒情自然之爱。比如，我很喜欢的这首"造一个草原"：

To make a prairie it takes a clover and one bee,

One clover, and a bee.

And revery.

The revery alone will do,

If bees are few.

造一个草原要一株苜蓿加一只蜜蜂,

一株苜蓿,一只蜂。

再加一个梦。

要是蜜蜂少,

光靠梦也行。(飞白译)

　　清新、隽永的"抒情式沉思",颇有泰戈尔短诗的调性,带着熟悉的冰心味道,更与布莱克名句异曲同旨:"一花一世界"。其时,本人止步于狄氏藏宝洞之外,尚未意识到自己的"智力水平上的障碍"(哈罗德·布鲁姆[Harold Bloom]语),仅凭寥寥几首格言小诗认定她的作品平易、好读,未免判断过早——这样的阅读第一印象一旦挥之不去,就会凝固成一种诠释视角,确言之,勃兰兑斯式的视角。由此看到的狄金森,只是一位19世纪的美国自然(nature)歌者,她反复吟咏的雏菊、蔷薇、苜蓿、蒲公英等,一如她的诗歌导师之一华兹华斯笔下的英国湖区野花,旨在"唤醒人们酣睡于习惯之中的心灵,并且迫使它去注意自然界里经常出现而未曾被留意过的美和令人惊叹的事物"。而实际上,狄金森的花卉意象,不少大异于华兹华斯的寓意——关于他们之间的美学差异,我将要花上一些年才会有所了解:"她没有竭力去把田园生活理想化,她避免走浪漫主义的崇高和自然景物崇拜的极端。狄金森接受了自然可怕的毁灭力,她写丰饶和喜悦,也写死亡和荒芜。"(埃默里·埃利奥特[Emory Elliott]:《哥伦比亚美国文学史》[*The Columbia Literary*

History of the United States]）借此眼光回看，才能认可布鲁姆所说的狄金森"与浪漫主义抗争"。比如，她的水仙就完全颠覆了华兹华斯的水仙给予世人的"欢悦"（with pleasure）印象，传导出强烈的痛苦，"独有的现代主义悲观"（法尔语），读之，我不寒而栗：

．．．．．．．．．．．．．．．．．．．．．．．．

I dare not meet the Daffodils—

For fear their Yellow Gown

Would pierce me with a fashion

So foreign to my own—

I wished the Grass would hurry—

So—when 'twas time to see—

He'd be too tall, the tallest one

Could stretch—to look at me—

．．．．．．．．．．．．．．．．．．．．．．

．．．．．．．．．．．．

我不敢凝视黄水仙—

因为害怕他们黄色的长裙

他们会以一种那样陌生的方式

来刺穿我的心灵—

我希望小草早日破土萌芽—

那样—当观看的时间来临—

他会长得很高,伸展

颀长的身躯—注视着我—

…………(刘守兰译)

后来,读到她的"零度教我们—磷光",开始体会狄金森"最隐秘的燃烧"为何使人着迷却又迷惑不已:

The Zeroes－taught us－Phosphorous－

We learned to like the Fire

By playing Glaciers－when a Boy－

And Tinder－guessed－by power

Of Opposite－to balance Odd－

If White－a Red－must be!

Paralysis－our Primer－dumb－

Unto Vitality!

零度—教我们—磷光—

我们与冰川嬉戏

学会爱上火焰—当一个男孩—

和火种—猜想的—以对方

之力—平衡奇数—

如果白色——种红—必得如此!

麻痹—我们的导火索—闷哑—

直到它有了活力!(王家新译)

此诗典型地呈现了狄金森诗歌的语言学特点:"省略性压缩,分离性转折;阵发性语法颠倒,所指暧昧,紧致的隐喻致使词义含糊……"(克里斯泰恩·米勒[Cristanne Miller]:《狄金森:一个诗人的语法》[*Emily Dickinson: A Poet's Grammar*])。如果没有资深的狄金森学者,诸如杰弗里·哈特曼(Geoffrey H. Hartman)的铺垫,克里斯泰恩·米勒的导读,海伦·文德勒(Helen Vendler)的细绎,江枫、蒲隆、周建新、王家新等中文译者的注解,即使专业读者,也很难概览此诗的隐喻网络,圈住它逃逸的联想,捕获它象征的氤氲,滤析出众人服膺的解释。比如,"零度可被认为是一种气候带……这样的北极区,用不断重复的遭受'彻骨之零度',创造了一种渴望,不仅为热力也为自燃,一种颂扬性内在迸发之灵光"(文德勒语);抑或"这些相反的事物(热与冷,光与暗,健康与病态)同生与死一样,存在着一种对应的关系,彼此给予对方的以意义"(埃默里·埃利奥特语)……显然,所有的诠释不过是读者、译者、批评者接近其谜底的尝试,远非抵达。

狄金森一生创作近一千八百首诗,三分之一的作品,目击、呈现和思考死亡,且与生命、美、真主题交织缠绕,大部分内容具有磷光的神秘特质，引诱读者尾随熠熠闪烁的意象，追踪其旋明旋暗的意旨，怅然兴叹于她的躲闪远引。而她酷爱使用的破折号、连字号、省略号，就像粼粼曳光的尾迹，弱弱提醒：诗神来过。我们仿佛有所领悟，世界焕然一新，再次变得陌生，个中"误导性的熟悉感"（布鲁姆语），欲辩难言：

Within my reach!
I could have touched!
I might have chanced that way!
Soft sauntered thro' the village–
Sauntered as soft away!
....

我伸手可及！
我该已触及！
我该已这般尝试！
它悠然穿过村落－
又款款离去！
………（周建新译）

这个"它"也许是惊鸿一瞥的林中野花，也许是达诂之外的诗中有意（mind），也许是刹那天启的自然真谛——狄金森之诗，读得越多，迷之越深，越有无能为言（word）之感，堪与李商隐之惘然同情共感。

所以，面对这位阿默斯特诗尼，就连不惮苛评女性诗人的哈罗德·布鲁姆也收敛起男性文化精英的傲慢和偏见，不仅在他的《西方正典》(*The Western Canon*)和《诗人与诗歌》(*Poets and Poems*)为艾米莉·狄金森慷慨地各留一章神龛，供奉他尊崇的"货真价实的莎士比亚继承人"，而且罕见地暴露出自己的职业焦虑："19世纪和20世纪用英文写作的所有诗人中，我认为艾米莉·狄金森带给我们最真正的认知障碍。广阔而微妙的思维力本身不能成就一个诗人。根本的品质是创造力、对比喻法和技巧的掌握，以及能凭直觉从格律中感受意义的过人天赋，对此我们还没有恰切的词可以命名。狄金森具有所有这些品质，同时具有一种人所罕有的，独到而有力的思维，我们无法企及。"(《诗人与诗歌》)他甚至搭上从半世纪之久的文化之战（cultural wars）拼杀出来的声望，甩出一句断言，"我不相信任何批评家能够充分地应付她的知识诉求，我自己也是如此"，竖起一道学科壁垒，警告学术旅鼠知难而返。

谈到狄金森的难度系数，喜欢危言耸听的布鲁姆并没有危言耸听——这一点可从复旦大学王柏华教授主持的"狄金森国际合作翻译项目"得到旁证。2018年出版的狄金森诗选《栖居于可能性》披露出来的工作细节和翻译技巧（往复）讨论，再次为中文读者呈现了一个极具智性挑战性的狄金森。这部选集包含一百零四首杰作，其中的每个意象或隐喻都幽浮在"是，还是不是"之间，以至于翻译成为坩埚里的炼金试验。前面所引的"我曾如此害怕第一只知更鸟"("I dreaded that first Robin, so")就被同一个译者做了大幅度改动，而"零度教我们－磷光"一诗则是权威译者、著名诗人王家新教授与狄金森学者反复切磋，踌躇旬余的汉语凝结物。这首佳译依旧召唤后来者跃跃再试如何传达"她语言奇特的力量"（王家新语）。

毫不奇怪，19世纪的狄金森成为现代主义暧昧诗学的前驱，驱动20世纪学者不断升级解码技术，处理她留给形式主义、精神分析学、语文学、历史主义、结构主义、宗教学等领域的丰富语料和挖掘空间。至于桑德拉·吉尔伯特（Sandra Gilbert），部分因为大理论自带的巴洛克化偏执，被其凝视或窥视的狄金森越发显得深不可测，不可亲近，甚至恐怖："狄金森将自己的生命编织进一根哥特式的'蛛丝'，赋予自己的正是她知道创造伟大诗篇所需要的'富足'与'畏惧'……就如狄金森所定义的那样，女性的艺术几乎总得是秘密的艺术；是在无名之辈的家中阁楼上无声上演的思想之舞，是水底下模糊可见的宝石之生长，或者，特别是蜘蛛不声不响编织的蛛丝"，沦为"既是讽刺意义上的疯女人（故意扮演疯女人），也是真正意义上的疯女人（无助的环境恐惧症患者，被关在父亲家的房间里）"。（桑德拉·吉尔伯特:《阁楼上的疯女人》[*A Madwoman in the Attic*]）

然而，真实的狄金森并不是阁楼上的疯女人，而是花园的女园丁——她那诸多传奇性怪癖，有些不过是园丁的职业特征而已；她隐于家宅，与花为侣，写诗、烘焙的生活方式是当下多少知识女性神往的人生理想。如果将被大理论一再陌生化、崇高化、神秘化的狄金森还给她的时代和环境，再从她的日常细节考察，我们会发现她很早就赢得了社区和亲友的认可：出色的面包师、一流的园艺师和高雅的插花师。姗姗来迟的诗人追授只不过为这位不屑世俗名声的斜杠"白富美"加冕了一朵水晶兰——她那些由特别词语或借代（如ruff、bulb、gnome、marl等），以及极具个性的标点符号编织缠绕而成的诗句、隽言、谜语，很多不过是植物学和园艺学的智力游戏，是维多利亚时代的文化秘密。作为"货真价实的莎士比亚继承人"，狄金森一如她的文学父亲："也许在诸多方面令人难以参透，但是从他的作品中可以看出，对植物学非常非常熟悉；无论是花卉、草木或蔬菜，都包括在内。"（玛格丽特·威尔斯［Margaret Willes］:《莎士比亚植物志》[*A Shakespearean Botanical*]）不过，与生活在林奈（1707—1778）和威廉姆·罗宾逊（Williman Robinson, 1839—1935）之前的文学父亲相比，狄金森多了相当专业的植物分类学知识和营造草本植物花境（herbaceous borders）的园艺实践。

来自新英格兰阿默斯特小镇望族，可以说，狄金森一出生就落地在一处"蓊郁而旷"的北美随园：家族宅邸（Homestead）一度占地十四英亩，附带两英亩大小的花园、暖房、果园、松林、小农场，一家"三代人都致力于包括园艺在内的社会改良事业"（法尔语），纽约中央公园设计师奥姆斯泰德（Frederick Law Olmsted, 1822—1903）曾去参观她家花园，欣赏狄家著名的波旁玫瑰品种。如果那个年代的美国也举办切尔西花展比赛，狄家完全有可能轻取桂冠。

成长于文化精英家庭，从小帮着母亲照料园圃，后进入博雅学院接受系统的拉丁语、文学、艺术、植物学、化学等教育，自然地，狄金森发展出对植物学特别而持久的兴趣。她广识周围植物，了解有关传说，采集、压制了四百多种标本，标上拉丁名称。这本珍贵的标本手册不仅成为狄金森研究的重要参考，更是为标本采集地的环境史研究提供了一手资料。

相较于她的诗歌先锋性，狄金森的园艺热情则与时代精神完全合拍。这一时期的新英格兰虽然政体早与英国脱钩，但在文化领域依旧保持密切的互动、连动。上流社会紧跟维多利亚时代的园艺时尚：热衷于引种异域花卉，培植优良品种，发现本土野花之美，以花为媒展开社交。因此，在阿默斯特小镇，人人种花植树，邻里之间互送花礼，男女之间若暗生情愫或有违世俗的畸恋，会借不同品种的鲜花交换表情花束。深受罗斯金美学熏陶的美国精英阶层同样深谙花朵的秘密：花无舌而有深刻的言辞。

在这样的社区氛围之下，选择独身宅家的狄金森小姐整日忙于烘焙面包、种花、插花、咏花、赠花……哪有多少时间扮演一些传记作家和精神分析家分派给她的"孤独隐士""白衣幽灵""父权囚徒"角色。幽居之人多少都有些怪癖。小镇人看她，大概就像我们看妙玉吧：栊翠庵红梅雪中灼灼，冷傲之下有一颗活跃的诗心。既然家宅足够阔大："我的花园近在咫尺，又远如异国，只需穿过走廊，便能置身香料群岛"，四季花事足够忙活，狄金森还真不需要学她的嫂子到处串门，活跃于小镇社交界。

随着维多利亚时代远去，曾为显学的植物学淡出公众视野，对20世纪，特别是20世纪下半期以来的读者而言，狄金森那些因花而作的诗歌，或者说"花束"（fascicles），自然会形成一定的阅读障碍。针对这一现象，《作为植物学家的诗人》（*The Poet as Botanist*）的作者莫莉·莫琳·马胡德（M. M. Mahood）做过精辟的分析："随着植物学的衰落，自然诗歌陷入低谷，现代主义带来的都市审美加剧了人与环境的隔膜，甚至粗暴地切断花与女性传统联系。"断裂传导到西尔维娅·普拉斯（Sylvia Plath, 1932—1963）这里，她虽然也写玫瑰、郁金香等，但显然不会像狄金森那样"崇尚细节，崇尚细致入微的观察"（法尔语），而是借花发挥惊悚的想象：

The tulips are too red in the first place, they hurt me.
．．．．．．．．．．．．．．．．．．．．．．．．

Upsetting me with their sudden tongues and their color,
A dozen red lead sinkers round my neck.
．．．．．．．．．．．．．．．．．．．．．．．．

The vivid tulips eat my oxygen.

Before they came the air was calm enough,
Coming and going, breath by breath, without any fuss.
Then the tulips filled it up like a loud noise.
．．．．．．．．．．．．．．．．．．．．．．．．

郁金香从一开始就太红艳，它们伤害我。
…………
它们突然闯入，舌状花瓣和颜色使我不安，
仿佛一打红色铅锚绕着我的脖子下沉。
…………
鲜活的郁金香吞食我的氧气。

郁金香送来之前空气很安静，
流动着，我一口接一口地呼吸，没有忙乱。
后来郁金香像大声的噪音填满了空气。
…………（胡梅红译）

    鉴于"花在诗艺与人生中扮演的诸多角色尚未得到深入考量"，乔治敦大学教授，《艾米莉·狄金森的激情》(The Passion of Emily Dickinson) 和《狄金森：新世纪批评论文选》(Emily Dickinson: New Century Views, A Collection of Critical Essays) 的作者，朱迪丝·法尔（Judith Farr, 1936—2021）教授决定追溯狄金森的"修辞与隐喻的基本灵感源头……通过细读其诗其信，我探究她何等频繁、坦率、明确而多姿多彩地表达对花木的爱，以及对植物'世界'与自己的世界合而为一的信念"。这本《艾米莉·狄金森的花园》(The Gardens of Emily Dickinson) 于2004年出版，产生了较大影响，被誉为是"第一部研究狄金森园艺挚爱的著作，展示园艺如何构成狄金森的日常激情、精神支撑和文学灵感"（玛利亚·科奇斯［Maria Kochis］语）。

全书主要由"种花伊甸园""林中花园""封闭的花园""脑内花园""园丁四季"构成，并插入路易丝·卡特撰写的"与艾米莉·狄金森一起种花"一章。可以说，此书全面复原被复杂多元的当代文学批评覆盖或淡化的狄金森园艺成就，再现作为植物学家的女诗人的园圃之乐、花园哲学和美学趣味。作者围绕具体作品、信件、事件展开的跨学科考证，使深嵌于狄金森诗歌之中的植物象征主义可视可感可亲起来。有趣的是，法尔本人也是一位小说家，曾根据狄金森生平创作了一部小说《我从未穿着白衣走近你》(*I Never Came to You in White*)，因而较好地平衡了历史的文学性和文学的历史性，把一部兼及传记和文本诠释的专著写得清逸可读，这里我就不剧透内容细节，泄露精彩观点，点到为止：

第二章的"林中花园"有关野花之美的叙述和分析，颇能启发我们深究下去："正是在对野花及其独特出众品质的探寻中，狄金森展现出了一种传承自华兹华斯，但又与其迥异的自然观。"在中国，随博物学复兴而来的"刷山赏花"方兴未艾，《艾米莉·狄金森的花园》中译出版，无疑会推助这股风尚朝着"本土植物之发现"的方向发展，期待中文读者像狄金森一样，在无人之境寻觅番红花、银莲花、拖鞋兰、报春花……，赓续人与野花的亲密关系。

对于"园艺控"来说，第五章绝非节外生枝。复建或构建作家花园，可以提供情景体验，加深对原作的理解，窥见某一时期的

"社会生活内核"。以莎士比亚为例：不少园艺爱好者"流行开辟一块莎士比亚花园，修建整齐的花床，种上一些旧式的英国花卉"（威尔斯语）；莎士比亚式花园更是风行全球，堪称另一种方式的文学教育和文化传播，直观而互动性更强。置身在伟大作家的花园，触景生情，读过的杰作片段、佳句呼之欲出。既然"花是艾米莉的另一种诗"（法尔语），狄金森花园自然早已成为朝圣之地，以狄金森植物为主题的园艺展也多次举办，更加巩固了狄金森的正典地位——如果借鉴这种做法并加以推广，本来就是诗之国、花之国的我们，一定会收获不少美轮美奂，四季迭新的文学遗产。再次期待有心之人像卡特那样梳理诗圣杜甫、美学家袁枚等写到和种过的花草果树种类，给出切实可行的种植建议。

此外，这一部分里不少细节具有植物交换史的史料价值，比如，"艾米莉种植了馥郁的香水月季——茶香月季或中国月季，花瓣深红，学名为 $R.\ odorata$。"回到第三章，亦见这样记叙："山茶花就是1785年才从中国传入南卡罗来纳州查尔斯顿的。艾米莉的温室当时便拥有如此之多的'异域花草'……"这些细微的线索将狄金森与中国联系起来，而她的东方想象显然更偏向精妙的嗅觉联想。法尔提出自己的一个发现：狄金森喜欢强烈香味。如我们所知，很多芳香植物来自东方，或者说，中国。

总之，这本结构紧凑、脉络清晰、细节丰盈的小书向世人敞开了隐于花园、传说和批评迷宫之后的狄金森，有机而自足："无论她书写的是爱还是战争，是丑还是美，是虚荣还是美德，是天堂还是地狱，她的花园总能献出她想要的故事、比喻与意象。"以此推论，狄金森的诗歌全集亦可称为"The Book of Flowers"（花经），诞生于为花痴狂的维多利亚时代，活过花光黯然的20世纪，进入春天寂静的21世纪，依然保持玫瑰精油（essential oils）的馥郁，留香妙远：

Essential Oils – are wrung –

The Attar from the Rose

Be not expressed by Suns – alone –

It is the gift of Screws –

The General Rose – decay –

But this – in Lady's Drawer

Make Summer – When the Lady lie

In Ceaseless Rosemary –

香精油—是榨出的—

玫瑰油来自玫瑰

不是榨出自阳光—仅仅—

这是螺旋的赠品—

那些普通的玫瑰—腐烂—

可是它—在女士的抽屉里

请你，狄金森的读者，到她的花园拜访

> 制造夏日—当那女士躺倒在
> 无尽的迷迭香丛里—（张祈译）

多年从事外国文学教学，我一直主张，不要用什么大理论去强行诠释文学作品，最好让文学作品互相照亮、启发、解惑。在我看来，只有园丁诗人最了解园丁诗人。因此，我推荐赫尔曼·黑塞（Hermann Hesse）的《园圃之乐》（Freude am Garten）与本书对读。以此而论，自诩崇高派的布鲁姆的确有他的知识盲区，这位奉阅读为宗教，埋首书山的当代浮士德似乎对植物学兴趣缺缺。他在《诗人与诗歌》"艾米莉·狄金森（1830—1886）"那一章，雄辩开场："阅读伟大的诗人时，一个并不罕见的情况是，他们在认知上如此强大，我们有时发觉自己具有真正智力水平上的障碍。'我辈愚人只能作诗'，是的，还有但丁、弥尔顿、布莱克和雪莱，而唯有上帝能造树。"竟然没有提及：狄金森也能种花，而且多达六十五种，包括不少养护难度很高的东方植物。根据法尔和卡特的考证，看似体弱的狄金森承担了大量播种、修剪、翻盆的劳作。

执拗于审美批评的布鲁姆大约照例不屑法尔带有新历史主义色彩的狄金森研究，遑论赞同她的观点："花之于艾米莉·狄金森如此重要，她在植物学方面又如此博学，所以读懂她的一首诗关键，在于解读者能够掌握足够的背景知识，能够准确辨认出诗人影射的花树草木和四季天候。"布鲁姆只会不断重申："如果一部文学作品足够崇高的话，就不可能有正确的解读。"他宁愿承认"我在不同时期教授她的诗时,都感到十分头疼,因为其诗的艰深超出了我的极限",也不愿意利用他所抨击的文化研究所长,通过探索狄金森与物(花园、植物)的互动细节、其玄妙诗思的植物性来突破自己的"感受谬误"。

显然,还是园丁诗人最了解园丁诗人,这里,我要引用园丁诗人黑塞的编辑米谢尔斯的一段话来说明,为什么在狄金森那里,园艺和写作互相成就:"从事园艺的乐趣大抵与创作欲和创作快感相似,人们可以在一小块土地上,按照自己的想法和意愿去耕耘,种出自己夏天爱吃的水果、爱看的颜色、爱闻的香味。人们可以在一小畦花坛或几平方米的裸地上,创造出缤纷灿烂的层层色彩。"在这个意义上,狄金森的诗歌犹如她的园艺(gardening),也是一个动词:"一个在实践中行动的过程。一个知识实践生产文化的生产过程。"(贝内特语)就这样,她种出了一千七百八十九首"多年生植物",她的花园"永远繁盛"。

2016年春季学期,应武汉大学英文系朱宾忠教授之邀,我为他的研究生开了一门"植物与文学"("Plants & Literature")讨论课,导读莫莉·马胡德、朱迪丝·法尔、简·基尔帕特里克(Jane Kilpatrick)等人的著作,以期引入异域光线,烛照中国当代文学的一些文本。在为这门课开列的书单里,好几本原著被出版人认为颇有引进价值。最近十年,随着刘华杰教授倡导的博物学复兴运动逐步深入,国内出版界敏锐地抓取这一趋向,不断推出优秀的译著。

我一直心存"偏见":敏于感知和理解声音、节奏、旋律之人比较适合做翻译这种细活儿——某种程度上，翻译等同于演奏家，即要将原作乐谱演奏出来。因信称雅，为达而斟。在教过的学生中，卢文婷是我印象里唯一读完保罗·亨利·朗的《西方文明中的音乐》的学生。所以，我推荐细腻而认真的文婷翻译这部国内狄迷和"花痴"已有耳闻的清雅之作，深信不久前去世的朱迪丝·法尔教授将借译生翼，背负狄金森的双重激情，翩飞中国。

张箭飞于放鹰台寓所

2022 年 1 月 19 日

前　言

　　本书为普通读者与园艺爱好者而作，也为那些对艾米莉·狄金森的生平、写作以及对美国文学与绘画中的19世纪园艺感兴趣的学者而作。本书提供与狄金森的园艺爱好——事实上，可以说是她的第二职业——相关的诗人生活图景。通过细读其诗其信，我探究她何等频繁、坦率、明确而多姿多彩地表达对花木的爱，以及对植物"世界"与自己的世界合而为一的信念。尽管狄金森对植物学的迷恋早已为人所知，但花在其诗艺与人生中扮演的诸多角色尚未得到深入考量。无论她书写的是爱还是战争，是丑还是美，是虚荣还是美德，是天堂还是地狱，她的花园总能献出她想要的故事、比喻与意象。有时候，论者没有辨明她的主题或首要隐喻是植物，抑或搞错了她所想象的花木种类甚至气候时节，便引发了对其诗歌的误读。本书希望能够呈现出艾米莉·狄金森的园艺品位与兴趣图景，指出其广度及应用状况。

本书的研究不拟追随单一的当代学术方法论，仅使用那些最为传统而经典的理论术语。花卉的通用名称都给出其园艺学或植物学命名。比如艾米莉·狄金森在温室中栽种的康乃馨，学名是 *Dianthus caryophyllus*；她花园中生长的常夏石竹，学名是 *Dianthus plumarius*。还有些花名只能暂定，因为狄金森提到的某些花卉没有明确的现代对应品种。艾米莉·狄金森手植的花木清单参见本书附录。

狄金森的诗歌引文通常出自 R. W. 富兰克林（R. W. Franklin）的《艾米莉·狄金森诗集》（*The Poems of Emily Dickinson*, Reading Edition, Harvard University Press, 1999）。某些文本及背景信息，在必要时引用了富兰克林编选的三卷本《诗集》（*Poems*）。这套穷尽四十年艰辛学力而成的新注本，如今取代了托马斯·H. 约翰逊（Thomas H. Johnson）具开创性地位的《诗集》（*Poems*, 1955）——首部（大体上）精准呈现艾米莉·狄金森诗歌的用词、拼写及标点的集子。某些诗歌会采用艾米莉·狄金森的手稿或"册子"（fascicles）中的写法。她手稿中的诗句分行常常不同于富兰克林的版本——这种不同有时会产生令人欣喜的美学效果。这也许是狄金森有意为之，也许别有缘由。比如在自用版本中，她并不在意四行诗的精确形式和留白，又或甚至只是因为视力不好。狄金森研究者们如今聚讼纷纭的文本争议，不在此多叙，因这并非本书关注的中心议题。有兴趣的读者可以参考 R. W. 富兰克林的《艾米莉·狄金森手稿》（*The Manuscript Books of Emily Dickinson*），观览狄金森誊写到私人稿本中的诗歌版本。诗人的书信引自托马斯·H. 约翰逊的《艾米莉·狄金森书信集》(*The Letters of Emily Dickinson*, Harvard University Press, 1958）。

本书的导言、第一至四章及尾声由我执笔，试图将艾米莉·狄金森的花园之爱置于当时的文化语境之中，描述其起源、发展及与其家族喜好的关联，同时思考狄金森花园的建构与数百首诗歌及诗性书信的对应关系——诗中与信中的番红花（crocus）、小雏菊（daisy）、黄水仙（daffodil）、龙胆（gentian）、延龄草（trillium）、五月花（mayflower）、风信子（hyacinth）、百合（lily）、玫瑰（rose）[1]、茉莉（jasmine）以及其他种种花草，构成了她的艺术风景。现实的花园为狄金森想象"看不见的花园"提供了参照——诗人称为灵魂的那一片内在园地，需要耕作，需要不断改善。超乎其上，带着持续不断的拷问、怀疑与渴望，她频频提到天堂花园或"乐园"（L92[2]）。

第五章"与艾米莉·狄金森一起种花"，由路易丝·卡特撰写，她在花卉与景观园艺领域的专业知识是本书的宝贵财富。通过狄金森亲友的回忆、诗人自己的证言以及对狄金森庭院的现代研究，该章试图推测出狄金森花园与温室中的植物，并描述重新栽培和养护它们的各项步骤。那些喜爱狄金森诗歌的读者及或园艺爱好者或许会想要种她种过的花。因此，书中描述了据我们所知她曾培植的每一种花，并列出其最佳培育条件。

即便是对园艺不太感兴趣的读者，可能也乐于阅读描绘狄金森的花卉及其栽培条件的文字。比如，可以从中了解艾米莉数次提及、有双关之妙的"甜蜜苏丹"（sweet sultan，珀菊）——它并非东方的苏丹王，而是黎凡特地区的一种似蓟开花植物，与艾米莉钟爱的大多数鲜花一样，它芬芳醉人。这些知识能够令狄金森诗歌与书信中的语言更显明，并有助于解释诗人往往矛盾得很的品位：狄金森既酷爱浪漫，又墨守"新英格兰"观念，选择以既辛涩又性感的笔调写作。

在尾声部分，我触及了一个重要论题：狄金森自然花园与艺术花园中的四季。艾米莉·狄金森的花园的确囿于父亲的土地之中，但它仍是一座禁宫，一块如同温室或未发表手稿般的私人领地。狄金森在不同季节凝视的真实花园，启发了她的诗歌花园。在那里，春夏秋冬四时轮转，将诗人带入了神话般的时空。

朱迪丝·法尔

注释

1 英文中蔷薇、玫瑰、月季均为rose。为行文方便，本书不做蔷薇与玫瑰的区分，统一译作玫瑰。——译者注
2 L指托马斯·H. 约翰逊（Thomas H. Johnson）编纂的《艾米丽·狄金森书信集》(*The Letters of Emily Dickinson*, Cambridge, Mass.: The Belknap Press of Harvard University Press, 1958)，数字为书信编号。

目 录

导 言
1

第一章
种花伊甸园
19

第二章
林中花园
103

第三章
封闭的花园
185

第四章
"脑内花园"
229

第五章
与艾米莉·狄金森一起种花
279

尾声
园丁四季
335

附录　艾米莉·狄金森手植花木表
379

图片版权
383

致　谢
387

缅怀朱迪丝·法尔
391

译后记
399

想象不出哪朵花
能够媲美
语词之瑰丽——
其优雅不可及,
其芳馥不可及。

托马斯·温特沃斯·希金森

导言

> 如能爱花，我们岂非每日"重生"……
> ——艾米莉·狄金森致乔治·S. 狄克曼夫人，1886年

本书讨论的是伟大的美国诗人艾米莉·狄金森的几座花园。她于1830—1886年间生活在马萨诸塞州阿默斯特，那些年也是美国历史上人们最热爱、最赞美大自然的一段时光。我们将探讨狄金森的情感、艺术以及生活愿景，与她作为园丁的认知和实践之间的关联。书中提到的"几座花园"，包括狄金森亲手培育花草的真实空间、诗与信中以花卉作为行动与情感象征营造出的想象园地，以及她试图超越现实束缚，欲用恳切炽热的言辞设想的天堂花园。

1830年12月10日，艾米莉·狄金森出生于马萨诸塞州阿默斯特，1886年5月15日亦逝世于斯，享年五十五岁。她的生平争议无多。从阿默斯特学院到玛丽·莱昂女子学院（今曼荷莲学院，Mount Holyoke College），身为一名维多利亚时代的女孩，她接受的古典教育也许有点过于高深了——拉丁语、植物学、化学,阅读弥尔顿与蒲柏,还有绘画和歌唱。随后,她所受的教育通过深层的知识融合而更为丰富充实:文学、艺术、音乐,特别还有植物学。三十岁以后,她几乎都在父亲十四英亩大的宅子里度日。那是一座联邦复兴风格的宅邸,她宽敞的卧室俯瞰着阿默斯特主街。她的近两千首诗歌,几乎都是在那张窗畔的桌子上写就的:看曙光初现,看马戏团来访,点点滴滴记录着当地醉汉的踉跄、近旁松树的摇曳、松鸦的喧闹、记忆的辛酸、爱与悲伤的剧痛,还有慢慢爬上天空的月亮。

她一生都因羞怯避世而屡遭诟病,最初是躲避陌生人,最终发展到除哥哥奥斯丁(Austin)和妹妹拉维妮娅(Lavinia)外不见任何人。但她的通信明快热情,且非常多,既写给近邻旧友,也写给新近结交的珍贵友人。当地居民叫她"阿默斯特传说"[1],也确实有一个传说(myth,双关谣言)总与她的名字如影随形,那就是:她之所以避世索居,是因与有妇之夫陷入不伦爱恋,这位有妇之夫后来更被附会成了费城牧师查尔斯·沃兹沃思(Charles Wadsworth)。狄金森的嫂子苏珊·吉尔伯特·狄金森(Susan Gilbert Dickinson)沿用了这个说法,而苏珊的女儿玛莎又把它写进了书里。[2]拉维妮娅则斥此说为谎言,强调艾米莉的避世"纯属偶然"[3]。之所以要这样编造,可能是想将艾米莉的"故事"嵌入化闺怨为艺术的"老处女"形象,维多利亚时代中期的人们对这一形象耳熟能详;同时也为将猜疑的目光引离另一个艾米莉显然非常爱慕的知名人士:塞缪尔·鲍尔斯(Samuel Bowles),《斯普林菲尔德共和报》(*The Springfield*

Republican）的编辑，狄金森家族的旧识。1890年，艾米莉·狄金森薄薄的诗集终于付梓，批评家们（以及后世的读者们）评论道：她对激情所致的痛苦的理解是敏锐的，对人类心灵的理解是深广的。

在狄金森家的书房里，艾米莉的葬礼不公开地举行，据人们的回忆，当时鸟儿在窗外高歌，蝴蝶在她的繁花丛中蹁跹。那天是5月19日，鲜花被赋予了罕见的重要性：遵照狄金森的愿望，棺木不用车载，而是由人抬过金凤花（buttercup）丛，抵达狄金森家老宅不远处的西园墓地。拉维妮娅还在姐姐手中放了一株天芥菜（heliotrope），并在其颈上装饰了堇菜（violet）与粉色的杓兰（cypripedium），其中暗含的花语艾米莉必能心领意会。参加葬礼的客人，只有几位知道逝者是位诗人，但是所有客人都熟知身为园丁的艾米莉。

的确，终其一生，艾米莉·狄金森作为园丁的身份可能比其诗人身份更广为人知。在未完成的回忆文章中，苏珊·狄金森即打算将"爱花"列为艾米莉的首要特质。艾米莉的诗歌大部分只是私下"发表"，常附在簪有花朵的信笺中，或者藏在花束中央，而花朵自身亦传情达意。狄金森受《现代画家》（*Modern Painters*）的作者约翰·罗斯金（John Ruskin）影响很深。老罗斯金曾评价儿子：他首先是个地质学家，然后才是艺术家。早在提笔写诗以前，狄金森即已热衷于搜集、莳弄、分类植物，还会压制干花。即便她全心投入诗歌创作之后，在父亲的土地一角以及专门为她搭建的玻璃温室里培育鳞茎、绿植与鲜花，仍是艾米莉最大的爱好。

在她们名为"家园"的庄园里，不仅艾米莉，她的母亲和妹妹拉维妮娅也都照料着花园。[4]1881年，艾米莉称该花园为"我的清教徒花园"，直白地宣示了独占权，但1877年时，她的描述却是"维妮的花园，从门口看去，仿佛一个小池塘，映出夕阳余晖"，天气炎热，她也会说"维妮把她的花园弄得乱糟糟的，不停抱怨"（L685, 521, 502）。玛莎·狄金森·比安奇（Martha Dickinson Bianchi）说拉维妮娅的花草"疯长"，"一团混乱"，"旱金莲（nasturtium）都野长到了无辜的芍药（peony）丛里"——典型的"乡间花圃"。而艾米莉的花园区域则更多继承了狄金森夫人的严谨，属于"混合花境"，秩序井然地间植着开花灌木、多年生植物和球茎。

从十二岁起，艾米莉就帮着母亲打理花园。最初是在西街（West Street，即现在的北乐街[North Pleasant]）的房子里，后来搬到了主街宅邸。在她艺术创造力最旺盛的19世纪六七十年代，她的园艺技巧也在日臻纯熟：培植栀子（gardenia）、茉莉、甜豌豆（sweet pea）、山茶花（camellia）、法国玫瑰（Gallica rose）、夹竹桃（oleander）、百合、天芥菜，以及其他本土或异域花草。正如艾米莉的诗作不同凡响，一些她所钟爱的花草也华丽纷繁、与众不同，这要求种花人有学识、谨慎且有洞察力。其他如龙胆与银莲花（anemone）这些野花，它们的单纯质朴、童稚谦逊，又会激发她鲜活的想象，思考永恒生命的可能性。花园中的一花一草都象征着她的精神与情感状态，正如在书信与诗歌中她不断以花自指，从打理花园联想到写诗。

有人认为，艾米莉·狄金森对园艺的热爱很大程度上与其新英格兰上流社会出身有关，她"对花的癖好……充斥着阶层优越感满溢的语词与假设"[5]。父亲专门为她营建温室养花，被阐释成了一种势利的炫耀——显示她迥异于阿默斯特那些拥有花园的较低阶层的乡邻妇女。然而，无论从为人性格，还是从美国文化（尤其是文学与绘画）运动的大背景来看，狄金森对园艺的激情都有其内在原因，而非前述的推断一言所能尽。而且，温室满足了她观赏、照料花草的需要，即使在冬天也不致中断。

维多利亚时代中叶的人们喜好在"花语"与"诗语"间寻找美学双关。在那个对"女流文人"（语出霍桑的轻蔑贬低）并不宽容的时代，花是艾米莉的另一种"诗"，可在温室中安然珍存。的确，对于维多利亚时代中叶的女性而言，在希望她们充当"家中天使"的社会环境中，著名园丁的身份显然比诗人更易处世。父亲爱德华·狄金森更引以为傲的是独子的书信，而非女儿才华横溢的诗作。他给艾米莉营造温室，也许并非只是为了让女儿欢喜，也因为他觉得女人与其写诗不如种花。

艾米莉·狄金森的讣告由嫂子苏珊执笔，发表在1886年5月18日的《斯普林菲尔德共和报》上。苏珊赞美艾米莉的诗句，更赞美她的家政艺术与园艺技巧。事实上，或许是迫切地想为故去的艾米莉洗脱孤僻避世的诟病，苏珊还特地强调她热衷于赠花邻里。尽管艾米莉在某些方面常令人不解，她的园艺热情却显而易见：

艾米莉·狄金森小姐，已故爱德华·狄金森的女儿，本周六逝世于阿默斯特，令我们这个在此宅第生活多年的小圈子再添哀恸。……除了多年的老邻里，附近几乎无人熟悉艾米莉小姐，尽管她的离群索居与聪明才智皆闻名于阿默斯特。许多人家，不管家境好坏，都曾时常收到她赠予的珍果鲜花，她的慷慨无私令人永远怀念……人们会说起她"出色地履行职责"，说起她温室中精心栽培的奇花异草。来到温室，宛如置身天堂，处处纯洁无瑕，无论寒霜暖阳，永远繁花盛开，她对化学（chemistries）实在是非常精通。[6]

尽管苏珊也（有点写意地）称赞了艾米莉的诗歌——她的"诗轻快、欢欣，好似鸟儿的悠长鸣啭……在六月正午的林间"，但她认为艾米莉超群的技艺与知识主要在于园艺领域。艾米莉多年间送给苏珊品评的二百五十多首诗，被苏珊描述为字里行间"随手皆是令人惊异的美景"（重点为笔者所加）——此语本身就令人惊异，它居然出自四十多年来时刻目睹艾米莉苦心孤诣、琢辞磨句的人之口。苏珊是一名业余撰稿人，同时也是志大才疏的诗人。在她笔下，艾米莉·狄金森被塑造成了某种女预言者甚或"魔法师"，"没有宗教纲领，没有系统表述的信仰，也不知晓任何教条之名"（苏珊则不同，她是主日学校教师，对教会学感兴趣，亲近英国国教和罗马天主教）。苏珊在讣告中提到狄金森的诗作，这不出人意料，她曾经也说过艾米莉的诗歌工作对她而言意义非凡。但苏珊仍然将莳花作为艾米莉的首要成就大加赞美，似乎她的闺蜜兼小姑因天性纯良与钟爱自然而得到了神启般的天赋。受此影响，艾米莉·狄金森的首部传记批评著作也将其园艺与诗才并举。她"栽培"花卉的技艺以及"对自然亲密而热切的爱"，恰切地与其诗歌紧密相连。

诗人在世之时，狄金森家族实际上只拥有一座小小的农场，里面有谷仓、果圃（李子树是狄金森夫人的宠儿）、菜园，以及穿过小路的草坪。[7]因为狄金森的诗与书信几乎全都是关于"花"的——这是"她的农场的主要'产物'"，所以，本书并不打算将论题扩及艾米莉侄女记忆中的梨树与苹果树、芦笋与土豆（F1036[8]），而只想讨论花卉对艾米莉的重要影响，某些拥有特别意义的花会丰富我们对艾米莉为人为诗的理解。她本人将花与诗界定为缪斯送来的双重馈赠。[9]她于1859年前后写下的一首早期作品，似乎欲将诗与花束（posies或nosegays——小型的装饰性花束）相提并论，二者都是她常常送给亲邻好友与孤独病弱者的礼物：

我的花束是给囚徒的—
模糊—拉长期盼的双眼—
手指已被禁止采撷
忍耐，直到乐园—

对此，花朵若能悄声道出
清晨与旷野—

便再无使命，

而我，再无祷言。[10]（F74）

令人惊讶的是，像成熟时期的狄金森一般拥有独立原创性视野与技巧的艺术家，竟会以这种方式把写诗和养花赠花联系在一起。母亲瘫痪后，作为长女，艾米莉已经习惯于承担社会责任，比如给邻居们写信慰问、祝贺等，而且常常会随信附上自己花园或母亲果圃中的花果。在"我的花束是给囚徒的—"一诗中，她是个讲究的淑女，（显然发自内心地）批评"出版"即"拍卖－拍卖/人的心灵"（F788）；借着物质上的善行，艾米莉表现出了作为诗人与园丁的活力，行善既满足了美学渴望，同时也消解了肉体的衰颓。阿默斯特并没有"旷野"，但她父亲的草地就在房子对面。她的诗句表明，如果诗与花的读者/收件人足够敏锐，草地（以及清晨）便将经她之手显露。

在一些重要诗作中，狄金森将花园想象成剧场——正是在这里，她的人生大事轮番上演。[11]在她写于早期的一首寓言诗"仅仅迷惑了一两天—"中，诗中人（speaker）[12]邂逅了一位"不期而至的少女"。陌生的少女并未出现在卧室——艾米莉创作、装订、藏匿诗歌的地方，而是在花园中与她偶遇。写下这首诗时，艾米莉二十八岁，刚开始创作生涯：

仅仅迷惑了一两天—

困窘—但并不畏惧—
在我的花园中邂逅
不期而至的少女。

她挥手,林木涌动—
她点头,万物浮现—
毫无疑问—这样的国度
我从未得见!(F66)

1859年春天,狄金森将此诗送给了朋友伊丽莎白·查宾·霍兰(Elizabeth Chapin Holland),"随信附上了玫瑰花蕾"[13]。乔安娜·尹(Joanna Yin)认为,"狄金森式的花园里一切皆有可能",诗中的少女是"自然,诗歌,也是诗中人自己"。[14]如果尹的解读成立,那么该诗的最后几行可能会有些晦涩难解:因为在她二十八年的生命中,诗中人一定到过那个"国度",毕竟她在阿默斯特生活了一辈子,从二十五岁起便亲手照料宅邸花园。这首诗或许只是对早春降临的夸张描述:不期而遇的少女即花神,"她挥手,林木涌动"。"这样的国度"便是称颂明媚的春天。玫瑰花蕾点明了一切。

但诗歌的起首几行提供了另一种解读。也许这首诗刻画的是一个自小提笔作诗的女性,她在某个瞬间顿悟,自己注定会成为真正的诗人。她显然也曾出于切身的原因而"迷惑"过一段时间。她并不畏惧艺术的召唤，尽管对自己身怀诗才的自傲或许令她感到"困窘"。她"从未得见"的"国度"可以被解读成诗人的极乐世界或伊甸园，而她自己的花园则是根基。在那里，缪斯（像她一样的少女）挥手，"林木涌动"，"万物浮现"——大自然将自身供给诗人做主题。或许伊丽莎白·霍兰只能理解这首诗的表面意思：春光何其明媚，所有花朵重又绽放。然而，花园与春天在艾米莉的诗中还催生了其他——艺术表达及其不可或缺的激情。

花之于艾米莉·狄金森如此重要，她在植物方面又如此博学，所以读懂她的一首诗的关键，在于解读者掌握足够的背景知识，能够准确辨认出诗人谙熟影射的花草树木与四季天候。误读天候的例子，如将"一位大理石[15]访客"（F558）所指误解成露水而非霜，以致彻底歪曲了整首诗的意义。狄金森发现："霜与露有别－/元素虽相同－/一则－令花欢喜－/一则－惹花厌憎。"（F885）然而，至少有两位论者宣称狄金森的"大理石访客"是露水，还有一位女性主义批评者认为诗中意象指的是令诗中人"欲望"悬浮的男性之吻[16]。让我们来看看这首诗：

一位大理石访客－

支配着花儿－

直至把她们齐齐变成雕像－

精雅－如玻璃

夜里到来的客人—

就在日出之前—

结束他闪亮的访问—

轻抚—然后离开—

凡他手指点触—

凡他脚步走过—

凡他亲吻所至—

皆已面目全非—（F558）

狄金森在诗中已说得非常清楚。露是凝结的水珠，能令花儿生机焕发（欢喜）；而《韦伯斯特词典》告诉我们，霜是"覆盖寒冷表面的细小冰晶"。二者都产生于夜间，但当太阳升起时，蒸发的露水会令花儿更加明艳柔嫩；而霜，尤其是所谓"寒霜"，则会令花朵肃杀成"齐齐"的石像，像潮湿的大理石闪着寒光——但已经死亡。狄金森的诗歌描述的正是花朵的死亡，对她来说，这往往无异于谋杀。压根就没有什么"悬停的欲望"，只剩毁灭："凡他亲吻所至—皆已面目全非—"（重点为笔者所加）。最后，狄金森的"marl"一词的用法也引人注意，饶有趣味。"marl"可指一种做肥料的白垩质沉积物，但它也是"大理石"（marble）的缩写。《牛津英文词典》引用了乔治·艾略特（George Eliot）的《弗洛斯河上的磨坊》（*The*

Mill on the Floss, 1860）中该词的用法，这本小说也颇受狄金森喜爱。在1875年1月给伊丽莎白·霍兰的信中，狄金森写道："母亲在书房中安眠－维妮－在餐厅－父亲－在罩床里－在大理石（Marl）房子里。"（L432）罩床是罩着丝绸或缎子衬里的灵柩，大理石房子则是立了碑的坟墓。前引诗F558中的大理石访客显然不是露水，而是隐藏在寒霜下的死亡。诗歌中的情色暗示不仅不祥，而且致命。

当然，只要涉及园艺典故，狄金森总会（故意）出题考验读者。有时，无题诗的主题会别致地由附赠的花朵点明，比如"她在大地里生长"。表妹弗朗西斯·诺克罗斯（Frances Norcross）保留了这首诗1863年的手稿，提到艾米莉随信还附了一支番红花（F744）。这也许会引人猜测番红花才是诗的主题，因为诗里写的显然不是黄水仙，而是生长在"黄水仙－安守－"之地的鳞茎。狄金森着重强调了花朵的小巧、"优雅"、"美丽"与"色调"，这些全都暗指光彩照人的蓝紫色、珍珠白或金色的番红花——她极为钟爱的春花。但我们没人能下定论。这是遇到一位不为发表而写作的诗人时要冒的风险之一。

狄金森的花卉诗有时像是小测验，引逗读者猜测花名。她用几行诗句描写郁金香（及其与诗人情感的呼应），当时虽然并未点明题目，但《诗集》（1896）的编辑为诗歌加上了标题：

她眠于树底－

惟我惦记。

我轻触摇篮—

她认出步履—

披上胭脂红的衣装

注视！（F15）

狄金森常常把写下的文字比作花朵。比如，她对艾米莉·法勒·福特（Emily Fowler Ford）说："谢谢你的信，如可爱小巧的'勿忘我'（forget-me-not），绽放于旅途。"（L161）。她也常常以花自指，"你忘记了自己与苹果花的约定"，她在1883年6月这样责备友人玛利亚·惠特尼（Maria Whitney），指玛利亚没有依约于5月来访（L830）。她有时还会用鲜花开放与否来暗示时令季节："我说过这周我应该送些花……［但］我的山谷百合（vale lily）让我等等她。"（L163）。在1862年4月给塞缪尔·鲍尔斯——很可能就是艾米莉那些充满激情的书信与诗歌里的"大师"（master）——的信中，她写道："花曾等待－在瓶中－爱，注视着，开始愤懑。"开始还以花掩饰自己对鲍尔斯消息的热切期盼，但蓦然间便丢掉了掩饰，化作花朵本身："我的希望凋落一片花瓣—"（L259）。正如花园与温室庇护着羞涩的诗人，让她勇敢写下那些大胆的句子，想象这个世界和紧邻却避而不见的大多数人，语言是她的首要庇护所。与花园一样，诗歌是她创造秩序与美的途径。这些远比花朵更私密的诗句，被她编入手稿册页，传达着诗人与象征之花相联系的所思所感。与花朵一样，诗歌保护她不受扰攘世事侵蚀。可能除了几支水仙，狄金森的阿默斯特花园与被她称作"餐厅外园"的温室（1915年拆除），皆已灰飞烟灭（L279）。但花仍活在她的诗与信中，它们是诗人主要的书写对象之一，是其作品主题与想象的主要源泉，更是我们探索艾米莉眼中世界的必由之路。

注释

1. 参见理查德·本森·休厄尔（Richard B. Sewall）《艾米莉·狄金森传》(*The Life of Emily Dickinson*, Cambridge, Mass.: Harvard University Press, 1994; originally published, New York: Farrar, Straus and Giroux, 1974)，第217—218页。梅布尔·卢米斯·陶德（Mable Loomis Todd）——奥斯丁·狄金森1883—1895年间迷恋的情人，艾米莉·狄金森作品的首任编辑——初访阿默斯特时，给父母写信道："我一定要给你们讲讲阿默斯特的这位奇人。她是狄金森先生的妹妹，人称'传说'，集家族怪癖之大成。"后来，梅布尔还在日记中写道："（奥斯丁的）妹妹艾米莉是阿默斯特的'传说'，十五年足不出户。"

2. 见朱迪丝·法尔在《艾米莉·狄金森的激情》(*The Passion of Emily Dickinson*, Cambridge, Mass.: Harvard University Press, 1992) 中的论述，第28—31页。休厄尔在《艾米莉·狄金森传》中讨论了狄金森不同的"爱人"，他认为塞缪尔·鲍尔斯最符合"大师"的描述，他是狄金森三封最神秘情书的神秘收件人。然而，一些作者提出了其他人选。参见第一章注33。在《艾米莉·狄金森面对面》(*Emily Dikinson Face to Face*, Boston: Houghton Mifflin, 1932, pp. 51–53) 一书中，艾米莉的侄女玛莎·狄金森·比安奇坚决捍卫这一家族传说，"他（艾米莉的情人）是个（已婚的）费城牧师"，1854年艾米莉在从华盛顿返回阿默斯特的旅途上"结识了此人"。但她并未明确指出查尔斯·沃兹沃思的名字。

3. 休厄尔：《艾米莉·狄金森传》，第153页。

4. 玛莎·狄金森·比安奇：《艾米莉·狄金森的花园》("Emily Dikinson's Garden")，《艾米莉·狄金森国际学会通讯》(*Emily Dickinson International Society Bulletin*, vol. 2, no. 2 [Nov./Dec.1990])，第2页。

5. 参见多姆纳尔·米切尔（Domhnall Mitchell）《艾米莉·狄金森：观念之王》(*Emily Dickinson: Monarch of Perception*, Amerst: University of Massachustts Press, 2000, pp. 112–177) 中的《"一点点品位、时间与方法"：狄金森与花》("A Little Taste, Time, and Means": Dickinson and Flowers)。该书运用了目前颇为流行的政治、种族与性别批评方法来研究狄金森，认为诗人之所以对园艺情有独钟，是因为她希望被人视

作"技艺非凡"的"淑女"(第132页)。米切尔还将艾米莉与友人的花事往还当作一种充满女性主义色彩的"馈赠"行为(然而,艾米莉也常常赠花给男性,比如塞缪尔·鲍尔斯。在他们俩心中,园艺承载着重要的科学、情感与美学意义),并强调园艺是诗人贵族味十足的爱好之一,欲以此佐证爱德华·狄金森的"阶级地位"。后者语出贝齐·厄基拉(Besty Erkkila)的《书评》("Book Review"),《艾米莉·狄金森研究》(*Emily Dickinson Journal*, vol. X, no. 2, John Hopkins University Press, 2001),第72页。本书第二、三章还会涉及米切尔的研究。

6 详见法尔《艾米莉·狄金森的激情》,第9—11页。

7 参见盖伊·莱顿(Guy Leighton)《艾米莉·狄金森的家园》("Emily Dickinson's Homestead"),《艾米莉·狄金森的家园:花园景观历史沿革及关于维护与复原的几点建议》(*Emily Dickinson's Homestead: A Historical Study of Its Setting with Recommendations for Preservation and Restoration*, M. A. Thesis, Department of Landscape Architecture and Regional Planning, University of Massachusetts, Amherst, 1978),第35—36页。

8 F指的是R. W. 富兰克林(R. W. Franklin)编纂的《艾米莉·狄金森诗集》阅读本(*The Poems of Emily Dickinson*, Reading Edition, Cambridge, Mass.: The Belknap Press of Harvard University Press, 1999),数字为诗歌编号。

9 在《艾米莉·狄金森的册子:方法与意义》(*Emily Dickinson's Fascicles: Method and Meaning*, University Park, Pa.: Pennsylvania State University Press, 1995)中,多萝西·哈弗·奥博豪斯(Dorothy Huff Oberhaus)认为"花"即"诗"的"转喻"(trope),在某些例子中,诗人"诗我不分"(第180页),也花我不分。

10 本书中狄金森的书信与诗歌均保留原文的短横线用法。——编者注

11 比如,"那一天来临—时当盛夏—"(F325)。

12 speaker指的是诗作中的抒情主体,为了行文方便,本书中译作诗中人。下同。——译者注

13 参见R. W. 富兰克林编《艾米莉·狄金森诗集》集注本(*The Poems of Emily Dickinson*, Variorum Edition, Cambridge, Mass: The Belknap Press of Harvard University Press, 1998),Ⅰ,第110页。

14 参见乔安娜·尹《作为主题的花园》("Garden, as Subject"),简·多纳休·厄博温(Jane Donahue Eberwein)编《艾米莉·狄金森百科全书》(*An Emily Dickinson Encyclopedia*, Westport, Conn.: Greenwood Press, 1998),第122—123页。
15 Marl,通常解作"泥灰",此处所取词义详见后文阐释。——译者注
16 参见玛丽莎·安·帕格纳塔罗(Marisa Anne Pagnattaro)《艾米莉·狄金森的情欲形象:摆脱世俗束缚》("Emily Dickinson's Erotic Persona: Unfettered by Convention"),载《艾米莉·狄金森研究》(vol. V, no. 2, 1996),第35页;K. 丽奈·塔卡克斯(K. Linnea Takacs):《艾米莉·狄金森:感性的观察者》("Emily Dickinson: The Sensual Observer"),载《狄金森研究(1968—1993)》(*Dickinson Studies [1968-1993]*, publ. Privately by Frederick L. Morey, 1992),第35页。

第一章

种花伊甸园

> 每只歌唱的小鸟,每朵绽放的花蕾,都让我更加思念看不见的花园,期待那莳弄花朵的大手。
>
> ——艾米莉·狄金森致苏珊·吉尔伯特(·狄金森),1852年

少女时代,艾米莉·狄金森就向友人描述过天堂——"我们看不到的花园"(L119)。成为诗人以后,在一组动人心弦的情诗中,她选择了"伊甸园"——纯真、快乐却已消失不见的花园——作为浪漫狂喜的象征。家与两英亩大的花园就"有点像伊甸园",而她自己就是乐园里的"夏娃"(L59, 9)。她去世时,阿默斯特的乡邻们哀悼这位"罕见而古怪""花一般"的女性。[1]在他们眼中,她是高雅的隐居者,拥有精致的花园与温室,能写出美妙绝伦、丰盈繁复的诗歌——花园可能比诗歌更负盛名。

托马斯·温特沃斯·希金森(Thomas Wentworth Higginson)——

一位论派（Unitarian）牧师、社会改革者、风格柔美的作家、艾米莉·狄金森遗作的编纂者之一，二十余年来一直与艾米莉保持着书信往还。在他看来，狄金森信中的诗歌就宛如异域"繁花"[2]。1862年4月，三十二岁的狄金森第一次写信给希金森，并附上四首诗作，请他评价作品是否"鲜活"（L260）。他很快就明白了，狄金森对于写诗的要求，如同细心的园丁培植新品种的植物：她要诗歌生机勃勃、整齐匀称、根深叶茂，而且能够长存世间。尽管诗歌的主题（他后来也如此给这些作品分类）都是维多利亚时期诗歌的典型，追求深远意义——生命、爱、自然、时间与永恒——但在希金森看来，这些作品在形式上大胆不寻常，在语气上危险又古怪。狄金森的同学艾米莉·法勒·福特，也是"诗人"，尽管水平不高，但总算出版过作品。她说狄金森的作品"美丽，极其凝练"[3]，但一如艾米莉温室玻璃墙内冬日花园中那些古怪的花，是"根不在土壤里的兰花、空气凤梨"[4]。希金森同意福特的说法。他也认为这些诗好像"仅余叶脉的叶子，美则美矣，但太过柔弱——还不值得出版"[5]。1875年11月他写信告诉妹妹安娜，他在自己资助的"女子俱乐部"里"读了几首 E. 狄金森的诗作"，但并未点出诗人的名字，结果听众对"诗中古怪而奇特的力量极感兴趣"。[6]比起他门下的海伦·亨特·杰克逊（Helen Hunt Jackson）和伊丽莎白·斯图亚特·菲尔普斯（Elizabeth Stuart Phelps，《浴缸圣母》[*The Madonna of the Tubs*]的作者），艾米莉的诗看上去太与众不同了，以至于他建议艾米莉永远不要出版作品。

然而，狄金森于1886年5月去世，几年后，她的妹妹，精力充沛又诚恳忠实的拉维妮娅(没能劝诱苏嫂嫂[Sister Sue]担下任务),请希金森和友人梅布尔·卢米斯·陶德编辑并赞助出版诗歌选集,集子中的七百多首诗都是拉维妮娅在诗人落葬后不久从上锁的箱子中找出来的。兰花看似柔弱,却素以坚韧著称。翻完了陶德夫人从狄金森手稿中抄下的诗歌——陶德称手稿为"册子"(fascicles),19世纪时该词也指代"花束",希金森慢慢读出了诗歌中的质朴与炽烈。当波士顿的罗伯茨兄弟出版社(Roberts Brothers)终于推出小巧的镀银纸本狄金森《诗集》(1890)时,出乎所有人的意料,这本书居然迅速成了读者追捧的畅销书。1891年与1896年又有两种选本问世以飨读者。批评家们格外注意"诗集封面上花朵(水晶兰[*Monotropa uniflora*],或称Indian Pipe)的幽幻身影",并将花影与诗人紧密相连。[7]诗人以避世隐居著称,交游仅限于"友人与花"(希金森语)[8],这似乎已世所共知,如同她从小钟爱的水晶兰——只开在僻静之地的林间白花。《诗集》封面上的图案来自陶德夫人于狄金森逝世前为她绘制的一幅水彩小画(图1)。诗人极为兴奋地感谢画家:"万万没想到,你送来的竟是我一生最爱,简直像冥冥之中有天意。看着她们,我的快乐无以言表。"(L769)

不知何故,三十岁以后,艾米莉·狄金森便只穿水晶兰般的白色衣裙。1830年,艾米莉出生在祖父塞缪尔·法勒·狄金森的老宅里,父亲是爱德华·狄金森,母亲是艾米莉·诺克罗斯·狄金森。这座被称为"家园"的联邦复兴风格老屋,现在成了国家圣地。艾米莉生长于斯,亦逝世于斯。她的祖父(阿默斯特学院的创立者之一)、父

图1 《水晶兰》，梅布尔·卢米斯·陶德1882年为艾米莉·狄金森所画
阿默斯特学院档案与特别收藏（Amherst College Archives and Special Collections）

亲（律师，众议院议员）、兄长奥斯丁（也是律师，市政领袖），均投身于政治与公众事务。祖孙三人秉性大相径庭——塞缪尔无节制的慈善活动挥霍了大量财富，爱德华的谨慎则声名远播，奥斯丁虽然精明强干，有时却也会脆弱而冲动。尽管脾气各异，但三代人都致力包括园艺在内的社会改良事业。爱德华棺木上装饰着的"简朴的白色雏菊花环，采摘自家门前的草地"（温柔小巧的花朵居然被配给了这位严厉专横的父亲）[9]，塞缪尔·法勒·狄金森墓前年年供奉的花朵，以及奥斯丁·狄金森家中的美丽杜鹃，都彰显着狄金森家族的植物之爱。

1874年，弗雷德里克·劳·奥姆斯泰德拜访奥斯丁·狄金森，商议阿默斯特公地规划。为迎接客人，奥斯丁走遍偏远峡谷与草地，采集了好些植物。这是因为伟大的中央公园设计者奥姆斯泰德提出，想要"看看高低树木，花花草草"。日后，奥姆斯泰德设计了北卡罗来纳州阿什维尔（Asheville）的乔治·比尔特摩庄园（George Biltmore estate）场地：包括树林、公园、农场、广场、南面阳台、草地保龄球场、漫步小径以及有围墙的花园。"工程规模之大，简直像是为埃及法老而建。"[10]光是乔木和灌木，奥姆斯泰德便运去了四千二百余种，每种至少两株。到1893年止，比尔特摩庄园的植物数量已接近三百万株。奥姆斯泰德这样经验丰富又精明强干的园艺工程师，居然会对一位阿默斯特律师的土地感兴趣，这简直令人讶异（这当然也可能是因为奥斯丁支持选择他操刀阿默斯特公地设计）。据说，奥姆斯泰德对狄金森家的玫瑰颇感兴趣。他说的狄金森家究竟是指律师家,还是指隔壁的妹妹艾米莉家?从奥斯丁家向东走一小段路,艾米莉的玫瑰架便豁然可见。尽管狄金森诗歌中共有四百多处指涉花朵,尽管她关于百合的隐喻最为美好感性,玫瑰仍然是她作品之中出现最为频繁的意象。与艾米莉一样,苏珊·狄金森也种花、送花,"迷醉"于花。[11]1870年8月,她在阿默斯特举办了一场花展。尽管苏珊对文化的强烈兴趣——包括阅读、厨艺、艺术、装饰——广为人所知,但她在园艺方面并无特别的执着。她的园艺热情仅限于玩玩——艾米莉称之为"火花一闪"。如果奥姆斯泰德参观过阿默斯特的某个花园(不包括研究植物或采集树木样本),那他去的很可能就是艾米莉的花园。

这个后来属于艾米莉的花园,最早是由艾米莉·诺克罗斯·狄金森夫人操持的。这位热爱巴黎时装的母亲,如其诗人女儿所言,对"思想不屑一顾"(L261)。艾米莉·诺克罗斯毕业于康涅狄格女子学校,被正派老实的耶鲁毕业生爱德华·狄金森追求多年,终于接受求婚,过上了"踏实而又幸福的日子"[12](其夫之语)。可是她却说,家里要是没有个漂亮花园,操持家务会让她想死。在风靡19世纪的园艺与风度指南《淑女皆园丁》(*Every Woman Her Own Flower Gardener*, 1871)中,S. O. 约翰逊夫人(Mrs. S. O. Johnson)断定,园艺是文化人的标志,"美丽的花园,布置优雅,照料精致",是女性应当具备的"品位、高雅与文化"的鲜明象征。[13]约翰逊夫人总结了19世纪20年代初美国女性深信不疑的信条:园艺不仅能宣示文化人的社会地位,还彰显着知识、虔诚与健康。狄金森的母亲显然将这些信条奉为圭臬。

据说诗人曾对诺克罗斯表亲们说过:"我在花园中长大。"[14]诗歌能令艾米莉·狄金森神迷其中,"满脑子诗句",老派的波旁玫瑰那弥漫着法国风情的名字则能让狄金森夫人满心欢喜(L342a)。狄金森家族的传统——政府、政治以及(艾米莉所体现出的)文学趣味,艾米莉的母亲一窍不通,但她对玫瑰的品位极为卓越。家园宅邸中艾米莉的两个藤架上缠绕着金银花的攀缘玫瑰,很可能就源自母亲的影响。玛莎·狄金森·比安奇回忆过20世纪30年代的家族老宅:"娇小的格雷维尔玫瑰(Greville rose),花蕾密聚,每枝都繁茂如花束……1828年祖母新婚时,从蒙森(Munson)带来了格雷维尔玫瑰……至今仍枝盛花茂。"[15]

若果真如此,狄金森家从家园搬往西街(北乐街)时,狄金森夫人一定也移走了她的格雷维尔玫瑰,艾米莉时年十岁。1830年,塞缪尔·法勒·狄金森迫于生计,把家园卖给了表亲。他的儿子爱德华买下了房子西翼,我们的诗人就出生于此。1833年,房子被表亲转手卖给了帽商大卫·麦克(David Mack),爱德华租下东翼,全家与麦克家合住到1840年。但是,为给五口之家提供更大、更私密的空间,1840年爱德华购置了北乐街上约瑟夫·莱曼(Joseph Lyman)所说的"舒适"住宅。[16]在这座房子里,艾米莉·狄金森一直住到二十五岁。新家里不仅有宽敞的花园,而且还有果园和松林。屋后能俯瞰镇上的公墓。(如同她欣赏的勃朗特姐妹——夏洛蒂和艾米莉——能从父亲的牧师宅邸望见七尺墓碑一样,艾米莉·狄金森也自童年起就习惯了有关死亡的概念与标志。花园和公墓在她心中清晰相连,在其成熟时期的诗作中,死者总是被描述为花朵或鳞茎——将在更加明媚的时节重新绽放。)1855年,爱德华·狄金森的律师事业蒸蒸日上,终于圆了父亲未完成的梦,重新买回了家园。

家园里有着"长长"的玫瑰花坛和四季繁花的花园,并不是艾米莉和母亲唯一的花园。在此之前,她们在西街宅邸里还拥有过一个"美丽花园"。十五岁的艾米莉写信给同学时,曾兴奋地提起:"若是有机会,我愿赠你花束,供你压花,供你书写,在这夏日最后的花下。诗意盎然,是不是?你知道现在女孩们都以诗意盎然为上。"(L8)尽管最后一句拿"诗意"开着玩笑,这封信仍然表现出我们的诗人在早年时期便已将花与诗、与情紧密相连。1842年,十二岁的艾米莉向奥斯丁抱怨,5月连大树都开花了,而"我们家的园子还没一点动静"(L2)。"园子"很可能是指菜园——菜园是家庭生活稳定安宁的标志。狄金森花园的养护与成长,对她来说显然至关重要。因此,在哀悼父亲去世时,她以一种典型的形而上学绝对主义风格,对诺克罗斯姐妹范妮(弗朗西斯的昵称)与路易莎说:"父亲已离我们而去—住进了新房。那里虽然只用一小时建成,却远比这里更好。他刚刚搬去,花园还没落成,所以我们要送他最美的花。如果我们能知他所知,也许就能不再悲伤。"(L414)

如其信中所示,少女时期的艾米莉·狄金森活泼可爱,温柔可亲。与此同时,她深沉的感受力也已初露端倪。她有强烈的同情心。比如十五岁时,同龄女孩索菲亚·霍兰的去世,令她陷入了深深悲伤，并点燃了她对自然、成长与变化的强烈感受性，这种感受性深沉得夸张，有时甚至肃穆到略显滑稽。二十三岁时，她写道："季节流转不息对我来说无比庄严。"而早在十六岁时，她就曾对朋友说过："我的预知能力总是超越了我自己的认识，这就是天生我材"，"我觉得自己还没找到与上帝的相处之道"（L13, 12, 13）。在阿默斯特学院与玛丽·莱昂女子学院求学期间，她以散文方面令人艳羡的早熟才能而著称。在学校里，她享受着阅读、写作与演奏钢琴所带来的愉悦，还常常去女子学院后面的树林里采野花。玛丽·莱昂女子学院的很多姑娘都爱搜罗林间花朵。她们的校长本人就是一位热情洋溢的植物学家，曾受教于爱德华·希区柯克博士（Dr. Edward Hitchcock），后者是著名教育家、园艺学家，著有《阿默斯特学院野生植物名录》（*Catalogue of Plants Growing Without Cultivation in the Vicinity of Amherst College*）。1877年艾米莉·狄金森跟希金森谈起的很可能就是这本书（但书名是自己编的）："鲜花年年凋落，而我当年还是孩子。希区柯克博士论北美花卉的书给了我慰藉—无花之时，仍让我相信花还活着。"（L488）希区柯克鼓励学生们压制干花标本，记录北安普敦及哈德利地区东部、南部有代表性的花卉状况。

艾米莉·狄金森对野花的兴趣格外强烈，尽管当时常见的花卉更容易被人们所赞美、描绘、吟咏，也更常吸引希区柯克博士等学者进行科学研究。艾米莉在阿默斯特学院制作的标本集中，常常将草地花卉和精美的园林品种并置于一页。在学院里，她选修了植物学课程，常与同学们一起去林间搜寻植物样本。与别人不同，她谨慎地把她自己的植物留在了家中，并给奥斯丁写信说："有些姑娘带来了植物，但如我所料，这里太冷了，幸好我没带植物过来。"（L17）早在那时，艾米莉对植物就已充满母性，将它们照料得无微不至。

在玛丽·莱昂女子学院师生的心目中，艾米莉·狄金森有巧智、善模仿、文笔出众，可谓模范学生，但也是个怪女孩，顶着新英格兰地区第二次大觉醒运动[17]的强大宗教压力，却始终不肯宣誓"笃信基督"。她因为偏爱独处而被同学当作异类。某次，她被爱看马戏的同学们落在一旁，事后却说："我一个人待着挺好的。"（L16）艾米莉是少数无法适应1847年学院里令人窒息的福音派狂热的学生之一，也没有加入（公理会）教派。其中显露出的诚实是她保持终生的品质。

1873年，拉维妮娅·狄金森昔日的男友约瑟夫·莱曼，写下了19世纪60年代他对艾米莉、拉维妮娅及其家族宅邸的印象。莱曼是个虚荣的浪荡子，在他看来，凡是不愿被"爱宠"的——维多利亚时期意味着（严格禁止的）爱抚与脱衣——有教养的姑娘，都有"毛病"。[18]他给妈妈写信，谈到了拉维妮娅："她是个笃信基督的姑娘，央求我好好做人。"甫一得手，他便甩了这个姑娘，对拉维妮娅的评价也降格成了"可怜的小维妮，小嘴巴软软的"。然而，莱曼却完全被艾米莉·狄金森给迷住了，一时甚至忘掉了自恋。当时，艾米莉已经年过三十，早年的棕色绸衫换成了白布长裙，口袋里总是装着纸笔。莱曼回忆着艾米莉的家园、藏书与花花草草：

书房幽暗，小桌上放了三株木犀草（mignonette）。一个精灵飘进房间，全身裹着白衣，看不清模样，晶莹剔透，额头胜似白色大理石。褐色眼睛一闪，即刻又黯淡，仿佛两湾梦幻而神秘的深井，无视表象，只望向万物之本——手掌虽小，却坚定有力，灵巧地跳脱了俗务禁锢。这双小巧有力的手，由她的头脑完美掌控。身心健康。嘴巴别无他用，亦别无他想，只一意斟酌精美的辞藻与独特的洞见，追寻那些熠熠生辉的形象与如生双翼的妙语。[19]

尽管以约瑟夫·莱曼之耽于声色，称狄金森为"精灵"压根算不上什么恭维，但他在回忆中费心地把艾米莉与一般的女孩区别开来，凭这一点也算得上是恭维了。莱曼出奇敏锐地勾勒出了狄金森的个性和举止。在克拉拉·纽曼·特纳（Clara Newman Turner）看来，狄金森的个性与举止既宛如"天使"，又"由她的头脑完美掌控"。[20]她可不是莱曼惯于引诱的那种女孩。别的女孩子，他能记住的只有嘴唇与亲吻，而狄金森，她的嘴巴"别无他用，亦别无他想，只一意斟酌精美的辞藻……与如生双翼的妙语"。这样的评价，出自莱曼，算得上是对诗人想象与魅力的赞美。这段描写显然有异于莱曼陈词滥调满满的惯常文风。"精美的辞藻"与"如生双翼的妙语"，可视为对狄金森诗歌的精辟评价。另一方面，莱曼没有看出艾米莉·狄金森为爱与激情而痴狂的一面，这一面令她写下了"爱－你如此高远－"（F452），"他轻触我"（F349），"我把自己献给他－"（F426）

和"狂乱的夜－狂乱的夜！"（F269）等诗作。在他心里，她的言行都满含禁欲气息。

但不管怎样，莱曼的追忆中有一点很重要。艾米莉"小巧有力的手"显然是一双园丁的手。他觉得这双手"灵巧地跳脱了俗务禁锢"。现在想来，这有多么反讽，艾米莉的双手显然从没闲过，不是在帮仆人们采摘水果，就是在播撒种子、照料花朵。水果与鲜花都非常易败。然而到了19世纪60年代，永远吟唱"永恒"、追寻不朽的艾米莉·狄金森，开始在花园里下功夫，"培训"花期转瞬即逝的花卉品类，比照料父亲喜欢的高矮树木要用心许多——按理来讲，树木才是花园的建基之本和理想植株（L102）。狄金森父亲园圃中的树木非常秀丽，她笔下也常有"松针轻舞，如奏美乐"的句子（L129）。她卧室窗下的松树是"带树干的一大海"（F849），与其他树木一起，启发着诗作将遐迩之地相连——阿默斯特与南海，尘世的森林与《圣经》里的橡柏。但是对狄金森来说，最妥切的永恒象征仍然是花。光彩照人的鲜花正喻示着天堂乐园。每当她为永恒寻找隐喻，花朵总会适时而至："记忆是永不凋零的雪利花（Sherry Flower）。"（L764）

在狄金森看来，花园是庇护所、圣地，也是工作室。在这里，她能够做出一切决定，无论是艺术的，还是实务的。花即隐喻，既指自我，也指他人。花是她的孩子、朋友和伴侣。花拥有灵魂，在基督教的死亡与复活神话中扮演着角色。因此，在艾米莉的花木悉数枯萎凋零的那个黑暗二月，当邻居阿德莱德·希尔斯夫人（Mrs.

Adelaide Hills）为她送来风信子球时，艾米莉把"沉睡的"狄金森花园想象成了《圣经》中的逝者之国，将于最后的审判日复苏重生。她写道："雪将指引风信子去往同伴的沉睡之地，维妮的神圣花园。"（L885）就算熟知艾米莉·狄金森的文风，希尔斯夫人也不一定看得懂这句话。既然艾米莉本就拥有"我的清教徒花园"（L685），那这样说来，她是打算把希尔斯夫人的鳞茎送给拉维妮娅吗？维妮会顶着风雪种下风信子吗？玛莎·狄金森·比安奇回忆道，艾米莉阿姨每年冬天都会坐在卧室中的富兰克林壁炉边，身边风信子环绕，只要鳞茎稍现绿色，不管多么浅淡，她都能一眼看到。即使在二月，艾米莉的温室也满盈着香草味道的天芥菜、香雪球（sweet alyssum）、金凤花和黄水仙。[21]"催熟"鳞茎其实是艾米莉对抗冬季忧郁的一种策略。拉维妮娅显然已在室外种下了她的植物，它们在那里耐心等待着春天。与现代相似，19世纪的人们也认为雪能为植物构建保温层。是否正因如此，狄金森才说"雪将指引……"？或者在她心中，雪是大自然的众多精灵之一，参与谋划、布置、"指引"了四季的风景轮回？

在给希尔斯夫人的同一封信中，她下一句便引用了《哥林多前书》中圣保罗的一句话："我们不是都要睡觉，乃是都要改变。"热切相信永生的艾米莉·狄金森颇为钟爱圣保罗的文字。在那个人人每天诵读铭记《圣经》的时代，希尔斯夫人一定会认出狄金森所引名句正是典出圣保罗的预言："这必朽坏的，总要变成不朽坏的。这必死的，总要变成不死的。"

> 我们既有属土的形状，将来也必有属天的形状。……
>
> 我如今把一件奥秘的事告诉你们：我们不是都要睡觉，乃是都要改变，就在一霎时，眨眼之间，号筒末次吹响的时候。

保罗预言的力量首先建立在尘世与精神的对立上，其次则是"尘世即精神"的观念。虔诚挚爱园艺的艾米莉·狄金森和阿德莱德·希尔斯夫人，对尘世与精神都一定深有感触。当花朵挣脱裹尸布般层层包裹的鳞片终于绽放时，这事实上正是经历了一场升华变形。对狄金森而言，鳞茎象征着肉体重生的美妙。她的基督信仰并不完全正统，常会偏离（她所通晓的）正统教义。但其中有几条论述，艾米莉却情有独钟，尤其是有关复活以及死后身体与灵魂遇合的问题。二十一岁时她写信给阿比亚·鲁特（Abiah Root）："你知道吗？花朵凋零后重获生机，就成了不朽之花－也就是说，花会复活？也许，［我花园中］花朵的死而复生比花期长久更让人感怀甜美－花期长短可以预期，花的重生却只凭希望。"（L91）当然，她的郁金香和风信子年年春天"重生"，于是亡者复活的理论对满怀疑虑的狄金森来说也变得更加可信了。

去世前三个月，狄金森这样总结自己的一生："童年时，除非是多年生植物，否则我绝不播种－所以我的花园永远繁盛。"（L989）以她一贯的文风，这句话可能是一个隐喻，暗指她全心投入的情感，一段段都很持久。不过，她确实深爱多年生植物组成的"塞壬之环"（Siren Circuit），尤其是林间花朵（L983）。花园中的某些鳞茎植物，如水仙，也会生长多年，抗拒消亡与衰败。狄金森对鳞茎的钟情，部分源自这种顽强坚韧，部分则因其繁复与丰盈：无须照料即可茂盛。尤其是百合，用她的话说，简直是"疯长"（L823）。而那些一年生的花朵，则被她写到了诗里，营造着花园与花朵意象。通过诗的艺术，她将它们点化成了"多年"长生。

1860年，莱曼全神贯注琢磨她的面容之时，艾米莉·狄金森已然变得极端羞怯，也讨厌社交辞令，不愿待在客厅，宁愿前往野地。正如她自己形容的："一颗心，永远宛如裸足。"（L966）1847年，艾米莉结束学业，刚刚回到她常说的"父亲的土地"上时，她会为家人烹烤，帮仆人采摘水果，造访邻里，有一段时间享受着与阿默斯特年轻人的愉快交往（L330）。但渐渐地，她开始投身于热烈而又私密的诗歌世界（一开始竟无人觉察）。她在书信中呈现出的艺术才能丝毫不逊色于其诗歌，送出的花束也常附文字，近邻好友们对她的诗歌日渐珍视。

比如，她送给邻居"一篮珍奇的天竺葵"[22]，叶子下面也许就藏着一首抒情诗。弗朗西斯·霍奇森·伯内特（Frances Hodgson Burnett）记得"一首奇异而美妙的小诗躺在精致的'心之安闲'（heartsease，即三色堇［pansy］）花上"，"装饰着蝴蝶结"，这是来自艾米莉·狄金森的问候。[23]在编选狄金森书信时，梅布尔·陶德回忆道："一个芬芳的夏日清晨，天还没亮……艾米莉已经从她那晨露未晞的老派风格花园中采了一大束甜豌豆花回来。这样它们就能登上开往斯普林菲尔德的第一班火车，为她的朋友们带去夏日的清新。"花束中夹着便条[24]：

> 黎明与露，载我而来—
>
> 永远的，
>
> 蝴蝶（L1013）

她的甜豌豆花（也许外面还包着湿润的纸）或许耐得住常温运输。艾米莉在1853年的一封信里曾说，从阿默斯特到斯普林菲尔德乘火车只要三小时。不过，或许鲜花的遗体也已足够。她曾把蟋蟀尸体夹在送给梅布尔的诗中，给诗题名"我的蟋蟀"——这就是那首"比鸟儿入夏更深"（F895）。

狄金森称自己的诗为"头脑的繁花"（F1112）。她给神秘爱人"大师"写信，告诉他，自己把"讯息"放进了"花"里。这花指的究竟是真花还是情诗（或许两者都包括），已不得而知（L187）。写诗如种花，皆需时间、技巧、勤奋与爱。在面朝主街的宽敞卧室中，艾米莉常常天还没亮就已动笔，聆听小鸟初醒，俯瞰草地朝阳。宅邸后窗侧畔，能望见沐浴着晨晖的篱墙，春天黄水仙盛放，夏天满开大丽花（dahlia）、百合与甜豌豆。"我衡量遇到的每一丝忧伤"，她这样形容自己善于分析的头脑与细致而弘阔的想象力（F550）。对风景，她也同样敏锐。艾米莉最具水准的书信之一描述了1879年7月4日阿默斯特的一场大火，如同"可怖的太阳"。这封绘声绘色的信写给诺克罗斯表妹路易莎和范妮。信中提到的果园也曾启发她写

下"有灵的庄严之物/感受着渐近的成熟"等诗篇,它在此处出现,让火灾现场变得更加意味深长:

> 你可知道这里刚起了一场大火?若是风向稍偏,奥斯丁、维妮和艾米莉就要无家可归了。或许你们已经读过《共和报》了。
>
> 我们被钟声惊醒了,一每当失火,整个阿默斯特便会钟声四起,通知救火队员。
>
> 我冲到窗前,窗帘的两面都见到了那可怖的太阳。皓月当空,鸟鸣如号……
>
> 光亮胜过白昼,我甚至看到一只毛毛虫,在果园深处丈量着叶子短长。(L610)

她真的看到父亲果园深处的毛毛虫了吗?不太可能。但在火焰的可怖光芒中,小虫波澜不惊的存在,传达出了极强的画面感。如同维多利亚时代中期弗雷德里克·埃德温·丘奇(Frederic Edwin Church)或马丁·约翰逊·海德(Martin Johnson Heade)的风景画,以江河的激流或远方的峡谷为背景,微渺之物反而被衬得格外鲜明。狄金森的"有毛毛虫的果园",画面中呈现着悲悯、惊惧与"敬畏"。艺术评论家们常常把这些情感与自然的崇高启示相联系。与同时代的画家们一样,狄金森也崇尚细节,崇尚细致入微的观察。有据可考,狄金森熟知哈德逊河画派(Hudson River painters)的风格,在该派的第一代画家中,尤其偏爱托马斯·科尔(Thomas Cole)。狄金森在诗中提及过科尔的《生命之旅》(*Voyage of Life*)组画,1859年她还曾在信中署过笔名"科尔"。[25]狄金森与美国的拉斐尔前派(Pre-Raphaelites)画家共同分享着对细节的尊崇,如威廉·特罗斯特·理查兹(William Trost Richards)、约翰·亨利·希尔(John Henry Hill),尤其是女画家兼园丁菲德利娅·布里奇斯(Fidelia Bridges),她笔下繁花似锦的风景画深刻地影响着狄金森诗艺成熟时期对花朵特写的精确表达。

与许多同时代的作家一样,这些画家大多也是植物学家与园丁,谨遵约翰·罗斯金有关自然的教诲。这位英国艺术家兼批评家论自然与艺术的文章形塑了19世纪的美学品位。被誉为美国风景画之父的画家兼诗人托马斯·科尔,其笔下"繁茂丰盈的乡间花园"成了"下一代人的朝圣之地"。[26]西莉亚·撒克斯特(Celia Thaxter),诗人兼瓷器画家,她那坐落于缅因州浅滩小岛阿普尔多尔(Appledore)的花园,与其诗作一起分享着盛名。在那里,印象派大师蔡尔德·哈桑姆(Childe Hassam)为她画过肖像——蜀葵丛中沉思。静物画家乔治·科克伦·兰丁(George Cochran Lambdin)也是经验丰富的园丁,身为艺术家,他独爱玫瑰。培育玫瑰固然只能算作业余爱好,但他将其看得与绘画同样重要。亨利·沃兹沃思·朗费罗(Henry Wadsworth Longfellow)从克雷奇夫人(Mrs. Craigie)手里挽救了坎布里奇(Cambridge)的花园。这位夫人不愿替染上尺蠖和其他害虫的榆树和玫瑰杀虫,她问诗人:"为什么要杀虫，先生？虫子和我们一样有权生存，它们是我们的友虫啊！"[27]
到了1870年，作为画家的朗费罗声名大噪，此时他已耕作多年，先是把花园修剪成了里拉琴的形状，后来又栽种成了波斯地毯的图案。他的园子里满是"老派风格的香石竹、天芥菜、黄精（Solomon's seal）、紫露草（spiderwort）、矢车菊（bachelor's button）与荷包牡丹（dicentra）"[28]，丁香与百合尤为画家心头挚爱。他与艾米莉·狄金森一样，建了温室抵御寒冬，而且也特别中意金凤花。19世纪充满创造力的艺术家们究竟有多爱园艺，可参见下面这则轶事：埃德加·爱伦·坡晚年心情烦闷、一贫如洗，但依然钟爱鲜花，定期为他福特汉姆（Fordham）乡间的一小块土地除草——他年轻的夫人弗吉妮亚已病入膏肓，而园艺成了作家唯一有益身心的娱乐活动。用布朗森·奥尔科特（Bronson Alcott）的话说，花园是一种祈祷。

在华兹华斯时代虔敬的自然崇拜气氛中，诗人与画家满怀敬爱地歌颂着花木。无论男女，艺术家们都悉心研究着高低错落的花草树木，试图在植物错综复杂的生长形态与生存周期中破解造物与造物主间的神秘联系。比如希尔的《流苏龙胆》（*Fringed Gentians*, 1867），呈现的是19世纪园丁的爱宠之花。这种龙胆现在被归为扁蕾属（*Gentianopsis crinita*），当时却被认定为龙胆属（*Gentiana crinita*），而年轻的艾米莉在自己的标本集中将其误写成了*crenita*。希尔对流苏龙胆的观察细致入微：红色叶片托出一涡蓝色花朵。狄金森在1858年的四行诗习作中写道："龙胆编织流苏"（F21），同样是试图通过强调"流苏"的外观来突出这种艳蓝色小花的肌理特征。

像这样对独特细节心怀崇敬地加以研究，作为一种技术，在她后期的诗作中渐臻化境。如"丁香这古老的灌木"（F1261）一诗中，"花冠""花萼""抛光的种子"成为微观的指示符，指向更宏大的自然现象。在这首热烈而充满激情的作品中，丁香被想象成了微型的落日。落日这"无懈可击的花朵/直面时间的分析—"，象征着狄金森钟爱的《启示录》中圣约翰的末世异梦。

哈德逊河画派画家、散文家阿舍·布朗·杜兰德（Asher Brown Durand）在他极为重要的作品《论风景画》（*On Landscape Painting*）书简之二中写道，自然"充满崇高神圣的教诲，仅次于启示之光"[29]。他说，诗人与画家的任务就是通过忠实地描绘自然景致来揭示个中"深意"。奥斯丁·狄金森家族热爱绘画。奥斯丁本人就是活跃的收藏家，最初收藏哈德逊河画派画家阿瑟·帕顿（Arthur Parton）、桑福德·吉福德（Sanford Gifford）的作品，后来延伸至巴比松画派（Barbizon School）的风景画。作为詹姆斯·杰克逊·贾维斯（James Jackson Jarves，与狄金森家老友塞缪尔·鲍尔斯相熟）等艺术评论家的读者，狄金森家族很可能订阅了当时著名的艺评杂志《蜡笔》（*Crayon*），杜兰德的九封《论风景画》重要书简即发表于其中。奥斯丁和苏珊看过的书刊会送给艾米莉，她也可能因此而邂逅了杜兰德、托马斯·科尔和弗雷德里克·丘奇的新理论。这些理论促成了外光派画法（plein air）的形成：艺术家们直接从自然中取法，时时刻刻，设身处地，以敬畏之心观察自然，拒绝画室的过滤与干扰。在布面油画《曼荷莲风景（牛轭湖）》（*View from Mount Holyoke*〔*The*

Ox-bow〕）中，托马斯·科尔把自己画到了画布上——小小的画家于风景之中描画风景。这些作品对艺术家融入画面的指涉——一如狄金森"草地小人"诗中并置于同一视野的观看者与被看者、诗人与蛇——呈现出了艺术家、诗人与上帝造物间罕见而特别的交流（F1096）。正是这种交流能够带来内心的欢喜。爱默生的代表作《自然》（*Nature*），就描述了心中的欢喜。这本册子对美国作家的影响极为深远：

> 在林中，我们回归了理性与信仰。在那里，我感到生命中没有不幸，无论耻辱，抑或灾难（请把双眼留给我）——自然能治愈一切。站在空旷的土地上——头脑沐浴着欢欣轻盈的空气，渐渐飞升至无限之境——一切丑恶的自尊自大皆消逝无形。我成了透明的眼珠；我身为无物；我洞观一切；普遍存在（Universal Being）的激流环绕着我；我与上帝合而为一。

19世纪美国诗人和画家将爱默生的语句奉为艺术抱负与艺术表达的基础。爱默生将"林中"锁定为道德与审美稳定性的庇护之所，对艾米莉·狄金森而言，这一点尤为重要。深受爱默生《自然》、《诗集》（*Poems*, 1847）与《随笔 第一集》（*Essays, First Series*, 1841）的影响，狄金森自童年起就颇爱林中漫步。精心培育的百合与玫瑰，固然对她有着强烈的吸引力，令她着迷于其文学意义与美妙身姿，但林间花朵的默默无闻与出乎意料更令她倾心——潜藏的美好战胜了泥土、石块与荆棘之地。这些貌似柔弱的小花在广袤危险的林中顽强地生长,让艾米莉兴致盎然。她常在林中搜寻所爱:水晶兰、堇菜、龙胆、贝母(fritillaria)、银莲花、红门兰(orchis)与杓兰。

爱默生将失明视作"灾难",这想必加剧了19世纪50年代后期艾米莉·狄金森的焦虑,因为此时她的视力已经衰退。对于爱默生与罗斯金来说,良好的视力(在隐喻与现实的双重意义上)是审美感受的首要条件。例如,罗斯金的信徒、美国画家查尔斯·赫伯特·摩尔(Charles Herbert Moore)就认为,"真正拥有想象力的心灵必定属于深刻的观察者"——通过细致观察才能获得灵感。狄金森的早期诗作"龙胆编织流苏",对花朵的描述虽然赶不上她后期作品那样细致入微,但这首诗仍然有助于我们理解她对天堂花园的想象。诗中装饰着上帝宝座的是谦卑的蒲公英(她尤为钟爱的一种草花)。她之所以喜爱、"在意"或者说注意到微不足道的龙胆,是因为它在秋天绽放时,会让人回想起逝去的夏日中康乃馨与蜜蜂的神采飞扬。在此,自然能够启迪信仰,就像爱默生的学说所言。观察者能够通过"这样一朵小花"的特征,来领悟天堂的永恒之美。艾米莉·狄金森一贯钟情于简洁,这些特征也简洁——食米鸟与蒲公英,在此刻与彼岸,皆金色闪烁:

> 我们不会在意这样一朵小花,
>
> 除非它悄悄引领
>
> 我们失却的小园

重返草坪

太香浓,她那康乃馨的摇曳—
太酪酊,晃晕了蜜蜂—
太闪亮,如一百只长笛
从一百棵树上垂落—

看到这朵小花的人
信仰会令你看清
宝座旁翻飞的食米鸟
与金色的蒲公英。(F82b)

19世纪60年代初,眼疾困扰着艾米莉·狄金森,[30]不时威胁着她精妙的描写技巧——闪电的"黄色尖喙"与"铁青爪子",月亮的"金色下巴","清晨紫色的亵语"(F796, 735, 624)。关于她的疾病说法不一:也许是"外斜视/斜视",眼球肌不平衡导致两眼无法保持稳定视野;也许(更可能)是"前葡萄膜炎"或(当时常说的)风湿性虹膜炎,会因严重的疼痛而无法见光。她从波士顿请来的医生亨利·威廉姆斯(Henry Williams)博士,开出的处方为严禁阅读,这让她非常恐慌。(但她对希金森说:"真正重要的书并不算多,所以我很容易就能找到一个人把它们读给我听。不能用眼的时候，想到此处，尚觉聊可宽慰。"［L342a］她最惦念的是莎士比亚，医生的禁令一解除，她就打开了《安东尼与克莉奥佩特拉》。）

后来，在1862年4月写给希金森的某封早期通信中，狄金森承认："我很恐惧－从9月就开始了－我没法告诉任何人－只好歌唱，如同墓地中的男孩－我实在是太害怕了。"（L261）她的眼疾并未完全治愈，仍然无法承受日光，因此只能选择黎明、黄昏甚至夜里照料花园，孤灯傍身。邻居们记得瞥见过一个白衣身影，伴着微光，黑暗中跪下察看半边莲（lobelia）与珀菊。直到1865年，她在给诺克罗斯表妹的信中还谈论着眼睛无法直视白雪，也无法适应室内日光："最初几个星期［刚看完医生的时候］，我什么也做不了，只能照料植物，现在它们绿色的小脸都露出微笑了。"（L302）1865年病情好转后，她仍保留了于夜间或微光中在花园里干活的习惯；陌生人会觉得这种怪癖实在是太契合"阿默斯特传说"的气质了。

1862年，狄金森担忧的事情虽不止一项，但只有失明才是令她在墓地中"歌唱"的主要"恐惧"。所谓歌唱，即写诗——仅1862年一年，她就写下了三百多首诗——赶在寻章觅句之力被"掩埋"以前。（诗句的排列方式对艾米莉·狄金森意义重大。口述听写显然是不合适的。自从她的小册子"手稿"影印出版以来，当今最首要的学术问题之一，即如何准确排版印刷狄金森的诗歌——是按她公开场合使用的四行或三行诗体分层排列，还是按她后期未公开的小册子里有时出现的自由体排列？她拥有希金森所描述的"文件夹诗人"［Poet of Portfolio］[31]特质，从未为正式出版物给自己的诗歌排过版。正如她的生活，狄金森的艺术意旨同样神秘莫测、众说纷纭。）

未婚的诺克罗斯表妹，随和亲切，热爱文学、戏剧与园艺，艾米莉·狄金森与她们一直颇为相得。她生前的最后一封信便是写给范妮和路易莎的。书信正文只有两字，典出她生病期间颇为流行的休·康威（Hugh Conway）悬疑小说的标题。"小表妹们，"她预言一般地写道，"召回。"（L1046）尽管与表妹们的交往证明她能够与他人建立深度的亲密关系，但艾米莉·狄金森终身未婚。她至少曾陷入两场（未能如愿的）情事：一场是与已婚的塞缪尔·鲍尔斯，哥哥奥斯丁说艾米莉对他的爱"并不只是一时多情"；另一场是与丧妻的塞勒姆法官奥提斯·劳德（Judge Otis Lord of Salem），艾米莉四十八岁遗世隐居时，他曾求过婚，但未获应允。[32]公理会牧师查尔斯·沃兹沃思是她"人世间最亲密的朋友"（L765）。一生之中，她还拥有不少女性挚友，其中包括：她的同学（她与五位同学有过饱含深情的通信，其中，漂亮的阿比亚·鲁特，初次见面时戴着艾米莉最爱的雏菊头冠，二人交情最笃）；"戈尔康达修女（Sister Golconda）"、《斯克里布纳月刊》（Scribner's Monthly）编辑乔赛亚·霍兰博士（Dr. Josiah Holland）的"洋娃娃妻子"——迷人而慈爱的伊丽莎白·霍兰夫人；洒脱帅气的凯特·斯科特·安东（Kate Scott Anthon），二人充满性暗示的通信持续时间并不算长；还有四十年来常伴其左右、极为强势的嫂子苏珊，艾米莉年少时写给她的书信充满热情，某些学者甚至认为狄金森三封情书中假名为"大师"（L734）的人就是苏珊。

尽管如此，狄金森写给"大师"的书信与情诗中隐秘的对称仍然表明，"大师"是一位男性，不管是出自想象——阿波罗或带来诗艺灵感的缪斯，还是确有其人，抑或半真半假。在《艾米莉·狄金森的激情》中，我认为塞缪尔·鲍尔斯（图2）很可能就是她笔下的"大师"，因此，我也同意其他几位学者的考证，尤其是理查德·休厄尔在《艾米莉·狄金森传》中的论述。狄金森与鲍尔斯相与往还的书信，其中的意象与情景都和"大师"书信高度吻合。很多她写给鲍尔斯的书信都充满爱意。当然，她也让他感到了特别优待。1874年，在艾米莉父亲的葬礼中，鲍尔斯是唯一与艾米莉坐在一起的人，而此时艾米莉已然幽灵般少与人来往。此前，在1860年，她曾向他倾诉过自己改变生活方式、自限于父亲宅邸的情感原因。1878年，鲍尔斯去世，走过了为编辑与慈善事业殚精竭虑的一生。在她眼中，他宛如神明："他移走的，他创造。"（L536）她可能就是将鲍尔斯之死称为"日食"[33]的那位女性——眼眸如"星"，"面容如画"的鲍尔斯，就是她的"太阳"（L830, 567）。1884年，乔治·S.梅里亚姆（George S. Merriam）的《塞缪尔·鲍尔斯传》（*Life of Samuel Bowles*）正筹备出版，狄金森将这本传记视作"正午逝去，追忆太阳"（L908）。

鲍尔斯身负盛名，精力充沛，魅力非凡。他与爱默生、查尔斯·狄更斯为友，像希金森一样，主张废奴、支持女权。鲍尔斯担任过《斯普林菲尔德共和报》的编辑，这份报纸狄金森家族每天必

第一章 种花伊甸园

图2　塞缪尔·鲍尔斯。"往昔并非能够卸下的包袱。我看到父亲的双眼,看到鲍尔斯先生的双眼－那些孤独的流星。"(L830,1883年6月)

读。他的妻子玛丽·舍默霍恩·鲍尔斯(Mary Schermerhorn Bowles)为人朴实,完全不同于苏珊·狄金森(阿默斯特有流言说她不知羞耻地勾引过萨姆[34]),鲜少陪伴丈夫造访毗邻家园的奥斯丁家。奥斯丁的房子名唤"永青邸"(Evergreens,因其冷杉繁茂),1859年那些"美妙的夜晚"(凯特·安东语),鲍尔斯与艾米莉常在那里打羽

45

毛球。正是在这一时期，艾米莉写给鲍尔斯和"大师"的书信内容高度重合。指涉两位男士的隐喻，其意义如此一致，让人很难不把他们指认为同一人。在狄金森关于救赎之光的想象中，"大师"是"雏菊"追慕的"太阳"（F161）；而鲍尔斯本人不但唤艾米莉为"雏菊"，并且被艾米莉称为照耀雏菊生长的灿烂星球（L908）。

当然，"大师"真实身份的重要性，取决于它是否能够帮助我们更好地理解艾米莉·狄金森的性格、人品及其诗意呈现。因此，我并不打算过多争辩"大师"的真实身份，毕竟我已在他处讨论过这个古老的谜题。但在我看来，鲍尔斯仍然是最有可能的"大师"候选人——毕竟诗人赠过鲍尔斯许多咏花诗，而鲍尔斯也常送鲜花给诗人。阿尔弗雷德·哈贝格（Alfred Habegger）基于苏珊·狄金森未完成的文章《永青纪》（"Annals of the Evergreens"）而做的断言，似乎并不足以服人。苏珊说鲍尔斯是"我们新婚家园的第一位重要访客"。哈贝格据此猜想鲍尔斯——而非《斯普林菲尔德共和报》的某位特约记者——于1858年6月30日第一次造访阿默斯特。此行目的是报道莱维·D. 考尔斯（Levi D. Cowles）农场的农业实验成果，在永青邸得到了苏和奥斯丁的款待，并由此遇见了艾米莉。[35]他推测鲍尔斯"走入诗人的生活，是在艾米莉写下第一封'大师'书信之后的事情"，因此鲍尔斯不会是狄金森笔下那位如鲜花与热带美景般神采飞扬的光辉人物。

按照托马斯·H. 约翰逊（和R. W. 富兰克林）的考证，第一封"大师"书信写于"1858年左右"。这封信，艾米莉自称写于"春天"

即将"出门"之时——春日已残,夏季将临:大概是6月20日前后(L187)。哈贝格认为,既然艾米莉当时尚未与鲍尔斯谋面,则"大师"要么是她的"黄昏石""忧伤客"——查尔斯·沃兹沃思(L1040,776),要么就是另一位身份不详的牧师。他的修正主义观点说服了一些学者。

但问题正出在这里。首先,所有"大师"书信的写作日期均属猜测。上述的第一封书信很可能早于或晚于1858年,尽管有些不太重要的笔迹特点(比如d和t的写法)指向了这一年。苏珊和奥斯丁初见鲍尔斯并引介艾米莉的时间,可能比苏记忆中更早(苏回忆日期总是不准确,哈贝格也承认这一点)。狄金森所谓"春天"和春天意象也很宽泛。比如,苏珊与奥斯丁成婚于7月1日,但艾米莉总觉得他们是在春天结的婚。更重要的是,就算第一封"大师"书信是1858年写就,约翰逊说,另一封写于1858年6月左右的书信中,艾米莉对塞缪尔和玛丽·鲍尔斯夫妇说话的语气已然熟络,就像是早已认识并属意鲍尔斯。顺着两位前人提出的思路,哈贝格将后一封信的写作时间推迟到了1859年6月,但并未说明原因。在鲍尔斯与狄金森的所有通信中,唯有这封信殷勤客气地带上了玛丽。狄金森写道:

亲爱的朋友们:

我不愿你们来,因为你们终归要走。从此,我不再摘下玫瑰,这样便不见花凋,亦不会刺伤。真希望你们能住在这里。……今晚好似"耶路撒冷"。我想耶路撒冷一定宛如苏的客厅，我们在那儿谈笑风生，你和鲍尔斯夫人都在……你们心情今天如何？我们尚好。希望你们的旅途愉快，鲍尔斯夫人快乐。也许回忆会在某个早上唤你们回到这里。

信以"带上小艾米莉"结束，语气中满含亲密温柔，尤其是对鲍尔斯（L189）。信中提到的"旅途"发生于1858年，此前玛丽·鲍尔斯刚刚产下一个死胎。

这封致萨姆和玛丽的书简之后，狄金森的下一封信，于"1858年初夏"写给姨父约瑟夫·斯威策（Joseph Sweetser）。哈贝格认为此信是汇报近期父亲业务与母亲病情的例行公事，[36]但信中口吻语气，却描画出了一位想象力丰富的女性，因前所未见的魅力而欣喜难耐："发生了多少事情啊，亲爱的姨父，自我写信给你—太多了，简直不知从何说起。"（L190）所谓发生的事情，很可能是指热烈的生活激情，或暗指促成1858—1859年的诗歌创作灵感爆发的某种性觉醒。艾米莉告诉姨父（身为文人，斯威策偶尔也会写诗，能够理解隐喻）："无数枝梗开出了奇异的花。"（L190）狄金森家显然不太可能突然往花园里移植大量异域花卉。艾米莉是在宣告自己的生活发生了戏剧性的变化。如其一贯做法，她使用了花朵与花园比喻来表达情感。爱上鲍尔斯宛如采摘玫瑰——以后狄金森还会说是他"摘下"了她——他们在花园中的夏日漫步见证了她的生活转变，她自己仿佛变成了花朵。这些书信的格调与内容表明，艾米莉·狄金森那个时候已经经历了"奥斯丁家那些美妙的夜晚"，正如凯特·安东1917

年向玛莎·比安奇所描述的一样。

不管他是不是"大师",艾米莉·狄金森的言行都明显表现出她对塞缪尔·鲍尔斯的热烈渴求,正如她的自况——雏菊,对太阳神阿波罗的渴求(L272)。但在鲍尔斯的生活中,艾米莉却不是中心(这一点她心知肚明)。阿波罗对崇拜太阳的雏菊永远保持着疏远与冷淡,这很符合他的神性。狄金森于1860年写道:

雏菊悄悄追随太阳—
当他金色的步伐停止—
便羞怯地坐在他脚下—
他—醒来—看到了花—
为什么—小偷—你竟在此?
因为,先生,爱太甜美!

我们是花—你是太阳!
原谅我们,天色已晚—
我们偷偷挨近你!
迷恋将逝的西天—
宁静—鸟群—紫晶—
夜幕是契机!(F161)

塞缪尔·鲍尔斯给艾米莉·狄金森起了两个昵称:她是他的"雏

菊",也同样是他的"女王"。在维多利亚时代的花语中,如凯瑟琳·哈比森·沃特曼(Catherine Harbeson Waterman)颇有影响的《花神词典:花语花情释义》(*Flora's Lexicon: An Interpretation of the Language and Sentiment of Flowers*,1839年费城初版,1852年波士顿再版,在新英格兰地区非常流行)所定义的,雏菊象征天真无邪。(这一花语也适用于英格兰,狄更斯笔下精明世故的斯提福兹就把朴实天真的大卫·科波菲尔称作"雏菊"。)但狄金森这朵雏菊可以是腼腆的"小偷",是端庄娴静却也诡计多端的挑逗者。1863年,塞缪尔·鲍尔斯拜访苏珊和奥斯丁时,狄金森穿过草地,送给他一段铅笔头,要他为自己画一朵雏菊:

最好要像我一样大——
当它(你)摘下我的时候(F184)[37]

狄金森这样的诗人,浸淫于莎士比亚、伊丽莎白时代的古风,一定明了诗行间暗藏的大胆情欲。被"摘下"即被"占有",而铅笔"头"这样的意象显然直指阳具(phallic)。狄金森不断玩着这种天真少女与成熟男子的游戏,他们二人的小小挑逗既在现实中上演,也蔓延到文字之中。"鲍尔斯先生"——她常带着半真半假的懵懂如此称呼他——可能也乐在其中。在"雏菊悄悄追随太阳"一诗中,狄金森这位园丁-诗人描述着植物学现象:雏菊这样的趋日植物因定向刺激而永远面朝太阳。如她追随着"大师"一样(在这里,基督教《圣经》的调子开始浮现），满怀信仰的雏菊永远凝望太阳。"夜幕是契机"暗示着她大胆的情欲想象，而且值得注意的是，夜晚对花朵来说，也意味着休憩与复苏。如果塞缪尔·鲍尔斯读过"雏菊悄悄追随太阳"，那么当他看到他的"女王"在第七行中以皇室口吻自称为"朕"/"我们"（we）[38]，一定会不禁莞尔吧。

与约瑟夫·莱曼不同，鲍尔斯不仅能够理解艾米莉的敏感脆弱，感受她那微妙的吸引力，同时，他还懂得欣赏诗人的幽默与自由而丰沛的情感。但他热情有余而细腻不足，对她的诗歌也比较轻视："告诉艾米莉给我一颗她的小宝石（投给《斯普林菲尔德共和报》）。"他在给奥斯丁和苏珊的信中说。鲍尔斯对一位西斯普林菲尔德的年轻诗人科利特·卢米斯（Colette Loomis）坦承："诗歌不会让我'心软'，（但）你那些简洁的……小诗总能打动我。""小宝石"于鲍尔斯是褒奖之辞，但对他的朋友艾米莉来说，他的赞扬很可能无法令她满意，因为她太渴望得到他的认可。（阿尔弗雷德·哈贝格的狄金森传记记载了许多饶富意味的事情，其中之一写到了查尔斯·沃兹沃思：他认为蒸汽机是"比《失乐园》更伟大的史诗，电报是比'莎士比亚《暴风雨》更美妙、更崇高的真正的诗'"[39]。艾米莉成年之后爱过的男性中，只有奥提斯·劳德法官热爱诗歌。）狄金森写蛇的诗作之所以打动了鲍尔斯，并不是因为其中让人捏一把汗的无畏大胆，而是狄金森居然知道蛇喜居"沼泽之地"。

不过，重要的是，鲍尔斯与艾米莉·狄金森的花卉品位相似，都犹爱野花。南北战争的风暴摧毁了鲍尔斯的健康和好脾气，1863年他写信给奥斯丁时坦承:"我最近变得野蛮、暴躁,已经有一段时间了——陷入一种对所有人与事(字迹不可辨)的厌恶中——我猜艾米莉也是这样,——我也开始试着莳弄花园了。但我很快就会疲倦,所以并没有什么效果,——这一天也就这样过去了,再等待下一天清晨降临。"[40] 他"也"将花园——正如艾米莉一样——当作减压手段。1863年她的压力来自何方,我们虽不得而知,但很可能是多种因素的共同作用。尽管最近出现了某些翻案之论,但长期存在的证据表明,艾米莉虽仍珍视与苏珊的友谊,却也常对自己这位天分颇佳但脾气无常的好友兼嫂子感到厌烦、不满。希金森对她诗作的冷淡反应,以及对她美学意图的误读,也让艾米莉深深失望,"出版-拍卖/人的心灵"(F788),那些才华横溢的诗句中就暗含着她文学雄心的挫败。"我挚爱宁静",封闭的生活——独身、半隐居、焦虑——给了她写作的自由。但这显然令家人痛苦,他们也向她表达了不满(L843)。她在诗与信中塑造的如天神般充满禁断感的"大师",在她心中唤起的既有激情,亦有沮丧。除此以外,她当时还深受眼疾之苦。

鲍尔斯在《远西边境》(*The Far Western Frontier*, 1869)一书中,充满激情地描绘了一种名为"画家之笔"(the painter's brush)的花卉,称它能够令"整个房间发光",像"灯塔"一样。鲍尔斯身兼数任,医生曾警告他总有一天会被"累死"——悲痛欲绝的艾米莉曾说,"他醒悟得太迟了:生命力会消耗其自身"(L542)。每年艾米莉父亲的忌日,鲍尔斯从不会忘记给她送来鲜花。其中潜藏的微妙关怀，透露出鲍尔斯深知狄金森心中复杂难言的丧父之恸。她曾坦白自己对父亲几乎一无所知，说来倍感荒凉，去世的父亲成了某种"停滞的空间，我唤它为'父亲'"（L418）。更为不同寻常的是，鲍尔斯对艾米莉的关心是活跃、忙碌、公众事务缠身的男子对一位热情迷人的女性的关心——纵使她选择隐居，看上去也有些神经质，但雅好交际、八面玲珑的他仍对她颇为赞许。维多利亚时代的人们通晓"花语"的意义——事实上，受过教育的阶层几乎无人能避不接触花语。正因如此，1864年圣诞节鲍尔斯送给艾米莉·狄金森一棵她所谓"茉莉树"（L935），便更富深意。与艾米莉同为园丁，他一定知道芬芳的白色茉莉（*Jasminum officinale*）别名唤作"诗人茉莉"。

茉莉（图3）"言说"的语言意义明晰，但要看你查的是哪本美国花典。比如，塞耶夫人（Mrs. Thayer）的《花神珍宝》（*Flora's Gems*, 1847）说，白色茉莉意味着激情，赠人茉莉即暗示"你是我的灵中之灵"。而凯瑟琳·哈比森·沃特曼颇为流行的《花神词典》——狄金森看的很可能就是这一本——认为茉莉意味着别离。就艾米莉·狄金森与鲍尔斯的情况来看，两种解释都能成立。1862年8月，她给身在欧洲的鲍尔斯写信，直陈他是"（她的）灵中之灵"："有多痛苦，大海相隔－纵然海水湛蓝－在你的灵魂，与你之间。"（L272）别离期间，鲍尔斯四处游历——欧洲、纽约、加利福尼亚——而她诗与信中的思念亦日渐浓重。如果塞缪尔·鲍尔斯回应或者理解了她的爱情，那么以茉莉相赠便足以点明心迹。

图3 茉莉（*Jasminum officinale*），《柯提思植物学杂志》（*Curtis's Botanical Magazine*），1787年

对于维多利亚时期陷入禁断爱恋的人们来说,沉默就是他们的"语言",花语因此成为极为普遍的交流方式。19世纪60年代,美国东部地区的绘画作品中就出现了这样的花语。《花神词典》的作者声称:"花语近来颇为流行,一定要熟练掌握,就算它尚不是礼仪教育的核心,但至少也是优雅、高贵的标志……虽非案头必备,仍不失为绅士淑女的理想藏书。"尽管可能性不大,但鲍尔斯送给艾米莉"诗人茉莉"时,仍有可能不含什么"深意"。或许他只是赶着当时迷恋热带的时尚,想为她的温室多添一种热带花卉。然而,鲍尔斯这样一个胸怀文学志向、热爱追逐时尚的报人,"干练务实,代表着康涅狄格河谷文化中世俗、平淡的一面"[41],他能对狄金森家的风雅一见倾心,想必懂得流行的"花语"。因此,他送来的"诗人茉莉"定然是一种恭维——既对诗,也对人。但其中是不是隐藏着爱意,则仍然成谜。

即使狄金森的书信中暗示着鲍尔斯也对她有意,并且他的行为殷勤而稍带挑逗,但我们仍然无法确知(尤其是鲍尔斯的家人销毁了他与艾米莉二人的全部通信)他对艾米莉的感情究竟是爱情还是兄妹之情。据说,他对于艾米莉和苏珊·狄金森这样的知识女性极具吸引力,这已是名声在外。有传言说他迷上了妻子的表妹、史密斯学院(Smith College)语言学教授玛利亚·惠特尼。也许正因如此,霍兰博士才特意在鲍尔斯的追悼会上说:"在他最后的岁月里,那几位(诗书满腹的)高贵女性始终是他忠诚亲密的朋友,而他对结发妻子坚贞不渝的忠诚,她们最是了然于心。"[42]不过,鲍尔斯——

永远忙碌、永远没空的鲍尔斯——可能对友情多有疏忽。例如，1870年6月，他与玛丽夜宿狄金森家，艾米莉送给他一首满怀崇拜的诗"他醒来，今早—"。这首诗里，尽管一整个春天打扮着自己，想要取悦鲍尔斯，她却只能一个人"无言"呆立——但这首诗本身便说明她并没有无言呆立（F1173）。然而，R. W. 富兰克林说鲍尔斯（漫不经心还是小心谨慎？）"并未带走[诗]稿"[43]。他选择"诗人茉莉"，究竟是暗示爱情还是友情，是赞美艾米莉·狄金森的园艺与诗艺，还是欲以花表达他无以回报的感情，我们不得而知。但对她来说，他的礼物显然最为宝贵。[44]

这盆茉莉挂在狄金森温室里最显眼的位置。苏珊·狄金森在艾米莉的讣告中说，这是她"温柔耕耘"的"珍卉"之一。艾米莉·狄金森选择培育茉莉并取得巨大成功，正凸显出了她的性格。正如路易丝·卡特在本书第五章所表明的，白色茉莉与黄色茉莉（*Jasminum nudiflorum*）都极难成活，更难开花。作为一个尝试在室内长期种植茉莉的人，我可以证明茉莉非常娇贵难养。艾米莉·狄金森很可能花了极大的工夫，夏天将她的茉莉放在花园中合适的位置养大，到了冬天再将其挪入温室，还要确保室内温度不低于40度[45]，不高于60度，有时要施肥，有时又要停止营养，要喷水，要修剪，还要盖上帆布保护好，最终——花期只有一周——也许花会奖赏她，绽放星云般灿烂的花朵，那天堂般的甘甜芳馨，将令一切艰苦劳累都烟消云散。我们的诗人能种好茉莉显然并不奇怪："每一个狂喜的时刻/都要付出痛苦/热切而激动地颤抖/进入狂喜—"（F109）

这样一个人,肯定会为了茉莉之美而"付出"辛劳。

1882年,鲍尔斯去世已然六年,狄金森仍然哀伤。她给鲍尔斯的儿子小塞缪尔送去了一束茉莉——他父亲当年所赠那株茉莉树开出的花。花束卡片上附了一首诗:

亲爱的朋友,

你父亲赠我的树,绽放了无价的花朵,

你能为他收下吗

他放弃了潜伏(Ambush)

走上了黄昏的旅途,

他的幽芬(subtle)之名侧畔

有星(Asterisk)闪烁

那是他密友,我们也一样—

我们坚定不动摇—

不朽的一切

皆隐匿于明星(Star)。　　E. Dickinson(L935)

狄金森称茉莉为"树",很可能是因为讶异于其生命力与体量。白色茉莉事实上是一种藤蔓植物,尽管看上去并不像。"树"也暗示着鲍尔斯送来的茉莉已然生长多年。不仅如此,"树"这一词更笼罩着一重《圣经》光环:《创世记》中说,伊甸园中"可以悦人眼目"

的"各样的树",都是上帝所造(2:9)。

小塞缪尔·鲍尔斯邀请艾米莉·狄金森出席了自己的婚礼。19世纪80年代,就在1886年她去世的前几年,狄金森几乎已经完全与世隔绝。小鲍尔斯很可能是考虑到其父(及其本人)与狄金森的深厚友谊才发出了邀请,并没有真心指望她会出席婚礼。狄金森的诗简(letter-poem)——此时她的信后只署一个"E"字,与她父亲一样——既是挽歌,也是对鲍尔斯一生的诠释。他放弃"潜伏",放弃静待崇高的死亡,相反,他选择了"黄昏的旅途":病榻缠绵日久,精力渐渐耗尽,如同白日将残,渐渐沉入夜晚。对她来说,鲍尔斯就是"不朽的一切/皆隐匿于明星"。"明星"或"星"现在闪烁"在他的幽芬之名侧畔"。在她笔下,他温文尔雅,天赋出众——1850年,社会精英常被称作"明星",她沿用了这层意义——迥异于俗世众人。但她的隐喻显然意蕴复杂,因为白色茉莉的五角或六角形花朵亦与星号或星星相似,而狄金森形容鲍尔斯名字的"幽芬"一词,显然使用的是《韦伯斯特词典》中该词的头条义项:难以捉摸的或隐隐的芬芳。她的爱人因其所赠的鲜花而与众不同,他的名字,亦如茉莉一般,洋溢着浪漫的芬芳。

鲍尔斯的茉莉寿命极长,既生长在狄金森的温室里,也活在她的想象中,象征着花与狄金森的生活方式、思想轨迹交织缠绕的紧密联系。1883年夏,她送给科妮莉亚·斯威策(Cornelia Sweetser)"我的第一朵茉莉"(L839,图4),表明她仍深爱鲍尔斯所赠的茉莉——在她的精心照料下,花已第二次盛开了。来自鲍尔斯家族的另一样礼物也证明了狄金森社交圈中花语的显要地位与广泛运用。1879年，鲍尔斯去世不久，玛丽·鲍尔斯给艾米莉·狄金森送来了一枝常青藤（ivy）。托马斯·H. 约翰逊认为这一行动与玛丽的丈夫"有所关涉"[46]。但《花神词典》及其他维多利亚时代的花典都认为常青藤意味着"真诚的友谊"。伊丽莎白·沃特（Elizabeth Wirt）的

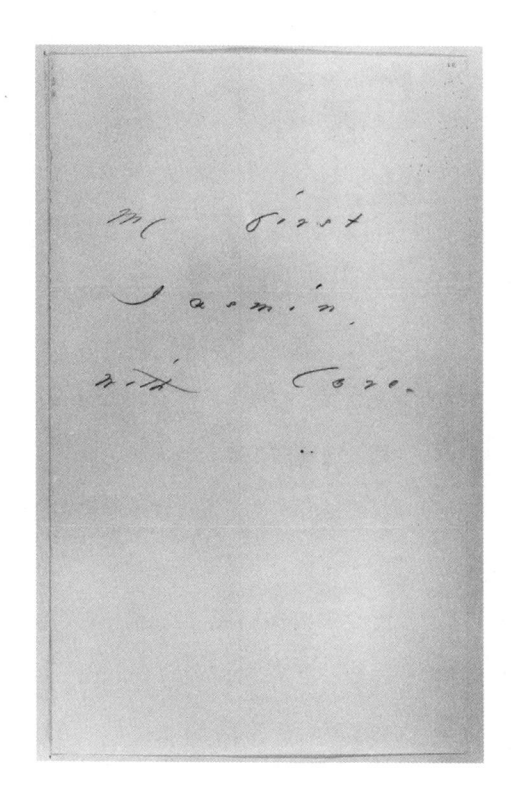

图4 "我的第一朵茉莉"：艾米莉·狄金森致科妮莉亚（内莉）·斯威策书信手稿，1883年夏

《花卉词典》(*Flora's Dictionary*)认为,常青藤意为"婚姻",莎拉·埃德加顿(Sarah Edgarton)的《花瓶》(*The Flower Vase*)则说,它指"我找到了真爱"。1911年,塞西莉亚·博克斯(Cecilia Beaux)为哀悼亡夫的海伦妮·德凯(Helena deKay)画了一幅动人的肖像:海伦妮一身黑衣,手握一缕常青天竺葵(ivy geranium,盾叶天竺葵[*Geranium peltatum*])。不仅是在美国,在法国和英国,人们当时——现在亦然——同样认为常青藤象征着不论艰难困苦永不分离。

有证据表明,对于表妹玛利亚·惠特尼与自己丈夫的眉来眼去,玛丽·鲍尔斯既愤怒又痛苦。艾米莉·狄金森写给鲍尔斯的热情书信(尽管遮遮掩掩)或许也让玛丽深受刺激。因此,在此前与鲍尔斯分离之时,狄金森或许是为了防止玛丽的怨恨,在信中先发制人地把自己的心情伪装成玛丽的心情表达了出来:"最好的(鲍尔斯)已然离去-其他一切便无关紧要-心只求其所欲。"(L262)鲍尔斯去世后,他的遗孀显然接受了这位口吐莲花却古怪遁世的朋友伴她捱过哀伤。对维多利亚时代的读者来说,常青藤可以代表玛丽与艾米莉二人对鲍尔斯共同的爱。在精心准备的感谢信中,艾米莉·狄金森感谢了玛丽得体的善意:"多么令人暖心的回忆!它们说起你又是多么温柔!多么甜蜜的苦劳,用一双被打击(smitten)的手抚慰另一个被打击的人!"(L609)玛丽是否明白了打击的一语双关——被痛苦或被爱情打击——无人能知。

艾米莉·狄金森的书信常会写到花，诗歌会以花为喻，在日常交往中，花朵也常伴其左右。除了查尔斯·沃兹沃思牧师这一特例，她的意中人都有花对应：鲍尔斯与白色茉莉或许是最为凄楚的一例，因为送与被送双方依靠的是心照不宣的花语。在狄金森的书信里，其他人也常与花相联。这不禁惹人好奇，狄金森的花语在多大程度上吸收了主流的花语。

她忠实、活泼、持家有道的妹妹拉维妮娅，在狄金森的书信里，化身成了甜美的苹果花与坚强的菊花。《花神词典》认为，苹果花意指"我的最爱"；维妮的确是姊妹中艾米莉最爱的一个，而且正如我们的诗人所说（L391），在某种程度上，维妮有如"双亲"。菊花意味着"快乐"与"真诚"，恰如这位以心直口快著称的活泼妹妹，一直保护、陪伴着艾米莉。艾米莉灵动活跃、志向远大的嫂子苏珊·狄金森（图5，鲍尔斯称她"佩勒姆女王"［Queen of Pelham］——佩勒姆位于马萨诸塞州西部——魅力四射的苏珊女王，永青邸就是她的宫廷）是红衣主教花（cardinal flower）以及贝母属的富丽花朵——"帝国皇冠"（Crown Imperial）。在花典中，红衣主教花（*Lobelia cardinalis*，红花半边莲）和帝国皇冠（*Fritillaria imperialis*，花贝母）都意味着权力、傲慢和多变，并且后一种花（图6）还特别有着自负之意。[47]有一次，苏珊——艾米莉最要好、最重要的朋友——送来一朵红衣主教花，艾米莉自述当时深感触动。

图5 年轻的苏珊·吉尔伯特·狄金森（"苏嫂嫂"）

早在1852年，艾米莉就半开玩笑地写信给苏珊说："我现在得去花园，要教训教训那些昂首自大的帝国皇冠，直到你回来方能作罢。"（L92）理查德·休厄尔认为狄金森关于苏珊的大部分隐喻都指向她的强势性格。正如我曾经指出的，在狄金森的书信与诗歌中，苏珊常与莎士比亚笔下的克莉奥佩特拉相提并论——同样聪明美丽，同

图6 帝国皇冠,《柯提思植物学杂志》,1796年

第一章 种花伊甸园

样不可信赖且满腹怨恨。[48]带着一丝伤感,艾米莉一针见血地给苏珊下了精准判断:"知(苏珊)者知之越少/离之越近。"(F1433)帝国皇冠,花似冠冕,绿叶顶环下橙、红、黄花春日盛开,高约四英尺[49]。年轻的艾米莉先是选择这种不同凡响的花来陪衬不同凡响的好友,然后又半开玩笑地想象自己教训这朵高大的花——而非水仙、郁金香或风信子等其他同一时令绽放的春花——说明她的感性十分依托隐喻,而她的日常生活里满是象征(如同她那些不太寻常的举止:一身缟素,隐身门后)。帝国皇冠是一种出位而又高贵的花,尽管艾米莉也常常夸奖苏珊的优美举止与沉郁美貌。但是另一方面,它造型奇诡、气味刺鼻——《柯提思植物学杂志》(1796)形容其好似狐臭——所以在大多数花园里能够发挥的作用有限。艾米莉的"女王"苏珊是这样一个令人失望,甚至令人反感的形象,实在是讽刺。

苏珊送给艾米莉的紫红色红衣主教花也是植株高大的仲夏野花,可见艾米莉的社交圈子深受时风影响,非常习于这套充满象征的花卉语言。红衣主教花是新英格兰人非常喜爱的一种野花,常在仲夏开放,深红的花朵约有一两英寸大,周围常有蜂鸟萦绕。1882年,艾米莉·狄金森追忆童年,满怀忧伤地描绘着她寻觅红衣主教花的经验:"我有两样东西落在了童年-小鞋子陷在泥中而赤足回家,以及涉水追寻红衣主教花。妈妈的责备,只为我好,不辞辛劳,她的皱眉伴着微笑。""现在,妈妈和红衣主教花都去了与世隔绝之地—"[50](狄金森对妈妈的爱——尽管来得有些迟——表露无遗,半边莲与爱抚孩子的慈母形象紧密相连。）

苏珊·狄金森也像艾米莉一样喜爱野花,这或许应归因于二人的友谊。苏珊一定也知道艾米莉喜欢蜂鸟。"我的花园里,驶来一只小鸟/单轮滑翔—"(F370),展现了狄金森对异彩斑斓的蜂鸟终生不渝的热爱,这种鸟也常出现在马丁·约翰逊·海德等风景画家笔下。女性互赠鲜花往往意义允当,且有信件以资佐证。1870年左右,艾米莉送给苏珊一束"甜蜜苏丹"——还配着老派花园中常见的草夹竹桃(phlox)和飞燕草(larkspur)——信中写着:"我的土耳其人如重返她熟悉的东方—"(L345)她很清楚自己送给嫂子的花充盈着异国情调,而苏珊其实住在家园西翼;只有在艾米莉的想象中,她才身处"东方"。1878年,四十八岁的狄金森在给苏的信中又说:"苏珊—我梦见你了,昨夜。赠一朵康乃馨(carnation)以为念—"结尾附诗一首:

俄斐的姐妹—
秘鲁啊—
买你
所费难估—(L585)

花典赋予康乃馨的几重特质都可用在苏珊身上,她就是狄金森四行诗中所说的无价之宝与异国情调。黑尔(Hale)的《花解语》(*Flora's Interpreter*)称其意指"骄傲美丽"。塞耶夫人的《花神珍宝》与《花神词典》一样,都将其解释为"蔑视"。托马斯·H.约翰逊考订这封信的写作时间为1878年冬,艾米莉可能是从温室中挑了一朵送给苏珊。新英格兰地区冬季寒冷,康乃馨只能在温室中生长;与常夏石竹(cottage pink)不同,康乃馨在花园里无法存活。"俄斐"(Ophir)在《旧约》中是所罗门交易黄金、象牙与孔雀的海港地区。艾米莉的礼物——诗与花——是对苏珊地位的肯定:她光彩照人,如同骄傲的孔雀;她贵若珍宝,仿佛温室中的康乃馨。

苏珊·狄金森也常会赞美某些友人送来的鲜花。在一封写给塞缪尔·鲍尔斯的圣诞书信中,她感谢他送来的鲜花,字里行间暗藏爱意。这提醒我们,苏珊似乎在暗暗地与奥斯丁、艾米莉争夺着鲍尔斯的注意和爱意,因此她才会向鲍尔斯吐露她的婚姻陷入困境。(她的书信提到了两样礼物,分别来自鲍尔斯和奥斯丁。奥斯丁的礼物令她吃惊:出乎意料,偏偏又极其美丽夺目,只可惜送礼的人却是奥斯丁。)苏珊的语句——尤其是最后一行——似乎希望追步艾米莉花卉描写的水准:

(你送的)鲜花是我的意外之喜—多么完美,超凡脱俗的芬芳弥漫四方—它们安居在书房桌上……我(漫步?)厅堂……香氛偷偷近身。内中包含的讯息……(太过)微妙—半是回忆—半是悲伤—半是希望—谢谢你的花。本也打算送一束花给你惊喜,也让玛丽高兴,但想想还是算了,我想你家里恐怕塞满了城里朋友们送来的花束吧……奥斯丁居然送了我一把精致的象牙梳,可以别在发髻上做装饰—似乎从来没有哪样礼物这般称心。实在太美,只可惜送礼的却是奥斯丁。你来做客时,我戴上它吧。想想看奥斯丁居然肯花13.5英镑给太太买发饰……书写之中,花儿不时轻抚手臂……苏。[51]

狄金森的社交圈中,似乎人人都用花语表意。正如我们注意到的,艾米莉·狄金森送出的花总是寓意贴切。她谦逊的朋友莎拉·库欣·塔克曼(Sarah Cushing Tuckerman)收到了一朵蒲公英干花,装饰着红色蝴蝶结。蒲公英是常见的野花,沃特曼和奥斯古德都认为它象征着"田园圣人"。莎拉·塔克曼嫁给了阿默斯特学院的一位植物学教授,向来以敏感、体贴而受人尊敬,她与狄金森的通信情感深刻而诚挚,正与蒲公英花语相得。艾米莉幸福的姨妈凯瑟琳·斯威策(Catherine Sweetser),令诗人想起了复活节百合(Easter lily),所有的花典都将其与甜蜜相连。(甜蜜〔sweetness〕谐音斯威策〔Sweetser〕,这也是狄金森偏好双关的典型例子。)给玛丽·鲍尔斯的信里,狄金森也总会写到花,而且隐隐夹杂着某种渴慕,似乎是在羡慕玛丽的"明亮炉火"与家庭生活(L212)。早在1859年鲍尔斯与狄金森尚未深交之时,艾米莉便在12月10日自己生日当天给玛丽写信,感谢她送到阿默斯特的"美丽花束与马鞭草"。"我从你给我的花束中拿出了一小枝黄色天芥菜种下,"艾米莉曾说,"我就叫它'玛丽·鲍尔斯'了。"接着她又回忆起,离昨夏与玛丽和萨姆漫步花园已然许久,现在那里只剩"土丘掩面"(L212)。(狄金森以天芥菜比喻玛丽只是偶一为之，但花园一直是二人通信中比较安全的主题："你的花园怎么样了－玛丽？香石竹品种纯正吗－？"［L235］）艾米莉的哥哥奥斯丁被比作延龄草或林地百合（wood lily）："森林将延龄草借给了奥斯丁。"（L823）这种植物有三片叶子（正如狄金森家有兄妹三人），大部分花典都将其解释为高贵或权威。作为独子，奥斯丁继承了家业，正好契合延龄草的形象：一花独秀，卓立于绿叶之上。

艾米莉·狄金森对兄长可谓爱羡交织：他不仅拥有男性特权，而且作为父亲的同行与继承人，奥斯丁还偏享着父亲宠爱。她写给奥斯丁的信清楚地挑明二人乃竞争对手。在要求女性恭敬顺从的年代，她深知自己无法与哥哥匹敌。爱德华·狄金森称赞奥斯丁的作品胜过莎士比亚，这显然令艾米莉感到既震惊又羞愧。但另一方面，狄金森早年时，在给哥哥的信中还附过一首诗，邀请奥斯丁逃离"森林枯萎""大地无声"的沉闷工作，和她一起奔向生机勃勃的永恒花园：

这里的花园更加明媚，

绝无寒霜侵凌；

永不枯萎的繁花中，

我听到蜜蜂的欢快嗡鸣；

快来吧，哥哥，

快到我的花园里来！（J2[52]）

之所以写这封信，是因为艾米莉希望哥哥能早点回家。但信末的小诗暗含了另一层思绪。尽管她常将老宅看作伊甸园与庇护所，尽管书信正文中她吁请奥斯丁重回狄金森家园，诗歌却描绘了一个"更加明媚"的花园，那里有"永不枯萎的繁花"，而"无寒霜侵凌"。除了在隐喻中，哪里也不会有这样的花园。因此，"我的花园"指的其实是艾米莉特有的花园：想象与爱，如其所言，均能超越时间。与其诸多杰作相似，狄金森于二十一岁时写下的这首早年小诗也将自我、创造力与花相提并论。她曾形容自己是隐逸而长生的银莲花、水晶兰、藤地莓（arbutus）或"谦逊"、"卑微"且"渺小"的雏菊。雏菊是拉斐尔前派美学思潮的宠儿，狄金森时代的绘画与诗歌中常闪现着它们的身影。"这里的花园更加明媚"不假思索地聚焦于诗人的心灵花园，爱使花园超越了死亡的"寒霜"。因此，她邀请哥哥放弃城市生活，回归自然，回归爱意充盈的生活。

塞勒姆法官奥提斯·菲利普·劳德（图7）比艾米莉年长十八岁，是她父亲的好友。1877年，丧妻的劳德向艾米莉·狄金森求婚。当时她已决意隐居，但频频来访的劳德（正如19世纪60年代的鲍尔斯）却在引导她走向更广阔的生活。也许在艾米莉的少年时代，劳德就爱上了她；他是"她生命中的最后一位爱人"[53]。或许因为她的大部分重要情诗都写于二人谈婚论嫁之时，所以其中很少谈及友情。[54]不同于她对苏珊·吉尔伯特的好感与对塞缪尔·约翰逊的迷恋，我们知道艾米莉·狄金森与奥提斯·劳德是两相情愿。直到1884年他突然中风去世，二人有过长达七年的通信。这些信透露出，身为女性，

图7 奥提斯·菲利普·劳德法官,狄金森的追求者,时年四十八岁

我们的诗人如何深深地吸引了这位同僚口中"用伟大英勇的模子铸成的"[55]卓越男性。

劳德曾经写道:"主宰人类心灵与情感者比星球发现者更加伟大。"他全心全意敬重诗人与诗。与艾米莉·狄金森一样,对他来说,阅读莎士比亚是一场盛大的绝妙旅程。劳德还曾送过狄金森一本莎士比亚词语索引。正如米利森特·陶德·宾汉姆（Millicent Todd Bingham）所说，狄金森四十几岁时写给劳德的那些生动流利而深沉感性的书信，"揭示"了她自如表达情欲渴望的能力。接受了莎士比亚深刻、甜蜜、睿智的诗句洗礼——尤其是《罗密欧与朱丽叶》、十四行诗与《奥赛罗》，此时狄金森的写作更加直接、自信，迥异于"大师"时期的焦虑紧张。她的文字中弥漫着大胆的情欲，致苏珊·吉尔伯特的信中也充满暗示，因此有些论者才会把狄金森单一地解读为同性恋诗人。这些信件中尤其值得注意的是，狄金森强调对爱欲行动的想象——她称之为"午夜篇章"。她的态度里混杂着快乐、好奇、惊恐、渴望、调皮以及职业追求——这充分挑战了她对爱欲欢愉的呈现力：

我有一种强烈的预感，某种我们尚不了解的时刻会对你极尽温柔。

很奇怪，每到夜晚，我便深深思念你，尽管你我从未同眠—但只要闭上双眼，这准时的爱很快就会召你前来—醒来时，睡眠的温暖包裹着我—

我吻着小小的空白—也许你已忘记，你留在第二页上的空白。我再不会沐浴手臂—既然你曾为它系上过丝带—不要让水冲走你的印痕

……躺着，靠近你的渴望—我经过时，轻轻触碰，便难以入眠，一夜欢愉，告别你的臂弯，但你会拉我回来，你会的，

只有那里才是我渴慕的地方——

（L645, 562）

艾米莉·狄金森与劳德健康欠佳。不良的身体状况与长年隐居的生活方式，都阻碍着二人的婚姻成真。事实上，狄金森曾写信回答这位热切的情人，称若只想要她的"面包皮"，那他将注定失去"面包"本身。换句话说，劳德希望狄金森为他搬到塞勒姆承担妻子的职责，而这其实意味着要求她牺牲作为艺术家的内在自我——那个她赖以为生、写作诗歌的自我（L562）。劳德于二人频繁通信期间去世。尽管既非园丁，亦非感伤主义者，劳德对艾米莉·狄金森来说仍然与花相连。他弥留之际，她企盼"用果园花朵般的爱填满他的掌心"（L751）。虽然仅仅在文字与梦中与他缔下过婚约，但是她选择了新英格兰新娘佩戴的花朵：苹果花，而非橙花。劳德去世以后，她想起他曾在最后一封信中，要她探寻"昨晚散步时看到的番红花和雪花莲（snowdrop）"——挚爱的野花绽放，远比公务成就更令他欣喜。她悲伤地呼应："那些甜蜜的生命竟比他长寿。"（L892）番红花甫开即败，或许狄金森正是想以此花突出法官突如其来的死亡。

据希金森日记所述，在艾米莉·狄金森的葬礼上，拉维妮娅"将两枝天芥菜放进［棺里］她手中，'带给劳德法官'"[56]。《花神词典》与《花解语》都将天芥菜的花语解读为"奉献"。但《花卉词典》认为天芥菜"言说的是""醉心欢愉"，狄金森很可能看过这本花典，其中的解释与她早年的植物学手册中所记极为相似。而且更加令人惊讶的是，后一种花语阐释显然更加切合这位显赫法官与我们的诗人之间的浪漫爱情。尽管她喜欢想象谦逊的蒲公英（dandelion）——在词源学意义上，*dent de lion* 意即"狮牙"，与蒲公英叶子的形状相似——装饰着上帝的冠冕，但在狄金森心里，也许紫色天芥菜正可象征劳德法官的伟岸。在她的诗学语汇中，紫色意味着高贵与胜利。如"成功最为甜美"中，得胜的军队被描述为"紫衣的首领/高举旗帜"。另一方面，在她看来，死神的"随从""一派高贵"，"纯紫烘托着他的丰彩！"（F112, 169）拉维妮娅将紫色天芥菜放进艾米莉的灵柩，希望艾米莉与爱人在天堂重逢，此时的她显然也承继了姐姐的象征仪式：赠人以花，这正是艾米莉的祝福方式。

在一首自传性诗作中，狄金森描述了一位男士的来访。他令诗中人感动，尽管她并未亲眼见到他。（敏感的狄金森二十二岁时曾写道："我……跑回家……害怕别人看见我，或问我在做什么。"［L207］见人与被见，对她来说都是令人恐惧的经验。）羞怯胆小但又希望讨人喜欢或予人抚慰的诗中人——之前她显然拒绝过接待这位访客——为他送去一朵花：

> 又一次-他的声音飘到门口-
> 我感到了原来的温度-
> 我听到他在询问仆人
> 问到某人-问到我-

第一章 种花伊甸园

> 我摘下一朵花—走过去—
> 为我的脸辩护—
> 他没有见过我—此生尚未—
> 我会惊诧他双眼！（F274）

狄金森的诗中人通过给这个重要的客人送花来为她的"脸""辩护"：这似乎是说，她希望给他留下美好印象——以花的形象来补偿自己不如人意、也许会令他"惊诧"的外表。狄金森手稿中"惊诧"的替换词正是"不满意"，足以证实上述解释。艾米莉·狄金森曾说自己是"美人丛中一'袋鼠'"（L268）。成年以后，她从未自觉美丽，尽管在十五岁花季之时，她曾跟阿比亚·鲁特吹牛："我真的突然漂亮起来了！真希望十七岁时能成为阿默斯特美人，到时一定人人都会爱上我。"当然后面她还加了一句"别把我的瞎话当真"（L6）。但在几首"大师"诗歌中，他在她脸上甚或胸前发现了尚无人察觉的美丽。

奥斯丁·狄金森曾宣称，艾米莉之所以避世，是因为她自觉相貌平平。但他的这一说法并没有来自同时代的旁证。[57]艾米莉·狄金森的裁缝回忆说她挺"漂亮"[58]。她的同学艾米莉·福特在1894年写道："艾米莉既不美丽又美丽非凡。她的赤褐色眼眸可爱极了，温柔又温暖，同样颜色的发辫盘绕头上。"[59]约瑟夫·莱曼的回忆录（如前引文）记载，她的眼睛——艾米莉曾向好奇的希金森形容，自己的眼睛"如同杯中雪利，客人剩下的残酒"——非常迷人，尤其是衬着她瓷白的皮肤。但这样白净便易长雀斑,夏天时她还开玩笑地抱怨过(L268)。莱曼以及其他一些朋友觉得她的羞怯非常吸引人。(莱曼在回忆录中以木犀草指代艾米莉。木犀草的花语是"道德之美"或"内在胜于外表"——恰是莱曼对艾米莉的印象。)艾米莉去世时,希金森曾说她"眉峰秀丽",但二人初见时,他对狄金森的印象却是"没有一点好看的地方"。[60]

侄女玛莎觉得艾米莉最可爱:朗诵勃朗宁的诗句"有谁能预知世界将在今晚毁灭"时,她声情并茂。[61]邻家孩童和年轻一辈的亲戚们都还记得,她仿佛总是少年——小巧敏捷,"一身白衣,瘦瘦小小,古雅奇特,孩子般单纯而天然"[62]。但艾米莉·狄金森其实并不瘦小——她大概有5英尺4英寸高,在维多利亚时代的女性中并不算矮。她的棺木长5英尺6英寸,按照当时殡仪业的惯例,棺木一般比人长两英寸。她体态丰满的友人海伦·亨特·杰克逊(诗人,《雷蒙娜》[Ramona]的作者)曾说去世前的狄金森令她想起精致高雅的飞蛾。保存至今的狄金森白色衣裙,褶裥优雅,口袋里装着纸笔。按现代成衣尺码来说,她很可能要穿"小码"——6码或8码。

1870年8月16日,托马斯·温特沃斯·希金森在信中向妻子讲述他与艾米莉·狄金森的初次会面,写下了对诗人的第一印象。尽管他非常喜欢狄金森,并热心地为她提供文学建议,而且在诗人去世之后也忠诚地维护她的利益,但与鲍尔斯一样,希金森也同样囿于世俗,觉得苏珊所谓"艾米莉特质"非常古怪。在狄金森的葬礼上,希金森献上了动人的致辞,引用艾米莉·勃朗特咏叹不朽的诗句,称狄金森的精神永不"褪色"。她永远是他"古怪的女诗人"。希金森还引用了妻子对艾米莉的评论:"为什么那个疯人总是缠着你?"

玛丽·伊丽莎白·钱宁·希金森(Mary Elizabeth Channing Higginson)是希金森深爱的第一任妻子。希金森描述的艾米莉·狄金森,一定会让他多病的妻子感到似曾相识。疾病缠身令她的欢乐仅限于狄金森所说的希金森夫人的"书与画"。希金森所描绘的白衣女子,与六年后写信给他夫人的狄金森显然别无二致:"我从林中为你采了蕨类植物——就在我每天散心的地方。写下这封信时,你也许已经入眠,天色过晚,我要用虚设的双唇祝你晚安,因为对我来说,你面容亦如幻如空。"(L472)海伦·亨特·杰克逊结婚时,狄金森当作贺礼送去的诗里,描绘了海伦被抛向"香膏的命数"(Dooms of Balm),海伦颇为愠怒,询问狄金森"命数"究竟是什么意思。希金森夫人很可能也被我们的诗人吓着了,二人素未谋面,居然被形容成了她"面容如幻如空",而艾米莉自己仅形同"虚设"。经由"双唇"——语言——艾米莉触到了希金森夫人。这简直像她丈夫随口诌出的故事(L444, 472)。这个浓缩了女主人公性格特点的曲折故事,始于希金森那年8月晚间写给妻子的一封信:

今晚我没法把艾·狄(E. D.)的事详细讲给你听,亲爱的,但假如你读过斯托达德夫人(Mrs. Stoddard)的小说,就能想象出这一家子各自奔忙的样子。不过我只和她打过交道。

这是一座宽阔的乡间律师住宅,褐色砖瓦,花木葱郁——

我递上了名片。门厅昏暗、凉爽而华丽,陈设着几样书本版画,一架打开的钢琴——还有《马尔伯恩》(Malbone)和《户外报道》(O[ut]D[oor]Papers),等等。[63]

门口传来一阵孩子般细碎的脚步声,一个相貌平平的小女人溜进来,红头发编成两条光滑的辫子,长得有点像贝尔·德芙(Belle Dove)。她简直不能再普通——没有一点好看的地方——穿着一条普普通通但极其洁净的白色灯芯布裙,围着蓝色格子羊绒披巾。她向我走过来,孩子气地把两支白日百合(day lily)[64]送到我手里,说:"这就是自我介绍。"她的嗓音也像孩子般柔和——紧张得喘不过气来,又轻声补充,"请原谅我的紧张,我从不见生客,简直不知道该说些什么。"——但没过一会儿,她就开始说起来不停了——语气很恭敬——偶尔会停下来请我也说几句——但显然准备随时接过话头。她的风格介于安吉·提尔顿(Angie Tilton)和奥尔科特先生(Mr. Alcott)之间——但比他们直率质朴。她说的话你或许会觉得傻乎乎的,但我觉得充满智慧——不过说不定其中会有那么几句也能博你赞赏。(L342a)

8月17日,希金森又写道:"从未见过这么让人劳神的人。不用接触,她就看透了我。幸亏不用跟她常在一起。她总觉得我累了,好像对谁都很体贴的样子。"(L342b)

反观艾米莉·狄金森对希金森言谈举止的评论想必会很有趣。他蓄了胡须，容光焕发，衣冠楚楚（图8），尽管并非像塞缪尔·鲍尔斯那样，拥有黝黑英俊的"非凡"外表或狄金森在回忆中大加称赞的拜伦式"美丽"眼眸（L489, 536）。她对希金森发表的诗歌给予了非常高的评价，并温和地听取（却并不一定遵从）了他对她诗歌技巧的批评。然而有一次，她在致希金森的信里附了一首简洁有力

图8 托马斯·温特沃斯·希金森，约1860年

的四行诗,作为对他那首温文尔雅但新意无多的六节抒情诗"装饰"的缩写。四行诗明白无误地表明,希金森的学院派诗歌品位与艾米莉·狄金森想象力充沛的原创性之间,横亘着巨大的鸿沟。尽管这封情真意切的书信,完全无意暗示希金森的"学生"正反身指教着老师。她难道仅仅是在用她极具个性的音韵改写希金森原诗的主题?抑或她其实打算给他上上美学课,教给他少即是多(以及其他诗学原则)?

希金森"装饰"一诗的第二、三、四节中写道,南北战争的真正胜者长眠于无名之墓,甚至无法以花为饰:

> 低矮的坟墓,树荫遮蔽,
> 没有玫瑰,没有花环;
> 冒过战争风暴的心灵
> 数这颗最为温暖热情,
>
> 不会有更骄傲的眼眸闪烁
> 面对胜利
> 不会有更坚韧的脚步前行
> 在希望将逝的战场,
>
> 无人胜过墓中人……

正如大度的希金森后来对梅布尔·陶德（他把诗"抄给"她看"是为了抄写的乐趣"）所说的，狄金森的四行诗"献上月桂""浓缩了［他本人］诗作的精髓，而且比原诗出色得多"。"献上月桂"，第二行"有实而无名"精炼巧妙，第三行语义翻转亦匠心独具。结合此诗在书信中出现的语境，可将其视为某种象征意义上的辩护——为希金森曾批评过的不雅、神经质、晦涩的写作风格辩护。尽管涉及南北战争、死亡、回忆与英勇战斗，并经由月桂象征而与艺术和神话缠绕交织，但狄金森的这首四行诗避开了希金森诗中"花团锦簇的"感伤辞藻：不脱窠臼的实词，没完没了的抑扬格、语序倒置以及拟古用典。她的诗句凝练缜密，用精巧的悖论点出，死者的英勇超越了月桂所象征的一切意义。即使是永远"不灭"的月桂也不能"训诫"英勇的战士（平常则正是如此）：他如此恪守"内在"，仿佛是"不灭"体验的一部分——不朽——无须鲜花装点。

献上月桂，为那人
有实而无名—
月桂—垂下你不灭的树冠
你训诫的是他，是他！(F1428c)

也许她从来就不曾当过他的"学生"。1870年希金森来访的那天下午，艾米莉·狄金森强撑着接待了他。狄金森在见面时送他的那两支白日百合，有时会被用来佐证她的古怪、特立独行或装腔作势。

我曾将她的举动（部分）理解成本能地援引中世纪晚期与文艺复兴时期的文化传统，这些传统仍鲜活地保存在拉斐尔前派的绘画中。艾米莉·狄金森通过复制品所熟悉的几百幅画作中（参见弗拉·菲利波·利皮［Fra Filippo Lippi］的《圣母领报》［*The Annunciation*］，图9），天使加百列会将百合献给圣处女玛利亚。在所有代表女性的花朵中，加百列特地选择以百合表达对玛利亚童贞的敬意，同时，百合还隐喻着天使带来的喜报。处女接受或手持百合这一风俗，在狄金森时代也广为流传。马萨诸塞州的贵族水彩画家、摄影家莎拉·乔特·西尔斯（Sarah Choate Sears, 1858—1935）曾拍过一张

图9 弗拉·菲利波·利皮:《圣母领报》
塞缪尔·H.克雷斯（Samuel H. Kress）收藏品，图片©2003 Board of Trustees, National Gallery of Art, Washington

铂盐印相,照片中的姑娘,戴着白色面纱,手中握着白色花朵——可能是小苍兰(freesia)或玉簪(hosta)——作为纯洁的象征(图10)。为客人送上鲜花,也许正是对这一视觉图像传统的呼应。狄金森以此恭维着希金森:他令人盼望已久的来访是快乐的源泉。

狄金森时代的花典常会鼓励人们使用花语传递讯息。"多简便啊,"伊丽莎白·华盛顿·刚布尔·沃特在《花卉词典》中如是说,"送花比面谈简单多了。"沃特的这本书1829年出版于巴尔的摩,直到19世纪60年代还在反复印刷。她的很多表达都会让人联想到艾米莉·狄金森。1885年狄金森对尤金尼娅·哈尔(Eugenia Hall)说:"鲜花……无唇,却有话要说-"沃特还说过:"使用花语时,人们反而会交流更畅。"[65](L1002)而狄金森在第一封"大师"书简中也对"大师"说:"你问我鲜花说了什么-看来它们没有乖乖完成使命-我让它们给你带去了消息。"(L187)("大师"没明白其中的花语[或没领会诗意?],于是来信寻求明示。狄金森机智地在花束中附了诗歌,花语加上诗意——对她来说,二者都是一样的得心应手。)

她自己的花也会对她"说话",大部分都会。艾米莉想念苏珊·吉尔伯特时,写信给她说:"你的小小苔藓花开口跟我说话,所以颇不寂寞。"(L88)即使残花也有自己的声音:"花凋的枝茎/仍保有沉默的高贵。"(F1543)。尽管"沉默"而无法传达自己的独有花语,但枝茎依旧在花园的"翡翠宫"中坚守岗位与尊严:鲜花与花语的余音,通过枝茎回荡。想象花朵的声音,是狄金森表达玩笑和幽默的方式之一,但是这种想象其来有自,植根于一个依然鲜活的

第一章 种花伊甸园

图10 莎拉·乔特·西尔斯,铂盐印相(未命名),年轻女子手中所执可能是玉簪或小苍兰
哈佛大学艺术博物馆、福格艺术博物馆提供,蒙哥马利·S. 布拉德利(Montgomery S. Bradley)与卡梅伦·布拉德利(Cameron Bradley)赠。图片©2003 President and Fellows of Harvard College

传统。花朵"言说"时,维多利亚中期的人们会因花形花色而理解其中的"话语"。[66]狄金森送百合给希金森这一行为,是否也在传达一种讯息?"一朵花,"她写道,"也许就是一封引荐信,给谁—无从得知—"（L803）鲜花总能充当引荐信或通行证,而且它很完美。

19世纪40—60年代间,大量解读花语的精美书籍付梓,狄金森很可能读过其中一部分。沃特曼的畅销书《花神词典》,其副题是"花语花情释义,兼及植物学大纲与诗学导引"。狄金森的课本,阿尔迈拉·H. 林肯（Almira H. Lincoln）的《植物学通识》（*Familiar Lectures on Botany*, 1815）,亦收录了沃特曼引以为据的花卉词条。而且其他前文提过的书,如《花瓶》（1843）、《花册》（*The Flora's Album*, 1848）以及莎拉·约瑟法·黑尔（Sarah Josepha Hale）的《花解语,花卉与情感美洲手册》（*Flora's Interpreter; or, The American Book of Flowers and Sentiments*, 1832）,都旨在整理花卉的植物学名称及其在美国（而非欧洲）社会中约定俗成的常见含义,其中还常援引歌咏花卉的诗歌以资佐证。尽管这些书都认为"以花象征情感,也许从我们的先祖照料上帝花园的时代即已如此"[67],但我们看得到,它们对花卉象征意义的阐释并不完全一致。不过,自伊拉斯谟·达尔文（Erasmus Darwin）出版《植物学花园》（*The Botanic Garden*, 1798）以来,白日百合便被公认象征着"隐秘的叹息"。而在《花神词典》中,艾米莉·狄金森或许会读到白日百合象征着"风情女子"。

伊丽莎白·彼得里诺（Elizabeth Petrino）认为希金森能够理解

花语，但同时她也推测，希金森"并未意识到，[狄金森]赠他'两支白日百合'当作'引荐'，是一个精心策划的举动，因为在花语系统中，白日百合的象征意义之一是'卖弄风情'"[68]。然而，希金森后来在一篇回忆艾米莉·狄金森的文章中写道，二人见面的那个8月午后，端庄严谨的老姑娘艾米莉非常可爱，"她魅力非凡的辞令举止足以令最世故老练的风情女子艳羡"[69]。作为一位常以花为题的散文作者，作为一位常与女诗人相与往还的文人，希金森理应能够破解狄金森白日百合中隐藏的密码。他后来在回忆狄金森时会选择使用"风情女子"（重点为笔者所加）一词，即是明证。但他也有可能只是从百合之中"读"出了"隐秘的叹息"[70]——渴望悦人与悦于人。

我们有必要精确区分与艾米莉·狄金森相关的种种花卉——这种区分将有益于分析她诗与信中花卉繁复丰盈的象征意义。例如，当希金森使用"白日百合"（day lily）一词时，他指的究竟是哪一种花？马萨诸塞州的著名园艺家与育种商约瑟夫·布雷克（Joseph Breck，狄金森栽培花卉或许参考过他的指南）曾热情洋溢地赞美"日本百合""华丽"、"坚忍"、名贵非常，盛放时花朵绛红、粉、白或金白相间。1865年，艾米莉写信告诉拉维妮娅，她送给诺克罗斯表妹的粉色百合开出了五枚钟形花朵。红色的东方百合，最近七十年间才被引入美国，但我们知道，1885年5月左右，狄金森家花园中便种有某种绛红色百合——某次拉维妮娅邀请梅布尔·陶德来家里做客，目的便是展示此花。1884年11月，艾米莉感谢凯蒂·斯威策姨妈送来的一束"可爱的百合"，"我满心欢喜洋溢……十一月过上了复活节"（L952）。此处她指的可能是白色的"复活节百合"（*Lilium longiflorum*，麝香百合）。这种百合极受她钟爱，并且会令她想起《马太福音》6:28中的典故[71]，"她只遵守一个戒条，你想想百合花吧"（L904）。布雷克在《花园》（*The Flower Garden*, 1851）初版中亦曾引用过《马太福音》中的相关段落反驳当时的鲜花无用论。

在艾米莉·狄金森深沉而不失风趣的小诗"黑暗的泥土—如同教育—"中，百合的发育成了灵魂成长的原型。诗中的百合长着"绿玉小钟"与"白色脚丫"，可知其应为马蹄莲（calla lily, *Zantedeschia aethiopica*）——一般单株只开一朵，白色花冠。百合类鳞茎常会生青霉，因此园丁们一定会注意到狄金森诗歌最后一节中以"霉"（mold）双关"模子"（mould），亦即"形状"（form）。狄金森声言，百合一旦长出地面绽放花朵，就会立即忘记自己最初霉土斑斑的谦卑模样。此时，小钟般的花朵在草地上"摆动"，狂喜如灵修的神秘主义者。的确，马蹄莲会让人想起披着"连帽斗篷"的修士：

穿过黑暗的泥土—受教—

百合一定能够成长—

白色脚丫在感受—没有惊惧—

她的信仰—没有恐慌—

之后—在草场上—

摇曳着她的绿玉小钟—

霉土生活－全部遗忘－此刻－

满心狂喜－幽谷一生－（F559）

比起诗中所写的白色马蹄莲，与诗人本人气质最为契合的还是她送给希金森的白日百合。艾米莉·福特曾回忆说："我们女孩间会互相起花名，我叫［拉维妮娅］'睡莲'（pond lily），［艾米莉］立刻回道'那我就是奶牛百合（Cow Lily）'——正配她头发与眼睛的橙色光辉。"[72] 她所说的奶牛百合就是今天我们常说的橙色萱草（*Hemerocallis fulva*），亦即白日百合（图11）。在《花卉新书》(*The New Book of Flowers*, 1866）中，布雷克列举了几种百合：加拿大百合（*Lilium Canadense* 或 Canada lily）、费城百合（*Lilium Philadelphicum*）、林地百合（"我们牧场上常见的红色百合"）以及各种东方百合（*Lilium orientalis*）。东方百合或许就是拉维妮娅种的那些彩色百合。诗人总是会在她和她的花之间找到某些象征对应，在下面这首诗中，她借以自指的不是她"培育"多年的睡莲，而是普普通通的白日百合：

在我所不惧之地

我会告给我的花－

不与我为敌者

亦定将温柔，对她－

图11 白日百合,《柯提思植物学杂志》,1788年

亦不分离，我和她

即使遥遥相隔——

我俩仍同为一花

无论离别，还是居家——（F986）

为希金森送上两朵白日百合，艾米莉·狄金森亦送上了思想、友情、忠诚与技艺，希望博得他的喜爱与认同。她曾写过，她习惯于"支付－锦缎钞票／一片花瓣，买一段话"（F526）——意思是用花代替文字答谢与信者的情谊。这里的百合也代表着她对希金森的谢意，感谢他的书信与惦念。也许，百合亦是请求——无名诗人对著名作家的请求；也许，她的举动正透露出一种企望：

恩典——我自己——或许永难拥有——

请赐予我的花朵（F779）

如同拜访过艾米莉·狄金森的其他人一样，希金森对她的印象也有鲜花点缀。几年后他又去拜访时，艾米莉送了他一枝象征"荣耀"的瑞香（Daphne, *Daphne odora*）：也许是以花自指，因为当时她清楚自己已是诗人；也许是以花隐喻希金森的出类拔萃——黑人兵团（black regiment）上校、一位论派牧师、诗人、园艺家、记者、哲人。一直以来，狄金森都会给通信友人们送去她的花卉自画像。虽则没有画家像蔡尔德·哈桑姆为诗人西莉亚·撒克斯特画像一般，[73]

为狄金森作出她立于心爱的百合与天芥菜之间的传神肖像,但她鼓励朋友们像这样去想象她的模样。她是自己花园中的夏娃,在那里,"伴着极乐的花朵,伊甸放逐的记忆逐渐模糊"。事实上,她就是新的夏娃,为她,"伊甸长存"(L552)。

注释

1 "罕见而古怪":关于艾米莉·狄金森的未命名回忆录,引自威利斯·J.白金汉(Willis J. Buckingham)编《19世纪90年代艾米莉·狄金森的接受》(*Emily Dickinson's Reception in the 1890s*, Pittsburgh: University of Pittsburgh Press, 1989),第350页。"花一般":引自艾米莉·法勒·福特(Emily Fowler Ford),未命名回忆录,《艾米莉·狄金森书信集》(*Letters of Emily Dickinson*, 2 vols., ed. Mable Loomis Todd, Boston: Roberts Brothers, 1894),转引自白金汉作品第348页。福特回忆起少女时期她和艾米莉去距阿默斯特五英里的诺沃托克山(Mount Norwottock)远足:"我们发现了攀缘蕨类(climbing fern),采回了许多粉色、白色延龄草,还找到了……黄色的拖鞋兰(lady's slipper)。她知道当地的林间传说,说得出沿途植物的名字与习性,无论野生,还是园栽。"

2 但他也说过,"她的句子""如同被连根拔掉的诗","无视形式、节奏、音律,甚至不合语法"。参见《开放的文集》("An Open Porfolio"),《基督联盟》(*Christian Union*, 42, Sept. 25, 1890),白金汉:《19世纪90年代艾米莉·狄金森的接受》,第8页。许多关于艾米莉·狄金森的早期评论都将其诗作比成花朵——不是兰花,就是野花。

3 福特,转引自白金汉《19世纪90年代艾米莉·狄金森的接受》,第350页。

4 理查德·休厄尔:《艾米莉·狄金森传》,Ⅱ,第377页。

5 同上。

6 杰伊·莱达(Jay Leyda):《艾米莉·狄金森的岁月》(*The Years and Hours of Emily Dickinson*, 2 vols., New Haven: Yale University Press, 1960),Ⅱ,第239页。

7 参见白金汉《19世纪90年代艾米莉·狄金森的接受》,第27页。一篇论狄金森《诗集》(1890)的德语文章指出:"[书的]灰绿色封面上烫着一幅水晶兰小画。这种奇特而精致的植物生长在大树朽根上,其茎其花其叶——均苍白如死亡。这静默幻影般的神秘小花,正是诗人所爱。"参见白金汉作品第532页。梅布尔·陶德忆及当时决定为艾米莉·狄金森画一幅水晶兰,称它们为"那古怪而完美的影与默之花"。"银色的水晶兰,半是真菌,半是花朵",栖身阴影,自那时起,便被不断用以指涉避世索居的诗人。梅布尔·卢米斯·陶德:《艾米莉·狄金森书简》("Emily Dickinson's Letters"),《文学士Ⅰ》(*Bachelor of Art* I, May 1895),转引自白金汉作品第439页。另有一些19世纪评论家将此花指认为百合或鸢尾花(fleur-de-lis)。

8 托马斯·温特沃斯·希金森:《开放的文集》,转引自白金汉《19世纪90年代艾米莉·狄金森的接受》,第4页。

9 见1874年6月20日《斯普林菲尔德共和报》对爱德华·狄金森葬礼的报道,转引自米利森特·陶德·宾汉姆:《艾米莉·狄金森的家:爱德华·狄金森家庭通信》(*Emily Dickinson's Home: Letters of Edward Dickinson and His Family*, New York: Harper and Brothers, 1955),第473页。

10 伊丽莎白·史密斯·布朗斯坦因(Elizabeth Smith Brownstein):《假如房屋能说话》(*If This House Could Talk*, New York: Simon and Schuster, 1999),第170—171页。

11 在霍顿图书馆狄金森藏品室收藏的一封未出版的信件中,苏珊写道:"我路过乡下小屋,被你的连翘(forsythia)迷住了。美得仿佛新耶路撒冷的垒墙!"与艾米莉一样——或许是受了她的影响,苏珊有时也会使用《圣经》(如上述引文中的例子)或莎士比亚式的夸张比喻。在《艾米莉·狄金森面对面》(第96页)中,玛莎·狄金森·比安奇满怀温情地写道,母亲对鲜花的热爱颇令奥斯丁着迷。二人结婚之前的1850年,奥斯丁在给苏珊的信中说:"我一整天都在(你的鲜花)赏心悦目的美丽与沁人心脾的芬芳中写作。"与艾米莉一样,苏珊也喜爱野花:"苏珊最大的爱好之一就是为午餐餐桌采摘野花……既有常见的路边花朵,也有不那么常见的羽扇豆(lupine)、拖鞋兰、含羞杜鹃(shy rhodora)、沼地杜鹃(azalea of the swamp)和可爱的红色百合[萱草(*Hemerocallis flava*)?]。"(《艾米莉·狄金森面对面》,第155页)

12 见爱德华在婚礼前两个月写给艾米莉·诺克罗斯的情书。休厄尔引用了该信,见《艾米莉·狄金森传》,I,第47页。

13 转引自梅·布劳利·希尔(May Brawley Hill)《祖母的花园:老式美国花园,1865—1915》(*Grandmother's Garden: The Old-Fashioned American Garden, 1865-1915*, New York: Harry N. Abrams, 1995),第27页。

14 玛莎·狄金森·比安奇:《艾米莉·狄金森的花园》,《艾米莉·狄金森国际学会通讯》(vol. 2, no. 2),第1页。

15 同上,第2页。

16 以其一贯的自高自大,莱曼称之为"阿默斯特我可爱的第二家园"。参见理查德·休厄尔《莱曼书简》(The Lyman Letters, Amherst: University of Massachusetts Press, 1965),第1页。

17 19世纪三四十年代席卷北美新英格兰地区的新教复兴运动,旨在思想启蒙。该运动以自由意志(free will)为号召,反对宗教专制、争取信仰自由。——译者注

18 参见休厄尔《莱曼书简》,第65页。"但她相当病态且不自然。"莱曼的下一句话,"维妮的吻实在太甜蜜了",休厄尔认为透露出了莱曼对艾米莉心怀不满的根本原因:她太"柏拉图",满足不了约瑟夫的"浪漫理想"。

19 同上,第69页。

20 参见休厄尔《莱曼书简》。"纽曼家的姑娘们",克拉拉和妹妹,在爱德华·狄金森的庇护下,与苏珊和奥斯丁共同度过了童年与少年时光。克拉拉对艾米莉·狄金森的了解颇为深刻,她的回忆可为佐证:"她的一生并不壮阔起伏。她的生活波澜不外乎小鸟初啼,——蝴蝶破茧,——寻见春日的第一抹新绿——每一朵小花洞开一个奇妙新世界……她的人生悲剧也只限于——大风骤雨,——花木凋残,……朋友的欺瞒……"。参见休厄尔《艾米莉·狄金森传》,II,第269页。

21 1875年4月中旬,艾米莉·狄金森写信给园艺同好爱德华·塔克曼夫人(Mrs. Edward Tuckerman):"我给你送去了内陆金凤花,因为室外品种还在海上,尚未送达。"(L437)狄金森将一些野花移植成了温室盆栽,即使冬天也能生长。金凤花可能即其中之一,尽管路易丝·卡特猜测"内陆金凤花"可能是指黄色茉莉。(塞缪尔·鲍尔斯送给艾米莉·狄金森的茉莉或者说"诗人茉莉"也许是白色的,但比安奇说过艾米莉也培育黄色茉莉。)预想着自己的葬礼,艾米莉·狄金森1884年写信给伊丽莎白·霍兰:"等轮到我[下葬]的时候,希望会有一朵金凤花-草地定会满足我的愿望,她怎会对顽皮孩子的灵光一闪无动于衷?"(L901)

22 莱达:《艾米莉·狄金森的岁月》,II,第469页。艾米莉去世之前一个月,即1886年4月24日,送花给邻居玛丽埃特·汤普森·詹姆逊夫人

(Mrs. Mariette Thompson Jameson)。这些天竺葵可能是有香味的传统品种,(曾与山茶花、鼠尾草和秋海棠[begonia]一起)入选过波士顿的约瑟夫·布雷克在《花卉新书》中推荐的"文艺客厅"花卉名录。

23 同上,第322页。

24 同上,第457页。

25 详见朱迪丝·法尔《艾米莉·狄金森的激情》,第二章与第五章;以及法尔《艾米莉·狄金森与视觉艺术》("Emily Dickinson and Visual Arts"),《艾米莉·狄金森手册》(*The Emily Dickinson Handbook*. Ed. Gundren Grabher, Roland Hagenbüchle and Cristanne Miller, Amherst: University of Massachusetts Press, 1998),第61—92页。1859年,艾米莉·狄金森从《新英格兰读本》(*New England Primer*)上撕下一页,随手给苏珊·狄金森写了条留言:"我的'位置'!科尔。又及,怕你误会,左上角不幸的小虫就是我,*右边的爬行动物是我最亲近的朋友*与相识。永远的,科尔。"(L214)很显然,她将科尔与自然绘画、伊甸神话相连,并在此背景下讨论科尔的《逐出伊甸园》(*Expulsion from the Garden of Eden*, 1827–1828)等作品。

26 希尔:《祖母的花园》,第18页。

27 详见安·莱顿(Ann Leighton)《19世纪的美国花园》(*American Gardens of the Nineteenth Century*, Ameherst: University of Massachusetts Press, 1987),第222页。

28 同上。

29 参见约翰·W.麦库布里(John W. McCoubrey)编《美国艺术1700—1960》(*American Art 1700–1960*, Englewood Cliffs, N. J.: Prentic-Hall, 1965),第112页。

30 在传记《我的书本之战:艾米莉·狄金森传》(*My Wars Are Laid Away in Books: The Life of Emily Dickinson*, New York: Random House, 2001)中,阿尔弗雷德·哈贝格引用了诺伯特·赫希霍恩博士(Norbert Hirschhorn, M. D.)与波利·朗斯沃思(Polly Longsworth)的观点,认为艾米莉·狄金森的眼疾是"前葡萄膜炎","即当时所谓风湿性虹膜炎"(第485页)。该书有关身心病痛对艾米莉·狄金森影响的论述(第485—493页)颇值得一读。

31 参见白金汉《19世纪90年代艾米莉·狄金森的接受》,第3页。

32 许多学者认为鲍尔斯就是艾米莉·狄金森"大师"书信时期的爱人。见琼·麦克鲁尔·穆奇(Jean McClure Mudge)《艾米莉·狄金森与家庭图景》(*Emily Dickinson and the Image of Home*, Amherst: University of Massachusetts Press, 1975),露丝·米勒(Ruth Miller)《艾米莉·狄金森的诗》(*The Poetry of Emily Dickinson*, Middleton, Conn.: Wesleyan University Press, 1968),大卫·希金斯(David Higgins)《艾米莉·狄金森肖像》(*The Portrait of Emily Dickinson*, New Brunswick, N. J.: Rutgers University Press, 1967),休厄尔《艾米莉·狄金森传》,以及法尔《艾米莉·狄金森的激情》。她对奥提斯·劳德的爱恋见于米利森特·陶德·宾汉姆的《艾米莉·狄金森,启示》(*Emily Dickinson, A Revelation*, New York: Harper, 1954)。按宾汉姆的说法,奥斯丁·狄金森"说在不同时期,艾米莉喜欢过好几位男性。他认为她曾几次陷入爱恋,以她独特的方式"。参见宾汉姆《艾米莉·狄金森的家》,第374页。比安奇有时会弄错姑姑的生平与通信细节,而且的确更改过事实与日期,据她所述,她母亲曾确认过费城牧师查尔斯·沃兹沃思就是"大师"(《艾米莉·狄金森面对面》,第52页)。沃兹沃思的儿子对这一说法极为愤怒,如阿尔弗雷德·哈贝格《我的书本之战》第574页所示。有几位学者支持沃兹沃思"大师"说,包括薇薇安·R. 波拉克(Vivian R. Pollak)《狄金森:性别焦虑》(*Dickinson: The Anxiety of Gender*, Ithaca: Cornell University Press, 1984);威廉·罗伯特·舍伍德(William Robert Sherwood)《周边与情境:艾米莉·狄金森的思想与艺术舞台》(*Circumference and Circumstance: Stages in the Mind and Art of Emily Dickinson*, New York: Columbia University Press, 1968);以及波利·朗斯沃思的文章,载利布林(Liebling)、本菲(Benfey)与朗斯沃思《阿默斯特的狄金森家族》(*The Dickinsons of Amherst*, Hanover, N. H.: University Press of New England, 2001)。哈贝格倾向于认为"大师"是某位牧师,可能但并非一定是沃兹沃思。

某些女性主义学者,尤其是玛莎·内尔·史密斯(Martha Nell Smith),认为苏珊·狄金森就是"大师",也是狄金森某些被视作有同性之爱色彩的诗作的女主角。见《泛舟伊甸园:重读艾米莉·狄金森》(*Rowing in Eden: Rereading Emily Dickinson*, Austin: University of Texas Press, 1992)。史密斯将结论推进为艾米莉·狄金森与嫂子苏珊之间有一种"强烈的肉体关系"(第129页),"她们的感情羁绊可以被视作同性之爱"(第150页)。在《小心轻翻:艾米莉·狄金森致苏珊·亨廷顿·狄金森的亲密书信》(*Open Me Carefully: Emily Dickinson's Intimate Letters to Susan Huntington Dickinson*, Ashfield, Mass.: Paris Press, 1998)中,编者声称其编选的是两位女性间的"通信",但除两封例外,其余都是艾米莉·狄金森写给苏珊的信。史密斯与她的合作者爱伦·路易丝·哈特(Ellen Louise Hart)则走得更远,模棱两可地说苏珊和艾米莉"享受并掩饰着激情"(xviii),因此,既然艾米莉·狄金森给苏珊送去过二百五十首诗,苏珊就一定是艾米莉·狄金森的写作导师、主要批评者、"想象之源"以及缪斯女神。尽管史密斯把苏珊描述成"自十几岁成年以后就一生虔信宗教",但这显然并未妨碍她想象苏珊过着一种与丈夫、小姑偷情同居的鬼祟生活。上述推断基于玛莎·狄金森·比安奇在《艾米莉·狄金森面对面》中提供的"证据":苏珊与艾米莉在家园"西北走廊"中密会(史密斯:《苏珊·狄金森》["Susan Dickinson"],《艾米莉·狄金森百科》[*The Emily Dickinson Encyclopedia*],第81页)。史密斯和哈特用对二人肉体关系的附会来阐释苏珊的韵文(verse)与艾米莉的诗(poetry),并认为彼此有所关联。苏珊的韵文现今在艾米莉·狄金森的网站(http://jeffersonvillage.virginia.edu/dickinson)内可以查到,写得软弱无骨,非常糟糕,说她是艾米莉·狄金森诗歌的"共同作者"或"导师"简直不可理喻(《泛舟伊甸园》,第3页及全书)。苏珊的咏花诗"六月和她的随从"("Of June and her belongings")老调重弹,"雏菊白/堇菜蓝/金凤花/拥有真心",这些令人尴尬的句子足以证明,作为写作者,她与艾米莉·狄金森之间的巨大差距。

33 乔治·S.梅里亚姆:《塞缪尔·鲍尔斯的生活与时代》(*The Life and Times of Samuel Bowles*, New York: Century, 1885),II,第59页。

34 塞缪尔的昵称。——译者注

35 他在发表于《艾米莉·狄金森研究》(vol. XI, no. 2, 2002, Baltimore: Johns Hopkins University Press)的另一篇文章中重申,鲍尔斯遇见奥斯丁·狄金森一家,是在他前去阿默斯特采访考尔斯"阿默斯特北部大农场"的新干草设备期间(第2页)。哈贝格深化了他在《我的书本之战》中的一个论点,认为"1858年6月30日,狄金森或许并未见到鲍尔斯本人,但很可能得知他的来访"(第2—3页),并以第193封信中的话作为佐证:"男人们……割完了第二轮干草。"除非我们能确定鲍尔斯对乡村生活节奏了如指掌,否则这句话很可能仅是为了指涉季节。哈贝格总结说,自己论文旨在"证明准确编年的重要性"(第3页),但他并未解释清楚第189封信中的亲昵口吻。而第193封信也许正是二人密切书信往还中的一封。(鲍尔斯家族销毁了艾米莉·狄金森的大量来信。)

36 哈贝格:《我的书本之战》,第352页。

37 哈贝格的艾米莉·狄金森传记推翻了大量关于狄金森生平的定论,提出这首以"假如没有铅笔"开始的诗,是为**玛丽·鲍尔斯**而写。第五行"假如没有词语",也正好指向沉默寡言的玛丽,但艾米莉翘首企盼的"萨姆先生"也同样音讯全无。艾米莉·狄金森与玛丽的关系更多出自职责义务,充满尊敬,而无戏谑。叫她"雏菊"的不是玛丽,而是萨姆,诗也是写给后者的。哈贝格过分夸大了鲍尔斯的病态,指责鲍尔斯轻率冒进,尽管他是成功的编辑、废奴主义者、慈善受托人与改良者,却低估了他的魅力与虔诚安详,忽略了他被众人交口称赞的温柔,然后诡异地暗示他"性好引诱,**决不放弃**"(重点为笔者所加,第378页)。鲍尔斯从未成为哈贝格所谓艾米莉·狄金森的"前友人"(第521页),因为从艾米莉父亲葬礼上他的特殊待遇到他本人去世,只有短短四年时光。哈贝格认为"大师"应是一位牧师,这一结论却并未考虑到艾米莉·狄金森致鲍尔斯与致"大师"书信中如出一辙的意象范式——当然也应考虑到,作为传记学者,哈贝格无法对狄金森诗歌与书信的文字投入过多的研究时间。

38 英文中的"we",一般情况下,由普通人使用,取的是第一人称代词复数"我们"之意;但若由国王或女王使用,则指第一人称代词单数"我",据说这种用法是为了强调"国王/女王与上帝同在",君权神授。此处法尔认为狄金森使用双关兼指雏菊的"我们"与女王的"我",是她与鲍尔斯之间的秘密玩笑。为表区分,按照中国人的习惯用法,本书将女王的自称"we"译作"朕"。——译者注

39 哈贝格:《我的书本之战》,第332页。

40 参见法尔《艾米莉·狄金森的激情》,第27—28页。

41 参见休厄尔《艾米莉·狄金森传》,第469页。

42 梅里亚姆:《塞缪尔·鲍尔斯的生活与时代》,II,第59页。

43　R. W. 富兰克林编《艾米莉·狄金森诗集》集注本，Ⅱ，第1015页。狄金森家保留了铅笔书写的手稿。或许因玛丽·鲍尔斯在场，他的言行较为谨慎。

44　在《艾米莉·狄金森的激情》中，我提出鲍尔斯很可能就是"大师"，但我在小说《我从未穿着白衣走近你》(*I Never Came to You in White*)的后记中提到，缪斯才是狄金森真正的爱人。这两种说法并不矛盾。虽然艾米莉·狄金森深爱过数人并有诗为证，但她仍把一生献给了艺术的"主宰"和天使——在"独处，未曾得—"（F303）中，祂们是她的访客。

45　本书使用的温度计量单位皆为华氏度，后文不一一标注。华氏度 = 32 + 摄氏度 × 1.8。——译者注

46　见约翰逊《艾米莉·狄金森书信集》，Ⅱ，609n。

47　帝国皇冠，是法国植物学家卡罗勒斯·克鲁修斯（Carolus Clusius）专为"波斯百合"（Persian lily）起的名字。这种花象征着自大、傲慢以及热衷攀附向上爬（种种特质都切合苏珊·狄金森的名声）。在土耳其传说中，帝国皇冠生长于天堂乐园，花瓣片片高挺。所有鲜花都相形见绌，它也越发自高自大。神惩罚了它，从此它的花瓣便因羞愧而永远低垂。

48　参见《苏的故事》，法尔：《艾米莉·狄金森的激情》，第100—177页；以及《艾米莉·狄金森的"吞噬"剧：〈安东尼与克莉奥佩特拉〉》("Emily Dickinson's 'Engulfing' Play: *Antony and Cleopatra*")，《塔尔萨女性文学研究》(*Tulsa Studies in Women's Literature*, 9, Fall 1990)，第231—250页及全文。

49　本书中保留原文使用的长度计量单位，后文不一一标注。1英寸为2.54厘米，1英尺为30.48厘米，1英寻为182.88厘米。——编者注

50　引自休厄尔《艾米莉·狄金森传》，第88页。

51　该信收录于耶鲁大学图书馆狄金森-陶德资料（Dickinson-Todd Collection）。

52　J指托马斯·H. 约翰逊编的三卷本《艾米莉·狄金森书信集》（Cambridge, Mass.: Harvard University Press, 1955）。——编者注

53　宾汉姆：《艾米莉·狄金森，启示》，第3页。

54　某些女性主义批评家惯爱将艾米莉·狄金森塑造成女同性恋，因此极其

不愿承认她与劳德的关系。

55 宾汉姆:《艾米莉·狄金森,启示》,第45页。
56 莱达:《艾米莉·狄金森的岁月》,Ⅱ,第475页。
57 《阿默斯特的狄金森家族》一书(第127页)中提到,一位"仰慕艾米莉·狄金森"的水彩画家说诗人相貌平平,找不到艾米莉·福特等人所说的"美丽"之处。
58 但九十岁的裁缝"玛丽安小姐"(误)认为,诗人的头发是黑色的,而非赤褐色。参见莱达《艾米莉·狄金森的岁月》,Ⅱ,第480页。
59 艾米莉·福特:《无名回忆》,转引自白金汉《19世纪90年代艾米莉·狄金森的接受》,第350页。
60 莱达:《艾米莉·狄金森的岁月》,Ⅱ,第475、151页。
61 比安奇:《艾米莉·狄金森面对面》,第46页。
62 莱达:《艾米莉·狄金森的岁月》,Ⅱ,第273页。
63 均为希金森作品。——译者注
64 即萱草,又名忘忧草、金针花等,本书为与后文百合的象征意义相对应,故译为白日百合。——译者注
65 朱迪丝·沃尔什(Judith Walsh)在《古玩杂志》(*The Magazine Antiques*, October and November 1999)上发表过两篇文章,细致描述了"花卉的语言"并列出了19世纪各种花卉的意义。本书引用了沃尔什的研究,关于伊丽莎白·沃特的引文出自该杂志十月刊,第521、522页。
66 艾米莉·狄金森的植物学教育受到了爱德华·希区柯克研究的深刻影响。他探讨复活真谛的《宗教讲演》(*Religious Lectures*)以及《阿默斯特学院野生植物名录》两本书规约了狄金森在玛丽·莱昂女子学院所修的课程。他的文章《春之复活》("The Resurrections of Spring"),其余音也回荡在狄金森成熟时期的四季歌咏中。他的葬礼悼词写道:"我们常会听到花的语言。其中的奇思妙想,原本都基于深藏的真实。花卉的确会说话……它们说的是上帝的语言。"参见休厄尔《艾米莉·狄金森传》,第355页。
67 莎拉·约瑟法·黑尔:《花解语,花卉与情感美洲手册》。转引自沃尔什《19世纪美国绘画中的花卉语言》("The Language of Flowers in Nineteenth Century American Painting"),《古玩杂志》(October 1999),第521页。

68 伊丽莎白·A. 彼得里诺:《艾米莉·狄金森与她的同辈：美国女性诗歌1820—1885》(*Emily Dickinson and Her Contemporaries: Women's Verse in America 1820–1885*, Hanover, N. H.: University Press of New England, 1998), 第137页。彼得里诺认为:"狄金森送花时附赠诗歌的习惯位置于花语语境之中分析, 花语构建了一种基于一系列符码的无声交流体系。"(第7页) 她比较了艾米莉·狄金森与另一位作家弗朗西斯·奥斯古德对这种"语言"的理解, 认为艾米莉·狄金森更胜一筹。读过"我将鲜花献给你"等几首同主题诗作之后, 她认为其中包含的"性暗示"(第145页) 远多于我的判断。

69 托马斯·温特沃斯·希金森:《艾米莉·狄金森》,《伟大的行动者：托马斯·温特沃斯·希金森文集》(*The Magnificent Activist: The Writings of Thomas Wentworth Higginson*, Ed. Howard N. Meyer, New York: Perseus Press, 2000), 第545页。

70 见安·莱顿《19世纪的美国花园》, 第86页。

71 何必为衣裳忧愁呢? 你想野地里的百合花, 怎么长起来, 它也不劳苦, 也不纺线。——译者注

72 参见莱达《艾米莉·狄金森的岁月》, II, 第478页。

73 莎朗·派瓦·斯特凡 (Sharon Paiva Stephan) 的细腻研究《一位女士的作品：西莉亚·莱顿·撒克斯特的视觉艺术》(*One Woman's Work: The Visual Art of Celia Laighton Thaxter*, Portsmouth, N. H.: P. E. Randall, 2001) 为我们刻画了另一位诗人兼园丁撒克斯特的形象, 并兴致盎然地比较了她与艾米莉·狄金森在性格与艺术上的相异之处。撒克斯特是希金森的朋友和女保护人 (hostess), 常在《大西洋月刊》、《哈泼斯》(*Harper's*)、《斯科布里那》(*Scbriner's*) 等杂志上发表诗作。她十几岁时就结了婚, 很快当了妈妈, 在浅滩小岛上经营着闻名遐迩的阿波多尔沙龙/旅馆, 那里精美的装饰设计曾赢得马克·吐温和威廉·迪恩·豪威尔斯 (William Dean Howells) 的称赞。她在那里写作诗歌, 其中包括著名的《岛上花园》(*An Island Garden*, 1864)。她与艾米莉·狄金森都钟爱栽培传统花卉, 视花为密友, 视园艺为高雅的美学追求。她对自我世界的想象也展示了同样的兴奋:"我要描画出一切所见。"但与狄金森相反, 诗歌对撒克斯特来说, 并不足以表现她的生命图景; 最终,"她的重心从写作转向了视觉艺术"——插花与瓷器花绘 (斯特凡:《一位

女士的作品》，第77页）。她的诗句"旭日从未令我们失望"，表现出了对自然奇观的挚爱，这一点亦与狄金森相似。二人都笃信自然的治愈之力。但撒克斯特隶属于19世纪晚期风格，大不同于艾米莉·狄金森洋溢着原创性乃至革命性的独特声音。

第二章

林中花园

> 童年时我常在林中玩耍，人说林间有蛇出没，我便摘下毒花防身，还说有小妖绑架孩童，但除了天使，我所遇无他。
>
> ——艾米莉·狄金森致希金森，1862年

艾米莉·狄金森的照片仅有一幅存世。这张严肃庄重并且细节满满的达盖尔银版像，大概是1847年在阿默斯特拍摄的，狄金森时年十七（图12）。摄影者据说是一位叫作威廉·C. 诺斯（William C. North）的流动"银版摄影艺术家"[1]。照片一拍好，就遭到了狄金森家族的集体嫌弃。因此，当艾米莉的侄女玛莎·狄金森·比安奇将照片收入《生活与通信》(Life and Letters, 1924）时，艾米莉严肃的表情被调整得柔和了一些，衣服也配上了浪漫主义风格的白色飞边[2]。托马斯·温特沃斯·希金森最开始来信索要照片时，就连艾米莉本人也间接对照片做出了评论："你会信任我吗－假如没有照片？我手头并

狄金森的花园

图12　艾米莉·狄金森，1847年，十七岁，达盖尔银版像。"很快就淡忘了……几天之间。"（L268）
阿默斯特学院档案与特别收藏

无肖像。"这是1862年7月的事情。她随即向他送上了文字肖像。当时但丁·加布里埃尔·罗塞蒂（Dante Gabriel Rossetti）已在美国产生影响，他抒情歌谣里摄人心魄的美人形象出现在书籍杂志之中，狄金森可能从中得到了启发："［我］身材瘦小，好像鹪鹩，发式出格，似板栗刺球－我的双眼，如同杯中雪利，客人剩下的残酒－"

（L268）

她的头发赤褐，身材瘦小，眼睛淡栗，这些是通过隐喻提供给希金森的事实，使用的意象也透露出了狄金森的性格特征（不如说是她希望拥有的特质）。像她这样率直聪慧的女子，显然不应被形容为"鹪鹩"；她的倔强将这一点表露无遗——尽管得不到希金森的认可，但她依然坚守自己的诗学理路。对维多利亚时代所强调的柔弱女子特质，狄金森总是表面迎合，借强调自己"瘦小"，引诱或激发塞缪尔·鲍尔斯和希金森这些成名男士的兴趣。"出格"，她显然如此：写信时无拘无束——对鲍尔斯，对年轻的苏珊·吉尔伯特，对奥提斯·劳德，她都率直示爱——一如作诗时大胆甩开传统格律的束缚。至于客人剩下的杯中雪利酒，这个才气四溢的意象所指极为含混：其中是否暗含哀怨，意味着三十二岁的她感到被爱人抛弃，且对感情仍有所需要？或者说，它仅仅是换了一种方法形容眼如"水波"——维多利亚时代美人的标配？

尽管不招人喜欢，这张1847年的达盖尔银版像还是公开了。它生动地证明了诗人不愿被这个残酷世界"直勾勾地"打量（L107）。被拍摄者直面摄影师，耐心但并不开心。她在指导下摆出了传统造型：右臂放在铺着波斯毯的圆桌上，左手伸向右手，桌上还放了一本合上的书。（奥提斯·布拉德［Otis Bullard］为狄金森画的童年肖像，颇具先见之明地在她手边放了一本翻开的书与一朵玫瑰，见图35。）这是维多利亚时代中期女性拍照的普遍姿态，美国各大图书馆与博物馆收藏的类似肖像数以千计。[3]但是艾米莉·狄金森的银版像与众不同。她左手还握着一小束花。在美国内战之前及之后很长一段时间内，由于公众的兴趣不断投向具备高水平栽培品种的专业花园，画家描绘女性时也常以奢华的花朵作为装饰。

北美殖民地时期的画家遵循中世纪早期以来的西方绘画传统，经常呈现手持鲜花的女性形象。狄金森的达盖尔银版像摄影师也许正是从他们那里得到了启发。例如约翰·辛格尔顿·科普利（John Singleton Copley）的《摩西·吉尔夫人（丽贝卡·博尔斯顿）》(*Mrs. Moses Gill* [*Rebecca Boylston*]，1773），画中人一袭华贵的绣花长裙，裹着时尚的头巾，以森林景致为背景，手里握着一束雅致雪白的卡萨布兰卡百合，以花朵的昂贵珍奇宣示着夫家的财富与高雅。科普利笔下手握花朵（有时是水果）的夫人们，不会走进花园，而是置身于敞向壮观而不真实的树木与河流的客厅。然而，女性在花园围栏中或坐或站的形象，后来成为19世纪美国艺术的突出主题。在文学领域里，这一主题在弥尔顿的《失乐园》中有着卓越表现。美国维多利亚时代中期的诗人与艺术家，包括拉尔夫·沃尔多·爱默生、托马斯·科尔，以及艾米莉·狄金森，都把这部史诗视为最爱。狄金森曾戏称弥尔顿为"花卉大家"（L1038）。弥尔顿曾把夏娃构想成伊甸园百花之间"最美的无根之花"，狄金森起的绰号或许正是因这一精巧比喻而发。童贞女玛利亚，更为纯洁的夏娃，常被想象为端坐在花园里——她自己就是禁宫（hortus conclusus），是无人亵渎的花园。这一形象已出现在数以千计的中世纪与文艺复兴时期的绘画中，构成了花园女性主题的前身。

第二章　林中花园

随着人们对珍花异卉的兴趣日益高涨，美国内战前后的油画也惯爱以精致花朵装饰女性肖像。构思女性与花卉的关系，有三种基本方法：人花分离，但相隔不远或经由他物相通；女性被花吸引；女性完全与自然融为一体，化身为花。比如，玛丽·卡萨特（Mary Cassatt）的《在马利花园编织的莉迪娅》（*Lydia Crocheting in the Garden at Marly*，1880，图13）中，画家的姐姐虽然离其左侧的花园很近，但人与花仍然是相互分离的。她忙于手头编织，似乎对葱翠的花园视而不见，相对地，花园也对她敬而远之——她不

图13　玛丽·卡萨特：《在马利花园编织的莉迪娅》，1880年
大都会艺术博物馆（The Metropolitan Museum of Art），加德纳·卡萨特女士（Mrs. Gardner Cassatt）赠，1965年（65.184）。照片© 1993 The Metropolitan Museum of Art

浪漫，也没结婚。伊士曼·约翰逊（Eastman Johnson）的《蜀葵》（*Hollyhocks*，1876，图14）中，夫人们嬉闹着莳弄花草，背景处女仆们似乎在偷偷取笑女主人的尴尬笨拙。尽管如此，这些女性的举止中仍然略微透露出与自然的合而为一。在这两幅画中，花主要起装饰作用，以不同的方式喻指着女性的外貌与/或举止。而在弗莱德里克·福利塞克（Fredrick Frieseke）的《蜀葵》（*Hollyhocks*，约1912，图15）中，女子则几乎要隐没在花园中，仿佛她自己也成了

图14　伊士曼·约翰逊:《蜀葵》，1876年
布面油画，25英寸×31英寸。新不列颠美国艺术博物馆（New Britain Museum of American Art），哈丽特·拉塞尔·斯坦利基金（Harriet Russell Stanley Fund），1946年7月。照片由E. 欧文·布隆姆斯特兰德（E. Irving Blomstrann）拍摄

一朵鲜花。他的画完美体现了狄金森诗歌表达中忘我的自然之爱。事实上,她的诗中人将自身放在了前文提到的每一种身份关系之中:与花相通者,花卉观察家,种花养花人。但最重要的,她是一个与花园有着强烈的情感共鸣的女人,这种共鸣强烈到连她自己也真真切切地成了花儿一朵:"我栖身于她—"(F779)

与画家和诗人相似,摄影师也秉承着将女性视为园中佳卉的风潮。在一首风格时尚但隐喻深刻的诗中,丁尼生写道:"莫德在这里,

第二章 林中花园

图15 弗莱德里克·福利塞克:《蜀葵》,约1912年
布面油画,25½英寸×32英寸,美国国家设计学院(National Academy of Design),纽约(479-P)

这里，这里/在百合丛中。"狄金森对该诗极为欣赏。尽管女性与花朵交相辉映的表现方式继承自中世纪晚期与文艺复兴传统，当时的绘画常常以花卉与书本映衬圣母与圣女的形象；但在1847年，这种以花映衬女性的手法还不算普遍。一般来说，只有当女主顾过于紧张时，达盖尔银版像摄影师才会让她们手里握上几朵花。

梅·布劳利·希尔最先注意到，在艾米莉·狄金森的银版像中，她手中紧握的是一小束"心之安闲"——三色堇，在美国花典中，它象征着忠诚可靠与谦逊质朴。[4]（三色堇也被认为代表着永恒之爱。因此，传说悲伤的乔治亚娜·伯恩-琼斯［Georgiana Burne-Jones］在画家丈夫的墓前献上了三色堇花环。艾米莉·狄金森可能听过这个故事，并深知其中的艺术与生命象征。）但在此我想强调的是，艾米莉·狄金森手握的鲜花很可能是她的自主选择，而她的选择是堇菜。玛丽·伊丽莎白·克罗莫·伯恩哈特考证出了流动摄影师的名字，他在1846年12月到1847年1月间为狄金森及其母亲拍摄过银版像。在此之前，人们认为这张狄金森的照片摄于玛丽·莱昂女子学院。（我在描写狄金森求学生涯的小说《我从未穿着白衣走近你》中，采用了这一传统看法。）[5]

但现在看来，实际的拍摄场地应该是在离北乐街狄金森家不远的"阿默斯特之家"（一家旅店）。狄金森夫人在家中花园里种满了各色玫瑰——朝开暮落的"一日之爱"玫瑰（love-for-a-day rose）、深红雪白不一的卡里柯玫瑰（Calico rose）以及含羞玫瑰（blush rose），其间还间植着桃金娘（myrtle）、黄杨（box）和芍药。这些花木后来都被移植到了家园。维多利亚时期的艺术与诗歌对玫瑰最为钟爱，照相时女性（尤其是新娘）常手捧此花，同时玫瑰也是狄金森诗歌中出现最频繁的意象。可以想见，当狄金森家族出席阿默斯特学院典礼之时，玫瑰的香气已然飘满家园庭院。但在照相时，狄金森还是选择了威廉·C. 诺斯道具商店中的纸质或丝绸堇菜。她在1862年对希金森说，"沉迷于"黎明和日落时，她知道自己只不过是"美人丛中一'袋鼠'"（L268）。既然她在诗歌中一直将玫瑰视作美的象征，那么，她可能会觉得自己手捧玫瑰并不合适。作为替代，她选择了与玫瑰花季相同的三色堇。作为东北地区最为古老的花卉之一，三色堇或林间堇（woodland violet）因品种不同而分为一年生、两年生、多年生，以及外来品种和本土品种。在狄金森的时代，三色堇和堇菜这两种名称常常混用。这种花耐寒、芬芳、美丽，色彩饱满，紧贴地面生长，能从春季开到霜降。在1847年维多利亚时代中期的文化语境下，它象征着真挚和谨慎。狄金森不仅儿时会去林间寻觅堇菜，而且在诗歌中也常以渺小胆怯形容自我，"家中最不起眼的人"，住在"最小的房间里"，仿佛她自己就是"草地上最温顺的花"，一如她爱赏的堇菜（F473，147）。

狄金森在阿默斯特学院使用的植物学课本是阿尔迈拉·H. 林肯的《植物学通识》（1815），内中有一小节讨论"花卉的象征性语言"。这表明，有关花语的最早一批著作（法语作品，以夏洛特·德·拉·图尔［Charlotte de la Tour］的《花语》［*Le Langage des Fleurs*］为代表），很快就对英美园艺作家产生了影响。尽管林肯的《植物学通识》中的花卉释义与沃特曼的《花神词典》几乎一模一样，但其中对植物和花卉的描述是科学化的，不带感情色彩。该书对堇菜等林间花卉重要性的探索，彰显出了这些野花的自然特质——它们能在不毛之地顽强生长，无须照料呵护。狄金森对堇菜的偏爱可能与此有关。正如她一样（藏于秘密花园的一隅，静观行人百态），堇菜也更喜欢生长在隐蔽处；而且与赞美孤独伟力的诗人相同，它们一旦归化本土，便能自由成长。

1862年，希金森问艾米莉·狄金森最喜欢哪位作家，她的回答是济慈、罗伯特和伊丽莎白·巴雷特·布朗宁夫妇，还有"罗斯金先生——托马斯·布朗爵士——以及《启示录》"（L261）。（她最爱的作家毫无疑问是莎士比亚，但她很可能觉得希金森一定希望听到更具独特个性的名单。）她把约翰·罗斯金列于散文作家首位，对于关心艾米莉·狄金森生活、艺术与花园的读者来说，这一点显然非常重要。在她心中，《现代画家》（*Modern Painters*, 1856）第三卷可能最为重要。[6]但是，我们知道，以狄金森巨细无遗的性格，而且鉴于该书在新英格兰地区受教育阶层中极为流行，因此，狄金森有可能也读过《现代画家》第一卷（1843）。在《现代画家》第二版前言中，罗斯金区分了两种花木研究路径：一种研究是科学意义上的，另一种"研究"则是由诗人（如拉尔夫·沃尔多·爱默生或威廉·卡伦·布莱恩特［William Cullen Bryant］）、画家（如托马斯·科尔、弗雷德里克·丘奇以及美国的拉斐尔前派）完成的。科学家或植物学家——或者，用狄金森的话说，"'比较解剖学'专家"

(F147)——

数出雄蕊,确定名字,然后便大功告成。另一种研究者则观察植物色彩与形状的每一个特点;视植物的每一个组成要素为某种表达。他关注植物曲线的优雅与力量,强健与安详;注意其外表的娇弱与顽强,大方与羞怯;考察植物的生长习性,对特定环境的爱与惧以及在特定影响下的荣与枯;他把植物放在心上,时时挂念提供最好的生长环境与最细心的照料呵护,以令它们枝繁花艳。对他来说,花是活生生的造物,叶片上有历史书写,摇曳间有热情喘息。

虽然艾米莉·狄金森像植物学家一样"对化学实在是非常精通"[7],但如同罗斯金笔下的诗人,她也将花朵视为准人性化的存在。她懂得"花冠""花萼""雄蕊"等术语的精确含义,并用这些词语勾画花朵的"脸庞",但她投向植物样本的目光也同时饱含对植物生命的深深关切。1855年,她在华盛顿特区写信给苏珊时说,她能与花朵感同身受,无论身在何处:"那些甜美的花儿,我能感到每一片叶子、每一朵花蕾的绽放,即使身不在家中。"(L178)家里家外的花园对她来说都是完美的艺术题材;她文字中的敬畏之心,通常只留给上帝、不朽与缪斯这样的宏大主题,但对于花,她怀有同等的敬畏。1883年,她在给詹姆斯·D.克拉克(James D. Clark)的信中说:"真希望能给你看看风信子,它可爱得让人无地自容。尽管因鲜花而自惭形秽显得很蠢，但美常令人胆怯。或许该说，美更常令人痛苦。"（L807）艾米莉·狄金森亦将写诗视作治愈之法——缓解"被黎明俘获－或被黄昏发现"时感受到的痛苦，疗治因目睹"果园中午现之光"而致的"瞬间瘫痪"，她在与希金森的最初通信中如是说（L268，265）。她坦言，她写诗是为了缓和与美邂逅时充满痛苦的狂喜。与日出日落这样宏大的宇宙景象一样，花园也构成了狄金森关于美的典型体验。因此，种花超越了业余爱好的范畴，而直接影响着狄金森的诗歌创作。

对于花卉绘画的狂热，在南北战争以前即已兴起，战后更变得愈发强烈。这缘起于罗斯金的一条重要宣言：室外实景中的常见花卉或野花才是艺术家最好的花卉主题，无论视觉艺术还是文学作品。[8] 堇菜或三色堇是罗斯金的最爱。在约翰·亨利·希尔、罗伯特·布兰迪格（Robert Brandegee）、托马斯·查尔斯·法拉（Thomas Charles Farrer）以及菲德利娅·布里奇斯等美国拉斐尔前派画家的油画和水彩画中，堇菜（与其他低矮花卉如银莲花和藤地莓）是最常见的题材。威廉·亨利·亨特（William Henry Hunt）的《有报春花和堇菜的篱雀窝》（*Hedge-Sparrow's Nest with Primroses and Violets*, 1840—1850）即为这一流派代表性作品。该流派最为鼎盛的1858—1870年，也正是艾米莉·狄金森文学创作的高产期。

约翰·亨利·希尔的水彩画，如可爱可敬的《蒲公英》（1858），也和狄金森的诗与信一样，对蒲公英这种寻常可见的"杂草"表现出了极大的敬意与热爱。希尔的绘画着眼于蒲公英（*Taraxacum officinale*）的明丽与繁茂，以及它的莲座齿叶、鲜亮花朵与中空茎干。希尔的《蒲公英》是圆形画（roundel），正与圆形蒲公英的主题相契合。如同许多19世纪的花卉静物画一样，这幅画尺寸很小——直径只有6英寸。而且与艾米莉·狄金森短小精悍的花卉诗一样，希尔也是通过高度凝练的形式来突出其内在精神。这幅水彩画极为紧凑，画面上布满了形形色色的叶片、野草以及蒲公英特有的齿叶，透露出蒲公英与所在地环境的密切联系。（任何试图清除蒲公英的园丁都知道，即使你用上刀子和毒药都没用，过不了多久它就又长回来了。19世纪的野花崇拜，其原因之一就是它们坚守自然。）希尔与托马斯·法拉这两位维多利亚时代中期最出色的美国艺术家，都对蒲公英这样渺小的野花表现出了极大的兴趣，这也充分证明了罗斯金信条的深刻影响。

与希尔一样，狄金森关于蒲公英的沉思之一，即它那太阳般的圆形花冠。她迷恋冬季风景中蒲公英的身影：

蒲公英苍白的茎

令草地惊奇—

冬天瞬间化作

无尽的叹息—

茎管托起信号般的蓓蕾

花朵倏然喊出—

太阳们的宣言

深埋结束——（F1565）

这首诗展示出诗人极其热衷于仔细观察花朵的次第生长：从"管"或茎到蓓蕾再到花。在狄金森侄女玛莎的回忆中，凝神观察花朵新变正是诗人的生动写照。文艺复兴时期的荷兰花卉画，不仅关注花卉的初生，而且常常描绘其凋落、死亡。画面中常会有残损的枝茎、将枯的叶子、凋零的花瓣，有时甚至会出现花园公害蜗牛，尽管绘画表面上的主题还是盛放的艳丽繁花。同样的情况也出现在美国的传统花卉设计中，如加布里埃拉·F. 怀特（Gabriella F. [Eddy] White）的《美国花卉》(*Flowers of America*, 1876)，就与艾米莉·狄金森一样，明显乐于描绘蒲公英生命的各个阶段（图16）。怀特画出了蒲公英紧闭未开的蓓蕾、待开、盛放、将残的花朵，以及凋零阶段——花变成一颗颗白色种粒，风吹即散。在前文所引的诗中，狄金森并未展现其凋零，她的重点在"呐喊的花朵"。它那奶油色的圆圆花冠，让她想起了"太阳们"，亦即明媚春日的连环，它宣告着冬天——大自然的"深埋"季节——的结束。如同加布里埃拉·怀特那支仍沾着泥土的蒲公英，狄金森的这首花朵诗也同样拥有对自然环境的想象。

除此之外，还有另一幅较为凄婉的蒲公英画像，展现在1879年狄金森用铅笔写于一小片包装纸上的诗句里：

头上稳稳戴着

图 16　加布里埃拉·F. 怀特,《蒲公英》,《美国花卉》, 1876 年

第二章　林中花园

小小的以太风帽（Ether Hood）—

如睿智上帝的

柔软小帽—

消散之时

瞬间已无踪影—

蒲公英的戏剧

飘逝于茎—（F1490）

维多利亚时代有位打油诗人约翰·巴尼斯特·塔布（John Bannister Tabb），他写过一首蒲公英小调。如同当时大量的堇菜诗一样，这首小调不仅说明野花这一诗题无处不在，也反衬出狄金森诗歌所赋予蒲公英的复杂性格。塔布将蒲公英的生命历程视作人生的对应：

今天的金色卷发；

明天便成银灰；

而后花白。看吧，

人啊，这就是命运！

塔布半开玩笑地砍掉了花朵的凋零阶段，仿佛砍掉人头。狄金森诗的第一节也写到了风帽、小帽和头，但在第二节她马上就转向了花朵"飘逝"景象，从微观视角体味着蒲公英之死。

艾米莉·狄金森最美的一些诗行都献给了花园与花——从色香俱佳到最终凋零的过程。"我相信你的花园面对死亡甘之如饴，"她在1880年给凯蒂·斯威策姨妈写信说，"但我觉得我的花园不太一样－它在美的不甘中消亡，如同黄昏的金星[9]－"（L668）当户外花园如金星一般"消亡"，或者说逐渐暗淡直至泯灭时，艾米莉便立即和拉维妮娅一起在各种花卉目录中"探寻夏日"（L689）。她会更加急切地培育温室花朵，催熟卧房中的鳞茎。对狄金森来说，植物之殇总是映照着人类的死亡，是神秘的事件。在前文所引诗中，蒲公英处于其生命的倒数第二个阶段，即"果实期"，对应着加布里埃拉·怀特水彩画中朦胧的第四朵"花"。它头戴"以太"或无形之气一般的"风帽"出现于第一节诗中，而后巧妙地转到了第二节中的"瞬间已无踪影"；蒲公英唯有四散的近乎隐形的种粒，此外再无"风帽"。诗人将这些以太般弥漫的小种子想象成（天空之国中）上帝的"柔软小帽"。"睿智上帝"决定了大自然的设计和布局。对狄金森来说，丧失与死亡正显示着上帝的铁面无情。尽管蒲公英绽放时的"太阳"与"戏剧"已然"飘逝"，它们却仍在她的诗集里跃动。1881年1月，她写信给好友霍兰夫人："堪察加的面纱黯淡了玫瑰－我清教徒花园中的玫瑰。"（L685）她意指积雪覆盖了花园，因为"堪察加"是寒冷的西伯利亚东北部的一个半岛。伊丽莎白·霍兰迅速理解了所谓"*黯淡了玫瑰*"（重点为笔者所加）——在狄金森的记忆里，六月的玫瑰依然鲜活。

威廉·H.戈茨在《新道路》中提醒我们，罗斯金"猛烈……抨击了"以17世纪荷兰绘画为原型的形式主义花卉题材。与之相对，是"路边的闲花野草"启发着1840—1880年间美国油画家与水彩画家的花卉静物风格。[10]我们欣喜地发现，艾米莉·狄金森——尽管处于半隐居状态——也是这场美国文艺运动的巨擘之一，她所热爱的那些野花——三叶草、金凤花、雏菊、龙胆、藤地莓、银莲花、红门兰、白日百合、水晶兰与堇菜，也在她同时代的伟大艺术家笔下得到了精心描画。例如（第一章中谈到的）狄金森诗中的马蹄莲，便可在许多19世纪60年代的静物画中找到对应。这种"百合"（lily）在当时是"极其流行的主题"。菲德利娅·布里奇斯那幅光彩照人的《马蹄莲》（*Calla Lily*，1875，图17），着重描绘的是马蹄莲清秀文静的完美外表，迥异于狄金森诗中的谐谑趣味。但无论诗歌还是绘画，都聚焦于百合花的笔直挺拔。所有的静物画都谨遵罗斯金的教诲，力图仔细呈现独一朵花（single flowers）的身姿。狄金森对当代艺术的了解并不少，这一点我在他处曾阐释。她在诗歌与书信中都表现出了与哈德逊河画派主题及拉斐尔前派风格——尤其是严谨的线条与色彩——的心有灵犀。将狄金森的诗歌置于当时艺术运动的背景之中，常会发现令人眼前一亮的呼应关系。

堇菜是狄金森时代另一种备受美国诗人与画家青睐的野花。当时，堇菜常被视作报春花，并与感伤情绪相连。狄金森在写给苏珊·吉尔伯特的一封长信中，就使用了堇菜的这两层象征意义。备尝孤独而焦虑于未来，她写道："在开满堇菜的大地上，在春天的

第二章　林中花园

图17　菲德利娅·布里奇斯,《马蹄莲》, 1875年
布鲁克林艺术博物馆（Brooklyn Museum of Art），博物馆收藏品基金

大地上,我写下这封信,若它带给你的只有忧伤,那是我的不对。"(L85)但就早年的艾米莉·狄金森而言,其诗中最富忧愁的春花典故,包括堇菜,总是浸染着某种极为早熟的关于死亡与永恒的沉思。她思念逝去的友人时写道:"她在不朽的春日采花,花朵不会凋零,她清晨采下鲜花,双手捧握直到正午;我们怎能不爱这些堇菜,而玫瑰也永不消逝。"(L86)狄金森对正统基督教义中的天堂观念总是心怀迟疑(尽管她日益热切地希望自己能笃信,期盼最终能得见天堂),但当她在花园中目睹诞生、衰退、死亡与重生时,似乎天堂也变得更为可信了。D. G. 罗塞蒂的《神佑少女》(*The Blessed Damozel*)等绘画及同样主题的唯美诗歌,都不断充实着当时盛行的花园天堂想象,流风亦吹到了狄金森时代的美国。在狄金森年少时的书信里,死亡总是被描绘成可畏的仇敌,残忍地偷走了她童年友人的生命。但是一想到银莲花、丛丛藤地莓、堇菜或雪花莲这些年年春日绽放、预示着死后永生的野花,那么死亡便也不再那样阴森逼人。

罗斯金的晚期著作如《普洛塞庇娜》(*Proserpina*, 1875—1881)中还充满了各种关于林间野花以外的指涉,《一枝桃花》(*Twig of Peach Bloom*, 约1874)这样可爱的图画,也折射出他后期对各种花卉——无论栽培或野生,无论何种环境——中的"对称或秩序"的研究兴趣。但他最初是将"点缀着杂草和苔藓的野花(如堇菜)"描述为"人们所能看到的最美姿态",并将雏菊、蒲公英等不起眼的小花视作最自然天成的美丽花朵。一如华兹华斯,罗斯金及其追随者也视野花为神圣之物——它们似乎最接近上帝之手,也最接近培育与杂交等人工技术出现以前伊甸园中生长的原初之花。塞缪尔·鲍尔斯之钟爱林间漫步寻觅野花(如同童年时代的狄金森),亦被认作出自天性的宗教虔诚,而非习得的教条。

银版像中紧握三色堇的十七岁的狄金森,还不晓得当时最伟大的艺术批评家日后会极力推崇堇菜以及一切林间花朵。她选择野花的理由很简单,它们就是她钟爱的花。"谢谢你想到我,在觅到野花之时。"她1853年4月满心欢喜地写信给奥斯丁,当年她还是二十二岁的年轻诗人。跟童年时代一样,她仍会在狄金森宅前的林中漫步,寻找三色堇和藤地莓,亦如十七岁时那个在玛丽·莱昂女子学院附近林间寻花的孤独少女。手握三色堇-堇菜或"心之安闲",她即将在1860年迎来自己最早的一次诗学谈话。漫步走过一朵小花时,她想象花儿在说:

我是小小的"心之安闲"!
不在意天空阴暗!
如果蝴蝶迟来,
我,是否,可以躲开?

如同银莲花,三色堇也是艾米莉·狄金森的钟爱——它早开迎春,且秉性顽强,不畏寒冷,甚至禁得住阿默斯特花园中四月尚飘的一两场轻雪。在狄金森的诗中,三色堇大胆地告诉诗人,自己比只会在暖炉边逡巡等待五月的"懦弱黄蜂""坚强得多",当然更胜过迟来的"蝴蝶"。"有谁会为我抱歉?"三色堇问道。诗人立即半开玩笑地安慰道:

亲爱的—古香古色的小花!
伊甸园同样古意盎然!
小鸟也是远古来客!
而天堂永恒湛蓝不变!

狄金森在诗中有时会将花朵拟人化。三色堇开心地得知,自己不但拥有"天堂"的颜色,而且还与"伊甸园"一起分享着"古意"——不同于19世纪60年代公众常见的那些繁复杂交的新品种和精心培育的奇花异卉。将三色堇置于伊甸园——人类最原初的花园(在狄金森的诗中,伊甸园还象征着普照世界的感性光辉)——的语境之中,更加充分地凸显出堇菜等林间花朵的特殊地位。在狄金森眼中,这些简单纯朴的小花,似乎闪耀着宗教之光。听闻自己的"蓝色"如同天堂,而天堂又从不曾改换颜色——不曾改变品格与价值,三色堇回答道:

我也不会,小小的心之安闲—
绝不屈身改变!(F167)

在这首有趣的诗中，狄金森含蓄地指出自然胜过人工，素朴与传统胜过巧饰与新奇。何物能令心灵安闲？显然并非人工制品或她所谓"大世界"（cosmopolit［an］）造物（F1592）。在作品中她反复强调这一点，如早期给托马斯·温特沃斯·希金森的那封著名的书信中所说的："正午池塘的喧声－远胜钢琴。"[11]（L261）尽管钟爱音乐，且尤其醉心于莫扎特，尽管玛丽·莱昂女子学院的钢琴课令她乐在其中，尽管她还曾写过曲子——苏珊的友人凯特·安东·特纳（Kate Anthon Turner）称之为"古怪而美妙的旋律"[12]，但是，狄金森仍旧对希金森坦承，大自然的乐章——流水——美妙远超音乐。因此，狄金森诗歌的读者便也被她逼着卷入了自然与艺术的竞争，不得不在二者间做出选择，究竟哪个更接近永恒，更富有感染力：关于堇菜的诗歌还是堇菜本身？在一首短诗中，狄金森本人选择的是艺术之"花"：

当玫瑰不再盛放，先生，

堇菜凋亡－

当黄蜂庄严振翅

飞越太阳－

在这个夏日

暂停的采撷之手

请在奥伯恩逗留

千万把我的花带走！（F8）

像狄金森的大部分作品一样，这首诗很可能也附在花束之中。诗歌的中心意义指向诗人自己的死亡：作为园丁，她献出必将"凋逝"之物；作为诗人，她本人也会"凋逝"，（如她想象中）葬在奥伯恩山公墓（Mount Auburn Cemetery）。奥伯恩山的意象对她极具吸引力。这所花园式公墓的几条大道都以诗人喜爱之花命名："龙胆"、"天芥菜"、"堇菜"、"银莲花"、"郁金香"（tulip）、"蓝铃花"（harebell）、"红门兰"、"天竺葵"（geranium）、"水仙"（narcissus）、"雏菊"、"山茶花"与"报春花"（primrose）。但她的语言之"花"——她至少在该诗中如此想象——面对的是另一种命运。狄金森诗歌中反复出现的自然与艺术之争，可以在其晚年书信中的一句话中找到结论："装点房屋、唤出艺术之夏的蜀葵，绝不会背叛自然。"（L1004）

※

1845年5月，十四岁的艾米莉·狄金森写信给闺蜜阿比亚·鲁特："我的植物现在看上去很不错。信中附上一片天竺葵小叶，你一定要为我把它压好。你做标本集了吗？要是还没做，我希望你能早点动手，有朝一日你会将其视若珍宝……如果已经开始了，也许我能送些家里的花为它增光添彩。"（L6）狄金森自己的花木标本渐增至四百多种，均采集自阿默斯特学院周边地区。她也的确将其视若珍宝。她的标本集现藏于哈佛大学霍顿珍本图书馆艾米莉·狄金森室。因其极易损坏，今天学者们已然无缘翻阅，但多年以前，我曾有幸研读过几小时，窥得其面貌与内容。我初次一亲狄金森藏书芳泽，是在小时候。我与妈妈一同坐在霍顿阅览室里，妈妈戴着手套，翻开狄金森的《圣经》——一片三叶草夹在《撒母耳记上》卷中，旁边的文字告诉我们它采自爱德华·狄金森的墓地。艾米莉读的书字体极小，令我惊奇不已，觉得她肯定是个感知力超常的小小女子。一边是压制三叶草的丧父的女儿，她也曾如我年幼柔弱，另一边则是那位写出"悲伤宛如饕餮"（F753）——我虽不懂却心有戚戚——的聪明绝顶、如先知般光彩夺目的智者，就这样在我心中浑然一体。正如狄金森的许许多多读者一样，我的一生都在那最初的时刻得到了形塑与指引，与艾米莉·狄金森的精神同在。多年以后，当我看着狄金森标本集上的植物名称手迹、粗糙的纸张与微微残损褪色的标本，艾米莉·狄金森对花卉的热爱便格外鲜活起来，宛在眼前。狄金森标本集的扫描本现在可于霍顿图书馆查阅，这些图片生动地向读者展示着少女时代的艾米莉：她会拼错单词，她会以艺术的形式排列干花，她以华兹华斯般的温柔视自然为友。

在植物学与地理学还是主科的时代，学校会鼓励年轻的植物学学生做标本集，以记住花草树木的名字。"自然漫步"——有时有教师陪同，有时没有——是掌握植物外形与特征的关键，而只有认识植物才能理解宇宙的运行与达尔文的物种演化论。1848年的艾米莉·狄金森将漫步视作娱乐。她写信给阿比亚·鲁特："（离校）在家里，我们大家出门聚会了几次，很惬意。漫游中我们还找到了好多美丽的春天之子,我来说说,看你是否也发现了它们——藤地莓、狗牙百合(adder's tongue)、黄色堇菜、獐耳细辛(liverleaf)、血根草(blood-root),还有其他各种小花。"(L23)她的标本集,尽管以拉丁名称标注,彰显了科学知识,但也显示出了实实在在的艺术特质:各种花朵排列美观,形态可爱,经过了一个半世纪的时光,魅力虽有所减损,但尚未尽失。狄金森选择这些花朵标本,并不只是因为它们近在手边方便易得,其灵感还来自梅·布劳利·希尔所说的南北战争前"不拘小节"的老派"祖母花园"。按照安娜·巴特利特·华纳(Anna Bartlett Warner)在《独自种花》(*Gardening by Myself*, 1874)中的说法,"丰富混杂"正是其"目标":"你想在出乎意料的地方偶遇木犀草,想在玫瑰近旁发现几枝天芥菜……拒绝繁文,拒绝缛节。"[13]芦笋紧挨草夹竹桃,玫瑰间植芍药,这就是玛莎·狄金森记忆中姑姑花园的模样。[14]

就像许多老派园丁一样,艾米莉·狄金森对待自己的植物标本,也常并用其俗名与拉丁名。许多植物俗名读来别有韵味:野黄瓜与马脚、星星草与攀缘紫堇、所罗门封印与雨水冲刷、猪草与风铃草、激情花与蕉叶常青、蜡烛飞燕草与轮生珍珠菜、粗糙蓬子菜与罗宾快跑、蝴蝶花与薄雾爱、杂种薄荷与荷兰马裤、马先蒿与猪花生、疯狗头骨与乌龟头,以及极其应景的帕那索斯草。[15]这些花草大多野生:所罗门封印即黄精,潮湿林地野花;杂种薄荷则是分叉蓝卷花,薄荷科野花。其中大部分我们都能找到现代对应植物:风铃草(自16世纪以来)就是风铃草属(*Campanula*)植物的统称,并非新英格兰本地物种。而蜡烛飞燕草就是我们常见的翠雀（*Delphinium*）。另一方面，达尔文1881年曾将蝴蝶花定为蛾蝶花属（*Schizanthus*），但他指的显然并非我们现在常说的马钱科（*Loganiaceae*）醉鱼草（*Buddleia*）或大叶醉鱼草（butterfly bush），而是柳叶马利筋（*Asclepias tuberosa*），生长在干燥草地上的当地野花。（上述植物的规范植物学名称参见注释15）。这些植物的俗名令狄金森兴致盎然。这位"愿做一个干草"（虽然语法不正确，却鲜活而精准）的诗人，总是更欣赏地方俗名，而非科学术语（F379）。在"谦卑之蜂"中，爱默生亦曾语带双关，怀着对野花及其民间俗名的勃勃兴致，写下了音乐般的诗句："小草举着绿色半旗，/菊苣准备摩天"，"蕨类幽香，还有仙鹤草（agrimony）/三叶草，捕蝇草（catchfly），毒蛇之舌[16]"。从其花朵标本的排列顺序来看，狄金森对林奈分类法的兴趣显然渐失。许多册页都表明，她之所以会把某些花放在一起，仅仅因为它们同时映入了她的眼帘而已。

熟悉艾米莉·狄金森秉性与偏好的人，会对标本集中的某些花卉心领神会。其中许多是野花，也是她的最爱。但在标本集第一页，小姑娘艾米莉亲手压制的第一朵花，却是茉莉（图18）——在她成年之后，这朵热带之花于她意味着激情。尽管她骨子里的清教徒教养根深蒂固，这位曾自封为"阿默斯特美人"（belle of Amherst）并自认为有着"新英格兰"感性的诗人，却深深着迷于异域奇花，尤其是她在《哈泼斯》和《大西洋月刊》中能读到的那些圣多明各、巴西、波托西（Potosi）、桑给巴尔（Zanzibar）、意大利的亚热带或

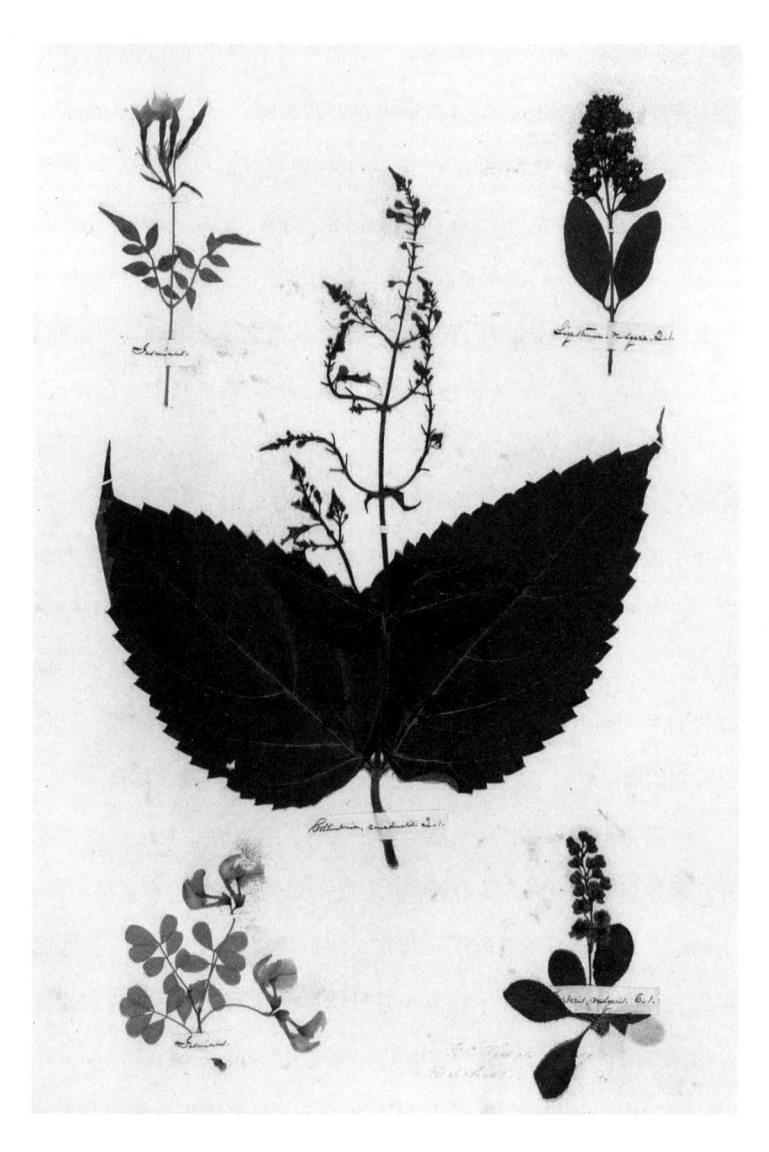

图18 艾米莉·狄金森标本集首页,左上方压着白色茉莉,左下方压着黄色茉莉

热带花卉（L6, F256）。(事实上，按照异极相吸的法则，对"异"的热望正是清教徒的天赋。)在寒冷的新英格兰地区培育茉莉，无视音律地创作欲望满溢的禁恋之诗，无论是作为园丁，还是作为诗人，艾米莉·狄金森都大胆无畏，发展出一种充满悖论的生活与创作方式。她钟爱金凤花、三叶草、银莲花与龙胆，欣赏质朴与平凡；她对奇花异草的热情，则显示出了对于未知、奇异与美学探险的沉醉。

选取茉莉作为标本集首页，似乎象征着艾米莉·狄金森生活中的爱与危机。虽然这位诗人常常被视作离群索居的不婚者——"优雅生动"，邻家夫人如此形容她离世后的容貌[17]——但她其实也邂逅过情欲，她的"大师"系列作品以及写给苏珊·狄金森的那些时而热情渴盼、时而伤心沮丧的书信，均可为证。而且，她也深知身边众人的生活困境，比如她出类拔萃的哥哥。1883年，奥斯丁爱上了梅布尔·卢米斯·陶德——阿默斯特学院某教授的妻子，艾米莉的第一位编辑。其时，奥斯丁已与苏成婚多年，二人矛盾重重；而苏正是艾米莉生命中"世所仅有的女子"（L447）。诗人当然知道哥哥嫂子并不幸福，她本人也因此而深感痛心。1895年奥斯丁去世后，梅布尔一身黑衣为他服丧，在想象中结成了真正的夫妻。她甚至还签下了"梅布尔·卢米斯·狄金森"的名字，别在一幅达盖尔银版像上，照片中是她年少甜美的容颜（图19）。梅布尔也常以花语自表，最爱在瓷器上画花卉静物。《诗集》（1890）出版后，她在女子俱乐部的演讲中，还特别强调了艾米莉·狄金森作为园丁的成就。

对狄金森而言，正因过往无比神圣，正因她总是试图忠于早年

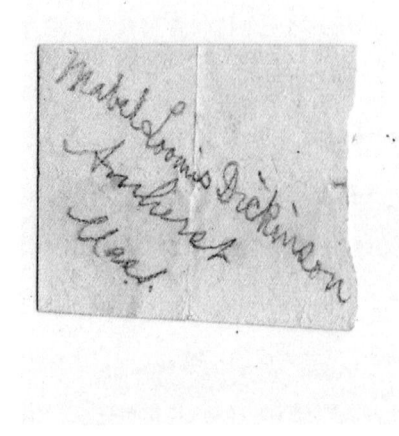

图19 梅布尔·卢米斯·陶德,达盖尔银版像,以及她的签名练习:梅布尔·卢米斯·狄金森——她梦想拥有的名字

的感情——"多年生"之情,所以她有时才竭尽全力地向亲人密友解释自己的社交怪癖。19世纪60年代,褪去童稚活泼之后,她越来越怕见生人,连与朋友相处都深感不安。紧闭的卧室房门给了她心驰神往的宁静与自由,即使是最平常的社交也让她如坐针毡。1883年,她谢绝了约瑟夫·奇克林(Joseph Chickering)教授的拜访,解释说:"我期待跟您相见,但又拙于言辞,说出口的话冰冷却又灼人,别的心灵那崭新的温度总让我惊惶。"(L798)言辞冰冷却又灼人,这也正适合形容狄金森的诗。也许是真的吧,用她的话说,"诗让我浑身冰冷,即使火焰也无法温暖"(L342a)。四分之一个世纪,鲜与

人交往，沉浸于自我与艺术，她已经（从某种程度上说）化身为她自己的文本；诗人与诗浑然合一。不过，她常常借助园艺习语——其他人一看就能懂——来安慰那些她谢绝会面的亲朋：

倘若已然失根

无人能令回忆生长—

紧紧包裹泥土

努力扶成笔直

就算瞒过宇宙

植物也难复生—

真正的记忆，仿佛

钢钻钉足的雪松（F1536）

即使是"苏嫂嫂"，也会时不时吃到闭门羹。艾米莉去世前曾有便条留给苏，在结语中她温柔地写道："你我亲密无间，如发丝虽细但绝不消融。"（L1024）也许正如约翰逊在《艾米莉·狄金森书信集》导语中的提示："这张写给苏的便条，只能靠手迹推测时间。这句话似应写于大病期间……哥哥奥斯丁甚至都不敢离家远行。"女性主义修正派批评家玛莎·内尔·史密斯和艾伦·路易丝·哈特，想要把苏珊·吉尔伯特拔高为艾米莉的"缪斯"、"合作者"、"想象力"与爱人，于是将这张便条解作"艾米莉与苏珊，苏珊与艾米莉，纵然死亡也无法令二人分离"[18]。但这一时期艾米莉写给苏珊的几张便条，都算不上热情洋溢,而她年轻的时候可是写过"我的心里满满都是你"(L94)这样狂热的话。这些便条的真正目的其实是令苏放心,二人(无论如何)仍是朋友,而且从法律和长年交情上讲仍是"姐妹"[19]:"请记住,亲爱的,对于你的问题,我的答案永远只有一个:是的—""你问我是否仍然如此?一以贯之,苏珊—没有别的答案—以太看似轻薄,但即使杠杆也没法令它消散—"(L908、874)艾米莉总会签上"永远的"或"忠诚的"。"发丝"与前一封信中的"以太"相似,指涉的不是坚实牢固的纽带,更像是写信者既要收回感情,又要抗辩:共同的过往,使她无法转身离去,无法形同陌路。这正如苏珊的题词——"艾米莉,即使不见,依旧深爱"。这句题词,于1880年,写在那本不合时宜的圣诞礼物——迪斯累里(Disraeli)的社会小说《恩底弥昂》(*Endymion*)上面。

与狄金森的大部分感情经历相似,她与苏珊这段神秘而热切的友谊,也以花卉意象描绘或记录。[20]奥斯丁与苏珊新婚不久,艾米莉还是他们小圈子中的活跃分子。但到1859年左右,塞缪尔·鲍尔斯成为常客之后,她却给苏珊写了一封道歉信:

苏茜(Susie):

未能做客,切请原谅。我刚从野外回来,你知道的,与蒲公英随喜,在画室里画了一幅难看的画—若你送来一束雏菊唤我,理应道谢收下—但是玫瑰—"百合"—还有"所罗门"本人—多令人难受!别怪我,苏茜—虽然人未至,但是心已到—[21]

结尾她感谢苏珊的"殷勤拜访，鲜花相赠"，以及"尽管并未相见，但清早即可耳闻的欢笑"。(狄金森兄妹紧邻而居，这些日常生活的细枝末节常令读者印象深刻。)她还许诺"会（将花）一直留存"，直至下次拜访"见着我的另一个苏茜"——私底下的那个苏茜。

　　苏珊的"灼热精神"之所以吸引着艾米莉，与二人气质和品位的差异有很大关系（L855）。但随着她们长大成人，这些差异显然可能造成不和。苏珊爱穿皮草和缀满亮片的丝绸长裙，苏珊的夜会总有鹿肉与牡蛎佐餐，舞会与牌局助兴——这样的外表与生活，显然都与二十九岁的艾米莉·狄金森大相径庭。"玫瑰"与"百合"——在这封信的语境下，很可能指的是复活节百合或马蹄莲，而不是草丛中的白日百合——也许正象征着苏珊的生活：她衣裙华美，她品位豪奢，她是风情万种的（已婚）美人。苏珊是千挑万选的温室花朵，艾米莉则是平平常常的蒲公英——遥相呼应着后来写给"大师"以及奥提斯·劳德书信中那一系列"乡野"或田园风格的自画像（L248）。而且，艾米莉更喜欢"我的另一个苏茜"，那个笑声遥遥可闻、令人喜悦、能够促膝长谈的苏茜，那个年少敏感，与艾米莉一同坐在爱德华·狄金森家"宽阔的石阶上"，"不分彼此"（L88）的少女苏茜。就这样，花语帮助我们解释着艾米莉那些细密难解的情感与行动。这也正是维多利亚时期人们对那种"语言"的期待。

作为标本集的起首之花,茉莉很可能会令读者想起"慢慢来,伊甸"及艾米莉·狄金森想象伊甸园(世上第一个花园)的其他诗作。伊甸园幻化在狄金森花园之中,园中茉莉就是艾米莉的茉莉。标本集第28页,茉莉再次现身。不过,其他的标本也将拥有属于自己的诗。例如,红门兰(showy orchis,野兰花[*Orchis spectabilis*])压在第37页,挨着飞燕草、延龄草、天芥菜、金鸡菊(coreopsis)和野生翠雀(wild larkspur)。这些花朵都是狄金森倾一生之力从林间或父亲的草地移植、收集而得。淡红"衣裙"飘飘的"牧场兰花",在她的诗中出现过三次(F642)。如1858年,她为红门兰写过两行诗,轻灵迷人宛如格言。夏日将尽,她不禁思索,"心有兰花如他-/沼泽六月粉红"(F31)。如同茉莉,粉色红门兰对她也有特殊的吸引力,常被引申为情欲及惊喜。在"彩虹-自集市来"中,红门兰或"拖鞋兰""结起羽毛/为旧爱-身披阳光!"诗人明白指出,它们就长在自己常去搜寻兰花之处——"沼泽"(F162)。童年时代,诗人便对野生红门兰一见钟情,四十六岁的狄金森描述起初次采摘情景时的兴高采烈,仍然满心欢喜。希金森曾在《户外报道》中写过红门兰,狄金森写信给他说:"小时候,我对红门兰颇有耳闻,却从未目睹。初次握住茎叶的时刻,至今还无比鲜活,如同当年仍在沼泽中的模样-历历在目。"(L458)

北美地区的兰花品类逾五百种,红门兰紧贴地面生长,并非气生植物（air-plant），隐藏在沼泽林地深处。搜寻红门兰是艾米莉·狄金森的一项古怪爱好。她诗中魅力非凡的"红门兰"很可能就是拖鞋兰（杓兰）。正如其拉丁名所指明的，这种花源自维纳斯女神及其圣地塞浦路斯岛。事实上，"orchis"一词在希腊语中意指睾丸。小西奥多·E. 斯特宾斯（Theodore E. Stebbins, Jr.）写道："很可能是因为某些兰花品种的块茎形状有如睾丸，兰花在古代还曾被当作催情春药。尽管——或者正因为——有此传统，《花神词典》等许多19世纪花典都极少言及兰花及其象征意义。"[22]（弗朗西斯·奥斯古德的《花之诗》[Poetry of Flowers, 1841]倒是赋予了兰花另一种意义。在她的文本中，兰花象征"美人"[belle]，最美的女子。）加布里埃拉·怀特在《美国花卉》中的水彩画《拖鞋兰》（图20），突出了这种植物与睾丸的联系：脆弱精巧，形状有趣。

兰花在19世纪的欧美地区极为流行，[23]1818年后的英格兰与19世纪30年代以后的波士顿，都曾"大规模"栽培兰花（其时恰逢温室温控技术得以应用，威廉·卡特利[William Cattley]也正于此时着手培育卡特兰[Cattleya labiata 或 Cattleya orchid，以栽培者卡特利命名]）。这给我们提出了一个有趣的问题：为何深爱野生红门兰的艾米莉·狄金森却并未在温室中培育兰花？在狄金森时代，兰花可做衣襟簪花，可做花束和餐桌装饰，还是非常热门的静物画题材。约翰·贝特曼（John Bateman）的《墨西哥与危地马拉兰花》（Orchidaceae of Mexico and Guatemala, 1837—1843），重达38磅，内中印版极为精美，仅在美国一地便促成了出版狂潮，以热带花卉，

图20 加布里埃拉·F. 怀特,《拖鞋兰》,《美国花卉》, 1876年

特别是兰花为主题的艺术图书大量付梓——作者大多是女性。但在艾米莉的温室中，19世纪新英格兰地区能够培育的兰花却不见踪影。

确实，艾米莉并未像对待银莲花、番红花等其他野花一样，把红门兰或野生兰花种在狄金森家的花园里。尽管如此，红门兰仍然是与她关系最亲近的三种自然造物之一。在给希金森的第三封信中，她写道："我了解蝴蝶－蜥蜴－还有红门兰－它们算得上你的同乡吧？"（L268）她描绘四季的自然诗中，春、夏、秋三季的繁茂野花总是表现着人的情感与处境。红门兰代表冒险，这一象征揭示出她与维多利亚时代中期那些感伤作家截然不同的独立精神。狄金森和蔼的"导师"希金森，在其温文尔雅的散文《花之队列》（"The Procession of the Flowers"，艾米莉·狄金森在《大西洋月刊》上读到后极为心仪）中谈及杓兰（拖鞋兰）时，规避了一切与性相关的言外之意。在对新英格兰地区花卉的评价中，他重点考察的是红门兰与贵重兰花品种间的谱系渊源。身为马萨诸塞州的居民，他也与狄金森一样，对当地花卉如数家珍。（希金森文风精巧雕琢，时时不忘绅士风度。二十多年后，希金森编辑艾米莉·狄金森的《诗集》首卷时，因那首充满情欲的"狂乱的夜"而深感不安，担心她会被公众曲解。）在《花之队列》中，他记述了自己的林间漫游。与狄金森一样，他也酷爱寻花：

五月将尽时，另一种恒常妆点便是大朵大朵的粉红拖鞋兰，亦名莫卡辛花（Moccason-Flower），"明日杓兰"，爱默生曾将此花附在赠予梭罗的笔记本中——其中,明日指的是5月20日。拖鞋兰属兰科,出身高贵,但生性挑剔,对环境颇为敏感。格雷博士(Dr. Gray)在其统计北方花卉的宏文中罗列了十种珍奇的美国本土植物。除一种外,其余九种均为兰花。即便是最为变幻多样的物种,如兰花,亦保留着家族渊源,既不失高贵气度,又不掩精致脉络。……我绝不允许自己视若无睹:每一种植物样本都新奇如初。

只要认真看过加布里埃拉·怀特的水彩画《拖鞋兰》,便会知道"高贵气度"与"精致脉络"在其拱形花姿与"拖鞋"轮廓的鲜明线条之中有明确表现。但怀特的水彩画(与乔治亚·奥基弗[Georgia O'Keeffe]笔下的花蕊与花萼一样,是此类感官化具象绘画的最佳范例)同样极为明确地指出,包括草地兰花在内的所有兰科花卉,之所以常被认作顽皮大胆、强势有力甚或有伤风化,只不过是因人而异,仅取决于观者自身的感性认识。有趣的是,在法国,拖鞋兰要么叫作"维纳斯之鞋",要么叫作"处女之鞋",花卉爱好者只能在神圣与尘俗之间做出选择。1851年伦敦水晶宫世界博览会,"第一次将异域花木大规模地呈现给公众",也助推兰花成为当时上流社会的"至爱之花"[24]。英国的温室里遍布着来自爪哇、婆罗洲及南美各地的兰花。若换算成"1996年的美金",某些品种的价格甚至高达两千美元。在美国,兰花狂热于1860年达到了顶峰,其时艾米莉于狄金森家打造的温室已有五个年头。然而她并未在温室中培育时下流行的兰花，内中自有玄机。兰花没有香气，这或许是原因之一，温室中的其他花卉如栀子、瑞香、夹竹桃都芬芳袭人。(学者多姆纳尔·米切尔曾在《"一点点品位、时间与方法"》一文中提出，狄金森之所以看重花园——不论室内室外——是因为其乃阶层地位的标志。但是狄金森的温室里没有兰花，这便令人对该理论起疑。)

　　探寻到红门兰等春花，不仅标志着冬日已尽，而且象征着死亡的暂时败退。在艾米莉·狄金森的诗歌中，这一题材自成一体。1852年5月，奥斯丁正于波士顿执教。拉维妮娅·狄金森在艾米莉写给奥斯丁的一封信后留了一条附言："花园弄好了，花花草草都长得飞快，空气中满是芬芳与吟唱。"[25]艾米莉则以一种《圣经》般的韵律向奥斯丁谈起五月里焕然一新的世界："清晨美好愉悦－你将于尘土中苏醒，置身永无宁日的都市喧嚣，难道你就不想换个居所，搬到我的晨露之宫来吗？"(L89)"你将于尘土中苏醒"，"尘土"一词不仅指城市的灰尘粉屑，还意指人的日渐衰老与死亡，而基督徒的终极梦想就是在末日审判时挣脱尘土，迎来复活。春天带来的短暂更新与复活赋予人们希望，因此艾米莉会坐在春天王国的"晨露之宫"中写信——这个季节令人浮想联翩，狄金森、华兹华斯，概莫能外。与华兹华斯一样，狄金森也赞美春花，尤其是山丘与草地上初萌的林间花朵。

　　狄金森的早期诗歌也如华兹华斯的早年作品一样，常常出现敏感热情的诗中人，在无人之境觅得早发的春花。番红花、银莲花、三叶草或雏菊都是最受珍重的花，因为它们可信可靠、弱不禁风却能平等待人。我们知道，为了在自家土地上移植新植物，奥斯丁·狄金森曾砍掉了阿默斯特周围的树木。现在这当然是违法的。妹妹艾米莉1859年写下的一首诗对此已有所预见。这首模仿罪人口吻的调皮小诗，记述了她自己对家园外树林的劫掠：

> 我抢劫树林—
>
> 满怀信任的树林—
>
> 树木毫无戒心
>
> 献出刺果与苔藓
>
> 只为满足我的异想—
>
> 我遍搜寻林间奇巧
>
> 我抓，我夺—
>
> 肃穆的铁杉会如何—
>
> 橡树又会怎么说？（F57a）

这首诗还有一个稍晚的版本，1861年改定，否认了偷盗行为，但保留了抢夺早春鲜花与种子带来的激动，花与种子显然（尽管她从未明说）拥有某种魔法。后来的版本换掉了"我抢劫"，并加上了一个问号：

> 谁抢劫树林—
>
> 满怀信任的树林？（F57b）

"谁抢劫树林"是一首典型的华兹华斯风格的作品。它与华兹华斯《序曲》(The Prelude)中的罪恶遥相呼应：偷走"系在柳侧的小船"，"一次偷盗行为"。我们会因此而想起艾米莉·狄金森读诗时那紧促的呼吸，华兹华斯的诗句与她自己的准浪漫主义情感浑然一体。托马斯·H. 约翰逊告诉我们，艾米莉曾在两封书信中引用过华兹华斯的"哀歌"("Elegiac Stanzas"，略有差错)，还有一封信引用过"我们是七个"("We are Seven")。但是，正是在对野花及其独特出众品质的探寻中，狄金森展现出了一种传承自华兹华斯，但又与其迥异的自然观。

华兹华斯与狄金森都对报春花、雏菊与堇菜这样的小花情有独钟，爱它们的小巧平凡与漫山遍野。[26]1802年华兹华斯曾两次写到了雏菊："谦逊平凡是你/本性，朴实面容，/优雅暗含其中/爱赐予你恩宠！"在想象中，他是旅人，走过小径，走过"偏僻角落"，道路两旁"甜美的雏菊"摇曳欢迎——雏菊不妄自尊大，即使"无人欣赏"，雏菊也不会"伤怀"。雏菊令他摆脱了"宏大激情"，并赋予他的心灵以"不张扬的共情"。在这渺小明丽的花朵中，他仿佛看到了众多角色轮番出场，从"女王"到"修女"到(凋零时)"套着破背心的饿汉"，但"自然的宠儿"雏菊归根结底还是与他最为亲密，因其谦逊，亦因其"四海为家"。狄金森书写"雏菊"与"大师"故事的爱情诗中，也闪现着华兹华斯式的雏菊主题。如同"雏菊"一诗中的狄金森，华兹华斯也深为雏菊的谦逊朴实心折。

华兹华斯的几首颂歌赋予了野花坚定而天真的热情，狄金森那首活泼生动的"小床是谁的"也一样：

小雏菊，小床最短—
稍稍往里挪—
离门最近处—弄醒第一朵
小小狮齿菊（Leontodon）

鸢尾（Iris），先生，紫菀（Aster）—
吊钟（Bell），银莲—
疗齿草（Bartsia），裹着红绒毯，
还有胖嘟嘟的黄水仙。（F85）

狄金森的这首诗，安逸而温馨，带着毫无掩饰的天真无邪，不含一丝视自然为冷酷绝望的苦行色彩。但浪漫主义文学惯爱在描绘花朵时追索其中的微妙、谐谑或俏丽。（狄金森从不以此自限，这一点极其重要。）华兹华斯最爱的野花是"小小白屈菜"，所以他在同名诗中列举了一系列花花草草之后，为自己留下压轴的便是白屈菜：

三色堇，百合花，金凤花，小雏菊，
让它们自己沉迷赞歌去，
只要太阳能西沉，
报春花将永辉煌；

> 只要还有堇菜，
>
> 故事便将永吟唱：
>
> 有一种花儿我独爱，
>
> 那就是小小白屈菜。

如同许多19世纪的诗人一样，华兹华斯用堇菜来衬托自己钟爱的白屈菜，因为堇菜可能是维多利亚时代被全民爱戴的鲜花。"白屈菜"这一名称实指两种植物：一种即白屈菜（*Chelidonium majus*），罂粟科，两年生植物，开黄色小花；另一种为二叶金罂粟（*Stylophorum diphyllum*），美国园丁非常熟悉的林地罂粟。华兹华斯的"小小白屈菜"是欧洲的黄色小花，形似小鸟翅膀（其词根 *chelidonus* 在希腊语中即"燕子"之意）。雏菊"温顺的本性"令华兹华斯心折——狄金森的诗行"草地上最温顺的花"（F147）似乎是对华兹华斯的遥遥呼应。白屈菜吸引华兹华斯的品质亦与雏菊相似："谦逊，恍若精灵/大胆，慷慨不吝。"如果说艾米莉·狄金森欣赏雪花莲、银莲花、番红花与堇菜是因其不惧残冬凛风早早绽放，那么华兹华斯之于白屈菜亦应如是——爱其无畏与谦虚：

> 原野之上，森林之间，
>
> 小径近旁，—但凡
>
> 有花之处，
>
> 你便已满足。

灌木小叶尚未发

…………

你来，口中轻唤，

光滑胸膛漫展

潇洒浪子模样；

讲讲太阳的寓言，

趁我们乍暖还寒。

华兹华斯一生都挚爱小花。某论者基于她所谓"艺术的男女性别差异"的假设，声称狄金森倾心于"细节，既重装饰，又重'日常'"，其花卉诗迥异于"19世纪男性诗人的作品"，后者永远更推崇宏大主题、崇高形象，而漠视"对花的个体性研究"。[27]事实上，19世纪男性艺术家画笔下的单花画作数以千百计——连德拉克洛瓦（Delacroix）这样素以英雄风格著称的画家都对精致小花颇有研究——所以这种充满性别歧视的概述显然站不住脚。在诗歌领域，梭罗、爱默生、威廉·卡伦·布莱恩特（William Cullen Bryant，狄金森藏有他的诗集，还专门圈出了"致流苏龙胆"["To the Fringed Gentian"]一诗）都有花卉诗存世，也都如华兹华斯一样，钟爱小花，他们的花朵赞颂与女性诗人别无二致。下面所引的丁尼生名诗发表于1869年，维多利亚时代大西洋两岸的学生们都熟读成诵。诗句证明了真正的艺术兼容两性，无法简单归类。这首诗风格感伤，迷恋小巧精致，一如许多女性花卉作家——莉迪娅·西戈尼夫人

（Mrs. Lydia Sigourney）、苏珊·费尼莫尔·库珀（Susan Fenimore Cooper,《一位女士的田园时光》[*Rural Hours By a Lady*]）或者克拉丽莎·W. 芒格·巴杰夫人（Mrs. Clarissa W. Munger Badger，艾米莉·狄金森可能读过她的《自然野花绘本》[*Wild Flowers Drawn and Colored from Nature*]）的风格。丁尼生的诗表明，在维多利亚时代人们的心中，正是野花的小巧，显示出上帝造物的伟大荣光：

颓垣缝隙长出一朵小花，

我将你从墙上摘下，

握着你，根与所有，皆在手中，

小小花朵——假如能够弄懂

你为何物，根与所有，所有所有，

便可知上帝与人的奥妙。

丁尼生并未强调野花在岩石中的艰难突围，但即使诗中强大的主人公能够轻而易举将花朵从栖居之地摘下，他也仍然无法洞穿小小花朵的秘密。另外几首更为流行的维多利亚时代关于野花的诗歌，也出自男性笔下。在花的习性、外形与看不见的造物主之手（尽管达尔文的理论已然给了宗教信仰猛烈一击）之间，诗人们构建出了极为隐秘难解的联系。在布莱恩特的"致流苏龙胆"中，诗中人被迟开的花朵迷住了，正与狄金森的龙胆诗歌所见略同：

狄金森的花园

> 你待到最后，独自绽放，
> 林木已凋，鸟儿远翔，
> 寒霜将临，白日渐短
> 苍老的一年已近终点。

　　布莱恩特幻想龙胆"甜蜜安详的眼睛"映衬着蓝天——仿佛天上来客。尽管不那么恰切，他还以成熟的龙胆比拟晚年的自己，希望死亡降临之时，自己能如迟开的花，"离去时遥望天堂"。在丁尼生与布莱恩特那里，野花的丰盈奇景宛如秘密满载的人生。为何绮丽的（因自然生长而显廉价）野花会生长在无人知晓的僻壤？对他们来说，这不啻宗教性的深刻问题。深深影响过艾米莉·狄金森的爱默生，亦曾在其典雅整齐的颂诗"杜鹃"（*Rhododendron canadense*）——野"杜鹃"（Rhodora）——中追寻过答案：

> 林中寻得初放的杜鹃，
> 湿地一角，无叶繁花蔓延，
> 取悦荒地与枯泉。
> 紫色花瓣，飘落池塘，
> 黑水染成明媚点点；
> 红鸟携羽乘凉，
> 花却令它稍逊美艳。
> 杜鹃！若圣贤动问

如此佳丽，怎荒废于天上人间，

告诉他们，亲爱的，眼睛为美景而造，

美只为美而生；

你为何在此，玫瑰的对手！

我从未问过，也无从解惑；

质朴无知如我，只猜想

那伟力创造了我也创造了你。

严格地说，这不能算作十四行诗，只是在音调格律上类似，并包含顿呼与意蕴转换。"杜鹃"一诗沉思着丑陋的生长环境与杜鹃科精致花朵本身间的巨大反差。值得注意的是，爱默生将"杜鹃"视为玫瑰的"对手"。这种比较是维多利亚时代中期诗歌与园艺的典型做法：玫瑰是花魁，最为美艳动人。爱默生（领过圣职）比艾米莉·狄金森更加笃信上帝，在他心中，杜鹃之生于阴暗沼泽，一如他本人的人生乃至与杜鹃的相遇，都是上帝的旨意。而在更加绝望悲观的狄金森看来，人生好似"渐进的谋杀"，"此生的奖励－是死亡－"，上帝不仁，寒霜侵袭过后，花园的"深疤"明示着这一点（F485, 911）。1884年（离诗人去世还有两年），狄金森在给姑妈伊丽莎白·柯里尔（Elizabeth Currier）的信封背面，摘记下了这首苍凉的诗：

每朵欢欣的花

都再不会讶异

嬉戏间寒霜斩首—

以不期之力—

金发杀手迈进—

太阳不改漠然

转过一天光阴

上帝静默颔首—（F1668）

无论是措辞还是语气，爱默生的"杜鹃"诗都如其散文"诗人"一样，诉说着"造物主的伟大与从容"以及上帝之力最终将获致的圆满与完美。尽管狄金森的诗和信常与爱默生持同样观点，认为"美只为美而生"，但她同时还注意到了美被自然之力摧毁的残酷现实。花园就是她对于世界珍重的隐喻，在此语境下，花谢花开的命运便成了人类苦境的缩影。花朵凋亡如同"斩首"，被冰霜谋害之前，花朵的"欢欣"也内在于上帝的神圣计划，微观地证明了她1860年那首令人恐惧的格言诗中的真理：

受伤的鹿—跃得至高—

猎人如是说—

那定是死之狂喜—（F181）

邻居们送来田间百合或"吉利花"（gillyflower，即今天的石竹）

时，狄金森会轻松愉快地写下感谢信，沿用花典与园艺书中的习语，称赞它们是神圣的。但这种用法显然迥异于她那些更为复杂的花朵意象。曾为克拉丽莎·芒格·巴杰夫人的处女作《花样美人》(*Floral Belles*)作序的"W. 马丁"(W. Martin)说："美丽的花……赋予灵魂色彩与芳香，在这乏味的尘世阴影中，是否如天堂的模样？"马丁的描述刻画出了维多利亚时代中期的人们对野花的普遍看法（达尔文主义者除外，在他们看来，这些花只不过是古已有之的植物形态）。艾米莉·狄金森乐观的时候，会想象在天堂乐园中，她深爱的逝者能够安闲地采下永恒之花。但她太熟知由内而外的痛苦、风暴以及"厄运那电光石火般的鹿皮鞋"，已然无法不去描述那无可逃脱的悲惨命运——死亡，自古以来，花与人，无一幸免（F1618）。

狄金森冷静的思考总是直指鲜妍春花的生命终点，在她那里，我们找不到玛丽·拉塞尔·米特福德（Mary Russell Mitford）《我们的村庄》(*Our Village*，约1835)中那欢乐的堇菜赞歌。米特福德也追步时代潮流，钟爱华兹华斯式漫山遍野的堇菜，花海令她第一次领略到了堇菜的美丽。与狄金森同时代的作家中，米特福德对堇菜的观感颇具代表性。如同"花朵合唱"（"Flower Chorus"）一诗中的爱默生，米特福德也认为堇菜的"细语"唤来了春光。但她的视野缺少另一个维度，即死亡与复苏，艾米莉·狄金森的作品正是因这一主题而复杂深刻。米特福德热情洋溢地说：

> 没走多远，便到了田埂边。啊！已然能嗅到香气——潮湿

的空气中，弥漫着醉人的芬芳。穿过小门，青翠麦田南边那绿油油的田埂上，扑面而来的，是可爱的堇菜，可爱非凡。遍地繁花，雪白淡紫，仿佛给晨露未晞的草地滚上了花边……成百，成千。……花朵装满花篮，多么快乐！心灵焕然一新！

有一次塞缪尔·鲍尔斯生病，艾米莉·狄金森向他许诺："堇菜庄园一灾厄不来！"如果说堇菜对她来说特殊珍贵，那也只不过是因为堇菜在草地上绽放时，常常"悄无声息"，或隐没于草丛，或花开太迟（F272, 69）。然而，在她的"庄园"中，就连堇菜也难免于灾厄。[28] 堇菜如此弱不禁风，最终，在她的诗中，它们幻化成了天堂的淡紫、正午的蓝紫以及夜晚远山的深蓝薄雾。

标本集的第46页，艾米莉·狄金森压上了八种堇菜（图21），旁边是凌霄花（trumpet creeper）和刺瓜花（prickly cucumber）。这些小花包括：掌叶堇菜（*Viola palmata*）、毛叶黄花堇菜（*Viola pubescens*）、三色堇菜（*Viola tricolor*，或双色）、鸟足叶堇菜（*Viola pedata*）、圆叶黄堇菜（*Viola rotundifolia*）、兜状堇菜（*Viola cucullata*）、甜白堇菜（*Viola blanda*）。这是整个标本集中最具艺术感的一页，形态各异的花与叶，营造出一种繁茂多姿的美。尽管狄金森后来选择了"雏菊"这种野花自喻，永远追随亲爱的朋友、她的"太阳"塞缪尔·鲍尔斯，但堇菜是她的初心。1858年，艾米莉作诗赞美苏珊·狄金森的黑眼睛："堇菜/渐老"，五月复五月——典型的狄金森式雅致画面（L197）。在童年时代的狄金森眼里，堇菜便已是诗歌

图21 堇菜，艾米莉·狄金森标本集，第46页

第二章 林中花园

主题。

❧

在《"一点点品位、时间与方法"》一文中,多姆纳尔·米切尔认为,我们的诗人将花卉视作贵族拥护阶级划分的象征——包括堇菜这样的野花。[29]他同意贝齐·厄基拉在《艾米莉·狄金森与阶级》("Emily Dickinson and Class")中的观点,并引用了其中的分析:"狄金森是'淑女',也是知识分子,拥有闲暇、自由与空间'思索'"——拉维妮娅·狄金森曾经戏称艾米莉在家中的职责是"思索"——"而这一特权的基础是他人的体力劳动与无产阶级化"。[30]在某种程度上,这一分析试图将狄金森的园丁技巧归因于其所受的高等教育,将她的园艺成就归因于其家族丰厚的财力(他们家买得起好的设备——比如说舍得给温室配上富兰克林暖炉)。在此基础上,米切尔问道:"身为上层中产阶级、白人女性,这一身份会对狄金森构成妨碍吗?"读者可能会反问他,怎么妨碍?妨碍她做人?还是妨碍她做诗人?能问出这种问题,可见米切尔式的讨论已然偏离了狄金森的文学成就,而仅欲以迥异于狄金森生活时代的当前标准去评判其社会情感与"政治主张"。因为该文所特别提及的"作为园丁的狄金森"亦是本书的主题,所以我打算在此对米切尔的文章作进一步讨论。

艾米莉在1881年写道,妹妹拉维妮娅在"搜寻"种子时曾使用过《布利斯订购目录》("Bliss's catalogue", L689）。有趣的是，米切尔提出，姐妹俩可能都使用过 L. W. 古德尔（L. W. Goodell）的《花卉种子与鳞茎优选目录》(Catalogue of Choice Selected Flower Seeds and Bulbs)，因为古德尔也住在阿默斯特，尽管他的生意开在马萨诸塞州德怀特（Dwight）的"三色堇公园"（Pansy Park）。1881年，艾米莉日渐衰弱，只能由拉维妮娅照料花园。但在我看来，19世纪六七十年代的时候，姐妹俩用的指导手册很可能是约瑟夫·布雷克的《花园——布雷克花卉手册》(The Flower Garden; or Breck's Book of Flowers, 1851)，再版时改名为《花卉新书》（1866）。波士顿人约瑟夫·布雷克（1794—1873）比古德尔名气响得多。事实上，他是新英格兰地区的园艺学权威，马萨诸塞州园艺学会会长，1838年出版《园艺师与园丁杂志》(The Horticultural Register and Gardener's Magazine) 并担任编辑，而且是极其著名的种子供应商。尽管布雷克的兴趣主要在花卉培育方面，但他同时也是乔木与灌木领域的权威。爱德华·希区柯克的学生艾米莉·狄金森，似乎不太可能会信服一个声名与才能都远逊于布雷克的园艺师。住在坎布里奇的诺克罗斯姐妹常会寄种子给表姐，她们的种子大概也是从布雷克商店购得的。布雷克的植物目录极受欢迎，影响力一直持续到20世纪初。他将园艺与人类精神相连，这一诗意想象显然比米切尔所描绘的古德尔观点更与狄金森意气相投。

与今天的育种公司如出一辙，古德尔以"优""选"宣传自家花卉，暗示顾客不会收到发育不良、感染虫病的鳞茎或品种羼杂的种子。但米切尔把他的广告理解成了"诉诸阶级差异"。也许正因看到古德尔对优良品种的许诺,米切尔才会认为,在狄金森的世界里,园艺是"优雅生活的标准"。他总结道,艾米莉·狄金森的"读写能力"、"相对充裕的闲暇时间"与"不受干扰的生活"——更不用提她们家优渥的条件——使她得以成为园丁,而且相应地,"成了中上层女性社会网络中的一员,通过这一网络,她们分享经验,拉近距离"。他虽精准地注意到,狄金森视自己的诗歌与植物为彼此紧密相连的艺术品,却把狄金森对花的热爱简单地理解为社会行为,断言她从不"在花园里进行体力劳动",而是止步于"'奢侈的欣赏'——选择、种植、采摘、插摆、赠送鲜花以炫耀并彰显品位"。由于"鲜花虽美,但(大体而言)百无一用——只能象征品位和身份",因此米切尔说,"建一座花园(主要)是为了获得声望与影响力"。不仅如此,他还断言,不仅花园如此,狄金森的温室也是"展现好品位、个人才能"和家族兴旺的工具。

人们若能对艾米莉·狄金森的园艺活动怀抱更具同情的理解,便会对这种论断产生很多异议。诚然,若要说个人修养及财富与对花园的爱无关,那也是荒谬的。E. M. 福斯特(E. M. Forster)的《霍华德庄园》(*Howards End*)中世故的叙述者说出了残酷的真相:艺术,尤其是装饰艺术,与赤贫者基本无缘。挨饿的人既无精力、时间和金钱,也无愿望种花赏玩。尽管如此,对花朵的浓厚兴趣与真切热爱——甚或渴求——却是不分贵贱。安·莱顿在其重要著作《19世纪的美国花园》中,梳理了英式花园的发展历程,将之视为缩小阶级差距的一条途径:"19世纪[见证了]普通男性日渐发达的肌肉——尤其是在花园劳作之中。植物温室建造起来,遍及社会各阶层。""这场家庭园艺革命",1810年后兴盛于英格兰与美国,"宣扬培育新品花卉的职责——以及荣誉——从豪富之家及其园艺专家手中转移到了所谓工人阶级那里,成了他们的后院消遣"。美国人,尤其是新英格兰地区的居民,不断试验培植新花卉(艾米莉·狄金森便曾培育过重瓣水仙[double narcissus])或营造"温室"(有的会请建筑师设计,有的则是由带玻璃窗的小棚改建而成)。在这一点上,他们与英国朋友别无二致:

> 人们收工回家的时间比从前早了许多——时间和金钱也相对宽裕起来——他们在自家小小的玻璃阳畦中躬身施展园艺,在水房旁挤出一片空地,以展示花卉。……人人……都可平等竞争,唯品质最佳方能获胜。[31]

如果威尔顿(Wilton)的花园算得上国宝,那么查尔斯·狄更斯小说可谓再现了伦敦的小块花田——在煤烟缭绕中挣扎的花朵,对于在其上方徘徊的不幸房客来说弥足珍贵。在《花园》一书的开头,布雷克对艾米莉·狄金森那一代的读者说道:"培育花卉适合每个阶层,不分贵贱,不分贫富。"

19世纪的美国人的确认为女性应该从事园艺,甚至应该学习植物学原理,以装点寓所,陶冶孩子情操,还能改善健康状况。但是作者们可能并不认为只有富裕家庭才会听从他们的建议。1843年，安德鲁·杰克逊·唐宁（Andrew Jackson Downing，奥斯丁·狄金森藏有他的著作《景观园艺理论文集》[*Treatise on the Theory of Landscape Gardening*]）为劳登夫人（Mrs. Loudon）极具吸引力的作品《淑女花艺与园中淑女》（*Gardening for Ladies and Ladies' Companion to the Flower Garden*）写下序言。他敦促所有美国女性，无论"贵贱"，都应关注"花卉植物"，给出的理由是"布置房屋或花园所需要的那些东西，即使是收入极低的家庭，也没有哪样不能实现"。[32] 另一方面，劳登夫人提供的指南也包括"窗前花艺以及狭小温室的盆栽陈列"。这些例子表明，在狄金森生活的时空中，园艺的诱惑十分强烈，我们不应假定她对花草与园艺的热爱是为了炫耀社会特权。

米切尔的论文还认为诗人对花园仅有粗浅涉猎，她会插花，但并不会为花亲自劳作："狄金森把花园中比较繁重的体力劳动留给了雇工和妹妹拉维妮娅，她自己则专注于'忧心忡忡'——选择、种植、采摘、插摆、赠送鲜花以炫耀并彰显品位，或者将其转换成'花言花语'。"在这里，种植鲜花与写花卉诗是一样的，而且都同样不被视为"劳作"。

观察狄金森诗歌对写作过程的描写，你会发现遣词造句对她来说就是呕心沥血。与此同时，艾米莉少女时代的书信表明，她在父亲的果园里干的就是体力活。1861年8月，她沮丧地写道，在户外削水果令她长了一脸雀斑。成年时期的通信中，她也常会谈及天太热或太冷时护理花卉的困难。显而易见的是，种花就意味着要弯腰、抬头、搬运、翻地、除草、施肥、分隔缠根以及除残保新。想要像狄金森一样，悦享温室中的山茶、栀子与茉莉，就必须承担反复喷洒、施肥、护根、排水、入盆以及除虫防害等烦琐细致的工作。麦格雷戈·詹金斯（MacGregor Jenkins）曾忆起，暮光之中，诗人跪在垫子上将植物栽入盆内——大概是在移植。玛莎·狄金森·比安奇也记得姑姑冬夜为餐厅炉子生火，以防冻坏温室花朵。播种与打扫花园可能没有修剪草坪（米切尔将其作为真正体力劳动的例子）那么辛苦，但毫无疑问也是工作。（事实上，狄金森家的草坪大部分都需用镰刀修剪。）[33] 艾米莉·狄金森是女性，而且不太强壮，所以为了自己建造春日花园，她把清理父亲土地的任务交给霍拉斯·丘奇（Horace Church）及其他雇工，这非常合理。但是1885年8月她写道，维妮"还在深耕"翻土，按照布雷克的指导准备栽种秋季鳞茎（L1000）。尽管是位"贵妇"，拉维妮娅似乎参与了花园中的繁重劳动；艾米莉并没有认为做这些工作有失身份。"我一直忙着在地里捡花茎花蕊，"1882年她给生病的女仆玛吉·马厄（Maggie Maher）写信说，"蜀葵把衣服脱得到处都是。"（L771）对于一个瘦弱的女子来说，这些劳动既艰苦又冗长。但"只要一好起来，我定会全力而为"（L295），1864年艾米莉在坎布里奇写信给妹妹时如是说。因为患上了眼病，无法帮助拉维妮娅承担家务，她为此感到很抱歉。

狄金森的花卉之爱也并不回避功利。在《花卉新书》（1866）中，约瑟夫·布雷克提到了"花卉之用"这一问题。他说"种花无用论就是一派胡言",对于"把什么事都拉低到功用层次的那帮人",布雷克在书中口诛笔伐。布雷克给狄金森的时代规定的"装饰美学"讲究的是"优美":花"令［我们的家园］魅力非凡",他写道,花自有其用,无论是实际功用,还是精神启发。狄金森的旱金莲出现在妹妹的沙拉中;她知道洋地黄(digitalis)这种药是用毛地黄(foxglove)做的;她还懂得,花朵压制出来的精油是香水的原料。如果读者还记得诗人对野花的偏爱,便一定不会同意"艾米莉对花的喜爱"之中"渗透着阶级区隔的语言和假设"。狄金森将对堇菜与蒲公英的偏爱归结为自己山村野夫的本性。但米切尔认为她找得到野花,是因为"'［贵族］教育'使她知道该去哪里找,哪种花珍贵,为什么珍贵及其培育方法"。然而早在艾米莉·狄金森去曼荷莲的莱昂小姐那里求学之前,早在她整理标本集的中学阶段之前,她便已跟母亲、哥哥与妹妹一起开始了林中漫步。"还是孩子的时候,"拉维妮娅回忆道,"我们常在林中消磨整日,寻找那些奇花异草。"狄金森家的孩子们是乡下长大的,他们对野花的熟稔,远远早于爱德华·希区柯克博士的植物学课程。

最后还有一封常被引用的狄金森书信,收信人是乔赛亚·霍兰博士夫妇,写于1858年,当时一场流行热病正影响着阿默斯特。在信中,诗人用有关花园的奇想,描写了她的心境。(霍兰博士是《斯克里布纳月刊》与《世纪》[Century]杂志的编辑,从他的处女小说《吉尔伯特小姐的生涯》[Miss Gilbert's Career]之中能看出他也有纯粹的文学志向。艾米莉写给霍兰的信中满满全是炫技的隐喻。)与贝齐·厄基拉和阿尔弗雷德·哈贝格一样，多姆纳尔·米切尔也认为这封信"极为无知，令人气愤难过"，证明狄金森迷恋"社会区隔"，有时对人性极度"冷漠"。这封信的结尾颇具戏剧性：

> 晚安！我无法再驻留死亡世界了。奥斯丁发烧了。上星期我埋葬了花园—猩红热也夺走了园丁迪克家的小女儿……啊，优雅—优雅的死神！啊，民主的死神！从我紫色的花园中夺走了最骄傲的百日草（zinnia），一然后将农奴（serf）的孩子招进了深深怀中。(L195)

哈贝格评论这一段说，"读者们十分震惊，狄金森居然将'农奴的孩子'与霜打的残花相提并论"，但他也指出，"流行病［常会］令人紧张惶恐，乃至不分轻重地跳起死亡之舞"。[34] 米切尔则认为孩童之死应归因于"不良的卫生与居住条件"，并失望地声称，狄金森写信时没有言及这一点，是因为她"对这样的事情完全不敏感"。[35]但是狄金森怎么能知道伤寒（那个孩子真正患上的病）之类的热病是由不良卫生环境造成的？连维多利亚女王都不知道温莎城堡的不良排水系统或许间接导致了1861年阿尔伯特亲王之死。

她书信中将女孩与花朵并举的经典比喻，或许会让现代读者觉得冷漠，因为这种比较的言下之意是，花与孩子一样重要，一样值得缅怀。此外，她还用"农奴"一词指代家中园丁，这在共和社会中更是显得不妥，而且也不准确：在任何意义上，他都不是她的农工。在这里,狄金森的语言似乎只是"乡绅"爱德华·狄金森家小姐的语言,她把自己和她这个小地方的特权家族太当一回事了。

尽管她的书信确实表现得麻木不仁——她也将奥斯丁的病与寒冬降临花园相提并论——我仍认为,对信中语言做出略微不同的解读可以帮助我们进一步理解这位作为写作者与园丁的诗人。首先,艾米莉·狄金森确实极其爱花,视花为人;她言语中隐含的比较绝非意欲贬低"小女孩",从其亲切的措辞中亦可看出。(更模棱两可的是,狄金森选择用"紫色"——皇家的高贵色彩——"花园"中"最骄傲的百日草"来比拟女孩。19世纪60年代,百日草刚刚从墨西哥引入新英格兰地区,被视作极珍奇的异域植物。而小女孩则被认为是工人阶级。)狄金森耳畔常常回响着《传道书》的韵律以及伊丽莎白时期文学的调子,因此,死亡面前万物平等的看法,对她而言简直再自然不过了。她信中百日草与孩子一起被死神掳走的想象,会令人想起《辛白林》(*Cymbeline*)中的句子:"金童玉女皆归尘土/与扫烟囱人别无二致。"而"农奴"一词,是她常用的等级用语的一部分,和其他许多东西一样,来自她反复阅读的莎士比亚——"有了莎翁,还需何书?"——当她需要意象和故事的时候,莎士比亚笔下的君主国家对她来说无比真切,信手拈来。(L342b)。

狄金森将莎士比亚的君主国家意象转换成了某种童话语言,那里的国王与王后、王国与王室取代了她所熟知的人物与地点。因此,在前往华盛顿的维拉德旅馆(Willard Hotel)的旅途中,二十五岁的诗人给霍兰夫人写信说:"这里的领主和领主夫人佩戴的钻石,你肯定不知道有多昂贵。"维拉德当时是一家高级的民宿，客人与主人一同进餐，而她想表达的意思无非是，维拉德真的很豪华（L179）。1883年，她写信给苏珊·狄金森，用了一种仿伊丽莎白风、王子与乞丐式的童话语言，幽默而又充满关爱地品评苏珊女儿的照片："我晓得她是皇室，但她居然还是个圣徒，这我怎么猜得到呢？"（L886）苏珊是一个自负的人，而狄金森家在阿默斯特也并非无名，因此，艾米莉说玛莎是"皇室"有几分道理，但同时也是在调侃玛莎母亲苏珊的自鸣得意。

驱动狄金森的是美学冲动，而非势利眼，这一点在她众说纷纭的一封书信中表现得非常明显。如同在其他书信里一样，叙事的力量与文采才是她最为关心的事情。这封信所书写的花朵也引起颇多争议，但也折射出诗人对于自身社会地位的看法。该信寄给身在欧洲的塞缪尔·鲍尔斯，写于1862年8月美国南北战争正酣时。狄金森写道：

> 士兵来访—昨天早上，他想要束花，带去战场。说不定他以为我们家有个大鱼缸。（L272）

看着这些显得极不耐烦并且缺乏同理心的句子，我不禁好奇：常常慷慨赠花的艾米莉，是否把花送给了士兵？也许士兵从街上看到了艾米莉的温室，误以为狄金森家用"鱼缸"或人工池子种植并贩卖花与植物。她的语气很调皮。士兵的突然闯入想必不受欢迎，甚至可能令人惊惧；而且她所钟爱的鲜花也并不会随意赠人。士兵本就陌生，战争对她而言显然更加陌生。或许正因此，狄金森没有立刻产生同情，甚至有可能拒绝同情——在哀悼联邦战士弗雷泽·斯特恩斯（Frazar Stearns）时，她则清楚地表达出了同情。如同之前那首将鲜花与园丁女儿并举的哀歌一样，她对士兵的态度看上去也相当冷漠。这段话是艾米莉·狄金森少数让人看不到人文关怀的语句之一。但多数情况下并非如此。

狄金森曾运用玫瑰的意象，为苏珊·狄金森不幸夭折的两岁侄女写下挽歌。美丽非凡又柔弱无依的花朵隐喻着脆弱又宝贵的孩童：

> 她急落，如玫瑰花瓣——
>
> 大风催亡——
>
> 柔弱的时间贵族
>
> 寻求赔偿——
>
> 一纸违约留予自然
>
> 如蟋蟀，如蜂
>
> 但安第斯尚在一山峦怀中
>
> 她始可安眠（F897c）

"大风摧亡"——暗指横祸与疾病吗？——小女孩消亡于世，如暴风雨中柔弱的玫瑰花瓣急急凋落。首四行以玫瑰的精巧与敏感来书写孩童的早夭，而它的娇嫩和优雅——它的"贵族"风采——是在纪念小孩对苏珊·狄金森一家的重要性。孩子如此幼小，就像蜜蜂或者蟋蟀——两种昆虫都是狄金森的最爱，也很常见；但孩童夭亡的伤痛却是如此巨大，一如雄伟的安第斯山，留在那些已经认识她并且挚爱她的人的"怀中"。狄金森的这句"她始可安眠"尤其酸楚，因为19世纪很多家庭之所以不敢太爱孩子，甚至不敢为孩子取名，就是因为婴儿死亡率高得可怕。如果说艾米莉·狄金森的诗歌援引了由来已久的阶级区隔语言，那是由于她想要用这些语词来突出孩童的内在价值。（她将另一个小女孩称为"农奴的孩子"，以求达到诗歌的抒情与韵律完美，她藐视了真正"民主的"现实。）任何社会中，"贵族"或者说极有修养的人都远少于普通人，正如玫瑰不可能多过遍地野花。此外，狄金森还常援引英国的贵族传统——在她的诗中，"国王"出现了十二次，"王后"十六次，"王子"六次，神秘甚至神奇的"伯爵"九次——这或许并非由于势利，而是需要一个可被识别的等级秩序，用来表达珍奇、力量、优雅与美。对她来说，这一秩序无关政治，而是一种幻想的童话语言，能够轻松地表达卓越之意，或其对立面。若把她诗中的小女孩改称作时间"公民"，显然毫无意义。

阿尔弗雷德·哈贝格对狄金森性格的研究颇为标新立异。[36]他认为艾米莉·狄金森很"专横"，并且与其兄妹一样势利而又自恋："那些总想赋予诗人民主个性的论者,最好三思,她当年对他们的祖辈可能极为傲慢。"但是我们这位康涅狄格河谷初民的后裔不仅曾写过"我微不足道!你是谁?"的句子,也曾盛赞过"丝毫不觉卑微"的"夏日野草",她对待仆人的温柔礼貌众所周知,至于对待花卉,当然更是绝无势利之心(F260, 1617)。无论有多少证据证明狄金森专横,她对花园的架构方式都极为质朴,对花朵也向来一视同仁,极为民主。

写下玫瑰哀歌的两年前,狄金森还为素朴的三叶草写过一首情诗。这首诗也同样使用了社会区隔化的语言,用拟人化的方式描述了三叶草的主要特征:慷慨、勇敢、谦逊。它是"紫色民主党":

有朵花蜜蜂挚爱—
蝴蝶—想望—
为赢得紫色民主党
蜂鸟—心驰神往—

昆虫飞过—
必带走花蜜
份额取决于他的空虚
与她的—能力—

粉面圆过明月

绯红胜于

草原红门兰裙裾—

胜于杜鹃花的—美衣—

她不等待六月—

世界还未新绿（be Green）—

小小的坚毅面容

便已逆风—展露（be seen）—

与小草竞逐—

把亲朋拉拢—

争夺泥土阳光—

为生命发起甜美的诉讼—

山丘花满（be full）—

新风飘拂—

依然芬芳不（doth not）减

毫无嫉妒烦苦—

观众—是（be）正午

天命—是太阳

行进—有蜜蜂—宣布

她的国—音调铿锵—

最勇敢的—守军—

也终于—投降—

甚至战败—也不觉—

即使被寒霜埋藏（F642）

全诗弥漫着浓重的古风，"doth"的运用，以及用常以虚拟语气形式出现的"be"代替"is"或"are"，都为狄金森的三叶草赞歌营造出一种《圣经》风格的语言格调。三叶草属（*Trifolium*）的三叶草其实是一种常用作覆盖豆科牧草的干草型植物，因此狄金森才说三叶草"与小草竞逐"，为生存而争夺"泥土阳光"。如同对待其他渺小平凡的植物一样，狄金森也赞美了三叶草的无私忘我：它按需献上花蜜——小虫、蜜蜂、蝴蝶或蜂鸟，来者不拒。它"坚毅"，从不嫉妒六月盛放鲜花的时尚"新风"，春日未至便逆风萌发，直到寒霜侵袭，叶片红紫之时才最终凋零。最应注意的是，它生长在草地与田野之中，没有"观众"，只有日复一日的时光；无人看管，无人"守护"，只有太阳照耀；无园丁记录成长，只有蜜蜂嗡鸣，印证着它的日益成熟与花蜜渐盈。艾米莉·狄金森一般不给诗歌题名，该诗亦然，但《诗集》（1890）的编辑为它加上了一个题目："紫色三叶草"。很多花都对得上以下描述："粉面圆过明月"，"绯红"胜于红门兰或杜鹃；但是根据诗中提到的另一些特质，可以排除大丽花、百日草及其他培植的花草。小小三叶草平凡如青草，狄金森正爱它的平凡。与爱默生的"杜鹃"不同，狄金森没有在诗中直指花名，而是相信读者能通过特征认出三叶草，这种做法也许更突出了三叶草的无所不在。她咏知更鸟的句子："你会认出她－从脚爪的模样。"（F604）同样隐去了所咏之名，似乎欲与假想中的读者开个小小玩笑。狄金森身处农业时代，同时代的读者们对树木、花卉与禽鸟的名字和特性，远比我们来得敏感。

最后，毫不夸张地说，花卉——尤其是野花——是艾米莉·狄金森至关重要的精神支撑。（在后文的狄金森葬礼中，我们会看到，狄金森的家人也用花朵表达情感。）很显然，在她眼中，花几乎就是人。"花的生涯与我们的唯一区别，是它的声音不可闻。"她在1873年致诺克罗斯表妹们的信中如是说。"年岁愈长，我愈敬畏"——就像花一样？——"这些静默造物，它们的出神或狂喜可能胜过我们。"（L388）她常会在诗中以花事来阐述哲学与道德论点，而批评家之所以有时会对她的这类诗歌产生误解或误读，正是因为不知道她选择的花卉是什么属种。我曾听过一位著名的英国评论家将"彩虹－自集市来"的最后一节解释为"新英格兰人的梦中幻象"——装束鲜艳的土耳其大军满布山丘。他会做出如上解读，是因为该诗初版收入《诗集》（1890）时，编者为它加上了"夏日大军"的题名。这首抒情诗描写的是"从太阳上某座古老要塞"里醒来的一排排"男爵般的蜜蜂"，姗姗再临的知更鸟，以及春天盛开的红门兰。诗歌结尾处确实描写了一个幻象：

没有指挥官！数不胜数！默然！

树林与山丘军团

明亮笔立的小分队！

看啊，哪里来的军队？

孩子们来自花布裹头的海域—

还是切尔克斯人的土地？（F162b）

艾米莉·狄金森歌咏的不是土耳其军队，而是美之伟力：具体到本诗中，指的是初绽的郁金香。春天郁金香突然开满山坡，将之比拟为军队，是为了以此突出其美学效力。而且狄金森也知道，无论栽培还是野生，*Tulipa acuminata* 或 *cornuta* 的别名都是"土耳其郁金香"（Trukish tulip）。郁金香属花卉来自土耳其——男子"花布裹头"的地方。郁金香在16世纪中叶传入欧洲，最早出现在维也纳，后来传到了尼德兰地区。"切尔克斯"指的是历史上著名的黑海与大高加索之间的地区，1829年被土耳其割让给了俄国。据说切尔克斯妇女以美貌著称，狄金森为花朵加上"切尔克斯人的土地"这一标签时，想到的可能正是关于她们的传说。这首诗中，每到春天便漫山遍野，令阿默斯特"树林与山丘"生色的野生郁金香大军，不仅展现了狄金森敏锐的视觉想象，而且也重申着她关于自然魔力的一贯信念。

花卉知识——尤其是关于狄金森最爱的几种花的知识——会帮助评论者更好地领会狄金森诗歌中的美与说服力。下面这首写于

1864年初的诗歌很好地说明了这一点:

绽放迅即凋残,一个正午之间—
花—秀逸绯红—
我,路过,以为另一个午间
还会有另一朵同样的花

同样闪亮,便再未多想
改天再来
同样的地方
鲜花已杳无踪影

太阳依旧—不会欺骗
遵循自然完美运转—
假若我昨日稍加流连—
哪会铸成无可挽回的罪愆—

此地与远方的花
在我手中流逝
欲再见芳容—
已无花可比拟—

狄金森的花园

> 大地上独一无二之花
> 我，徒然走过
> 未料到—自然的伟大面容
> 被我永远错过—（F843）

这首诗评论不多，也鲜少进入选集，却是艾米莉·狄金森最为精雅有力的诗歌之一。某些诗句中独特的现代主义悲观，被狄金森对浪漫主义范式的清晰理解而消解。自然可进行道德教诲，它为诗人敏锐的双眼献上非凡、美妙、意蕴深长的造物；但这无价的自然教诲，仅限于一个转瞬即逝的时刻，不复重来，而诗人-观察者记忆中的此情此景会改变他的一生。这也是我们能在典型的浪漫主义诗歌中看到的特点——例如，华兹华斯的名诗"我如云般孤身飘荡"之中，万朵黄水仙"一瞥而过"，带给他无上"财富"，从此光辉的视象在"向内的眼"前常现，喜乐常驻于心。但是，狄金森的诗中人——由于她自身的过错——与这种幸福失之交臂。

艾米莉·狄金森诗歌的场景是花园，她从此"路过"，明显心怀别的目的，而不是来用心灵之眼看风景。如同华兹华斯的黄水仙诗歌一样，诗人沉思着过往的情感历程——深思之后才能理解的历程。诗人坦承曾看过一朵奇美的花，"秀逸""绯红"，出挑而引人注目。她路过，不经意间错过，或许也是因为花初放便凋零。没有哪种花在字面意义上绽放便凋零，因此该诗第一句可视作戏剧性的虚构。但是狄金森家花园里的确有一种花，花开一日便在炎热的午间凋残——那便是白日百合。

在《艾米莉·狄金森的意象》(Emily Dickinson's Imagery) 一书中，丽贝卡·帕特森（Rebecca Patterson）将这种"绽放迅即凋残，一个正午之间"的花认定为狄金森没有摘下的"爱之红玫瑰"[37]。玛莎·狄金森·比安奇曾描写过狄金森家的肉桂或"一日之爱玫瑰"，称这一命名"是因为它日出绽放日落凋谢"[38]。但就本诗而言，萱草属白日百合似乎更为恰切。狄金森笔下的花"秀逸绯红"；园丁们知道，白日百合又高又瘦，常见为独株，花朵绽放如小钟——在任何花园中都极为惹眼。与山谷百合（lily-of-the-valley，铃兰 [Convallaria majalis]）或尼罗河百合（lily-of-the-Nile，百子莲 [Agapanthus africanus]）一样，白日百合也跟百合属完全不沾边，尽管它们的花朵看上去很像百合花。19世纪时，萱草"百合"被通俗地称作"一小时花"（Blooms-for-an-hour），狄金森虽未明说，但在诗中巧妙地借助了这个俗名。她选择白日百合作为那株她路过并错过的花，是对诗中人言简意赅的谴责。苏珊·A. 罗斯（Susan A. Roth）写道，白日百合，植株甚至能长到5英尺高，"开着喇叭形状的大朵鲜花——美艳动人"。[39] 见到这样出众的花而无动于衷，显然是对自然恩宠的极大漠视。

而且，白日百合花开极繁。错过一朵花，诗中人觉得无妨（其实不无道理），因为"还会有另一朵同样的花/同样闪亮"。出乎意料的是，当她再次路过时，花朵已然杳无踪迹——理应繁花累累，然而白日百合却已消失不见。第二节告诉我们，诗中人第二天赶来看花,但短短一日,整株"鲜花"都已消逝。就白日百合来说,即使凋落的花是"花茎"或茎秆上最后五六朵,这样的情况也已不同寻常了。但是狄金森并不追求现实主义,而是试图描绘一幅神秘图景,以及同样精雕细琢的惩戒——替神秘的原始力量复仇,它们理应得到更多尊重。

错过花朵成了最后三节诗中人悲伤与羞愧的深痛根源。这件事情令她体认到了自己"无可挽回的罪愆"。这罪责无可弥补,因为她错过的那朵花竟是"大地上独一无二之花"。这首诗之所以深刻有力,正是因其酷似童话:被咒语变形的王子,刹那间恢复原形,释放出人性光辉,可粗心的女主角却视而不见。诗中人亦宛如夏娃,不断追寻着失乐园。她在花园各个"地带"(zones)游荡——按照《韦伯斯特词典》的说法,"地带"一词,在园艺学中指"一个生物地理区域,在此区域内生长着大致相同的植物群"——寻找与那朵红花相似的花朵。但它无可比拟。诗歌以一种庄严而苦涩的调子结尾:"自然的伟大面容"——那朵独一无二之花的面容,象征着世间一切造物——"被我永远错过"。

要理解狄金森的野花之爱,有这首诗就够了:大自然的象征不是玫瑰或高雅的百合,而是田间生长的萱草(见图11)。诗人的葬礼也佐证着她对林中与田间野花的热爱。艾米莉·狄金森的母亲1882年入殓时,手边放着一束堇菜。四年后,照顾着艾米莉的拉维妮娅·狄金森,悲伤地承担了为姐姐选择入殓花朵的任务。(据说艾米莉小时候非有花的衣服不穿。)艾米莉的诗中玫瑰出现的次数远超其他花卉，因此对拉维妮娅来说，选择狄金森家（很可能）5月1日便已绽放的哈里森黄玫瑰（Harrison's Yellow rose）仿佛是一个恰当的选择。希金森在《给年轻作者的信》（四十年前，正是它促使艾米莉·狄金森给希金森写了第一封信）中曾写道："文学仿佛玫瑰香露，百万花朵才能蒸馏出一滴。"狄金森有一首极为精到的论诗之作，将提炼玫瑰香水作为核心隐喻，这也许正是受了希金森比喻的启发。对她来说，诗便是精油、玫瑰香露，只有经历艰辛构思并理解形式（"螺旋磨炼"）方能赢得（"榨出"）。就花而言，仅有"太阳们"（与生俱来的天才）还不足以造出香水：

精油—榨出—

玫瑰香露

并非太阳的表现—不足—

它是螺旋磨炼的馈赠—（F772）

但诗人的葬礼上，拉维妮娅却选择了二人孩提时采过的一种野花。[40]她为艾米莉选择了芬芳的天芥菜，让她"带给劳德法官"。除此以外，还有杓兰（拖鞋兰）。19世纪的杓兰（图22）可不像我们今天的拖鞋兰一样优美醒目。它总是生长在密叶深处，童年的狄金森非常珍视这种害羞难觅的小花。拉维妮娅一定是在艾米莉的温室精选出了天芥菜，但拖鞋兰则可能是从家园以外的林中采到的。她还在诗人的白色寿衣领部放了"一束蓝色野堇菜"。那天，狄金森

图22 拖鞋兰,《柯提思植物学杂志》,1792年

家的草坪上蓝色堇菜满布。拉维妮娅说,19世纪60年代艾米莉写下那些神秘的"大师"书信时,堇菜常伴左右。1875年春,艾米莉写信给奥利芙·斯特恩斯(Olive Stearns)时曾提到,堇菜能"传达",这是它"唯一的苦痛"(L435)。后来,克拉拉·纽曼·特纳也曾感慨过,"她灵柩上的唯一装点便是同样谦逊的(堇菜)花环"。尽管根据花典,三色堇意为谦逊,但"pansy"一词的词源却是沉思

（pensée）或思念我（pensez à moi）。目送她那窄窄的白色棺木葬入墓中，狄金森的悼念者或许会意识到，这是一句表达不舍的反话吧。

第二章 林中花园

注释

1. 参见玛丽·伊丽莎白·克罗莫·伯恩哈特（Mary Elizabeth Kromer Bernhard）《失落与寻回：艾米莉·狄金森的无名达盖尔摄影师》（"Lost and Found: Emily Dickinson's Unknown Daguerreotypist"），《新英格兰季刊》（*The New England Quarterly*, vol. 72［December 1999］），第594—601页。

   2000年4月，菲利普·古拉教授（Professor Philip Gura）购得一张3厘米×5厘米大小的蛋白照片（albumen photograph），原本裱在摄影展示板上。照片中的女子看上去严肃而敏感，衣着高雅，戴着长柄眼镜，坐在一把哥特风格的椅子上。她的眼、鼻、口及苍白的外表都酷似艾米莉·狄金森1847年的达盖尔银版像。照片背面用铅笔写着"艾米莉·狄金森/已逝/收讫（？）/1886"。就接近诗人外貌这一点而论，这张照片显然远超赫尔曼·阿波罗穆森（Herman Abromson）在格林威治村（Greenwich Village）发现的那一幅。数年之后，休厄尔的《艾米莉·狄金森传》（1974）中所使用的作者照片正是后者。但无论古拉还是阿波罗穆森，他们找到的照片中那个黑色眼睛、充满吉普赛特色、戴着耳环的女子，从未得到过权威认可。

2. 即轮状皱领，流行于16、17世纪。——译者注

3. 参见朱迪丝·法尔《艾米莉·狄金森的激情》，第17—21页。第18、19页的插图展示的是艾米莉·狄金森与一位名为玛格丽特·奥蕾莉亚·杜威（Margaret Aurelia Dewing）的女子，后者1847年画像时也摆出了同样的姿态。

4. 梅·布劳利·希尔：《祖母的花园：老式美国花园，1865—1915》（New York: Harry N. Abrams），第21页。

5. 苏珊·托尔曼（Susan Tolman）的《曼荷莲笔记》（*Mt. Holyoke Journal*）（转引自杰伊·莱达《艾米莉·狄金森的岁月》，I，第134页）中，1948年1月1日笔记开头，即谈到学生们"几天来""都很兴奋"，因为大家要一起去学校"对面"的达盖尔银版像流动工作室拍"微型照片"。因此学者们才会推测艾米莉·狄金森也是其中之一。

6. 罗斯金的艺术批评对美国作家与画家影响巨大，而其时艾米莉·狄金森

也刚刚开始创作生涯。参见朱迪丝·法尔《艾米莉·狄金森与视觉艺术》,第70—71页,以及《艾米莉·狄金森手册》全书。罗斯金《现代画家》第三卷讨论的主题令她极感兴趣,例如,艺术的崇高及永恒观念。狄金森的藏书中就有一本罗斯金的《自然、艺术、道德与宗教中的真与美》(第三版)(The True and the Beautiful in Nature, Art, Morals and Religion, New York: John Wiley, 1860)。这些当年奥斯丁·狄金森家和艾米莉·狄金森都读过的书本,现藏于哈佛大学霍顿图书馆(Houghton Library, Harvard University)。几十年来,书页中铅笔画出的淡淡标记都被认为出自艾米莉·狄金森的手笔,大概是因为这些做过标记的段落看上去颇为契合艾米莉的所思所想。尽管在罗斯金的《真与美》一书中并无笔迹,但是很容易就能看出关于"群山"的几章被翻阅过多次。第75页几乎已被翻烂,其中一段写道:"身处群山之巅,仿佛窥见了伟大造物主的旨意,奇崛与伟岸睥睨一切,人类建筑师只能以此为鉴。"

对于托马斯·科尔与哈德逊河画派而言,群山象征着渴盼与恒常。艾米莉·狄金森有二十三首诗书写山峰;她就生活在汤姆山(Mount Tom)下,看日出日落染红佩勒姆山丘(Pelham hills)。参见"山上的鲜花"(F787),在这首充满动感活力的日落之诗中,她连接起了花的意象与山的象征。

7 引自苏珊·狄金森执笔的讣告。参见本书"导言"第6页。
8 参见希尔《祖母的花园》,第43—161页。尤应阅读威廉·H. 戈茨(William H. Gerdts)《穿越明亮的玻璃:美国拉斐尔前派及其静物画与自然研究》("Through a Glass Brightly: The American Pre-Raphaelites and their Still Life and Nature Studies"),载琳达·S. 费伯(Linda S. Ferber)、威廉·H. 戈茨:《新道路:罗斯金和美国拉斐尔前派》(*The New Path: Ruskin and the American Pre-Raphaelites*, New York: The Brooklyn Museum and Schocken Books, 1985),第39—77页。
9 金星英文为planet Venus,双关爱与美的女神维纳斯。——译者注
10 琳达·费伯、威廉·戈茨:《新道路》,第62页。在浪漫主义时代,"自由生长"拥有极其深刻的精神指向与基督教内涵,因此人们会看到,在高度虔敬的语境中,玫瑰或百合近旁总有蒲公英、矢车菊(cornflower)或银莲花等野花映衬。例如,罗马天主教圣女小德兰(Thérèse de Lisieux, 1873-1897)在其虔敬诗与自传《灵心小史》(*L'Histoire d'une*

第二章 林中花园

Âme)中发展出了一套自然语言。在她的语言体系中,最谦卑的原野小花与最优雅的改良花卉平起平坐。"若百花皆为玫瑰,"她写道,"自然将无春日美妙,大地也无小巧野花为饰……[上帝]固然乐于创造百合与玫瑰般的伟大心灵,但他手中亦有芸芸众生—雏菊与堇菜便可令他们欢喜。"小德兰并不喜欢温室花朵,这也从侧面印证着罗斯金反人工形式的艺术禁令亦传播到了欧洲大陆。

11　家园并没有"池塘"。艾米莉·狄金森指的很可能是她养睡莲的小池。这句话令人想起梭罗在《瓦尔登湖》(Walden, 1845)中写到的"湖"(The Ponds):清澈透明,野花萦绕,"不断接收着从天而降的新生命与新运动"。"风吹涟起",水虫造访,波光粼粼,鲈鱼跳跃,再加上雨点落水的乐声,梭罗钟爱的小湖充满了艾米莉·狄金森所说的"喧声",他——与她一样——也觉得这喧声远胜塞勒姆或波士顿钢琴伴奏的人工音乐。

12　参见休厄尔《艾米莉·狄金森传》,407n。

13　参见希尔《祖母的花园》,第29页。

14　参见比安奇《艾米莉·狄金森的花园》,《艾米莉·狄金森国际学会通讯》(vol. 2, no. 2),第2页。

15　引自《园圃》(Hortus),伯纳德·麦克马洪(Bernard MacMahon)的《美国园丁日历》(American Gardener's Calendar),以及法弗莱蒂(Favretti)的《历史建筑的风景与花园》(The Landscapes and Gardens for Historic Buildings)。路易丝·卡特确认了这些植物的植物学名称:野黄瓜(wild cucumber)/刺囊瓜(Echinocystis lobata);马脚(coltsfoot)/款冬(Galax urdeolata);星星草(stargrass)/肺筋草(Aletris);攀缘紫堇(climbing fumitory)/延胡索(Andlumia fungosa);所罗门封印(Sol's Seal)/黄精(Polygonatum biflorum);雨水冲刷(scouringrush)/木贼(Equisetum hyemale);猪草(pigweed)/绿穗苋(Amarathanthus hybridus);风铃草(bellflower)/Campanula,激情花(passion flower)/西番莲(Passiflora);蕉叶常青(plantain-leaved everlasting)/可能是珠光香青(Anaphalis margararitacea);蜡烛飞燕草(candle larkspur)/翠雀(Delphinium);轮生珍珠菜(whorled loosestrife)/珍珠菜(Lysimachia);粗糙蓬子菜(rough bedstraw)/拉拉藤(Galium);罗宾快跑(robin-run-away,又名"假堇菜"[false violet]）/悬钩子（Dalibarda repens）；蝴蝶花（butterfly flower）/柳叶马利筋（Asclepias tuberosa）；薄雾爱（love-in-a-mist）/黑种草（Nigella damacena）；杂种薄荷（bastard pennyroyal）/分叉蓝卷花（Trichostema dichotomum）；荷兰马裤（Dutchman's breeches）/兜荷包牡丹（Dicentra culcullaria）；普通马先蒿（common lousewort）/可能是假毛地黄（false foxglove）或蕨叶假毛地黄（Aureolaria pedicularia）；猪花生（hog peanut）/苞花两型豆（Amphicarpaea bracteata）；疯狗头骨（mad-dog skullcap）/可能是沼泽植物泽泻（Alima plantago-aquatica）；乌龟头（turtle head）/白龟头花（Chelone glabra）；帕那索斯草（Grass of Parnassus）/梅花草（Parnassus glauca）。——原注

"/"前为北美俗名，后为拉丁文植物名称。——译者注

16 即前文的狗牙百合。——译者注

17 狄金森的邻居哈丽耶特·汤普森·詹姆逊（Harriet Thompson Jameson）在艾米莉·狄金森葬礼之后的回忆。参见莱达《艾米莉·狄金森的岁月》，Ⅱ，第476页。

18 见玛莎·内尔·史密斯与艾伦·路易丝·哈特编《小心轻翻：艾米莉·狄金森致苏珊·亨廷顿·狄金森的亲密书信》，第261页。

19 苏珊嫁给了艾米莉的哥哥奥斯丁，二人是姑嫂关系，即sister-in-law，所以艾米莉·狄金森才会强调二人在法律意义上（by law）的"姐妹"（sisters）关系。——译者注

20 史密斯与哈特充满说服力地论证道，她们所说的"狄金森的诗简（letter-poem）"之所以以"刺伤我的苏珊，花朵如此卑劣"开头，目的是明示她反对梅布尔·陶德与奥斯丁·狄金森的婚外恋情。这张约翰逊编目为911的便条，接下去写道："挑一朵无刺之花吧，亲爱的—苦痛是平静的过往。"因此梅布尔就是那朵"花"，以刺/尖牙刺伤/背叛了苏珊。或许这张充满预兆的便条已无须编码加密，它直接使用了维多利亚时代中期的花语——将美人（梅布尔是有名的"尤物"）比作玫瑰。

21 约翰逊编完《艾米莉·狄金森书信集》以后，这封信才被发现，《小心轻翻》将其收入于第73页，编目为书信28。史密斯和哈特认为艾米莉·狄金森"用玫瑰与百合象征苏珊与自己"，但这无法解释为什么在同一封信中艾米莉·狄金森还以草地蒲公英自比。波利·朗沃思认为该信写给另一位友人，即"哈德利（Hadley）附近的苏珊·菲尔普斯

（Susan Phelps）"（《阿默斯特的狄金森家族》，第40页）。

22 参见小西奥多·E. 斯特宾斯《马丁·约翰逊·海德》(Martin Johnson Heade, Boston: Museum of Fine Arts, 1999)，第110页。

23 参见杰克·克雷默（Jack Kramer）《为花狂热》("A Passion for Flowers")，《女人花：维多利亚时期的女性插画家》(Women of Flowers: A Tribute to Victorian Women Illustrators, New York: Stewart, Tabori, and Chang, 1996)，第30—31页。

24 同上，第31页。

25 莱达：《艾米莉·狄金森的岁月》，I，第248页。

26 其他19世纪女诗人的作品中也出现了野花。如露西·拉卡姆（Lucy Larcom, 1824–1893），马萨诸塞州罗威尔的纺织女工，南北战争时期其作品颇为流行。她的诗歌"田间花"（"Flowers of the Fallow"）赞美"你们口中"漫山遍野的"野草"（莎草 [sedge]、绣线菊 [hardhack]、毛蕊花 [mullein]、西洋蓍草 [yarrow]），这些小花因谦卑平凡而愈显神圣。在她的作品中，野花象征着年华老去却勇气不减的女性。

27 参见宝拉·贝内特（Paula Bennet）《女诗人艾米莉·狄金森》(Emily Dickinson, Woman Poet, Iowa City: University of Iowa Press, 1990)，第102、103页。

28 希金森及其已故发妻玛丽·撒切尔·希金森的诗集《午后风景》(The Afternoon Landscape, 1889) 中，希金森有一首"堇菜之下"（"Beneath the Violet"），哀悼二人的小女儿，想象无助的孩子葬于堇菜之下。与艾米莉·狄金森一样，希金森也没有规避堇菜与痛苦回忆间的联系，但他的诗句有种病态的感伤，而诗中人似乎毫不费力就排遣掉了哀愁。通过将死亡比拟为沉睡来获得慰藉，这是维多利亚时代雕塑与摄影中表现夭折孩童的流行做法："堇菜之下／宝贝安睡；／片片春叶，／抵御风雨。／温暖阳光普照／无用悔恨消退。……／堇菜之下／紫眸安睡。"假如堇菜不以甜美著称，希金森便无法推衍出他那荒谬突兀且一厢情愿的"安宁"，即使是在19世纪80年代。

29 多姆纳尔·米切尔：《"一点点品位、时间与方法"》，《艾米莉·狄金森：观念之王》(Emily Dickinson: Monarch of Perception, Amherst: University of Massachusetts Press, 2000)。本段及以下数段引文出自第120、112、121、118及124页。米切尔的文章将艾米莉·狄金森的"上层中产阶级"

社会地位与其花卉之爱相连——钟爱"装饰性与特殊性,而非实用性",带着一种"神秘、讲究而排外的气质"。这一观点可能源自玛莎·狄金森·比安奇的回忆:姑姑"完全不能容忍那些平淡家常的杂交植物"(第121页)。事实上,狄金森固然拥有热带奇花,但也从田间草地移植了许多小花——珍卉与野花,共同在温室中熬过寒冬。

30 贝齐·厄基拉:《艾米莉·狄金森与阶级》,《美国文学史》(American Literary History, 4 [1992]),第1—27、22页。

31 安·莱顿:《19世纪的美国花园》,第42、101页。

32 同上,第90页。

33 耶鲁狄金森-陶德档案收录的奥斯丁·狄金森致梅布尔·陶德信(1883),解释说最后他用割草机帮拉维妮娅修整了家园草坪。

34 哈贝格:《我的书本之战》,第363页。

35 与其他批评家一样,米切尔有时也会因误解狄金森的语言习惯与特殊意义而对其颇多指责。比如解读狄金森的重要作品"精油-沥出"(F772)时,米切尔认为诗人试图描写的是作诗之法:艰苦构思与灵光一现。但他又称狄金森"高傲惊人",自诩诗曰"玫瑰"能永存不朽,而不会如"普通玫瑰"般凋落——米切尔将后者解释为"过眼云烟般的通俗文本"(第124页)。但艾米莉·狄金森用来与"普通玫瑰"对举的是"玫瑰"香水,因此"普通玫瑰"指的其实是世间一切玫瑰。"精油"并非自指,而是隐喻着完美杰作:能够超越完美自然之花的完美诗歌。这首诗也并非试图在诗人自己与其他诗人间制造对比,而是延续着狄金森一向关注的更为深切的问题:自然与艺术之辩。

36 早期的传记学者很少指责艾米莉·狄金森"傲慢与自恋"(哈贝格:《我的书本之战》,第245页),像"蛇"一样写下"火热的书信"(第236页)与"疯狂的作品"(第231页),是"指爪长长"(第545页)的怪人,对下层出身的孩子们不屑一顾。恰恰相反,熟识艾米莉·狄金森的人们觉得她温柔、敏感,对邻家孩童极为亲切。奥提斯·劳德有一封致拉维妮娅的信,写出了典型的狄金森形象:"[艾米莉的]上封信让我十分不安,*她实在是太不顾惜自己了……*,我担心她的病远比她肯告诉我的更重。"(重点为笔者所加)参见休厄尔《艾米莉·狄金森传》,第657页。

37 丽贝卡·帕特森:《艾米莉·狄金森的意象》(Amherst: University of

Massachusetts Press, 1979 ），第48页。

38 参见比安奇《艾米莉·狄金森的花园》，第2页。

39 参见苏珊·A. 罗斯《花卉栽培完全指南》（*Complete Guide to Flower Gardening*, Des Moines, Iowa: Meredith Books, 1995 ），第245页。

40 在《苏珊与艾米莉·狄金森：她们的生活，她们的书简》（"Susan and Emily Dickinson: Their Lives, Their Letters"，载温迪·马丁［Wendy Martin］编《艾米莉·狄金森的坎布里奇伙伴》［*The Cambridge Companion to Emily Dickinson*, Cambridge：Cambridge University Press，2002］，第70页）中，玛莎·内尔·史密斯认为苏珊·狄金森为艾米莉·狄金森制作了这条白色法兰绒安葬长袍，并在她颈部放了花朵。艾米莉·狄金森的表姐妹克拉拉·纽曼·特纳则说是她为艾米莉做了"小小的白色装裹……为她的寿衣装点上小小的梦"（参见休厄尔《艾米莉·狄金森传》，第273页）。艾米莉·狄金森生病与去世时的大部分事务都由拉维妮娅操办，而非苏珊，尽管一般公认是苏珊为艾米莉穿上了寿衣。史密斯断言"杓兰与堇菜"象征着苏珊与艾米莉之间的"忠诚"，天芥菜象征着二人彼此的"奉献"。但没有证据支持她的论断。按照希金森的说法，天芥菜象征艾米莉·狄金森对劳德法官的爱。这也恰合（负责装点姐姐遗体的）拉维妮娅的描述。

第三章

封闭的花园

> 我的花园近在咫尺,又远如异国,只需穿过走廊,便能置身香料群岛。
>
> ——艾米莉·狄金森致伊丽莎白·霍兰,1866年3月

《阿默斯特档案》(*Amherst Record*,1891年12月)中有一篇很有意思的书评,评论陶德与希金森编辑的艾米莉·狄金森诗集第二卷。该文警告读者,"凡视诗歌为晓畅文字者",均应改寻他书,这位阿默斯特诗人的作品不同寻常,更注重"精神性"而不是形式。在他看来,自己的女同乡以一种更为温和的方式"回应"着瓦尔特·惠特曼(Walt Whitman)那粗犷而雄浑的缪斯,她"与深林幽谷中神秘的和谐无比亲密"。他还使用了花朵意象来褒扬狄金森的诗与人:

见识过宽阔的温室，看遍丰美奇异的鲜花，餍足了花中贵族的色彩光辉与香氛氤氲，路边篱笆上的野玫瑰反让人无比安闲。[1]

在《阿默斯特档案》的这位论者看来，爱德华·狄金森高贵的女儿，她拥有开满"奇异鲜花"的精美温室，写出的却是野玫瑰风格的诗。熟知"镀金时代"温室诗歌的评论者显然很欣赏奥斯丁所谓艾米莉的"野生"之作。[2] 诗人（尽管其出身不凡）与野玫瑰的对应关系是书评中的核心隐喻；在其背后，是一个源远流长的经典隐喻：女性（尤其是女诗人与未婚女子）与花的对应。因此，四年之后，梅布尔·卢米斯·陶德在演讲中亦将狄金森诗歌比喻为"盛开于田间芸芸花草之中的兰花"[3]。她的听众自然而然地会将隐居的诗人想象成被蒲公英簇拥的兰花——无论生活还是写作，都独特、优雅，不同凡响，不可以俗世法则规约。

在我们的时代，用花朵隐喻来描述狄金森文本的做法，显然已经远远少于19世纪与20世纪初叶，当代评论者更不愿用花来形容狄金森本人。忆及20世纪40年代埃德娜·圣文森特·米莱（Edna St. Vincent Millay）为耶鲁学生举行的诗作朗诵会，狄金森传记作者理查德·休厄尔说："她端立我们面前，宛如亭亭黄水仙。"[4] 对休厄尔来说，米莱的形象仍历历在目，洒落的金红色卷发如花冠，长长的黑色天鹅绒衣袍如枝茎，字里行间洋溢着对其美貌的褒扬。（米莱的十四行诗歌咏四月春日的自由爱恋，或许因此而启发了休厄尔的戏拟。）像埃莉诺·怀利（Elinor Wylie）一样，埃德娜·米莱也会写诗吟咏自己的美貌。她们是诗人-演员，会精心装扮，扮演诗中角色，浪漫衣袍上簪着精致的雕花胸针。狄金森的自我意识里没有这样的心机，显然也不会写诗咏叹自己的容貌。她只是一身典雅的白色衣裙，闭门谢客，然后为来访者送上银盘盛放的茉莉或白色三叶草致歉。她的这个习惯事实上抹去了自身与花的界限：同样脆弱，同样远离尘嚣，同样注定会凋残。

1878年7月，狄金森致信莎拉·塔克曼，讲起自己如玫瑰一样身陷危难。这封信极为典型地展现了狄金森以手种之花自喻的风格，其中只有诗文以外的部分区分开了人与花。塔克曼夫人显然提议过探访艾米莉·狄金森，但她只得到了诗人这样的答复：

将触及灵魂的访问替换为粗浅莽撞的试探，这是否合适呢？《圣经》曾有预言："从灵生的，就是灵。"

不要走近玫瑰小屋—

微风侵拂

露水喷涌

危及围墙—

也莫碰蝴蝶

莫攀令人痴狂的栅栏—

不安而卧

是快乐的本义—（L558/F1479）

狄金森的意思是，"触及灵魂"的书信往还对塔克曼夫人来说理应足够，她在文字中已把灵魂呈现给了塔克曼夫人，亲自见面这种"粗浅莽撞的试探"绝不可为。她的训诫以玫瑰的天性为例。玫瑰面临着五十余种灾病的威胁，几滴露水，一阵微风，花瓣便凋零飘落。她的身体"小屋"便如玫瑰，又如不可触碰的蝴蝶。塔克曼夫人绝不应亲自前来"攀令人痴狂的栅栏"——进入狄金森的"魔法牢房"。她的另一首诗写过，在"魔法牢房"中，她"消磨终生"（F1675）。狄金森最后总结道，朦胧反倒会使二人充满愉悦的友情更加深沉。

除了这类灵启式的诗歌，艾米莉·狄金森对艺术的智性表达与对宇宙智慧永恒变幻的认知，也几乎彻底摆脱了维多利亚时代评论家将她想象为羞怯堇菜或清高兰花的思维定式。但与此同时，为狄金森的书配以花朵装饰护封，以水晶兰作为狄金森《诗集》（1890）开篇的种种做法却流传至今，可谓根深蒂固。当代插画师常会摇摆不定，纠结于该选坚强的野花，还是该选娇弱的山茶花、马蹄莲或白玫瑰，仿佛前者象征着狄金森"裸足般的心灵"与自然主题，而后者则映射着她的诗人形象：柔软内心与浪漫风格。[5]这种插图传统渲染了狄金森诗歌的情绪性，但未考虑另一些要素，比如肃穆的意境、格言式的简洁与先知的口吻。不过，这种简单的诠释多少传达了狄金森艺术的核心观照。此外，她既迷恋异域奇卉，也倾心林间花草，这透露出了她性格中的两种面向。然而无论哪种性格，都面临着消亡的危险：渴望鲜活甚或危险的体验，（充满反讽地）体现在幽居于其温室中的植物；同时也推崇理智与职责，其象征便是林中小花。

在《欲望植物学》(The botany of Desire)中，迈克尔·波伦（Michael Pollan）写道，园艺是追求平衡与形式感的日神与追寻迷狂的酒神间的竞赛。他举例说，比如培育郁金香，便需要日神与酒神精神的结合。阅读狄金森书写心爱花朵的诗与信——花之形、之色、之魔力，则既找得到日神——对形式之热情，也看得到酒神——对欢乐之渴求。另外还有两个范畴，两种美，贯穿在狄金森对形式与欢乐的追求之中。在一首早期诗歌中，她陷入了沉思。一种素朴简单，"山坡上盛开的/朵朵雏菊"；另一种更为秾丽奇异，如同来自圣多明各（海地）的蝴蝶——遍地甘蔗的圣多明各，与阿默斯特风物迥异，常被想象成明亮灿烂的迷醉之地：

花—或者—任何人

能定义痴狂—

半是狂热—半是麻烦—

花令人谦恭：

泉中大水逆流

寻得甘泉者—

我要赠他山坡上

盛开的朵朵雏菊

它们脸上太多悲悯

心地朴实如我难以理解

圣多明各的蝴蝶

蹁跹过紫线—

自成一体之美—

高远完胜于我（F95）

花卉意象启发狄金森使用一种极为口语化的亲昵风格，来传达美在诗人心中所唤起的钩织交缠的喜悦与痛苦——"狂热"与"麻烦"。反向（"逆流"）的"大水"从她所说的"泉"中喷涌。泉水源头未知，或不可知，但她一心寻找发源之地。在"沮丧一颂"（"Dejection: An Ode"）中，柯勒律治充满怨艾，在他看来，"热情与生命，泉源在心中"，已无法再被"外部形式"所激扰唤起。狄金森的诗则说，她的"泉"之涌动是对自然奥妙的呼应，而她仍会为之感动。她剖白心迹，美带给她的狂喜与剧痛，以及二者间充满张力的矛盾冲突，直到生命终点，仍然挥之不去。(如在一首未标日期的诗中，她写到了一个唯美主义者的祈祷："美拥我直至死亡／祈美垂怜／今日我若死去／愿浴你目光—"[F1687]）无法"定义"或限定花所唤起的狂喜，她只能形容花之美"令人谦恭"，凌驾一切（"太多"），即使雏菊亦不例外。这又引致了另一种思索，即最后四行诗的神秘意义：陌生未知之美也许比切近熟悉之美更具力量。的确，"克什米尔旅途中的"蝴蝶（F98），长途飞行，越过赤道"紫线"，寻找丰饶之地。在她看来，这无与伦比的"自成一体之美"，远远超过了自己的美学体系。它们并不"朴实"——不囿于乡土，也无人的弱点，它们生长于美之中——多姿多彩，没有痛苦，只余安闲。

狄金森不是昆虫学家，但她似乎极为了解蝴蝶的迁徙，且乐在其中。现在我们知道帝王蝶（monarch butterfly，黑脉金斑蝶）会定期飞行三千英里，从加拿大出发，穿越美国，飞往墨西哥群山中的高高林地。或许在其个人象征体系中，狄金森乐于将蝴蝶想象成正午做客阿默斯特花园的巴西旅人。如同"邮差"小鸟（F780）或从突尼斯为她送信的蜂鸟，蝴蝶既是异国来客，同时又是她花园中的小小居民。1872年，画家温斯洛·霍默（Winslow Homer）有幅作品描绘一位女士耐不住午间炎热而小憩花园的场景。张开的扇子与落在她手上的小小帝王蝶，其形其状两相呼应（图23）。如狄金森的诗，霍默这幅典雅的油画《蝴蝶》（*The Butterfly*）也表现着异域与本土、奇异与平凡、画家的纽约/新英格兰背景与其笔下牙买加或巴哈马画面之间的共生。正因如此，狄金森的阿默斯特花园能令远道而来的美丽访客兴趣盎然：

那样的蝴蝶，有人曾见

飞舞在巴西潘帕斯草原

正午—不能更迟—美妙—

而后—特许即刻失效—（F661）

在这些作品（诗与画）充满仪式性的漫游中，蝴蝶将南方气质融入北方，调和着陌生与熟悉。狄金森曾（故作谦逊地）说过，以

狄金森的花园

图23　温斯洛·霍默,《蝴蝶》, 1872年
布面油画, 15⁹⁄₁₆英寸×22¾英寸, 库珀-休伊特（Cooper-Hewitt）, 美国国家设计博物馆（National Design Museum）, 史密森学会（Smithsonian Institution）, 小查尔斯·萨维奇·霍默（Charles Savage Homer, Jr.）赠, 1917年1月14日, 迈克尔·菲舍（Michael Fischer）摄

自己的"朴实心地", 再加上新英格兰人克己的性格, 她可没法取得蝴蝶的成就。然而她的诗显然并非如此。莎拉·伯恩斯（Sarah Burns）认为, 霍默画中的蝴蝶是画家本人的象征。蝴蝶"萦绕在他渴慕的心灵近旁"——那颗心属于海伦妮·德凯, 她后来嫁给了诗人理查德·吉尔德（Richard Gilder）。[6]狄金森1885年使用过"蝴蝶"作为笔名（L1013）。蝴蝶在她笔下出现过五十余次, 仅次于授粉的蜜蜂。狄金森家种了紫菀和金盏花（marigold）以吸引蝴蝶。蝴蝶也

是狄金森文学花园的重要一员，它们的奕奕神采令她如见天堂，正如她在一首三行体诗的音乐剧式场景中戏用"飞升"一词所指明的：

蝴蝶的飞升礼服
挂在翡翠房
今天下午穿上—

纤尊降贵般
金凤花相伴
现身新英格兰小镇—（F1329）

自文艺复兴至19世纪，劝世静物画（vanitas art）中的传统花卉呈现，常喻指生命的无常。因此，落在郁金香或水仙茎上的蝴蝶，便象征着多年生植物心心向往的永恒。花与蝴蝶，都要从遮蔽之中破壁而出，方能展露芳华。在狄金森的想象中，蝴蝶从飞蛾残躯中诞生，如同基督打破茧壁或尸衣而显露出圣洁之美与神性光辉。她的颂歌或是玩世不恭地用自然替换上帝，或是强调上帝乃自然之上帝。她"以蜂（圣父）之名"，"以微风（圣灵）之名"，"以蝴蝶（圣子，从遥远永恒来到尘世）之名"祈祷。（F23）身披宝石衣裙绕金凤花飞舞的蝴蝶，是狄金森联结并调和神性与人性的象征之一。18、19世纪古典植物学绘画中，蝴蝶总与奇花异草为伴，狄金森显然受过相关的教育。蝴蝶与优雅的花卉交相辉映（图24）。在此一传统影响之下，狄金森会描绘"蝴蝶海军舰队"，穿行于"自桑巴给尔来的一玫瑰/井般幽深的一百合花管"之中，从"蓝色海峡"与"天空海域"浮现，点缀着她室外的"清教徒花园"与室内的玻璃暖房（F266，L685）。在"花－或者－任何人/能定义以痴狂"等诗中，蝴蝶迁徙这一意象都是诗人融和异域与本土的象征。

写下上述那些诗歌时，艾米莉·狄金森已然采取实际措施，以确保任何季节都能种植她心爱的花儿。或许她也希望热带蝴蝶与花卉所象征的异域丰饶能够永远伴她左右。四年前的1855年，她（可能是经过主动索求）收到了爱德华·狄金森的礼物——一个小小的温室，面朝东南，紧邻餐厅（图25）。穿过父亲的书房或外面的花园，便可走进狄金森的温室：平凡简朴，注重实用而非奢华、炫目与宽阔。正是这小小的温室帮助狄金森提高了园艺技术与花卉品位。狄金森的父亲显然极为了解女儿的脾气秉性，才送出了这件温暖贴心的礼物。寒冬席卷花园，对狄金森来说，这简直是巨大的折磨。有时她会半带自嘲地轻描淡写"秋日的愉悦与忧伤"（L945），但字里行间隐藏的其实是切肤之痛。对普通人而言，花朵凋零也许并不足以成为人生最大的遗憾，但视花园为生命的狄金森显然不会同意："在深爱的稚嫩小花凋逝床畔，我初尝了'无可挽回'之味。"（L945）这种时刻，她总会陷入真切的悲伤，尽管她也意识到"凋

第三章 封闭的花园

图24 玛利亚·西比拉·梅里安（Maria Sibylla Merian），《苏里南地区昆虫世代与变态研究》（*Dissertation in Insect Generations and Metamorphosis in Surinam*）第二版，1719年，图31
72幅手工上色版画合辑。美国国家妇女艺术博物馆（National Museum of Women in the Arts）藏，华莱士及威廉明娜·霍拉迪（Wallace and Wilhemina Holladay）赠

狄金森的花园

图25　19世纪狄金森家园全貌，画面右侧是艾米莉的温室（花园外部）

逝"这样郑重的措辞也许会显得夸张可笑。

对她来说，有花常伴是一种必需，而且随着花朵成为其诗与信的首要主题，这一需要也变得日益强烈。画家奥迪隆·雷东（Odilon Redon, 1840—1916）在回忆录《自致》(À Soi-Même)中称，每日身边必须有花，他需要看到花的"强度"与"深度"；花"融通两条支流：一为表现，一为记忆"；花令他明了生命的源起与死亡的接近。对雷东与狄金森来说，花的富丽与质朴，构成了美的两个侧面。11月狄金森夫人忌日之时，姨妈凯蒂·斯威策给艾米莉寄去了百合——

也许摘自斯威策夫人本人的温室,也许是花了高价购自花房。诗人心中"满溢欣慰"(L952)。花如同"圣徒"(L991)。没有了鲜花,风景就失去了隐秘魔力,不再神圣。1885年初艾米莉写信给玛利亚·惠特尼说,父亲的礼物,"小小室内花园,尽管不大,但是非常成功。花园里种了拥有魔力的深红康乃馨,还有满载许诺的风信子,我知道它们一定会信守诺言"(L969)。

令人生畏的"乡绅"爱德华·狄金森也会因繁花绽放的盛景而感动。1828年4月,结婚前不久,他写信给未婚妻——艾米莉的母亲:"我去看[咱们的]房子了,……有一株桃树已然开花了。……我……置身于如此美景,简直开心得[不知]如何是好。"[7]为了保护开花树木以及热带、亚热带花卉,美国各地早已兴建了大量温室。18世纪的"暖房"(hothouse)曾经培植过香蕉、含羞草以及菠萝。乔治·华盛顿弗农山庄(Mount Vernon)的"菠萝园"(pinery)里,不仅有菠萝,还有玫瑰。国王们建起橘园(orangeries)以在大雪中营造夏日幻境,而19世纪的园艺学家们则会在玻璃温室中栽种热带花卉,一年四季都可供观赏。艾米莉·狄金森的"室内花园"中没有树,只有布雷克《花卉新书》中举出的灌木:瑞香与阿拉伯茉莉(Arabian jasmine)。温室是珍奇植物的藏身之地,同时也是艾米莉为金凤花等田间野花准备的温暖越冬之所,人们通常认为这些野花对于温室来说太过平凡了。

的确,"室内花园"中的植物可以诠释艾米莉·狄金森的艺术感性。其中最为珍贵的居民便是异域花木,无论寒暑,它们都很难在阿默斯特的室外存活：来自欧亚大陆的瑞香，"令人迷醉于里维埃拉的橙花香气"；夹竹桃（Nerium），开白、红、粉三色花朵；蕨类植物（很可能是流行的"少女之发"［maidenhair fern，美国铁线蕨］或"维纳斯之发"［cheveux de Venus，铁线蕨（Adiantum capillus-veneris）］）；两株斗篷茉莉（Cape Jasmine，即现在所说的栀子［Gardenia jasminoides］）；山茶花，来自亚洲的亚热带花卉；娇嫩的酢浆草（oxalis或wood sorrel），来自南美；还有后来塞缪尔·鲍尔斯送给她的"诗人茉莉"[8]。(有些异域植物才刚刚传至西方，进入花园与花房，比如山茶花就是1785年才从中国传入南卡罗来纳州查尔斯顿的。艾米莉的温室当时便拥有如此之多的"异域花草"，既说明其园艺之精湛，也表明她青睐美艳的花卉。) 这些域外花草不但华美夺目，而且香气袭人，所以诗人才会愉快地说，她只需穿过餐厅进入温室，便可置身于"香料群岛"，吊篮里，玻璃架上，到处都摆满了植物（L315）。奇花异草近旁，点缀的却是野花，平淡无奇，甚或有些样貌寒碜，但它们是狄金森生命中不可或缺的存在。因此，狄金森会在女王般的瑞香与栀子周围种上野外挖来的拖鞋兰，令温室呈现出一种兼容并包的园艺图景。

　　论者的关注点主要在于艾米莉·狄金森的视觉想象与听觉敏感，而鲜少着眼于其对强烈香味的喜爱，但后者也许正是驱使她栽培芳香植物的动力。她还钟爱性格鲜明的花，这从另一角度证明，她强有力的个性与"羞怯"、"弱小"或女孩子气毫不相干，尽管她常会借助这些语词构建一种孩子般与世无争的自我形象。狄金森既爱热带茉莉的芬芳——甜美而强势,微妙而精准;也爱老派("波旁")玫瑰那强烈、醉人的馨香,这说明她青睐的是"强度"。在一首鲜被论及的短诗中,她把花香等同于诗歌本身,因此,她所赞颂的芳香花朵,便成了桂冠诗人:

其微香－在我

便是格律－不－是诗－

凋零时最芬芳－歌颂着－

桂冠诗人的－习性(F505)

起首她便将香味想象成诗歌的诸种要素之一:格律,陪伴诗人"流浪"——艺术旅程——的"节拍"(L265)。但是这种比较尚嫌不足,正如手稿第39册所提供的另一个对举比喻"旋律"也不太充分一样。不,花香就是诗歌本身。(我们谈到过的"精油"[F772]一诗也将提炼玫瑰精油与创作诗歌并举。)启发了最后两行诗句的也许是东方百合(oriental lily,香水百合)。与她种的其他花卉不同,这种花会在枯萎前迸发出一阵浓烈的香气,随后便气味尽失。狄金森将这一"习性"比作老去("凋零")的桂冠诗人笔下最迷人的诗作。(也许她心里想的是丁尼生,1850年以来英格兰的桂冠诗人,其作品《莫德》[*Maud*]与《国王田园诗》[*Idylls of the King*]都颇负盛名。)"最芬芳"一词,暗示出她所写的是温室中的热带花卉。

与在文学和绘画上的喜好相似,对热带花卉的喜好也深度展现着狄金森智识上的大胆与进取。她深爱"自己亲爱的家","家"(home)一词在她的现存书信中出现了五百余次,永远伴随着爱意与渴望。但是她也常会心动于那些遥远的地方——西西里、沃韦(Vevey)、布宜诺斯艾利斯、秘鲁、东印度,甚至更危险的山区——维苏威、埃特纳、钦博拉索(Chimborazo)、科迪勒拉(Cordilleras)。这些地方她绝不会亲身前往,而只会在梦境、诗歌、杂志、图像以及(很可能在)温室植物目录中造访。事实上,她的想象力令她热爱《安东尼与克莉奥佩特拉》胜过其他莎剧,显然她也钟爱精工巧饰、富丽堂皇,欣赏那种直来直去的如火性格——尽管拥有这种想象力的女子本人看上去羞怯、安静,总是一身素衣。她曾对塞缪尔·鲍尔斯说,"看到美味(的他)",便如同"吃到"尚未熟透的桃子(L438)。以吃桃隐喻享受男性的陪伴,显然极为大胆——食欲常会令人联想到性欲。然而狄金森却甘愿为这一表达冒险。(她的表达中包含着些许不满:尚未熟透的桃子很可能硬如石块,这似乎是在暗示鲍尔斯的陪伴爱意不够深沉。)回味着他的音容,她对鲍尔斯说,自己想再次听到"萦绕脑海的口音,你从努米底亚带来的口音"(L438)。几天以前,鲍尔斯从报社驱车来看她,他的报社就在同属马萨诸塞州的斯普林菲尔德。但她在信中故意打趣,说他是从努米底亚——迦太基王国(今阿尔及利亚)的北非区域——远道而来。他那拜伦般的英俊面容、大胆的言辞与潇洒的风度,使得她不禁将异域情调加诸其身,尽管鲍尔斯是推崇实用的典型美国人。他只喜欢欧洲之旅,或者逛逛优胜美地(Yosemite),而绝不会想去热带地区游玩（F1432a）。

但艾米莉·狄金森对热带地区情有独钟，尤其是南美地区。狄金森与其同时代的地理学家、园艺学家、人类学家、诗人和艺术家们，共同分享着这种热带迷恋。作为自然探险家，亚历山大·冯·洪堡（Alexander von Humboldt）的《私人游记》（*Personal Narrative*）、《宇宙》（*Cosmos*）及其他作品（达尔文曾说，这些作品为他提供了关于热带的"先入之见"[preconceived ideas]），使得南美成了热门旅行地，不仅科学家深受吸引，而且托马斯·科尔、弗雷德里克·丘奇、乔治·卡特林（George Catlin）与马丁·约翰逊·海德等画家也趋之若鹜。他们盼望能在南美找到《圣经》中伊甸园般的风景。凯瑟琳·爱玛·曼索恩（Katherine Emma Manthorne）称之为"科学与浪漫、现实与虚构的混合"。[9] 拉丁美洲尤其是巴西的意象，在19世纪文学中，常被想象成当代伊甸园，"伊甸"一词被广泛用来描述热带"天堂"的美妙景致。1863年10月17日里士满出版的《南方新闻画报》（*Southern Illustrated News*），在一篇罗伯特·E. 李（Robert E. Lee）小传与一篇关于南方港口封锁的报道之外，还载有一首名为"初恋"（"First Love"）的诗，作者署名"勒克莱尔"（Leclerc）。勒克莱尔这首华丽的四行体诗，将"年轻的心初醒"比作"温柔的堇菜"绽放，爱人的眼睛则"迷失于伊甸的寻觅"。(在这首诗后面，《南方新闻画报》还载有另一首诗，写"我园中的蓝花"："蜜蜂与我，都爱着它，/不在意柔弱渺小。"这些俯拾皆是的例子足以表明艾米莉·狄金森爱用的蜜蜂、私家花园以及不起眼的小花等意象，在当时极为常见，但在狄金森的妙笔之下，这些老调却翻出了无限新意。)

熟读《圣经》者会将"伊甸"视作欢乐的同义词，伊甸园在19世纪高雅艺术中的地位亦极其重要。我们会想起1859年艾米莉写给苏珊的一张便条，后附的小画里有一个分叉生物。艾米莉在便条上自署为"科尔"。画中的爬行动物似乎表明，她对托马斯·科尔的名画《逐出伊甸园》(1827—1828)极为熟悉。科尔的画中，被蛇引诱的亚当与夏娃，愁惨地离开了棕榈和鲜花遍地的伊甸园。1878年，她给新邻居送花以表欢迎，后面附了便条："祝福之花冲淡了被逐出伊甸的悲哀。我没有对《创世记》不敬之意，但我要说，伊甸长存。"(L552)第一句典出科尔，后面的"伊甸长存"也化用科尔《论美国风景》("Essay on American Scenery", 1836)文义："我们仍身处伊甸。"这篇文章对美国人很重要，尤其对画家与作家，它推动了一场从象征着颓废腐朽的浮华建筑等欧洲主题向自豪描绘美国本土景观的艺术转型。壮丽而纯净的美洲风景，将伊甸园带回了尘世人间。熠熠生辉的风景画为科尔赢得了声名与敬重。他逝世时，人们都为他哀悼。他为年轻的茱莉亚·沃德·豪(Julia Ward Howe)创作的道德训谕组画《生命之旅》(1847—1848)，被大规模翻印，成千上万份复制品悬挂在学校、教堂、火车站、旅馆以及私人住宅之中。组画第一幅《童年》(Childhood)，呈现的正是遍地野花的热带景象，这个全新的伊甸园象征着初生婴孩的纯真。从狄金森爱用的某些风景隐喻与创作主题可知，她很可能对《生命之旅》组画极为熟悉。以组图为底板,罗伯特·欣谢尔伍德(Robert Hinshelwood)所作的蚀刻画与詹姆斯·斯米利(James Smillie)的系列版画因其广泛宣传并且易得,在19世纪50年代极为盛行。

狄金森将科尔视作美国风景艺术家的先驱,她笔下的"伊甸",指向的显然正是科尔描绘的复乐园。1873年夏,她致信伊丽莎白·霍兰:"伊甸,永远安逸的伊甸,今天午后尤其洽人心意。看到阳光与草地融融相亲,你也定会满心欢喜。"(L391)在她充满含羞喜悦的诗歌里,"茉莉"飘香的伊甸园是情欲的同义词:"慢来—伊甸!"(F205)令诗中人啜饮幸福的茉莉,显然是从热带移植到了新英格兰的花园。总体而言,对狄金森来说,伊甸就是乐园,尽管有时她也会赋予其更多内涵:伊甸是情欲,亦是避难所,是家。她曾将褒扬塞缪尔·鲍尔斯的话语送给新寡的玛丽:"他在世时是伊甸,现在则与伊甸同在,因我们无法成为非我之人。"(L567)鲍尔斯曾是狄金森的庇护者,尤其是她丧父之后,而她对鲍尔斯所谓"阿拉伯"魅力的深爱,也同样表明了她对伊甸一词的理解(L643)。

她乐于想象那些鲜花盛开的遥远地方:"香料群岛—微香的货物—在卧—"(F426)与艾米莉·狄金森同时代的作家及艺术家都有这种对热带的偏好。她少女时代便精读过丁尼生的诗歌,终生挚爱;他笔下的风景"繁花枝条依依","夏日伊甸小岛,卧于墨紫海上",描画出一片引人迷醉的热带景象,或者象征天堂乐园,或者象征精神历险。她在玛丽·莱昂女子学院曾研读过弥尔顿的《失乐园》。《失乐园》是"后文艺复兴时代伊甸想象的首要影响源头",形塑着丁尼生与科尔的伊甸景象。狄金森极为推崇《失乐园》，曾经半开玩笑地戏称弥尔顿为"花卉大家"（前文曾述及），也常在作品中征引弥尔顿笔下的伊甸园（L1038）。19世纪的地理学家和自然科学家推测巴西就是《圣经》中伊甸园的所在地。在艾米莉·狄金森的诗中，"巴西"也象征着她无法抵达的快乐宁静的伊甸园。"我不求其他—"她写道，愿以生命为代价，与那个像浮士德故事中魔鬼一样冷笑的"强力商人"做交易。这名"强力商人"实际上是她冷酷的"窃贼！银行家—天父！"（F39），恩赐而又剥夺的上帝：

> 巴西？他转着纽扣—
> 不曾看我一眼—
> "但是—夫人—还有别的什么
> 值得我们看看吗？—今天"（F687）

1863年8月12日《波士顿文摘》（*Boston Transcript*）报道，马丁·约翰逊·海德启程前往巴西，希望以西番莲、兰花与藤蔓密布的森林为背景，画出"最多姿最美妙的蜂鸟家族"[10]。海德此前的绘画一直局限于北美，但现在为了画《巴西宝石》（*Gems of Brazil*，蜂鸟被称作巴西宝石，艾米莉·狄金森的眼光很精准），他追随维多利亚时代中期的文化潮流，到南美去寻找艺术灵感。海德巴西绘画中的种种景物——晶莹的蓝色闪蝶（morpho butterfly）、红喉蜂鸟（ruby-throated hummingbird）以及仔细观察到的精致凌霄花（trumpt vine），都与艾米莉·狄金森同时期的诗歌题材高度吻合。尽管《宝石》并未如愿成为组画，但它为海德在画坛赢得了一席之地，令他得以与托马斯·科尔及其出色的（唯一）门徒弗雷德里克·丘奇比肩，正是他们使得热带成了19世纪艺术的核心主题。19世纪70年代，海德的许多精美作品，都以热带雾霭为背景描绘美丽花卉，创造出一种充满革新精神的室外静物画（图26）。这些绘画秉承的正是"无瑕的伊甸园"观念。对（波士顿当地报纸常常赞美的）海德的作

第三章　封闭的花园

图26　马丁·约翰逊·海德，《兰花与蜂鸟》(Orchids and Hummingbird)，1875—1883年
布面油画，14⅛英寸×22⅛英寸，波士顿美术博物馆（Museum of Fine Arts, Boston），马克西姆·卡洛里克（Maxim Karolik）赠予M. & M. 卡洛里克美国油画收藏，照片©2003 Museum of Fine Arts, Boston

品,狄金森是否也像对科尔与丘奇一样熟悉,我们无法断言。但她的创作与生活所回应的,显然正是迷恋热带美景与新伊甸园的时代思潮。

19世纪的探险家们带回的热带花卉,在伊甸题材的文学与艺术中得到了不断描绘。植物温室的数量也随维多利亚时代的热带狂热而显著增加。科尔的《生命之旅》中有睡莲、棕榈与高大的蕨类植物,海德19世纪70年代以天鹅绒为背景画过木兰花(magnolia)与金樱子(Cherokee rose),丘奇于19世纪50—60年代画的燃燃落日,映照出了迷雾丛林中神秘的血色花朵。艾米莉·狄金森温室里奇异的鲜花与蕨类——华丽的栀子、丝滑的山茶、攀缘的茉莉,透露出了她性格中的另一面——与客厅中欢快的本地小花(紫菀、草夹竹桃)截然相反的那一面。在温室之内的天地里,她把十二月变成了"春耕季节",于瑞香点缀的小桌上写诗,天芥菜送来香草芬芳,还有栀子花的醉人香气(F1720)。北与南,夏与冬,异域与本土,在她那里交织缠绕,形成一种"杂糅气质"(F815)。对狄金森来说,温室也与卧房一样,是可供写作的私密空间。温室中那些风情万种的花卉,迥异于楼上窗边平淡无奇的老鹳草,对她"诉说着"令人怦然心动的异国天空。1865年,她请表妹路易丝·诺克罗斯"代我转达爱意,向台灯与汤匙,还有小小的马缨丹(lantana)"。马缨丹是一种热带温室植物,花朵颜色会随花龄渐长而由黄变红(L302)。显然,诺克罗斯姐妹在坎布里奇也种了许多热带鲜花。

约瑟夫·布雷克曾将这些花卉列入客厅禁养的名单,因为他觉得性暗示太过强烈，就像兰花一样。但在19世纪60年代，上流社会的妇女对此毫不忌讳，她们的温室里种满了墨西哥、非洲或南美的花卉。她们强调，这些花看起来很可能就是《圣经》中伊甸园里生长的花。但暖房（温室）热带花卉的性暗示意味并未被削弱。狄金森家藏有的霍桑作品《福谷传奇》（*Blithedale Romance*, 1852），便明确地体现了这一点。故事发生在一群超验主义者经营的布鲁克农场（Brook Farm）里，布朗森·奥尔科特等改革者试图令伊甸园重现大地。女主人公奇诺比亚（Zenobia）"声音悦耳、清澈又醇厚"，秀发闪亮，身材丰满，总是戴着"一朵花……，一朵充满异域风情的绝色之花，清新得仿佛刚被温室园丁剪下枝头"。爱窥探的叙述者将这位妙龄女郎想象成"伊甸打扮"，她身上的鲜花便是其本人的象征："如此美丽，如此罕见，如此昂贵……却只有一天的生命，充分彰显了奇诺比亚个性中的傲慢与浮夸。就算她在头上戴个大钻石，恐怕也赶不上这花的含义明确。"温室中生长，朝生暮死，奇诺比亚的鲜花很可能是硕大华丽的玫粉色锦葵属（mallow, *Malva*）芙蓉花（hibiscus），一种南国花卉。她佩戴的是生长于炽热阳光下的异域鲜花，而非谦卑朴实的报春花或堇菜。热带花卉透露出了奇诺比亚内心深处对性的欲望。正因如此，霍桑给奇诺比亚设计了溺死的结局以示惩罚，但与此同时，作者也与小说中的叙述者迈尔斯·科弗代尔（Miles Coverdale）一样，着迷于她的独立自由。《福谷传奇》中的热带花卉象征，正是霍桑时代的历史印记。狄金森曾对希金森说过："霍桑惊悚亦魅惑—"，她显然对霍桑的作品太熟了，所以才能

第三章 封闭的花园

如此轻易地下此评价。

　　自少女时代起，狄金森便已在不同的情境下使用"伊甸"一词。在致友人信以及神秘难解的"大师"书信中，伊甸回荡着《圣经》式的救赎暗示。但在诗歌中，她又建成了一个充满象征的伊甸园，指向纯粹的安宁与完美的快乐。其中一首使用了伊甸象征的诗歌凭惊人的创造力从其他诗中脱颖而出。这首1862年前后写下的"狂乱的夜"点明，在寒冷的新英格兰地区栽种茉莉，这一充满闺阁气质又十分大胆的选择，其内核是极具生命活力的热情。写下该诗时，狄金森的现实与艺术生活，都处在一种秘密的"白热"（F401）状态。这首才华横溢但又似乎简单直白的情色之诗，节奏奇快，以扬扬格完成，"狂乱"一词大胆地反复重现，但又胜在克制，中和了肉欲的气息：[11]

狂乱的夜—狂乱的夜！
若我与你一起
那些狂乱的夜
便是难得的奢侈！

无用的—风吹过—
心泊在港
再不要指南针—
再不要航海图！

舟行伊甸——

啊—海！

就让我抛锚—今夜—

在你身之间！（F269）

这首浓烈的诗，第二行即点明，一切均是幻想。《创世记》中，伊甸是花园；《失乐园》中，伊甸中有河流；到了狄金森这里，伊甸却成了一个悖论，要么是大海本身，要么是海上"港口"。首四行既像快乐的呻吟，又像求助的呼唤，将狂野的激流与放纵的做爱融为一谈。在海上——更准确地说是航行海中，被奢侈的快感征服，被无边的情欲征服——只是诗中人想象中的某种体验。[12]激情澎湃时，伊甸园如大海般波涛汹涌。爱的余波之后，平静的大海又将变回港湾。"狂乱的夜"是狄金森对诗意时间操控最为纯熟的作品之一。诗中人不断回味的销魂邂逅——第二节中性高潮之后的安宁与惬意仍遮遮掩掩，到了第三节开头则已毫不掩饰——其实并不存在。仅仅在想象之中，兴奋的诗中人才能体验"舟行伊甸"。但是既然已找到真爱，她便可以想象出"舟行"所能引致的快感。这首诗本身就是诱人的祈祷，她可能正在引诱（并且被引诱）。诗中人乞求："就让我……"但它是建立在"生命如水上航行"这一象征之上的，这也是我们常常吟唱的"哦上帝，我们古老的救世主"中所暗含的残酷观念——时间如长河。19世纪的读者远比我们更加熟悉《圣经》，狄金森诗歌对"伊甸"神话的指涉可以轻而易举地点燃他们的想象：

天使手执火焰熊熊的长剑，永远封锁了乐园，世间再无完美爱情。"伊甸"一词令诗句高贵而温柔。1869年10月，狄金森在致表弟佩雷斯·狄金森·考恩（Perez Dickinson Cowan）的书信开头写道："死亡是狂乱的夜，是全新的路。"（L332）剧烈瓦解一般的肉体死亡，与在情欲高潮中剧变的自我意识，在她的想象中合而为一。最终，她找到了自己的两个主题："爱与死"（L873）。

阅读塞缪尔·鲍尔斯与奥斯丁·狄金森家的通信时，我突然看到了一封1863年5月21日鲍尔斯从缅因州"东伊甸"（East Eden）寄给他们的信。（"伊甸"或"东伊甸"是一个港口小村。1875年灯塔落成之后，伊甸村便更名成了巴尔港［Bar Harbor］。这里一直是19世纪颇负盛名的艺术家聚居地与旅游胜地。）鲍尔斯提到他正在伊甸村学习如何在狂乱的野生水域航行。鲍尔斯对沿海航行的形容与狄金森"狂乱的夜"中的语词和大胆情境之间，存在着令人惊讶的高度相似。这是无心巧合，还是有意为之？奥斯丁会把"鲍尔斯先生"的信分享给艾米莉，而苏珊会把艾米莉的诗分享给鲍尔斯。这首书写探险者孤筏远航（亦是大胆爱情的绝妙象征）经典场景的精彩小诗，是否受到了鲍尔斯书信的启发，甚至，诗也许就是为他而作？

但不管怎样，看起来有一点可以确定：19世纪美国科学家与艺术家追寻《圣经》伊甸园的热情，在某种程度上，是艾米莉迷恋作为神话与隐喻的"伊甸"的基础。在她生命将尽的那段时光，只要提到花，艾米莉便会谈论伊甸，如科尔一样想象着重新寻回的天堂乐园。因此，她会写信给表妹路易莎和范妮说（她们给她寄来了种子）："存在小银行里的神圣财产已安全收到。我们都听说过'圣灵的行为'，但圣灵的行为究竟是藤黄还是粉红？加百列的清晨问候总是个惊喜。假如这是初离伊甸之时，我们或许还能盼着他来－然而创世可是场'漫长的旅行'。"（L690）路易莎和范妮似乎常会寄种子和鳞茎等"小礼物"给艾米莉，当年4月中旬艾米莉再次回信道谢："鳞茎已然种下，种子还在家中纸包里，等着太阳的召唤。"（L691）（热爱园艺的马萨诸塞州园丁们都会）从波士顿的布雷克商店采购种子，诺克罗斯家可能比狄金森家更方便。对艾米莉来说，送来"神圣财产"种子的邮差，如同探访圣处女玛利亚的大天使加百列。加百列宣示弥赛亚将临，包在黄色（"藤黄"）护封里的种子则宣示春天将至。

种子邮包是普普通通的黄色，但艾米莉·狄金森称其为藤黄：柬埔寨树脂中提炼出的一种深黄物质。这凸显了她的另一个特点，即对热带国度典故的运用越来越成体系，并将热带想象成美与快乐之源。在她的字典里，"热带"意味着光彩夺目、摄人心魄以及欣欣向荣。1879年，她带着一贯的直率，提醒希金森尚未回信："难道我能失去拯救过我余生的老友，而不问缘由吗？友情在敬畏之流中摸索－终于抵达他的热带大门－"（L621）希金森住在马萨诸塞州伍斯特（Worcester），但他古怪的"女诗人"——提到她时，他总会略带讶异——为他设置了某种热带背景，以此彰显他在她心中的独一无二。在"《圣经》是本古老的书－"诗中，她幽默地期望冷峻的故事叙述者们能够语多"婉转"，追摹传说中的俄耳甫斯（F1577）。因选定"婉转"一词而舍弃掉的形容词之一,便是她最爱的"热带"。

瓦尔特·豪威尔·德弗莱尔(Walter Howell Deverell)于1853年画过一幅《宠物》(*A Pet*,图27),以温室场景表现维多利亚时代中期女性的矛盾处境。画中女子身着华服,脚下跟着宠物狗,手中把

图27 瓦尔特·豪威尔·德弗莱尔,《宠物》,1853年
伦敦泰特艺术馆(Tate Gallery, London),照片©Tate, London 2003

玩的笼中鸟正是她本人的象征:(与艾米莉·狄金森一样)仰赖家中男性生活,既受保护,也受限制。她站在宅邸边缘的温室之中。在那里,她呵护花儿,同时也被当作(弥尔顿笔下夏娃般的)花儿呵护。在她身后画面的正中,德弗莱尔安排了一条通向外面花园/世界的小径,更加明确地指出了女主人公的困境。画面内/外的界限点明了她的全部生活区域。外面的花园暗示着阳光明媚的自由自在,而宅邸内部有各色天竺葵盆栽点缀的温室花园则指向她的内心世界:机会有限而欲望无穷。她才是丈夫的宠物;如同笼中小鸟,安全舒适,但永难飞翔。狄金森同时代的诗人露丝·泰瑞·库克(Rose Terry Cooke)有一首诗"囚徒"("Captive"),写笼中鸟向女主人(同样如在笼中)抱怨:

夏来,夏去,
　枝头红叶轻轻飘来,
再难振翅划破天际,
　再无南方暖阳相待!

你关我在镀金笼内,
　你用热带鲜花锁住栏杆,
却不知自由的盛怒
　正以冷漠颓然反抗。

在鸟儿看来，夏天与南方便是自由，该诗第三节中的"高翔"变成了北地囚徒的"冷漠颓然"。鸟儿的女主人以"热带鲜花"装饰着鸟笼栏杆，试图以那熟悉的温暖色彩与馥郁香气讨鸟儿的欢欣。然而一切都是徒劳，鸟儿依然悲哀。在库克的诗与德弗莱尔的画中，"热带鲜花"都象征着获得自由的快乐。艾米莉·狄金森的诗作"家中最不起眼的人"（夜书于卧室）中写到的"一枝天竺葵"（F473），或许是指老鹳草（cranesbill），北美地区常见的芳香天竺葵；而德弗莱尔画中的天竺葵（pelargonium）则是原生于南非的热带植物。通过以热带花卉装饰画中女子的温室，德弗莱尔既暗示着她为时俗所禁锢——天竺葵在当时十分流行——同时也指出她一如被囚的笼中鸟，心中的渴望得不到满足。

无论是英国，还是北美新英格兰地区，热带花卉一般为温室栽培，天气暖和的时候，胆大的园丁也许会把山茶或栀子搬到客厅透透风。[13]19世纪60年代，用吊篮栽种娇贵的亚洲或南美花卉开始极为流行，被视作"心灵手巧之家"（布雷克语）高雅品位的象征。正如我们之前提到的，狄金森家温室里也种了吊篮花卉。19世纪90年代，约翰·辛格·萨金特（John Singer Sargent）的肖像画《温德姆姐妹》（The Wyndham Sisters）道明了真相：热带花卉之所以迷人，不仅因其美丽，更因其昂贵。画面中，温德姆家的三位花样美人身着轻透白裙，脚下山茶（也许采自温室）簇拥。19世纪上半叶，霍桑的寓言作品《拉帕其尼的女儿》（Rappaccini's Daughter）也书写过清教徒对异域文化风俗挥之不去的焦虑，他运用的意象便是"反伊甸园"（anti-Eden），即长满了热带花草的有毒花园。19世纪40年代，霍桑写下这篇小说时，园艺学家尚在试验植物杂交，而植物学家、地理学家以及博物学家已然身赴蛮荒之地，带回了未知的花草树木以供研究。《拉帕其尼的女儿》透露出霍桑的隐忧：科学失控，醉心于征服自然。帕多瓦的古老花园中，园丁和他漂亮的女儿因为热带鲜花而扭曲了心性。终日操心热带花草，再加上持续吸入花香带来的不良刺激，拉帕其尼"高瘦憔悴，病容满面"。这位园丁兼科学家，终于培育出了宝石般"奇美的花"。他一定要戴上面罩才能去照料鲜花，但他的女儿，嗓音醇厚如热带日落般的贝雅特丽齐，却可以不用防护，与花儿自如相处——因她从小便与花丛朝夕相伴。"大理石喷泉旁，有一株奇丽的植物，开着紫色的宝石花朵"，是贝雅特丽齐的最爱。像这棵植物（从紫色"星星"推测，很可能是波斯丁香）一样，贝雅特丽齐也让人想起"浓紫或绛红，馥郁馨香"。年轻的学者乔瓦尼爱上了贝雅特丽齐，但他很快便发现，她那紫花般芬芳的气息是有毒的："飞美人"——蝴蝶——慕香而来，却立刻死在贝雅特丽齐脚下。

　　霍桑笔下的贝雅特丽齐，"美丽如东方阳光"，正是热带花朵的人格化身。她是第二个夏娃，同样毁灭着爱人。拉帕其尼疯狂的实验造就了这座"有毒的花园"，"各种植物杂交无度"，造出了"恶魔般的物种"，"带着堕落颓废的幻影，那种美丽带着魔鬼的嬉笑"。寓言背后是霍桑对科学过度干预的深深恐惧。霍桑写下《拉帕其尼的女儿》的二十年后，约瑟夫·布雷克在《花卉新书》中，告诫艾米莉·狄金森时代的读者们不要种植某些杂交植物，因为它们无视植物分类，形同"恶魔"。他写道，"亚当与夏娃被安置在一个货真价实的植物园中：上帝造人之时，便同时赐予野花，让他们及其子孙发展园艺，在不断改良品种中找到无上快乐。但在某些花卉那里，人类的努力只是徒劳"。布雷克并非反对所有杂交植物，他所说的"恶魔"，其中一例是刚刚培植成功的重瓣百合——亦即萱草，艾米莉·狄金森最爱的鲜花之一。这种原本纤弱的小花，被转育成了"绿叶簇拥"的重瓣大花，花冠看上去比之前大了一倍。

前文曾经提到过，艾米莉·狄金森温室中的植物能够让我们了解她的艺术感性。种植布雷克《花卉新书》中所谓"重瓣花朵或杂交花卉"，正说明了她作为业余园艺爱好者的大胆无畏，与追求美艳却不落庸俗的审美。"在优选培育方面，"布雷克在"重瓣花朵"一章中写道，"花的雄蕊变成花瓣，对花匠来说，是最大的快乐。一朵单瓣玫瑰如何匹敌盛开的完美重瓣玫瑰，小小的紫菀如何媲美精心培育的大朵芍药？"尽管他反对培育出异怪百合的"徒劳"实验，但是布雷克仍建议园丁试着栽培重瓣花朵——它们拥有非凡的精致瑰丽，尽管极难育种，亦难成活。

狄金森似乎常常给诺克罗斯表妹们写信谈论自家花草。1862年5月下旬，她跟表妹们倾诉了父亲庆典茶会带来的焦虑："我还是那么绝望惶恐，庆典如同一头巨大的人熊，注定会把我生吞。"之后她又加了几句话，同为园丁的表妹们看了也许会感同身受："要是少了我的重瓣花朵，庆典肯定面目可憎。这些花朵悄悄繁育，正好在艾米莉最需要它们的时候绽放。"（L264）从狄金森所说的重瓣花朵"悄悄繁育"或自然生长推测，这种花也许是石蒜科（Amaryllidaceae）晚花重瓣水仙，最美的栽培花卉之一。重瓣水仙在美国有着两百多年的历史。布雷克曾在《花园》一书中描绘过呈淡奶油色的"双花水仙"（Two-flowered Narcissus / Primrose-Peerless），也提到过"诗人水仙"（Poet's Narcissus）——一种重瓣水仙，"花瓣雪白，中心花杯淡黄"，5月下旬盛开，香气袭人。

由于艾米莉·狄金森是在5月下旬写信给表妹们的，因此她心爱的重瓣鲜花很可能就是布雷克所说的"诗人水仙"（*Narcissus poeticus*）。19世纪的重瓣水仙，尚处于实验阶段，花朵比我们现在熟知的重瓣花要瘦弱小巧得多（图28）。布雷克的诸多花卉目录已然失传，我们无从了解他是如何把重瓣花朵推介给了艾米莉时代的园艺爱好者。其中有一本苗圃目录，内容先进，估计也是由文采斐然的布雷克发行。不过，康涅狄格州利奇菲尔德（Litchfield）白花农场（White Flower Farm）的植物手册，在我看来可以说是这本目录的现代版。这本手册也写到了诗人水仙，并强调了它的芳香、纤弱、优雅与精美，以及幽灵般的雪白。正如狄金森钟爱的"儿时水晶兰"，诗人水仙同样低调而优雅，藏身于肥硕招摇的长寿花丛之中，待到取代长寿花盛放之时，它的甜美已然将逝，引人惆怅（L479）。白花农场推介的是一种名为"卡萨塔"（Cassata）的裂冠重瓣水仙，有点像重瓣白日百合，而不太像水仙；但它不是怪物，杂交得极其完美，即使布雷克本人也会由衷赞赏。"它们毫不娇贵，而是……'奇

图28　重瓣水仙（诗人水仙），《柯提思植物学杂志》，1797年

特'、'层层褶边'且'茂盛'";"变幻无穷的繁花,仿佛名厨手中花样百出的精美糕点,……花朵纤薄宛如可丽饼"。现代种植者之痴迷重瓣水仙,原因正在于此。[14]很明显,如今的卡萨塔,比起狄金森彼时向表妹们夸耀的那种,又经历了重重改良,愈加华美。花园与温室彰显出的狄金森花卉品位,清晰地反映着她的性情。狄金森的花总是不同凡俗:"重瓣"与香气透露着异域风情,同时又如本地野花般容易归化。盖伊·莱顿(Guy Leighton)研究过狄金森花园后,发现只有艾米莉的水仙在一个半世纪之后依然盛开如故。

维多利亚时期的温室常常用于栽培珍奇花卉。因此,温室(conservatory)与花房(greenhouse)的区别往往在于前者之中常有培育成功的奇花异草。对于我们理解艾米莉·狄金森的个性而言,她的温室鲜花显然极具助益。1885年1月14日,她再次写信致表妹路易莎和范妮:"对所爱之人,即使无多话可说,亦可多说几遍。"但在这贺卡祝福般的文字后面,跟了一句意味深长的话:"先是试探,然后淹没,最终万事皆空,死者如是。"简直没有比这更沉重的书信起首了。接下来艾米莉告诉表妹,维妮梦见她们了,又谈起一张塞缪尔·鲍尔斯也在其中的照片,谈起表妹们从波士顿迁居坎布里奇的计划("如同迁往西敏寺",艾米莉开着玩笑),最后,送上"维妮与玛吉[她们的女仆]的爱,半开的康乃馨与西方的天空"——意指日落。"哨声唤我。"狄金森写道。她指的很可能是每晚六点准时响起的乡间哨声。一年多后,差不多同一个时辰,狄金森在另一片落日余晖下,被"召回"(L963, 1046)到了她梦寐以求的永恒(正被她对表妹们的私语所言中）。与拉维妮娅和日落并举的，是"半开的康乃馨"——温室中挺过寒冬的花。康乃馨是新英格兰地区重要的花房植物，算不上名贵稀有。但是狄金森毫不犹豫地把康乃馨移到了自己的玻璃花园里，毕竟对她来说，三叶草都能与百合比肩。她的"内部花园"不是宝藏奇花珍卉的密室，而是对一切心爱之花开放。

同年2月，她嘱托伊丽莎白·霍兰："告诉卡特里娜（Katrina），艾米莉种下了金凤花。艾米莉追逐着蝴蝶，但没捉到，唉，她的帽子坏了－但远比不上心碎得严重，她的心永远宛如裸足－"信中写的是"你所畏惧的冬天"，诗人赤足追逐夏日的蝴蝶显然是想象（L966）。但是金凤花是真实的，养在诗人的温室里，毫不逊色于别人家温室中"招摇过市"（布雷克语）的瑞香、山茶和栀子。

年复一年，她深爱的人接连逝去——八岁大的侄子吉尔伯特、塞缪尔·鲍尔斯、奥提斯·劳德、查尔斯·沃兹沃思，还有她的双亲。艾米莉·狄金森书信中的花朵日渐增多：想着要赠人的花，冬日结束时盼望看到的花，以及那些为纪念已逝亲友而精心呵护的花。正因如此，1884年致伊丽莎白·霍兰的信里，她才会说："我用窗前密密的风信子，造出了永不消逝的虹，科学一定愿闻其详。还有满载的康乃馨，配得上锡兰之美名。科学与锡兰，都远非我所知，但我愿以这一切换来一瞥，再看一眼那些闪耀于天堂的逝去眼眸。"她在心中赋予故去的鲍尔斯迷人的（阿拉伯风格的）双眼。在这封信中，她接着写道："数也数不清，现在，我要用英寻来测量，数字一闪而过。"（L882）开满风信子的窗台很可能就在她的卧室之中，侄女玛莎还依然记得那萦绕的香气。但狄金森那"满载的康乃馨"一定是养在温室之中。在她的想象中，康乃馨乘船航行过寒冷的冬季大海，从遥远神秘的"锡兰"远道而来。这是她在生命终点写下的挽歌——愿献出最芬芳、最华丽的鲜花，换她深爱的人复生。

1859年，与鲍尔斯家族及塞缪尔本人的友情正笃时，艾米莉·狄金森写信感谢玛丽·鲍尔斯的礼物——西奥多·帕克（Theodore Parker）的《两个圣诞节》（*The Two Christmas Celebrations*）。"在此之前我从没读过帕克先生的作品，"她说，"听说他'有毒'。看来我就喜欢有毒。"（L213）像这样轻描淡写地否定保守的道德观念，甚至性观念，正是狄金森的典型言论。她不像霍桑笔下的科弗代尔，一面恐惧并谴责感官愉悦，一面又满怀隐秘的渴望。相反，她崇敬感官愉悦的能量与魅力，但同时也深知其对稳定生活的威胁。她大概确实从未亲身经历过激情的性爱体验，可她却有无数格言般的句子，书写着"水，经由渴来调教"，"快乐－则经由痛楚"（F93）。种种状况（包括她自己的踌躇）阻挠着她享受爱的飨宴，但在诗歌中，她已经在热望之下品尝了个中滋味。

与此同时，她似乎相信在"寒霜"之中播种艺术"花园"，是对诗才的有益磨砺（F596）。假如我们不理解"热带"一词在狄金森诗中的特殊意义，那么也就无法理解下面这首小诗中她对生命的阐释——伟大爱情（"夏日"）戛然而止，向苦行僧般的艺术生涯（"冬日"）做出承诺，开始了她的"刑期"：

在此，我的夏日骤停

成熟后继

于另一时地，向另一灵魂

我的刑期开始。

离去，朝向冬日

与寒冬厮守

铐上冰凌

反抗你的热带新娘（F1771）

诗人的"刑期"或宿命便包含在第二节的首两行中。命运注定，她必须"铐上冰凌"反抗"热带新娘"，亦即她必须把自己束缚在寒冬般的孤独苦行之中。"离去"，如花儿告别盛夏，以抵制"热带新娘"（如秘密的自我）的感官诱惑——这固然令人心醉神迷，但对诗人真正的使命却是致命之害。诗意隐晦，第一行便神秘难解，杰伊·莱达也因此而断言此诗"中心缺省"：既无解说，也无限定，只暗示着某事或某时——"在此"——终结了诗中人的某种体验或关系。不仅如此，这种神秘难解还进一步扩大了该诗的中心主旨。不管其后何物"成熟"——也许是爱或快乐？——诗中人都给自己定下了刑期。

这首诗有点像"我们结婚"（F596）的姐妹篇。手稿已然佚失，现在的版本是米利森特·陶德的转录版本。在后一首诗中，诗中人的"花园"已然"播种"于"寒霜"之中,而女友——新嫁娘——的花园被鲜花温暖点亮。"热带新娘"也许指向激情洋溢的苏珊·吉尔伯特——狄金森早期爱情诗中失落的新娘。必须"铐上"的"冰凌"也许是指确保艾米莉·狄金森全身心投入文学创作的自制力。在狄金森的诗中,寒霜与冰凌一般都被处理为鲜花之敌。但在此处,冰凌成了有力的武器,尖锐如钢笔。铐上冰凌以反抗热带新娘,便象征着以艺术击破爱情魔咒——爱情妨碍勤奋(尽管会激发想象力)。正如我在《艾米莉·狄金森的激情》中曾写到的,狄金森有一组诗以某位女子为题,她既令人爱慕,又不可接近,有时甚至会满怀敌意。这组诗构成了一个苦乐参半的故事。如同莎士比亚的"黑夫人"(Dark Lady)十四行诗一样,狄金森的诗也咏叹着难以启齿的欲望。这欲望将她引向自怨自艾,引向不可靠的爱,与她原应苦心追寻的人生渐行渐远。在诗人的想象中,那位令人爱慕的女子,是不可信任的"克莉奥佩特拉"、"太阳雪崩"、"火热之灵"或"热带新娘"(L755, 855; F1771)。她是扰乱狄金森心灵宁静的敌人。正如"热带"一词所表明的,她迷人的容貌与风度,对于艾米莉的新英格兰"安东尼"而言,只能带来毁灭。

托马斯·温特沃斯·希金森拯救了艾米莉·狄金森的人生——1879年,狄金森如是说。在她充满自杀"恐慌"之时,希金森对她作品的兴趣给了她活下去的勇气(L261)。她致希金森书信的关键一环,似乎就是"热带"(L621)。梳理她写给忠实的希金森的书信,以及"新娘"诗歌中"热带"一词的两种用法,可以清晰地看出该词在狄金森作品中意义错综复杂的重要地位。如同热带花木,"热带"一词也同时包含着魅力与鼓舞、危险与启示,以及最为重要的,包含着未知——艺术的未知(以希金森为代表)与人性的未知(艾米莉曾语焉不详地说过,关于人性,苏教给她的,比莎士比亚更多)。

艾米莉·狄金森的同学、异域情调浓厚的小说《雷蒙娜》的作者、诗人海伦·亨特·杰克逊仍然记得,1861年7月9日的晚上,她与朋友们欢聚阿默斯特,等待"夜晚盛开的昙花"(Night-blooming Cereus)一年一度的绽放。[15]这种仙人掌科的奇异花朵曾出现在克拉丽莎·芒格·巴杰夫人绘制的《花样美人》一书中。艾米莉·狄金森拥有她的作品《自然野花绘本》(*Wild Flowers Drawn and Colored from Nature*)。杰克逊形容昙花"盛开时庄严而诗意盎然",将花与诗联结到了一起——这也是狄金森惯常的做法。尽管艾米莉·狄金森从未在其温室中培育过昙花——很可能是因为昙花与兰花一样没有香味,但温室中其他种类的奇花异草显然颇得她宠爱。花之美常常出乎意料——如同蝴蝶,神秘莫测。狄金森的朋友兼牧师詹金斯之子麦格雷戈·詹金斯,忆起某个"荒凉冬日","艾米莉小姐"唤他前往温室。[16]她"异常兴奋",指着"温室中的一个茧蛹。她已经观察了很久,今天它破茧而出,化成了美丽的蝴蝶,在阳光中自在飞舞。她有些话我没有听懂",詹金斯继续回忆童年往事,"但是看到她那么开心，我也觉得太美了"。她想给他看看"美之物"，层层包裹下的美人。也许她凭直觉感知到了某种相似之处——庭院深锁的美貌蝴蝶，一时曾与飞蛾别无二致，正像她自己与世隔绝的生活。蝴蝶是狄金森美丽伊甸的核心象征之一，热带花卉亦然。梅布尔·陶德提到艾米莉曾送她"从未见过的奇异鲜花"：那是幻想之花，是奇装女子般的花，是如蝴蝶般挣脱黑暗束缚闪亮破茧的花。温室中生长的鲜花，反映了她对非凡之物的爱好。

玛莎·狄金森·比安奇记得"艾米莉的……温室一年四季宛如仙境"。[17]这个比喻非常恰切。在查尔斯·佩罗（Charles Perrault）的《美女与野兽》等童话里，王子非凡的爱情总是掩盖在野兽外表之下，等待着美女以玫瑰来解救。那支神奇的玫瑰生长在王宫中，即使寒冬也永不凋零。狄金森的诗记录下了她的渴望，纵然在"北风撕咬""锦绣"繁花之时，亦热情不减（F400）。寒冷冬日，她如"北极生物，蠢蠢欲动/受了热带之蛊—"，她坐在温室近旁，在诗中想象着春天（F361）。深冬时节，寄给朋友一枝夹竹桃，以黑色天鹅绒束起；寄给他们诗歌，明知寒冬、衰老、死亡终会将苦涩引入她的"雪房"，但她仍旧淡然处之。狄金森希望朋友们也能郑重地看待"小小室内花园"的礼物（L432）。在那里，2月中旬有家养的番红花与报春花盛开，12月里倒挂金钟（fuchsia）托起草莓色的小小花钟。正如艾米莉侄女所言，异域来客茉莉"香雾缭绕"，"烘托了她想象力的居所"。[18]在狄金森的诗中，无论四季轮回，花儿常开不败；而在她非凡的温室里，同样的奇迹也在不断上演。

注释

1 参见威利斯·J.白金汉《19世纪90年代艾米莉·狄金森的接受》，第257—258页。

2 参见阿尔弗雷德·哈贝格《我的书本之战》，第243页。

3 同上，第410页。

4 参见南茜·米尔福德（Nancy Milford）《蛮荒之美：埃德娜·圣文森特·米莱传》(Savage Beauty: The Life of Edna St. Vincent Millay, New York: Random House, 2001)，第xiv页。

5 玛莎·狄金森·比安奇推出《艾米莉·狄金森诗集》(Poems by Emily Dickinson, 1937)时，书的护封以栀子花为装饰。半个多世纪之后，R. W. 富兰克林编纂的《艾米莉·狄金森诗集》阅读本，书籍设计使用了白色花朵元素，看上去像是微型玫瑰。颇具争议的《小心轻翻》(1998)，由艾伦·路易丝·哈特与玛莎·内尔·史密斯合编，聚焦狄金森写给苏珊·狄金森的"亲密"书信，封面上是一枝马蹄莲。(马蹄莲形似耳朵，编者显然是想邀请读者进入这个私密甚而隐秘的世界。) 宝拉·贝内特的《女诗人艾米莉·狄金森》用了白色牵牛花，伊丽莎白·A. 彼得里诺的《艾米莉·狄金森与她的同辈》用了玫瑰。狄金森或论狄金森的大量图书都以花卉图案设计封面，显然，在编纂者看来，无论就实体还是就象征而言，花就是她的精髓所在。

6 参见《温斯洛·霍默的恋爱》("The Courtship of Winslow Homer")，小尼科莱·奇科夫斯基（Nicolai Cikovski, Jr.）、富兰克林·凯利编《温斯洛·霍默》(Winslow Homer, Washington, D. C., and New Haven, Conn.: National Gallery of Art and Yale University Press, 1995)，第71页。

7 参见薇薇安·R. 波莱克（Vivian R. Pollak）编《诗人的双亲：艾米莉·诺克罗斯与爱德华·狄金森情书》(A Poet's Parents: The Courtship Letters of Emily Norcross and Edward Dickinson, Chapel Hill, N. C.: University of North Carolina Press, 1988)，第210页。

8 提到茉莉（Jasmine）时，狄金森本人使用的是丁尼生式的拼法"Jessamines"。

9 凯瑟琳·爱玛·曼索恩:《热带文艺复兴：北美艺术家的拉丁美洲探索，

1839—1879》(*Tropical Renaissance: Northern American Artists Exploring Latin America, 1839-1879*, Washington, D. C.: Smithsonian Institution Press, 1989), 第10页。曼索恩对"伊甸"一词在19世纪文本中的使用情况做了极为出色的综述,并得出结论:"将热带美洲风景与伊甸园等而视之,这是当时旅行南美的北方艺术家人人都曾以文字或绘画表现过的主题。"(第11页)

10 定居波士顿的两年(1861—1863),使海德成了波士顿当地报纸的宠儿,即使在其搬离波士顿很久之后仍热情不减。狄金森家当然也订阅了当地报纸。

11 "狂乱的夜"也是评论家们聚讼纷纭的典型个案。玛莎·内尔·史密斯提醒人们注意1891年狄金森诗集出版时的三节四行诗体式与诗人手稿第11册中分行方式间的差异。在手稿中,"今夜"一词被排到了"就让我抛锚"下一行的行首,史密斯认为这足以证明狄金森写的就是"喘不过气来的性爱"(《舟行伊甸:重读艾米莉·狄金森》, Austin: University of Texas Press, 1992, 第65页)。史密斯认为狄金森意在强调:今夜是呼喊/要求。但是,如果被换了行的"今夜"是喘不过气来的呼喊,那么,在这首以精巧掌控情欲表达著称的诗中,这声喊叫又嫌太过粗鲁。

12 以船象征灵魂的传统可追溯至文艺复兴时期。这一传统解释了科尔《生命之旅》中小舟(象征画中旅者灵魂)的损毁。帕米拉·J.贝朗杰(Pamela J. Belange)在《创造阿卡迪亚:荒漠山的艺术家与旅行者》(*Inventing Acadia: Artists and Tourists at Mount Desert*, East Greenwich, R. I.: University Press of New England, 1999)中,追溯了19世纪30—70年代美国艺术中触目皆是的沉船残骸或海上风暴场景。这一类型的绘画显然蕴含着丰富的精神内涵。

13 《花果农事简趣谈》(*Plain and Pleasure Talk about Fruit, Flowers and Farming*, New York, 1859)中《冬季客厅花木》("Parlor-Plants and Flowers in Winter")一篇,引用亨利·沃德·比彻(Henry Ward Beecher)的话:"[客厅]温度不应超过60度或65度,夜间也不应降到40度以下,……对于娇嫩的花朵而言,40度以下低温的寒冷程度,丝毫不亚于冰霜来袭。"在维多利亚时代,夜间保持适宜低温几乎与白天保持温暖同样困难。(数字引用自多姆纳尔·米切尔:《艾米莉·狄金森:观念之王》,第322页注19。艾米莉·狄金森1884年9月写信给玛利亚·惠特尼说:"昨夜植物都撤回营帐了,它们柔软的铠甲抵不住奸诈的凉夜。"(L948)"营帐"指的可能就是温室中的花架。

14 参见2001年白花农场秋季目录(Litchfield, Conn.),第20—23页。

15 参见莱达《艾米莉·狄金森的岁月》,Ⅱ,第30页。杰克逊夫人(当时还是海伦·亨特)在给妹妹安(Ann)的信中说:"[昨晚]我们去了希区柯克教授家,看夜晚盛开的昙花——我还是第一次有缘得见;盛开时果然庄严而诗意盎然。"艾米莉·狄金森也学习过希区柯克的教材,他很可能影响了狄金森对热带花卉的兴趣。

16 参见莱达《艾米莉·狄金森的岁月》,Ⅱ,第269页。

17 比安奇:《艾米莉·狄金森面对面》,第136页。

18 同上。

第四章

"脑内花园"

绽放—即结果—

——艾米莉·狄金森,《诗集》(F1038)

作为阿默斯特有名的才女、遗世独立的艾米莉·狄金森,或许是当地最为执着而投入的园丁。描绘19世纪40年代阿默斯特主街的石版画,背景处可以看到狄金森的家园宅邸。因为有那几棵雅致的大树,才稍稍缓解了小城的荒凉(图29)。居民家的花园,给小城点缀了些许亮色。19世纪70年代,乐于回忆"艾米莉小姐"花园的麦格雷戈·詹金斯,已然长大成人。再次写起阿默斯特,他说:"镇上人人都栽花种树。在某种程度上,这应归结为农学院的影响。聚会派对常会选用学院花房出品的鲜花。"[1]但是,在他心中,艾米莉的花木独一无二。

图29　阿默斯特主街石版画，1840年，背景左侧是狄金森家园

艾米莉·狄金森常常赠给邻里亲朋鲜花，有的是采自城郊的野花，有的是来自她花园或温室的花束。收到花的人，无不赞叹花束充满灵感的艺术之美。她会送上一盒宣告春日降临的褪色柳（pussy willow），或者一捧精美的、"按照当时的规矩制作的花束"，"各色鲜花紧紧束在一起，好似一大朵……异域名花"。[2]1864年4月，艾米莉的表弟佩雷斯·狄金森·考恩收到了"极美"的鲜花，天芥菜、风信子、马鞭草、天竺葵、倒挂金钟及其他花朵扎成一捧，还附了一首劝诫诗（commandment-poem）："蜜蜂般分享—/适可而止—"（F806）这样的花束，可能主要由紫、黄、粉、白几个颜色组成，风

信子与马鞭草的奢华香气，再加上甜蜜的天竺葵，通常会给收到的人带去难忘的快乐。无论男女，无论病弱健康，都会收到诗人精心挑选的美丽鲜花。那些知道她写诗的人，会想象花与诗之间的相通之处——一样的意味深长，一样的别出心裁，一样的美丽清新。而且，狄金森诗歌的深刻简洁也呼应着她喜赠单支花朵的习惯：一朵茉莉、一枝藤地莓，与她那精致的小诗不谋而合。

也许因为阿默斯特既是大学社区又是教会林立的村庄，又或者因为科学自达尔文时代便已开始与宗教一较高下，很多阿默斯特人家都既对园艺保持着浓厚的科学兴趣，同时也继承着对美的虔诚崇拜。19世纪的园艺探索充满虔敬的宗教热情，渗透着神圣庄严。狄金森家就生活在这个"园艺杂志井喷的19世纪"，当时出版了大量以"教导、提高与宣传"为目标的图书，如劳登夫人的《淑女园艺》(Gardening for Ladies, 1853)、约翰·T. C. 克拉克（John T. C. Clark）的《花卉园艺爱好指南》(The Amateurs' Guide and Flower-Garden Directory, 1856)、罗伯特·比伊斯特（Robert Buist）的《美国花园指南》(The American Flower-Garden Directory, 1839)，等等。[3] 有的书刊不仅会列出最佳种植方案，还会分析花木的内在灵性。比如，约瑟夫·布雷克在《花卉新书》(1866) 中介绍草地百合（meadow lily）时，不像是一个园丁，倒像是一个熟读爱默生的基督教观念论者：

这些田野百合，自带光辉。这熠熠光辉无关乎人类的培育、安排，而是直接得自上帝。花朵中有生命，每一种色彩都洋溢着生机盎然的爱之温暖。异于星光，异于西天霞光，花之光闪耀着生命法则的神秘力量，它会呼吸，它能生长，朝向此岸世界一切至美的源泉，亦朝向必将到来的彼岸天堂。

今天的园艺手册一般不会将花朵与造物主紧密联系。对现代人而言，花园与永恒之爱最紧密的联系，可能就是我有时在广告中看到的这种保证：种下树木，人逝树在，如人长生。但布雷克的话语却隐含《圣经》色彩，强调"此岸世界与彼岸天堂"，并且虔敬地关注一系列相关相悖的命题。这些命题正是基督教以及艾米莉·狄金森作品的核心主题。尽管狄金森从未正式皈依宗教，但《圣经》也如莎士比亚一样，是她最重要的文学参考，而希金森亦将她的《诗集》（1890）分成了"生命""爱""自然""时间与永恒"几个部分。这一切也许均可归结为一个主题：生命与永生。

如果说布雷克是见到田间百合后深受感动而写到了上帝——"生命法则的力量"，艾米莉·狄金森则宣称"[她]永远持守的唯一戒条"便是"想想百合"（L904）。这个巧喻典出《马太福音》6:28—29。基督慷慨激昂地谴责世俗，敦促男男女女在物质生活上也要相信上帝："何必为衣裳忧虑呢？你想，野地里的百合花怎么长起来。它也不劳苦，也不纺线。然而我告诉你们：就是所罗门极荣华的时候，他所穿戴的还不如这花一朵呢！"书中接着写道："你们这小信的人哪！野地里的草今天还在，明天就丢在炉里，神还给它这样的装饰,何况你们呢!"圣母百合(*Lilium candidum*,玛丹娜百合[Madonna lily]),自1620年出现在普利茅斯殖民地以来,便一直是清教徒花园中最受宠的花。尽管号称"纯白百合"(fair white lily),但它其实只是一种"田间野草",因靓丽纯白而受人青睐。基督的训谕中,它代表着自然天成,以上帝亲自创造出的丝绸般的纯洁肉体,抗衡人工的奇技淫巧所制成的"衣裳"。

艾米莉·狄金森热爱百合。她对《马太福音》中的百合段落之所以钟爱有加,可能并非因为其中包含着上帝眷顾的许诺,而是因为这段文字选择了这样一个植物意象。(百合既不劳苦,也不纺线,这也让她感到十分亲切;因为在分担家务时,她还是更乐于选择较有美感的而非繁重的劳动。"打扫干净了'房子',"1866年她告诉伊丽莎白·霍兰,"这甚至都比不上疫病。起码疫病还算古典,而且没那么劳碌。"[L318])1884年底,在致弗雷德里克·塔克曼夫人的信中,以及同年春天致斯威策姨妈的信中,她都说过马太"轻灵的戒条"令自己"着迷",因其含蓄地赞美了百合的"清纯"(L897)。狄金森对加尔文教派的上帝以及家人每日早晨"念叨"的"蚀"一直持保留意见,这早已广为人知,毋庸赘言(L261)。她对十字架上的救世主基督心怀温柔,因其遭受了苦难。另一方面,她又对《旧约》中的上帝——一只"烈犬"(F1332)——充满忿恨与轻蔑:他惩罚摩西,阻碍其前往应许之地;他折磨亚伯拉罕;他把她的鲜花与友人拖向死亡。在"我自认拥有之物-"(F101)中,她明确表达了愤怒。上帝的"警察"——死神,夺走了她的"财产,我的花园",

夺走了她年轻的朋友,也终将夺走她本人。

天意以及上帝的存在,都是令人不安的永恒主题。在他们多年的友谊中,狄金森曾向身为作家与一位论派牧师的托马斯·温特沃斯·希金森提出过三个几乎同样重要且措辞极为相似的问题。1862年4月,狄金森初次致信希金森,问道:"希金森先生,您是否太过忙碌而没空回复我,我的诗歌是否有活力(alive)?"(L260)1886年5月,她在去世之前给希金森写的最后一封信中问道:"神—他(He)是否还活着(live)?我的朋友—他(he)是否还在呼吸?"(L1045)通过对"他"首字母h的大小写转换,艾米莉·狄金森想问,上帝是否像她的诗歌一样"活着",以及重病的希金森是否仍在"呼吸"。神、诗、友情,她最为关心的都是"活着"(the Alive,L233)。

在本章中,我想讨论的是艾米莉·狄金森艺术中作为叙事、哲思与隐喻之源的花园——它是一切现实中最有活力的一种。花园令她相信永生并大胆推想上帝的存在。通过观察花草树木的生命轮回,她渐渐开始信仰灵魂的成长与复活。青年时代的艾米莉·狄金森不爱去教堂,不愿屈从于大觉醒运动的狂热,在玛丽·莱昂女子学院时也不愿假装自己得到了"拯救"。但在自己的花园里,她看到了"永不枯萎的果园","玫瑰之外""遥遥的绿",正因鲜花年复一年地绽放重生,她才有勇气与信念描绘那个看不见的世界(F54,13,53)。她写道,花香中畅饮,便忘却此世,如身在彼岸:

我花中有"忘川",

饮下河水者，听得到，
永不枯萎的果园里
食米鸟的鸣叫！（F54）

花园就是她的教堂。她以自己最爱的谐谑诗（puckish poem）对拥有牧师、法衣与建筑的庙堂宗教以及狄金森花园教派做出了区分。她的教堂"拱顶"是高耸的果树，她的布道使徒便是大自然的造物主：

别人的安息日，去教堂—
我的，却在家中—
食米鸟负责唱诗—
果园，便是拱顶—

别人的安息日，穿法衣—
我呢，插上翅膀—
不必教堂钟声轰鸣，
只要我家小司事—放声歌唱。

上帝布道，声名远扬—
讲演绝不冗长，
不必等到临终飞升天国—

我早已心驰其中。(F236)

这首从容而迷人的作品,不仅为自己不拘泥于宗教仪轨的传言进行了自信辩护,同时也强调着花园带给她的无上欢喜(如生"翅膀")。教堂便是花园,是草木葱茏、繁花盛放之处,而花园正是艾米莉·狄金森诗歌修辞与隐喻的基本灵感源头。在描绘与思索人类处境的过程中,她对花的生命进行了反思,并通过花朵来沉思爱恋、情欲、野心、责任、死亡与不朽、失败与成功、沮丧与快乐、渴求与满足。从一开始,她就被视为"自然诗人",但是这个标签不够充分。狄金森通过探索花园这个小宇宙——包括它的住民与访客——对人类世界种种关系与行为发表了观点,这超越了"自然诗人"一词的一般内涵。事实上,对她来说,花园是一种总结,同义于人生,同义于艰辛努力,同义于艺术的日趋圆满,亦同义于永恒。正是在这一意义上,外在的花园与她所谓"脑内花园"(F370)相呼相应。她的花园就是一幅呈现此在的地图,夏日凯旋,冬日梦见,但同时也是乐园的隐喻。只有天堂乐园才能救赎花园年年岁岁的"凋逝"(L668):

倘若我相信那花园
凡人看不见—
以信仰采摘鲜花
防避蜜蜂,

那我便原谅今夏—真心实意（F51）

下面这首雄辩而成熟的作品写于1865年，这一年艾米莉·狄金森的创造力惊人。这首诗的主题是鲜花破土萌发的艰苦过程。它充满巧智，尤其是最后几行的警句，不禁让人觉得这首诗的哲理不仅仅在于歌颂花的实力：

绽放—即结果—遇见一朵花

随意一瞥

不大会有人注意

次要的条件

为了光明事务

如此费尽心力

然后才如蝴蝶

飞向子午线—

包起花蕾—防虫—

争取雨露权—

调适热度—避风—

躲离潜行的蜜蜂—

> 不要让伟大自然失望
>
> 等待她的命定之日—
>
> 绽放成花,是最深刻的
>
> 使命—(F1038)

狄金森写过"成功最为甜美/从未成功的人说"(F112),这首刻画士兵死在敌人凯歌声中的悲壮场景的作品,常被视作战争诗佳作;她最有力的诗歌之一也曾指出"战争—可怖之钵","活着亦觉耻辱—/当英勇者—皆已战死—"(F524);她为阵亡烈士弗雷泽·斯特恩斯写下的挽歌,读来仍令人心碎。尽管如此,艾米莉·狄金森仍然会因曾对希金森上校(战时身份)说过"战争于我,像是晦暗隐约之地"(L280)而饱受诟病。但这是狄金森作为艺术家之正直的另一佐证:她绝不会自以为是地对她所不了解的题材大书特书。战役与残尸对她来说当然"晦暗隐约";与惠特曼不同,她没做过随军护士或杂役,从未见识过战争。除了大自然"尖牙厉爪血红"(丁尼生语)的生存挣扎,她所见过的战争景象,只发生在花园之中。

"绽放—即结果"一诗很可能写在北军以胜利而终结美国内战的那一年。因此,某些读者可能会认为该诗受限于主题而有些平淡。然而这首诗的机巧正在于其出人意料的主题:脆弱且用作装饰的花也拥有"使命"。尽管语带揶揄,但诗人描写的或许是普遍意义上的英雄主义,在其他重要的领域也适用,作诗亦然。"遇见一朵花",便是邂逅一件精工巧作,但通常人们并不会去猜测美丽外表所仰赖的"次要的条件"。花表面上像朝生暮死的蝴蝶，于正午时分闪耀多彩的光辉，但其实刹那间的美丽必要经由卓绝的艰苦努力才终能得来。(在这里，狄金森将鲜花比拟成了蝴蝶，反映出她视觉上的敏感度，其灵感或许源于狄金森家土地上的"蝴蝶花园"。) 鲜花如此，好诗亦如此，浑然天成的诗句背后，也许就藏着诗人的呕心沥血。狄金森也常自比为花，在此诗之中，她或许想说，纵然不从商、不从政——与其父兄不同——但她也一样付出了艰辛的努力，经营天赋，承担使命，实现"伟大自然"的宏图。关注女性生活与发展问题的读者，还可能会把"绽放成花，是最深刻的/使命－"理解为维多利亚时期女子困厄遭遇的隐秘宣言——看上去无忧无虑、身姿轻盈的客厅女主人，内心深处可能藏着常年持续的艰辛痛苦。

艾米莉·狄金森的园艺意识令这首诗生机勃勃。"为了光明事务/如此费尽心力"讲的就是花本身。沙曼·阿普特·拉塞尔（Sharman Apt Russell）在《玫瑰的剖析》（Anatomy of a Rose）中写道，"向日葵，如同雏菊或蒲公英"——这些也是狄金森爱用的主题——"事实上是一个花序，由许多独立的小花聚拢组成一个共同体"。这些花朵极其精巧复杂，"'舌状花'逐一展开各自的花瓣，与其他的'舌状花'组成大圆环"，这样就形成了"明亮的光环，以吸引蜜蜂"。[4] 迈克尔·波伦告诉我们，"蜜蜂热爱小雏菊、三叶草与向日葵的放射对称造型"[5]。艾米莉·狄金森似乎仔细观察过这种复杂的花朵结构，所以才会对三叶草有"精巧的居所"与"蔚蓝的大厦"（F1358）的描述。为了"光明事务……费尽心力"，花朵娇嫩柔弱，但拉塞尔有充分的证据证明,花朵也可以浓密、坚韧,甚至能令偷袭者丧生(比如兰花)。花朵"会倾尽全力保护自己"[6]。狄金森说,花必须"躲离潜行的蜜蜂",这不免令人惊讶。她显然知道蜜蜂是花朵渴望的传粉者,诗中的描绘却提醒我们,她常会将蜜蜂与花朵的关系想象成人类两性间的私情欢爱。她有一首妙趣横生的抒情诗,"蜜蜂驾着铮亮的马车/莽莽疾驰向玫瑰—",便是将虫与花之间生存必要的交流转化成了温情甚至激情:"玫瑰留下访客/落落静娴/新月亦不剩/一切只为他贪恋。"(F1351)

通过精致入微的观察,狄金森定然早已明了蜜蜂"有时会后入"花朵,为偷得花蜜,"将舌头插进萼片与花瓣间"[7],刺穿花冠,咬穿并摧毁植物组织。与狄金森的诗句相呼应,拉塞尔对花园世界的评论也颇为有趣:"这可不是什么诚信世界。窗户一定闩好,大门必须锁紧。"[8]也就是说,花朵若要保持完整与美丽,就必须极力防范蓄意抢掠花蜜的蜜蜂。狄金森写道:

> 如毛绒轨道上疾驰的车队,
> 我听见蜜蜂稳稳飞翔—
> 嗡鸣震荡过鲜花,
> 闯入天鹅绒城墙
>
> 抵抗,直到那甜蜜突袭
> 吞噬所有骑士—

而他，凯旋斜穿

赶去征服另一片繁花（F1213）

就这样，性爱的主题，以花与蜂"甜蜜"的交合而反复再现于狄金森的经典作品之中。带着对性别双重标准的挖苦，她问道："蓝铃花解开了紧身褡/只为蜜蜂爱人/而她痴恋的蜜蜂/能否殷勤如旧？"（F134）圆叶风铃草（*Campanula rotundifolia*），亦称"蓝铃花"或"风铃草"，柔软美丽的花朵呈白色或蓝色，多年生植物，在维多利亚时代的花园中颇受青睐。上面所引诗句中，是"嗡鸣震荡"摧毁花朵甚至陷其于死地，而不是蜜蜂造访欲望满溢的迷人玫瑰，这两者之间的差距已由"吞噬"一词点出。狄金森看起来已经注意到蜜蜂蹂躏花朵所带来的巨大伤害，因此她写下这样精微的反讽：

花不该责备蜂—

那遍寻幸福的蜂

频繁现身门前—

但教教沃韦的男仆吧—

女主人"不在家"—就这么

告诉他们—不在家！（F235）

在狄金森心中，日内瓦湖畔的沃韦意味着"静谧"、"清爽"、文质彬彬，正如"我们的生活一如瑞士"（F129）一诗中，瑞士也有着同样的内涵。花朵若想不败，就必须不时严词拒绝热烈的传粉者。"绽放—即结果"中所谓"包起花蕾"，艾米莉·狄金森很可能是指围裹花朵的层层粘连组织。如其所言，某些花能够通过追寻阴凉而自行"调适热度"。另一些花则会贴地生长以"避风"。"绽放—即结果"的最后一节中，狄金森在宏大的普世蓝图之中为花朵分配了角色。末行诗句既引人入胜，又出人意料：她的杰作总是如此。在"这便是诗人—"中，狄金森将诗歌艺术类比为调香师的工作：从"门前凋零的/熟悉物种"中，蒸馏出"妙趣情思（sense，与scents［香氛］谐音双关）"或"香露……精华"（F446）。在她心中，诗就是对寻常之物与门前野花的浓缩与提纯。19世纪的欧洲人相信，宅邸周围的高低树木会令人染上热病。或许因此，新英格兰人才更喜欢种花，尤其热爱爬满花架的玫瑰。（狄金森家北乐街宅邸门前便种有玫瑰，《红字》[The Scarlet Letter]中赫斯特·普林[Hester Prynne]出狱时看到的也是玫瑰。）"绽放—即结果"中，狄金森联结起了花与诗，园丁与诗人。这也是她的许多杰作中常常出现的主题，如"精油—榨出"中，人工制造的"玫瑰精油"同样要从大自然的"玫瑰"花瓣中压榨沥出（F772）。

在狄金森的作品中，花朵世界象征着人世间，某些鲜花也象征着特定的品质、追求、职能与事业。比如维多利亚时期颇受欢迎的流苏龙胆，便代表着职责与使命。在评论狄金森写到流苏龙胆的几首抒情诗时，玛丽·勒费尔霍尔茨（Mary Loeffelholz）发现，在诗人心中,"龙胆仿佛有着十分明确的天职"。狄金森手稿第1册中,有写于1858年的"龙胆编织流苏"(F21),以及紧随其后的"龙胆不可信"(F26)。勒费尔霍尔茨推测,21号诗放在手稿第1册中"醒目的位置",可能与"书或编书"相关;这首诗本身就是"天职的体现"。[9]狄金森的"一系列龙胆题材诗歌"表现出了"随时间流逝,她对写作与写作实践看法的变化"——从迫切渴望发表,变为了拒绝"拍卖"心灵(F788)。这是个颇具说服力的论点。勒费尔霍尔茨的结论是,在富兰克林版第520首诗中,狄金森借龙胆意象,为她的诗歌,也就是"为自己迟来的天职,进行了公开辩护"。[10]鉴于狄金森一贯将自己与自己的志业和花联系在一起,这一结论应该可信。这首诗写于1863年前后,其时狄金森与希金森通信频仍,而且也许仍然渴望才华得到大众认可:

上帝造出小小龙胆—

它却一心一想做玫瑰—

失败了—整个夏天放声大笑—

但就在雪落之前

纯紫的生灵浮现

惹漫山沉醉

夏天轻掩她额头—

嘲讽—瞬间静悄—

狄金森的花园

> 寒霜是她的条件—
>
> 泰尔红紫[11]迟迟不来
>
> 直到北方—祈愿—
>
> 造物主—我可否—令繁花盛开？（F520）

艾米莉·狄金森的花园，她的离群索居，都"播种"（如她自己的比喻）于"北方"四围的"寒霜"（F596）。与龙胆一样，"寒霜是她[狄金森]的条件"。1871年，她写信给希金森说："请原宥其中的苍凉简朴，我的老师无他，只有北方。"（L368）而此时，她已然完成了数百首非常成熟的作品。狄金森更倾向于将自己的才华与个性联结于北方，她的自我认同亦在北地特质与美德——如罗马的安东尼、阿默斯特以及"以新英格兰方式－凝望"者（F256），而非令人想入非非的美艳南方。这不禁让人想起丁尼生的《公主》（*The Princess*）——艾米莉年少时期最爱的作品——中的诗行："明媚、热情、变幻无常，是南方/沉郁、诚朴、柔软温存，是北方。"我也因此而好奇，这种地域想象是否得自《圣经》的启发。狄金森十九岁时便能熟练引用的《以赛亚书》中，有一条弥赛亚预言："我从北方兴起一人，他是求告我名的，从日出之地而来。他必临到掌权的，好像临到灰泥，仿佛窑匠蹋泥一样。"（41:25）在艾米莉·狄金森看来，南方象征着感官快乐，而北方的艰苦则能激起创作的火花，将她磨炼成更加伟大的诗人。社交与情感上的匮乏，使她的艺术表现更加有力。她对花园的四季景致——她最常用的比喻——的强烈钟爱印证了这一点。在她的"我们结婚于夏日－亲爱的－"（F596）中，玫瑰象征着生活美满与人生成就，但做一朵六月婚礼上盛放的玫瑰，显然并非她所愿。她有时会半开玩笑地自比玫瑰——"清风－抚弄大树－/而我是一朵玫瑰！"（F25）但艾米莉·狄金森有自知之明，她可不会真心认为自己是玫瑰花。[12]

或许出于这个原因，这位审美品位高雅的园丁兼诗人，无论其诗还是其信，都并未对玫瑰加以特殊青睐。那些不怎么富丽堂皇的花，如龙胆、郁金香或蓝铃花，却更令她兴味盎然，充满钦敬地将它们编织进精巧的叙述与分析。在她的作品里，玫瑰仍然是有关爱与易逝之美的经典象征，但其用途仅限于传统的颂扬（或明或暗），而不会令她充满感动。她哀悼渺小造物如蜂与花，"啊，小玫瑰－多轻易/这般凋逝，如你"（F11）；想象自己与他人之死，"玫瑰不再绽放"（F8）；谈论"卑微的旅人"，如乘着气球般升上天堂，他"感激生命里/多姿花束中的玫瑰"（F72）。第三封"大师"书简中，迷狂的喜悦令她以这样的句子开头："纵非玫瑰，依然自觉如花"（L233）。这里化用的是经典象征：爱令女性容光焕发。

曾有一次，狄金森写信给表妹尤多西亚·弗林特（Eudocia Flynt），并附上了玫瑰：

> 我写过的一切
>
> 都难与此媲美－
>
> 天鹅绒音步－

> 长毛绒辞句—
> 深如红玉，永不干涸，
> 隐，唇，为你—（F380）

这是典型的狄金森式的自然与艺术融为一体：玫瑰既是留言，也是诗歌，同时，还是深邃的红玉之杯。她的诗歌也常以宝石隐喻鲜花，如"草地"上的花朵"光焰"，宛如黄玉或翡翠（F726）。著名玫瑰园艺家大卫·奥斯丁（David Austin）告诉我们，最高贵经典的玫瑰（如狄金森家栽培的那种），自18世纪起，就常被形容为"深杯"（Deep Cup）或"开杯"（Open Cup）。送给尤多西亚的玫瑰可能就属"深杯"。如同一首好诗，花隐藏起最柔软的天鹅绒或最深刻、最私密的花瓣－辞句，留待知己欣赏。双唇轻触玫瑰的瞬间，尤多西亚便会"读懂"随花而来的诗歌。这首美妙多情的小诗，融女性、艺术与花于一体，其中对"杯"之隐喻的优美化用，亦再次提醒着我们，狄金森对园艺学术语的熟稔。

玫瑰有刺，尤其是狄金森的法国玫瑰（卡里柯玫瑰），向以枝茎多棘闻名；爱亦伤人，如狄金森在致玛丽与塞缪尔·鲍尔斯的信（前文已引）中所言："我不愿你们来，因为你们终归要走。从此，我不再摘下玫瑰，这样便不见花凋，亦不会被刺伤。"（L189）对她来说，玫瑰是象征理想之美的花卉意象。玫瑰固然能用来与文学传统对话，但不会如蒲公英一样，令狄金森倾倒，令她兴味盎然地进行具体而微的解析。她会赞美玫瑰为花园中最精雅、最美艳、最危险的居民，若想保有"玫瑰小屋",保有"狂喜",我们便不应试图为其设限。然而,雏菊、银莲花、堇菜、龙胆以及其他林间小花,却总是比玫瑰更让她好奇。她笔下最美的玫瑰诗行节奏明快,意味深长:"一朵玫瑰,便是/一座西西里庄园。"(F806)华丽排列着的玫瑰花瓣,宛如亭台楼阁繁复的华丽庄园,坐落在那以火热、阳光与激情著称的田园之地。在狄金森的玫瑰意象中,还有必须"俭省"品味的香氛——玫瑰是香的凝结,美的精华(F806)。

当然,玫瑰的脆弱易逝,很可能也令艾米莉·狄金森联想到了自己:她身体一直不好,很可能是因为染上了结核病。她知道,身体无可避免地限制着她的生活。在一首诗中,她以花园隐喻着对种种限制的省察与抗拒:

> 我于荒凉之地,
> 一心将繁花培育—
> 后来—我的砾岩花园
> 终长出了葡萄—和蜀黍—
>
> 燧石土壤,若稳稳耕耘
> 亦能回报双手辛劳—
> 棕榈种子,利比亚阳光照耀
> 沙漠中亦会有硕果结好—(F862)

"荒凉"是个有力的语词。这首诗写于1864年的"大师"书信时期。经历了感情挫折的狄金森，渐渐转向了"稳健"的艺术，尽管她从未蜕变成绝对的唯美主义者，也没有走向疏离世事的无神论，仅将写作本身视为至上主题。狄金森始终既追求艺术，也关心日常生活，至死不渝。她的花园，她自己，虽如"砾岩"满布，却终能结出葡萄与蜀黍，总能"繁花"怒放。种子与土壤这一对经典隐喻，越来越多地出现在她笔下，描述成长与满足。即使在死亡之中，我们亦能感受到这种满足：

开端与结束

一生，相仿

或相反，若果如此，

宛如花繁枝上—（F1089）

"败/若霜打之花"，这就是她对死亡的沉思。寒霜不仅是敌人，而且在龙胆诗歌中，它还象征着延误的花期（F1710）。最终，龙胆成了她艺术自我的象征。要到深秋，寒冷的"北方"召唤之时，龙胆花朵才会变成"泰尔红紫"或蓝紫色。龙胆特立于花丛，正如狄金森不落凡俗的才华与别具一格的诗律亦特立于诗坛。是否终有一天，她会成为那个"紫色生灵—/惹漫山沉醉—"？在"上帝造出小小龙胆—"之中，她发出了问询；而在诗的末行，她又将疑问交给了变幻无常又无所不知的命运。

在艾米莉·狄金森心中，向阳的雏菊象征忠诚奉献，龙胆象征面对艰难困苦时的任劳任怨与坚定不移，堇菜谦逊而忠贞，百合神圣而美丽，藤地莓热情而勇敢，紫菀（如她在致塞缪尔·鲍尔斯信中所言）是永恒"不变的时尚"（F374），而玫瑰就是恋爱和/或姻缘之乐。堇菜、藤地莓、黄水仙或番红花，这些更平凡的花，挣扎于寒冬冷硬的泥土，期待来年幸福春日与尊贵夏日的来临。狄金森感佩于此，为小花们写下钦敬与共情的诗。如龙胆一样，这些小花令她想起自己，身为诗人与女性，她也需要勇气。

与此同时，她也欣赏多年生鳞茎植物之美。郁金香、黄水仙、风信子与番红花，鳞茎中生发出光彩照人的春花——成熟之美秘密裹藏。这让狄金森倍感亲切，她曾说自己"早就为鳞茎而痴狂"。正如园丁们所看到的，鳞茎自成丰美世界；诗亦如此（L823）。合适的环境或语境，就足以被欣赏。大朵玫瑰含苞待放，"欣然绽开"的小小"花蕾"中，包含着至美玫瑰的广大世界，这给她带来了无上喜乐；鳞茎抽芽亦能令她产生同样的感受（F1365）。1883年，她致信玛利亚·惠特尼："鳞茎难道不是最令人着迷的花卉形态吗？"（L824）鳞茎就是美的浓缩，而压缩与"螺旋磨炼"正是她寻找简约凝练表达的首要方法（F772）。

在吟咏那些解除寒冬魔咒的春花的诗中，她有时会故意隐去花名，似乎要以此暗示它们拥有神秘魔法。这些谜语般的诗歌，或许是为了娱乐园丁——他们可能十分乐于猜想个中深意。藤地莓（*Epigaea repens*），亦称五月花，属杜鹃花科，给三个版本的致苏的抒情诗带来了灵感。在第三个版本中，狄金森自署名为"藤地莓—"：

> 粉红—小巧—准时—
>
> 芬芳—谦让—
>
> 四月悄隐—
>
> 五月坦荡—
>
>
> 苔藓亲近—
>
> 土丘熟稔—
>
> 知更鸟比肩—
>
> 嵌入每人灵魂—
>
>
> 大胆的小美人—
>
> 以你为饰
>
> 自然弃绝了—
>
> 古风沉寂（F1357）

狄金森爱藤地莓的品德与端庄。它准时、大胆，无所畏惧，比起"文雅良民"瑞香，更像是个"可爱野蛮人"（二者都是"喜乐造就的绝美"之花［L1037］）。而且与其他狄金森心爱的鲜花一样，藤地莓也芬芳袭人。狄金森常常袭用维多利亚时代流行的"娇小"身材以自况。维多利亚时期的许多作品都会以身材娇小形容可爱女子，如狄更斯的小说女主人公朵拉·斯本罗（Dora Spenlow）或小杜丽（Little Dorrit），萨克雷的艾米莉亚·赛特笠（Amelia Sedley），或夏洛蒂·勃朗特笔下的简·爱（Jane Eyre），都是"小东西""苦出身"。在本诗中，狄金森亦将这一特质赋予了不畏早春清寒盛开的勇敢"五月花"。惯常独处的诗人欣赏藤地莓，它暗自隐身于低矮草丛，待到花季来临，自会"坦荡"盛放。尽管狄金森对藤地莓最后的褒扬是赞其击溃了"古风沉寂"，每当春日便令世界青春重焕；但真正令她深受鼓舞，甚至借以自署的原因，恐怕还在于藤地莓那准确把握盛开时刻的微妙敏锐。狄金森有一本爱默生的《诗集》，她在其中标上了X，就在"林间笔记"（woodnotes）的几行诗句近旁："现如今，艰辛／是诗人的命运，／生早了时代。"后浪漫主义或维多利亚时代中期的文化，为狄金森留下了极其丰沛的遗产：诗歌主题与叙事表述、道德哲学、罗斯金美学体系以及意象典故。（比如，狄金森写成如下诗句赠给苏珊，"无双的地球－我们小瞧了栖居于你的机遇"［L347］，苏珊是否读出了其中"无双的地球"典出华兹华斯的《彼得·贝尔》[Peter Bell]？）但她的形而上学风格还是冒犯了许多当时的评论家。因此，在某种意义上，她的确生早了时代。狄金森将自己的诗歌封存于那著名的香柏木箱，这也许正是她的"悄隐"潜藏。但与此同时，她的诗歌又在友朋圈中不断"发表"，这似乎表明她仍心存期望，等待"坦荡"之日，等待获得认可——等待藤地莓终有一天从苦寒世界脱颖而出。

狄金森漫步树林寻觅偷采而得的林间花朵，在她的早期诗作中常常是匿名状态。在一首小诗中，不知名的花朵——或许是堇菜——如同被人捉住的女子，"腼腆"、"羞惭"而"无助"。还有《诗集》（1890）第一版中的第十九首，狄金森明白无误地将花比作女子，尽管诗中人似乎是"男孩艾米莉"：

多腼腆，我看着她！

多可爱—多羞惭！

藏在嫩叶丛中

避人纠缠—

多紧张，我走过—

多无助，我又转身

摘下，不管她挣扎脸红，

带离简朴的居所！

为谁，我劫掠幽谷（Dingle）—

为谁，我背叛山坳（Dell）—

许多人，无疑都要问—

但我绝不相告！（F70）

堇菜或许会藏身嫩叶丛中，粉色堇菜或许看上去宛如脸颊羞红。这些小花很难采摘，这或许就是它们的"挣扎"。但是"腼腆"与"紧张"这两个形容词却是情感误置，写到花朵时，狄金森常常如此，总是将它们嵌入维多利亚时代"羞怯"（当时可是极受欢迎的形容词）女主角的刻板印象之中。诗中人的口吻狎昵而亲近，摘花（即便是摘自礼物花束）似乎成了夺去女性童贞的某种罪行。诗中人是劫匪，是叛徒，甚至是强奸犯。玛丽·莱昂反对清理学院周边的树林。从树林中，她的学生们采回了课业所需的植物样本。狄金森很可能会因自己的林间探险而感到羞愧，但这并不妨碍她继续漫游。这首诗轻快活泼，以d开头的"幽谷"（dingle）和"山坳"（dell）规避了其中的严肃，而充满稚气的末行又向读者暗示，这一切都不过是场嬉戏。面对强势的诗中人时，无助的花朵，也鲜明地映射着女性在强力男性面前的无能为力。在这里，与花朵相关的事件，其指涉也远远超过了自身。

在这首诗中，诗中人野心勃勃地想要将美据为己有，为达目的不惜偷盗；另一首诗中的主人公同样有罪，却源自想象落空。她欲去草丛寻觅隐匿的小花，然而不仅迷了路，还过早离开，错过了花儿。宿命与粗心共谋，夺走了她的幸福与快乐：

近在咫尺！
垂手几可得！
我原本有机会！

> 悄然穿越村庄—
>
> 穿越无声息!
>
> 堇菜不会生疑
>
> 潜入草丛深处—
>
> 奋力的手指却来迟
>
> 一小时前,便已逝去!(F69)

就其所描绘的事件而言,这首抒情诗中的兴奋与些许伤心可能稍显失调,但是这一事件本身便是一种象征。"不会生疑"的"堇菜"也许指的是无法达成的目标、未能成真的恋情以及"奋力"以求却仍难得到的心爱之物。艾米莉·狄金森诗歌中的小花永远都是具有隐喻性的,花朵构成了她描绘大千世界的语言体系。迈克尔·波伦谈到花的力与美时说,"从本质上讲,花通过隐喻来实现交流",呈现出"人类梦想的多变色彩"。[13]古典文学中的花园观便是将真实花园与诗纽结在了一起。性的欲求,以及花园——尤其是夏日花园——与其同步生长。沙曼·阿普特·拉塞尔语带谐谑:

> 印度天南星(Jack-in-the Pulpit)在考虑变性。堇菜藏着秘密。蒲公英洋洋得意,黄水仙痴心迷恋。兰花孕育出百万种子,终于感到满足。蓝铃花可没满足,慢慢弯下柱头寻觅自家花粉。三色堇急切盼望,阴门般的小脸望向天空。夜来香心里只关切那唯一一件大事。

花园里漫步，简直让人脸红心跳。[14]

阿尔弗雷德·哈贝格说狄金森"蜂蜂鸟鸟太多"[15]，但是作为书写乡村与心灵的诗人，艾米莉·狄金森凝视的是她花园中每天都在上演的性爱小剧场。花的生活，它们的爱人/传粉者蜜蜂那戏剧般跌宕的生活，吸引着她的注意力，"蜜蜂不来/繁花打不起精神"（F999）。身为园丁，身为诗人，狄金森眼中，蜂花词句永不嫌多，尤其是花，它们所象征的性格与行为远超表象。波伦与拉塞尔等植物学作家注意到了花园中默默进行的性爱。性爱使得花园成了狄金森大部分爱情诗歌的理想舞台。然而，充满反讽的是，在她的两首重要作品中，性的缺席也出现在繁花似锦的花园之中。

例如，狄金森有位神秘爱人[16]——"明亮的缺席者"，他的缺席令诗中人无心园艺。她以花卉意象结构全诗，并出之以一种紧张、戏谑而生动的韵律，折射出独守花园的诗中人对"主人"（Lord）的相思：

我为你照料鲜花－
明亮的缺席者！
倒挂金钟珊瑚色的缝隙
撕裂－播种者（Sower）－正酣梦

天竺葵－染色－点点－

狄金森的花园

小雏菊—斑斑
我的仙人掌—她拨开须发
裸露咽喉—

康乃馨—倾出香料—
蜜蜂—上前点采—
我藏的—风信子—
探出百褶花头—
香氛溢出
自瓶中—那样小巧—
你必好奇如何盛载—

玫瑰球—破开丝滑缠裹—
散落花园大地—
而—你—不在—
我宁愿花儿不开
绛红—全败—

你的花—吐艳—
她的主人—不来！
我怀伤悲—
长居灰沉—花萼—

谦卑—永远—

你的雏菊—

盛装只为你！（F367）

这首诗与"我嫉妒大海，他航行的地方—"一样，大概写于1861年晚秋或1862年初，"大师"书信时期的高潮阶段。那年秋天，塞缪尔·鲍尔斯常居纽约，4月又去了英国、瑞士和德国旅行。1858年或（可能）更早以前，艾米莉·狄金森便已习惯了鲍尔斯的来访。与她一样，鲍尔斯也热爱花园，还曾对奥斯丁说自己也想过做个园丁。他们二人互有鲜花相赠。在上引诗作中，狄金森说她照料鲜花是为取悦某位光芒四射的缺席者，那人或许对鲜花满心期待。诗中处处反讽：我们从花园外观可以看出，园丁几乎从未加以"照料"。诗中人的自画像活泼而半带自嘲，花园的凌乱被诙谐地呈现给了爱花同好。因此，倒挂金钟或夜来香会因雨水或粗疏而"撕裂"，"播种者/缝补者"（sower/sewer）——语带双关，莳弄花园亦如缝制衣裳——正"酣梦"着她不在场的主人。快要枯萎、凋零、"点点"的（白色？）天竺葵正在"染色"——变换颜色。雏菊"斑斑"（比点点更古老的表达），将要散落于地；枯花尚未被园丁摘下，否则花会更整齐茂盛。仙人掌分开须发"裸露咽喉"——此处又是性的暗示，花如女子，衣裳穿起又脱下。

抑扬格/扬抑格的运用，使得诗歌越来越灵动，最芬芳迷人的鲜花——风信子、玫瑰——卖弄风情地散发着香气。柔软的玫瑰凋零，

第四章 "脑内花园"

这也暗示着被拒绝的爱。有趣的是，诗中风信子与玫瑰并存，但玫瑰六月绽放，而风信子的花期却在早春。倒挂金钟七月花凋。时令互异的鲜花却在诗中同时开落。在此意义上，"花园大地"成了诗人心灵或诗歌本身的象征，镜子般反映着诗人的思索。最后一节中，诗中人自己也变成了鲜花，以悲伤为"盛装"。她是"雏菊"，"大师"曾以此名唤她。但是这朵雏菊将长存于花萼包裹，再不会生长，远离尘嚣，因为爱人已然远去。

狄金森这里运用的鲜明动人的花卉意象又会让人想起那首"雏菊悄悄追随太阳"（F161），想起她书信中鲍尔斯"太阳"般的灿烂面容（L908）。阿尔弗雷德·哈贝格和波利·朗斯沃思的假说令人再次开始猜测查尔斯·沃兹沃思牧师才是"大师"原型，但是我们讨论的这首诗却不像是为一位沉郁"忧伤的男子"、她"幽暗的宝石"所写（L776）。视沃兹沃思为"大师"原型的最有力证据，恐怕就是她使用的这个名字——门徒对基督的称呼。狄金森曾自称"加略山女王"，经历着"爱之加略山"（F347, 325）。南北战争期间，同情南方的沃兹沃思受召前往旧金山的加略山教会，因此狄金森使用的加略山语词便带上了半开玩笑的意味，染上了某种慧黠的象征色彩。与神成婚及其虔诚的宗教升华意蕴也常出现在狄金森的爱情诗中——如巴顿·圣阿曼德（Barton St. Armand）所指出的，这正是维多利亚时代罗曼司作品的传统题材。可这些作品却常常被用来印证玛莎·狄金森·比安奇构想的这个颇具诱惑力的传奇——牧师情人。然而，除了地名，没有其他证据能将鲍尔斯排除在候选名单之外，

"大师"这个称呼也不能,因为它也可以用来称呼具有一般权威或监护者身份的人。狄金森将复活意象赋予了情人;如同基督一般,他"以此指引我们"(L415)。与沃兹沃思相同,鲍尔斯亦"无论身在何处,永远高贵庄严",他因慷慨善良闻名,行为高尚,甘于忍耐,一如"大师"本人(L776)。

在上引诗中,狄金森"明亮的缺席者"因暂时缺席而遭到责备。沃兹沃思长住费城或旧金山,一直远离狄金森家,一生中他只拜访过狄金森两次,还拼错了她的名字(写成了狄更森小姐[Miss Dickenson])。"暂时缺席"的指责显然不是在说他。但是我们知道,狄金森有多处文字责备鲍尔斯的公务差旅与度假远游。无论如何,"我为你照料鲜花"的诗句若果真是为某人而写,那这个人一定与诗中人颇为亲昵相熟,能够领会其中的玩笑与欲望,欣赏花卉上演的小小默剧。这些特征简直是为"萨姆·鲍尔斯叔叔"量身定做的,用苏珊·狄金森的话说,他是"真正的骑士,无形的盾牌上装饰着温文尔雅的鲜花"。鲍尔斯对女权运动心怀同情,但他身上依然保留着不拘小节的一面。

在"我为你照料鲜花"一诗中,狄金森的花朵戏剧性地呈现着诗中人内心的情感起伏。花与人达成了彻底的共情,这也是我们在狄金森作品中反复看到的花人合一:"我俩仍同为一花/无论离别,还是居家一"(F986)她笔下的花朵很少拂逆诗中人,尽管某个悲剧性的春天,她最担心的时候,它们会偶尔冒出"没头没脑的小鼓"(F347)。狄金森能自隐于"花萼",花也能幻化成她,甚至连整个世界都可视为一花。花卉意象成了艾米莉·狄金森借以探索真实的方法，因此，她才会两次以花语描述最为重要也最具戏剧性的自然景象之——日落。

例如，在"丁香这古老的灌木"中，狄金森将古老而美丽的花比作"古人"："天上的丁香/今夜散落山丘。"她知道丁香原产波斯，饶有兴味地赏玩这"西方之花"——花冠、花萼、种子——随夕阳西下而不断变换的色彩（F1261）。这首诗很可能写于1872年，那时她的字里行间满溢哲思。她致信路易丝·诺克罗斯："生病的心灵，宛如躯体，有时似乎稍有好转，倏忽又有痛楚袭来，旧病总会复发，恢复活力比放弃生命更加艰难，连死神也别无选择。"（L380）日落意象渐渐占据了她的想象。巴顿·圣阿曼德对狄金森日落诗的阐释令人信服。他将这些诗作与她的"神秘之日"思想（圣阿曼德的概括）相连，认为"狄金森研读着太阳亡逝，宛如一遍遍回想亲朋与爱人那已逝的面容"[17]。如果逝者能与花同现，甚或化身为花，那么天空也能拥有形形色色的情绪与面貌。

精准的园艺意象，使狄金森在花朵倏然"盛放"与日落的渐进显现之间寻找到了某种相似点。1863年，她写道：

山上的鲜花宣布—

名字清白—

落日盛放—

复现—如常—

若有种子,我紫色的播撒

将赋予白日—

热带的黄昏—

再不会远离—

谁在山中—耕植—

来来—又去去—

她的声名属谁—遗忘属谁—

证人,不在此处

而我要说—庄严的花瓣—

远向北—向东—

远向南—向西弥漫—

盛放—又安息—

山峦为夜晚

端肃面容—

无一块肌肉

泄露来历—(F787)

　　这首诗写成后赠给了同为园丁的诺克罗斯表妹们。在某种程度上,它可被视作"丁香这古老的灌木"一诗的前奏,日落带来的张力同样由虚构的花朵意象而得到了呈现。但是，丁香诗的核心是宗教信仰问题，反映出艾米莉·狄金森的年纪渐长与一以贯之的怀疑论。"山上鲜花"一诗则以如画之美为主旨，从狄金森非常熟悉的19世纪风景画传统中，可以找出许多对位。比如狄金森熟知的哈德逊河画派绘画风格与主题。哈德逊河画派的画家追随他们崇敬的大师J. M. W. 特纳，笔下常见日落景象。如弗雷德里克·丘奇的《日落》（*Sunset*, 1856）、桑福德·吉福德的《湖畔黄昏》（*A Lake Twilight*, 1861）以及沃辛顿·威特莱齐（Worthington Whittredge）的《沙宛甘克山日暮》（*Twilight on Shawangunk Mountain*, 1865），在这些画中，任时刻变换，落日永远灿烂（鲜艳或怒气勃然地）掩映于山巅之上，山峦之间。在哈德逊河画派那里，高山与落日意味着崇高与升华，因此托马斯·科尔会将落日呈现于狂风暴雨的背景之中。也许是有意呼应当时的美学传统，狄金森也会在诗中描绘山峦"端肃面容"，准备迎接日落之后降临的夜晚。但是在她那里，日落不是一种特别的光芒，而是一朵奇异的未名之花。

狄金森有时会为无名花朵赋诗，似乎想要给读者出个谜题。这一点我们已然论及。上文所引诗中，她说"鲜花""名字清白"（重点为笔者所加），以此暗示，作为桎梏的名字，属于被有罪的亚当所定义的那个世界。拥有名字，即意味着拥有某种声望——狄金森对声望总是心怀疑窦，"声望不会长存"，如"易腐的食物/盛在多变的盘碟"；做个鲜为人知的"无名者"最合她的心意（F1507, 1702, 260）。狄金森的花超越了植物命名法。"日落"是无可归类的花，它的花瓣也会像其他所有鲜花一样成长舒展。

诗中人因美而狂喜。她宣称，若她能种下这样的花，那么热带黄昏将再不会"远离"阿默斯特；每一场日落都将历历在目，惹人倾慕。狄金森对热带的向往，清楚地表明，她也经由报纸、艺术杂志与书籍而被裹挟到了维多利亚时代对于热带的迷恋之中。这种迷恋在科尔、丘奇、吉福德、温斯洛·霍默、马丁·约翰逊·海德等人的画作中反复再现。如果狄金森的诗中人拥有"种子"，她说——似乎她就是上帝或大自然——她"紫色的播撒"将令整个白日丰盈（紫色意味着"皇家气派"，也指落日的颜色）。与狄金森本人相似，诗中人也是种花人，尽管她并不足以完成播种、耕植落日这伟丽奇花的任务。

事实上，日落或黄昏的"盛放"——狄金森使用了准确的植物学术语来描述开花——是在呼唤山峦的关切。向着山峦，它来来去去，却无人知晓——"证人，不在此处"——谁拥有黄昏，谁为辉煌（"声名"）与"消逝"负责。狄金森的诗句被诉说（写下，"宣布"）之时，落日余晖正沿着罗盘的四个方位扩散至天边："向北－向东"，"向南－向西"。不知是何自然力量，在山峦之上说出了"宣言"，创造出了具有"庄严的花瓣"的日落之花。落日的宣言，呼应着圣约翰福音书中"太初有言"的创世教诲。日落也因诗而得到了"言说"，因为狄金森将两种创造合二为一——自然创造日落，诗人创造诗歌。这首抒情诗也因此而与另一首诗"再现夏日时光者"相联结。在后一首诗中，狄金森衡量着再现落日的画或诗与真实的落日究竟孰轻孰重。她更钟爱诗意的再现，因为艺术作品能够长存，而自然的日落景象却无从重现。

至此为止，我讨论的诗歌中，"光明美好"，固然是实指鲜花，但同时也常指向智识或艺术成就、性的体验、社会责任、自然伟丽、崇高与出乎意料之美，或者生命历程（F1038）。狄金森会将花朵的种种部位与罗盘方位或诗歌要素相连：她将音步与芳馨对举，闪亮的玫瑰与工致的诗歌并置。在古英语中，诗人被唤作"游吟者"（scop）或"塑造者"（shaper），而动词"scapen"指的是建造花园或创造文学作品。艾米莉·狄金森继承了二者之联系。

狄金森在其晚期作品中也运用了此类对举或对等的修辞，用尘世花园对应天国"花园"，将隐喻从自然领域延展至精神王国。"丁香这古老的灌木"，这首落日之诗充满灵性哲思。花园紫色灌木上盛开的"天上的丁香"，令诗人想起了福音书中描述的天国（F1261）。"启示"，或从自然与想象中生发的体验，以及《圣经》中的《启示录》，圣约翰的末日启示，都合而为一，令她深思"信仰"。19世纪花典中的丁香，象征永恒之爱的起点，被替换成了同一世纪宗教图像传统中隐喻着基督受难与死亡的落日。凝望夕阳蔓延天际如白日将尽时"最后的植物"，狄金森的诗中人沉思着永恒，想望着基督的许诺——天堂的至圣之境[18]。狄金森可以从沉思园中鲜花轻松地切换到对永恒的想象，这种能力非同凡响。我们应该记得，艾米莉·狄金森了解并欣赏乔治·赫伯特（George Herbert）和亨利·沃恩（Henry Vaughan）等玄学派诗人的作品。他们的诗歌令她着迷，尤其是"他们去了光之世界",这诗句显然与她笔下挽歌的主题与意象相仿。

☙

19世纪70年代,温斯洛·霍默完成了几幅布面油画,描绘凭窗沉思的女子,窗外景色不是花园,就是光线渐弱的天空。其中之一《窗边》(At the Window, 图30),画的简直就是艾米莉·狄金森本人,窗边写作,面朝世界。画中女子有着与艾米莉一样的赤褐秀发,面向观者,窗边幻想,外面一片明媚的绿草地。像狄金森的卧室一样,窗台上也有两株天竺葵。女子手拈鲜花,似在品香。画面色彩非常柔和:金、绿以及奶油色,黑色天鹅绒衣裙上有夕阳光彩闪烁。一切都透露出这位妙龄女子并非被困家中,而是怡然自处于内,对外面的田园树木并不陌生,还有花儿,在卧室中与她长相厮守。她的凝视让人想起狄金森笔下白日将尽的黄昏时分,思绪巡游于心,亦巡游于画面之外更广阔的世界。

这幅画只是霍默众多类似题材的作品之一。19世纪六七十年代霍默的绘画中,常有女子独坐于花园之中(或附近),读书(《新小说》[The New Novel])、工作(《挤奶女工》[The Milk Maid])、嬉戏(《蝴蝶姑娘》[Butterfly Girl])或沉浸于梦幻。15世纪起,西方绘画中就出现了女性独坐于花园这类肖像主题,霍默的油画便与这一传统隐密相连。封闭的花园中鲜花(象征神性)簇拥的圣母玛利

狄金森的花园

图30 温斯洛·霍默:《窗边》，1872年
布面油画，57.4厘米×40.0厘米。普林斯顿大学艺术馆藏，弗朗西斯·博萨克（Francis Bosak，1931级）及夫人赠。布鲁斯·M. 怀特（Bruce M. White）摄影。©2000 Trustees of Princeton University

亚形象，影响着中世纪与文艺复兴时期的女性肖像画。花园象征着女性的谦逊、高贵与美丽。18世纪，贵族女子置身或凭窗俯瞰雅致花园，在查尔斯·威尔逊·皮尔（Charles Willson Peale）等美国画家那里成了理想女性的典范图景。在19世纪艺术中，花园中的女子（不一定高贵或童贞，但一定融进了周围如画的风景）成了最重要的主题。画家们反复描绘着独处的女子——花中之花，一如弥尔顿想象中的夏娃（L1038）。

这些画作可以为艾米莉·狄金森式的隐居人生正名——这种生活也可以是理智的选择，而非不幸。有关狄金森的回忆为数众多，但多来自朋友甚至亲人于花园之中对狄金森孤影（某种固执倔强的孤独）的短暂一瞥。修女般的孑然独往与对鲜花的深沉热爱，在狄金森生前即已成了她的性格标签。尽管19世纪文学艺术常将狄金森当成孤独爱花女或寂寞女园丁的典型象征，然而对花的偏爱——与执念——在当时的阿默斯特却令她成了某种异类。即使在当下，阿尔弗雷德·哈贝格仍然会有意沿用苏珊·狄金森所谓"古怪艾米莉"的防御性说辞，称"她卓绝的天才无法与其疯狂截然分离"，[19]重弹诗人疯狂的老调。然而，艾米莉·狄金森诗歌中的智慧与灵性——来自自然之中、以自然为主题的冥想深思——完美地反映出了诗人的康健心智。

狄金森最神秘难解的诗作之一，描绘的是她所谓"灵魂之花"。要解读这首诗，就要首先理解她的辞句之中，花与词、词与道（the Word）拥有着怎样的紧密联系：

狄金森的花园

这是头脑的繁花—
小小的—斜体的种子
出于设计或发自天然
灵结出果实—

羞怯如他房中的风
湍急如洪水的舌
灵魂之花
生长无人知晓

若被寻到，三五欢欣
智者带它归去
小心珍重此地
以待花儿再开

若然失去，那天便是
上帝的葬礼
在他胸口，灵魂闭拢
我们上主的鲜花—（F1112）

在此，狄金森谈论的似乎是头脑的绝美成果，亦即诗中所写的"繁花"。体量虽小，却是着重强调——"斜体的"种子被有意无意种下，因圣灵而受孕或成花。头脑繁花渐渐被"无人知晓"的"生长"进程琢磨成了灵魂之花，如川流般湍急，如风般不受禁锢。寻到鲜花者"欢欣"，智者摘下花，带它回家，珍重照料此地，待其绽放更多鲜花。花儿若"失去"，那一天便是上帝的葬礼。诗人想象棺中躺着上帝，胸口摆上了（一如维多利亚时代葬礼习俗）"闭拢"或凋零的鲜花。"灵魂"就是"我们上主的鲜花"，因为基督降临便是要将世间所有灵魂集于自己一身。

尽管观点不算新颖，但这首内涵复杂的诗作仍不失杰出。如同诗人其他花名不详的作品一样，本诗主角依然成谜，诗人显然乐在其中。她的主题是宗教信仰。圣灵能令某些人"结出果实"；圣灵降临于人，出于偶然或出于不可知的计划，"三五"个人会因此欢欣。人们珍重圣灵降临，冀望信仰日渐强大。若信仰失去，作为观念的上帝便也随之死去，而信仰之花亦与神一同亡逝。为了信仰之花，基督降临大地，申明教诲，然后死去。

这首诗的要旨尤其难解。从第四节中，我们知道上帝的存在并非绝对，而是取决于"设计或发自天然"绽放成花的"小小的－斜体的种子"。本诗的基调迥异于"我知道他存在"（F365）。人不再信仰，上帝便将死亡。最后两行诗句震撼、怪奇又可怖：上帝成了冰冷尸体，胸口装饰着垂死之花。

狄金森笔下的花朵，不仅象征着不胜枚举的人物、力量、特质、才能与情境，而且同样指向永恒真理。写到龙胆时，她将其形容为"紫色生灵－/惹漫山沉醉－"（F520）。龙胆象征着意外之美，因上帝旨意而迟开的花。在她心中，龙胆或许是自比——迟来的花联合北风与冬日，扫荡了凡庸诗人的平平夏日。

艾米莉·狄金森在另一首充满玄学意味的诗中也写过紫色花。她以诗歌呈现幻想，开头第一行便许诺给了读者一段严谨的论辞：

关于死亡，我打算这么想，

其令我们生存之井

只是溪流的影像

那威慑不为屠戮，

而是以惊愕相邀

又如甜蜜的热情

去寻同一朵西天之花，

引诱只为恭迎—

我还记得孩提时

胆大的玩伴会迷途

来到如海渊深的大溪

我们因水波嚣响而却步

与一朵紫花遥遥相隔

直至被迫去擒它

如果厄运便是结果

最大胆者跃起，擒下—（F1588）

在永远以"新英格兰方式"（F256）观看的诗人笔下，这首精雕细琢的诗歌，其第二小节展现了一个表面上很简单的场景：孩子们溪边玩耍，远岸有紫色花开放；欲去摘花，嚣响的水波却阻挡着胆小孩子的脚步。在某种意义上，这个场景是一个寓言，从理念与事实的双重层面图解着死亡。诗歌以冥思形式结构全篇，强调了主题的重大，而孩子溪边戏水的牧歌图景又暗示着死亡的普适与必然，归根结底无须惧怕。诗中弥漫着神话的庄严，这既来自彼此相关的隐喻——深井般的坟墓与"只是溪流的影像"的深井——也来自不得不涉渡的水文意象。象征着人类的"孩子"若是渡过溪流，或能抵达"西天"之花——传说中赫斯珀里得斯（Hesperides）仙女们守护的西天日落花园里，象征和平的金苹果树之花。

第一小节里诗中人解释道，她童年玩耍的溪流，其"威慑不为屠戮"或消灭她和她的同伴，而是"邀"她们前往紫色花朵盛开的彼岸。孩子们在水波嚣响的溪边"惊愕"却步，如同大人们在19世纪的所谓"交界"（crossover）——死亡处裹足。但是惊愕或恐惧都只不过是某种"热情"——甜蜜中的辛辣成分，"邀请"我们跨越溪流，去寻找"西天之花"。死亡真的成了一口"井"，生命之水的源泉；成了一条"大溪"，如古典神话中的冥河或忘川，隔开了人世与彼岸。

从前，水波嚣响的溪流令诗中人及其同伴望而却步。它"如海渊深"，狄金森说，这令她想起了自己笔下关于永恒生命的象征（同样也是19世纪文学中常见的象征）。在一封书信中，狄金森写到了母亲之死:"我不知道永恒何如。它如海水般卷掠过我。"(L785)"嚣响"——如果我们继续进行语词匹配,还会想到可怖之名与死亡之恸——其辽阔水域令孩子们心生恐惧,不敢冒险越过。然而最后,他们被对岸的"紫花"驱使、"强迫",因为,反讽的是,他们也渴望得到这朵花。即使"厄运"——不仅指死亡,还指向惩罚甚至诅咒——或许就是结果,但"最大胆的"小伙伴仍会跃起将它"擒下"。诗中人并未告诉我们,最大胆者是否包括她自己;如同其他作品一样,尤其是"这便是诗人—"一诗,她克制地不涉自身。

我们能否猜出狄金森诗中溪流对岸花朵的名字?这朵西天之花或许也有着狄金森笔下"紫色"常见的象征意义,因此我们会想象它高贵而华美。狄金森种过、写过许多紫色系鲜花:天芥菜、铁线莲、番红花、草鸢尾花、夹竹桃、旱金莲、风信子、郁金香。她或许是有意让我们无法确认或想象这朵殊异奇花的真容。正如我们已然发觉的,在狄金森那里,谦卑无名便是成功。因此,对于艾米莉·狄金森而言,在"关于死亡,我打算这么想"一诗中将花形容为紫色即已足够,无须直指其名。

又或许,她希望读者联想起她最爱的龙胆(图31)。克拉丽莎·芒格·巴杰夫人曾在《美国野花》(*Wild Flowers of America*)中描绘过龙胆,艾米莉从父亲那里得到了这本画册。龙胆象征着经由辛勤劳动与自我充实而获得的迟来的盛放与成就,深沉的蓝紫是其色调。不管能否确认花名,渊深溪流之上升腾的紫色花都令人渴求,令人向往。就像赫拉克里斯,必须潜入赫斯佩里忒仙女的日落花园,

第四章 「脑内花园」

图31 克拉丽莎·芒格·巴杰:《流苏龙胆》,选自《美国野花》,1859年

盗取金苹果，以求得到灵魂的净化。人也一定能够英勇地跃向彼岸世界，欣然赴死，以擒下紫色之花。尽管艾米莉·狄金森并未点出花名，但如果读者与她心有灵犀，花名谜题便将迎刃而解。这朵花属于那些与诗人同样相信不朽的人；花名应唤作永恒。

如同狄金森的众多作品，这首诗里的花朵意象也肩负着关键的结构性意义。在"似乎是宁静的一天"（F1442）这首幻想性的抒情诗中，狄金森甚至将一场辉煌绝伦的日落比作世界末日的毁灭景象："消散中，人们看到/云中深红的罂粟－"在她眼里，这是一场恐怖而怪奇的梦中异象，本应迷人的日落美景成了噩梦般的狂乱。轰鸣中房屋灰飞烟灭，硕大罂粟般的太阳带来死亡而非安眠，巨云遮天蔽日，天旋地转，人性随之倾覆，美消散于无形。

"关于死亡，我打算这么想"以及类似的诗歌表明，花朵与花园的意象极大地满足了狄金森作为诗人的追求与需要。花园成了某种能够深入人心的长久而精致的智识概念。花朵不仅是她一辈子的志业，而且还为她提供着可被反复琢磨、翻新的传统意象与象征。花朵是"自然的前哨"（F912）。作为诗人，她赋予了鲜花别出心裁的美学意蕴。

注释

1 麦格雷戈·詹金斯:《艾米莉·狄金森,友与邻》(*Emily Dickinson, Friend and Neighbor*, Boston: Little, Brown, 1930),第9页。
2 同上,第91页。
3 佩内洛普·霍布豪斯(Penelope Hobhouse):《园林史中的植物》(*Plants in Garden History*, London: Pavilion Books, 1992),第224、225页。这种"新读物充分利用了植物学知识。这一学科由林奈所开创,并经安托万·德·尤西乌(Antoine de Jussieu)的《植物属志》(*Genera Plantarum Secundum Ordines Naturalis Disposita*)而发扬光大,他们对植物进行分类的根据是自然亲缘,而非性别区隔"。
4 沙曼·阿普特·拉塞尔:《玫瑰的剖析:探寻花朵的秘密生命》(*Anatomy of a Rose: Exploring the Secret Life of Flowers*, Cambridge, Mass.: Perseus, 2001),第4页。
5 迈克尔·波伦:《欲望植物学:植物眼中的世界》(*The Botany of Desire, A Plant's-Eye View of the World*, New York: Random House, 2001),第77页。
6 拉塞尔:《玫瑰的剖析》,第70页。
7 同上,第70—71页。
8 同上,第71页。
9 玛丽·勒费弗尔霍尔茨:《秋日花冠:读富兰克林版狄金森》("Corollas of Autumn: Reading Franklin's Dickinson"),《艾米莉·狄金森学刊》(*The Emily Dickinson Journal*, vol. 8, no. 2, 1999),第61页。
10 同上,第63页。
11 Tyrian,泰尔红紫,一种古老的染料,从海螺中提取而来,古罗马时期即用来染布。泰尔红紫染成的紫色织物是古罗马皇帝的御用衣料。——译者注
12 伊丽莎白·A. 彼得里诺注意到了狄金森的"她若是槲寄生/我便是玫瑰"(约翰逊版第44首),这条诗讯于1858年写给塞缪尔·鲍尔斯。她认为艾米莉·狄金森对玫瑰的拒斥意味着"对女性常见装饰功能的拒斥"。详见彼得里诺《艾米莉·狄金森与她的同辈》,第146页。狄金森

显然更喜欢充满悖论与魔力的"德鲁伊"（Druid）式角色。德鲁伊崇拜太阳，而在她笔下，鲍尔斯就是"太阳"。因此，她自称德鲁伊，其中便包含了对他隐晦而微妙的赞颂。

13 波伦：《欲望植物学》，第70、77页。

14 拉塞尔：《玫瑰的剖析》，第49页。

15 阿尔弗雷德·哈贝格：《我的书本之战》，第439页。

16 在《"邻居－朋友－新郎－"：艾米莉·狄金森的大师原型威廉·史密斯·克拉克》（ "'Neighbor – and friend – and Bridegroom –': William Smith Clark as Emily Dickinson's Master Figure"，《艾米莉·狄金森学刊》[vol. 9, no. 2, 2002]，第48—85页）一文中，露丝·欧文·琼斯（Ruth Owen Jones）提出，与爱德华·狄金森共同创办马萨诸塞农学院（Massachusetts Agricultural Colledge）的克拉克教授（Professor Clark），在阿默斯特学院主讲植物学期间，成了狄金森"我为你照料鲜花"，以及所有"大师"作品的灵感来源。克拉克生于1826年，逝世于1886年，比狄金森早离世两个月。琼斯考证出了克拉克与诗人生活的共同点：友人如塞缪尔·鲍尔斯，"表亲"如玛利亚·惠特尼，以及对花的热爱——后者也是"艾米莉笔下大师的特质"。琼斯认为，花卉之爱"在19世纪60年代的男性身上并不多见"（第53页），"除了克拉克教授，艾米莉·狄金森的男性友人中，钟爱鲜花的恐怕只有塔克曼教授与希金森两人"（第55页）。如此优秀的文章中出现这样的误断实属不该。塞缪尔·鲍尔斯一直以爱花著称，在维多利亚时代，男性爱花本就常见。(相关讨论参见本书第一章。琼斯本人也发现，克拉克的男性门徒曾满腔热情地筹办了阿默斯特园艺学会，这样的学会在维多利亚时代的城市中同样极其常见。) 克拉克教授英俊、聪慧、魅力非凡，但是他没有"大师"的灵性，也不欣赏病态美。而且，艾米莉·狄金森与克拉克教授之间，并未如与鲍尔斯、沃兹沃思、劳德或其他"大师"候选人一样保持书信往还。然而，尽管立论的首要基础并不令人信服，琼斯的文章仍然有其价值。该文对维多利亚中期阿默斯特居民以及狄金森家人的植物学知识有颇多探讨。例如，她告诉我们克拉克"在马萨诸塞农学院华丽气派、追摹伦敦邱园（Kew Garden）的杜尔菲暖房（Durfee Plant House）中，栽培过维多利亚王莲（Victoria regia water lily）"（第72页）。

17 巴顿·列维·圣阿曼德：《艾米莉·狄金森及其文化传统：灵魂社

会》(*Emily Dickinson and Her Culture: The Soul's Society*, Cambridge: Cambridge University Press, 1984)，第278页。

18 见圣阿曼德《艾米莉·狄金森及其文化传统》。在书中他多次写到了艾米莉·狄金森对日落意象的迷恋："若黎明随即而至，……复活与救赎便成必然；若黎明不来，便只余无尽的至暗与永无希望的哀悼者游荡的林波之地（limbo）。"（第278页）对艾米莉·狄金森而言，寒冬过后紧接而来的春天同样意义重大。春来便是生命永恒，不来便只余无尽寒冬——以及死亡。

19 哈贝格：《我的书本之战》，第622页。

第五章

与艾米莉·狄金森一起种花

路易丝·卡特

豆荚死了,难道不会复生?

——艾米莉·狄金森,散文片想 18

本章是关于艾米莉·狄金森花园与温室中花木种植情况的报告(某些部分出于推测),并给出了在今日美国栽培这些植物的建议。艾米莉学过植物学,深谙园艺,她显然成功培植过许多本地花卉与新奇的外来植物。除了芬芳——其温室与花园最声名卓著的特色——她的花卉世界的部分特征还是有可能得到重现的。(很可惜,当植物像今天这样不断进行杂交,芬芳便成了花朵最先失去的特征之一。)试图重现花园时,我们须记得,当代人追求的是花冠更大、色彩更炫、花期更长,很难再衷心欣赏那些造型朴素、花期短暂的植物，比如秋季绽放的巫婆榛（witch hazel，北美金缕梅 [*Hamamelis virginiana*]），"巫婆以及巫术魔力"，都让艾米莉兴味盎然。其他不常见的本地植物她也都很喜欢，迷恋着它们浅淡的色彩与神秘的姿容（L479）。

要讨论艾米莉·狄金森的花园，自然会产生不少疑问。除某些特例外，她一般不会使用植物学命名，这使得其所种、所写的植物种类充满了不确定性。有些植物已然被重新厘定种属，有些植物则在岁月流逝中变更了名字。不仅如此，尽管我们手头有关于艾米莉温室的具体、明确的描述，但对她的两个花园——北乐（西）街与主街两处——的布局却尚无把握。盖伊·莱顿对狄金森家园周边地带进行过历史研究。他在报告中指出，艾米莉去世后，妹妹拉维妮娅接手并翻新了她的花园。拉维妮娅过世后，艾米莉的侄女将家园租给了诺曼·哈斯克尔博士夫妇（Dr. and Mrs. Norman Haskell），转手时花园又经历了进一步改建。哈斯克尔家于1915年拆掉了艾米莉的温室，对花园也兴趣全无。到了1916年，赫维·C. 帕克牧师夫妇（Reverend and Mrs. Hervey C. Parke）买下了家园，当时艾米莉的花园已然所剩无几，只有大白橡还依旧挺立，为屋后草坪遮阴蔽日（图32）。帕克家夷平了狄金森的仓棚，把房子东边的土地分割成了阶梯露台和规则小园，还在庄园的一端建了一片网球场。宅邸近旁艾米莉花园中的植物被挪到了原来果园与菜圃的位置。1938年，一场猛烈的飓风席卷阿默斯特，彻底摧毁了狄金森宅邸老花园的残迹，除了那棵伟岸的橡树，一切皆未幸免。

第五章 与艾米莉·狄金森一起种花

图32 今日的狄金森庄园：远处是家园宅邸与当年那棵白橡

然而，在帕克家族的努力之下，家园于1963年被列入了美国国家史迹名录（National Registry of Historic Places），当时庭院与宅邸已然受到保护，禁止再行改建或拆除。1965年，家园被阿默斯特学院购得。而苏珊与奥斯丁·狄金森的永青邸则于2003年正式与家园合并，"艾米莉·狄金森博物馆"也于此时落成，拥有馆长及其他策展员工。博物馆既是纪念诗人的圣地，也是一个服务狄金森研究者的研究中心。家园内也偶尔为狄金森诗歌研究者开设研讨班和接待会。每年12月10日狄金森生日当天还会举行庆典。博物馆定期向大众开放。狄金森所谓"父亲的宅邸"（L261）已然被妥加修缮，人们

281

正在努力将艾米莉的花园大致恢复成她生前的模样（图33）。（在玛莎·狄金森·比安奇基金的资助下，永青邸也得到了重建。复原重点是庄园土地以及当年奥斯丁悉心照料的杜鹃花。）诗人的书信与诗歌，以及熟知狄金森花园的同时代人所写的文献与回忆录——研究这些文本显然对复原宅邸相当有益。

尽管狄金森家族人人珍爱花园，但花园最初是由艾米莉个人打理：种植、浇水、去除死花、修剪。拉维妮娅的精力一直集中在菜圃，园中种满了豌豆、玉米、卷心菜、芹菜、甜菜、土豆、芦笋与菜瓜。直到19世纪70年代艾米莉身体渐弱，拉维妮娅才开始帮她莳

图33 今日的艾米莉花园，草夹竹桃与石竹成行

弄鲜花。事实上，1884年时艾米莉已经将花园唤作"维妮的神圣花园"了（L885）。理查德·休厄尔注意到，早在1853年，二十岁的拉维妮娅便已视照料宅园为己任。拉维妮娅觉得花园中较繁重的体力活更适合她"超群的"体力，因此，1885年艾米莉才会描述维妮拿着铲子"深翻"松土，为栽种做准备（L692, 1000）。1862年，艾米莉在给塞缪尔·鲍尔斯的信中说，维妮正在"和小贩谈生意—为我买水壶，好替天竺葵浇水"（重点为笔者所加）。从19世纪50年代开始，直到19世纪70年代末，姐妹二人显然都将养花视为艾米莉从母亲手中接过的职责（L272）。在爱德华和奥斯丁两代狄金森家人眼中，温室当然更是"艾米莉的温室"，是她户外花园的室内延伸。

艾米莉从未描述过花园的布局，她也从不记录培育成功的植物名录。但是她的花卉之爱流淌在书信之中，处处可见花朵的欣欣生长。从玛莎·狄金森·比安奇、梅布尔·卢米斯·陶德及其女儿米利森特·陶德·宾汉姆留下的文字之中，我们知道艾米莉的花园属于随心所欲的"乡间"花园，呼应着当时的园艺新潮，而迥异于维多利亚时期英国与欧洲的形式主义风格。园艺家安娜·巴特利特·华纳称这样的花园有"丰满、柔软而多姿的花，色调浅淡温柔，空气中弥漫着无以形容的甜蜜芬芳"。艾米莉的花显然没有分门别类地种在花坛之中，而是玫瑰和其他开花灌木散种生长，没有固定的边界，这也是现代园丁所偏爱的种植方式。她不喜欢维多利亚风格的艳丽花丛、曲折石子路或奢华"小筑"——这是富贵花园的标配。

艾米莉去世后，拉维妮娅开始掌管花园，花园的外观变得愈发

283

随意，最终，狂欢放纵成了花园的唯一法则。玛莎·狄金森·比安奇说得很清楚："（拉维妮娅姑妈的）鲜花肆意生长——对她完全无视，野蛮疯长到各个花坛，只要开花，就绝不会横遭修剪或清理；对拉维妮娅姑妈来说，盛放的花胜过所有僵死的园艺法则。"[1]

艾米莉喜欢时令鲜花的混合香气，但是其中自有章法，如同侄女的回忆：

> 花园中间是一排排狭长的花坛，漫步其中，先是一排春日的黄水仙、番红花与风信子——然后经过仲夏繁花——便是耐寒的菊花，飘散出感恩节的芬芳，还有香薄荷与辣椒，最后只剩了金盏花——有人叫它"快乐金"（merry-golds）——相与争芳。许多鲜花都是名副其实的多年生植物，年复一年准时绽放。

花园是艾米莉从母亲那里继承而得，"小石板路"从屋前一路"延伸到花园小径，连通各处花圃，又穿过忍冬（honeysuckle）藤架，来到玫瑰铺顶的夏屋"。（南北战争时期这样的花园藤架与小屋十分流行。画家杰里迈亚·哈迪［Jeremiah Hardy］1855年的油画《画家的玫瑰园》［*The Artist's Rose Garden*，图34］就描绘了爬满格子攀缘架的玫瑰。狄金森家似乎也拥有相似的攀缘架，玫瑰与忍冬缠绕，玛莎也说过"玫瑰在两个老式藤架之上拍手，忍冬整天诱惑蜂鸟"。）拉维妮娅身后，夏屋随家园老宅的沧桑变迁而消逝。对艾米莉来说，它是花园中心的私密之地。街上行人看不到墙内风景，

图34　杰里迈亚·哈迪:《画家的玫瑰园》,1855年

第五章　与艾米莉·狄金森一起种花

隐身夏屋之中,她凝视世界,写下诗篇。玛莎·狄金森·比安奇还记得,在艾米莉的花园中,"平凡的小花自然生长,与它们高贵美艳的邻居比肩而立",花开似锦:

> 园子里有铃兰与三色堇,团团簇簇的香豌豆,5月风信子盛开,花蜜喂饱了一夏的蜜蜂。还有宛如丝带的芍药花篱,中间裂出几行应季黄水仙,金盏花夺人耳目——简直是蝴蝶的乌托邦。[2]

在梅布尔·卢米斯·陶德编选的狄金森书信集中,她写出了自己对于宅邸花园的印象:

> (没有艾米莉的)旧园依然年年有香有色。春日暖阳下,多彩的风信子大军放肆生长,苹果树下,番红花与黄水仙散落于新绿的草坪。……接踵而来的是玫瑰与甜豌豆,还有密密匝匝的旱金莲、庄严挺拔的蜀葵与枝繁叶盛的柠檬马鞭草(lemon verbena)!后面跟着秋季荣光,鼠尾草、漂亮的百日草、金盏花以及花团锦簇的菊花。等到种子结出,11月才终于给入睡的花草盖上她深棕色的软毯。[3]

艾米莉的书信写出了对花儿的百般呵护,但她从未提及鲜花以何种方式或风格安置,也没谈过花园布局。人们常会发现,艾米莉送来的花束总是既高雅又独特。她的侄女描述花朵时使用的"裂出几行",说明艾米莉对19世纪下半叶的花园时尚极为精通。当时崇尚花卉成行,许许多多球茎排列成狭长的花带,而非规则的几何造型。我们也许可以推测艾米莉的花园里种满了她诗中写到的鲜花,同时可以寻找他人描述以为佐证——比如艾米莉的侄女、梅布尔·卢米斯·陶德或乔治·威彻教授(Professor George Whicher)的文字,后者曾谈到艾米莉"在户外成功培植过英国堇菜"。(目前所知的艾米莉·狄金森曾种植的花草名录参见书后附录。)拉维妮娅的花卉品位接近于当时流行的拉斐尔前派:东方百合、卷丹(tiger lily)、金鱼草(snapdragon)、罂粟与唐菖蒲(gladioli)。艾米莉选择的户外花园品种却是18世纪末19世纪初的"联邦"或乡间花园风格:丁香、玫瑰、雏菊、白日百合与甜豌豆。但一如我们所见,奢侈的异域花草都种在她的温室里。

有一些她精心栽培的花草并未被写进诗句,但出现在了书信之中,如甜豌豆、芍药、金盏花,还有铁线蕨等绿叶植物。令人感兴趣的是,艾米莉的花草究竟以何种规则分类,为何有的花被视作可供诗意幻想,而另一些花只被随性浅谈? 1859年4月末她在给路易丝·诺克罗斯的信里如是说:"告诉维妮我数出了三朵芍药鼻("鼻"是指芍药花苞隆起),跟萨米·马修(Sammie Mathew)家的一样红,刚刚萌出地面。"(L206)在新英格兰地区,芍药花要到5月才会萌出地面打苞或出鼻,准备6月吐艳。艾米莉固然是急着告诉妹妹芍药的早熟,但更可能是着迷于芍药华丽的造型、玫瑰般的柔软、亮丽的色彩与沁人的馨香。芍药原产亚洲,在中国与日本犹盛,也是常被期望入诗的香艳花朵。也许芍药之美有些富贵逼人：她心爱的花，如龙胆或茉莉，都是清秀可爱的容姿，香气内敛而清幽，而非东方芍药的富丽浓香。艾米莉更喜欢白色或浅色的花，就像圣母百合与水晶兰。19世纪五六十年代非常流行种植不开花的植物，比如黄杨（*B. sempervirens*）或龙舌兰（*hostaceae*），这些对她好像没有什么吸引力，她关注和喜欢的通常是能够开花的树（松树与铁杉等少数例外）。

尽管没有任何证据，但盖伊·莱顿推测，狄金森的花坛"呈对称布局，中间是圆形花坛，周围三个长方形花坛环绕"。他认为花园位于宅邸东侧，沿着玛莎·狄金森·比安奇提到的石子小路可以走到。这条小路从宅邸东北角，穿过一排排的果树，笔直延伸过来。在他看来，花园或许"中央是玫瑰花坛，种满各种一年生和多年生花卉的长方形花坛三面环绕"，"从主楼或游廊望去，能清楚看见花园规则的几何造型，因为花园方向的地势较低"。[4]尽管没有给出当年狄金森花园的图纸，但莱顿仍呈现了1813—1840年间家园的庄园示意图。从中可见，菜圃紧邻着花园。不幸的是，既无照片存世，也无文字资料，又无平面图，我们无法准确估量艾米莉花园当时的样貌，更无从证实莱顿的猜测。

我倾向于认为艾米莉的花园不像莱顿所说的那样规规整整。玛莎·狄金森·比安奇描述过19世纪70年代的花园样貌，显然没那么正式规矩：两个藤架是其主要建筑，给人的印象是"繁花随处蜿蜒"。莱顿之所以会做出如上判断，其原因可能部分在于奥斯丁·狄金森藏有一本安德鲁·杰克逊·唐宁的《景观园艺理论文集》。这部在当时极有影响的作品，布朗大学狄金森藏品室里或许也藏了一本。莱顿认为，唐宁的影响很可能不仅限于奥斯丁，也泽及艾米莉的父母，促使他们照书中观念建成了自己的花园。在唐宁看来，花园应呈"圆形、八边形或正方形"。这种极度规则的布局常见于18世纪，而非19世纪五六十年代，在艾米莉和拉维妮娅对家园花园的描述中，也没有什么能证明她们想要或恪守过这种古典的规则感。

事实上，苏珊和奥斯丁的花园与庭院，在样式和品味上都与家园迥然不同。奥斯丁（曾在北乐街宅邸后面种过几棵松树）钟爱复杂的形式感，梅布尔·陶德曾说他更喜欢灌木与大树，而非鲜花。他会为了装饰自家意大利风格的别墅花园，去周边树林中搜集奇花异草，如粉色夹竹桃（rose bay）与火焰杜鹃花（flame azalea）。而艾米莉则特别提到过她花园里的随性气氛，她钟爱家园高低起伏的草坪，修剪不算频繁。与法国形式主义风格迥异，爱德华·狄金森家的草坪想必给人一种春日草场般自发生长的感觉。宅邸东侧的果园小坡上，番红花与黄水仙在苹果树下舞蹈；堇菜、三叶草、金凤花与野天竺葵，跟着风信子与黄水仙，在草坪中萌发。一如艾米莉信中所写，到了五月，青草与虫儿一同浅唱低吟。

艾米莉花园中的鲜花及种植建议

一年生、多年生和两年生

　　保证植物苗壮生长的基本要求,这些基本的园艺技巧,今日一如艾米莉·狄金森的年代。尽管如此,我们对植物的耐寒性、土壤要求、虫病防控等方面认识的提高,已经有效降低了花卉养护的不确定性。艾米莉的花园位于今日的USDA第5区(由美国农业部划分)。如果你在更冷或更暖的地区种植,则要视情况对下文中的建议做出调整。艾米莉选择的大部分都是芳香花卉,无论是一年生还是多年生。她的多年生花卉更接近于该植物的原初物种,而非如今我们所熟悉的经过反复嫁接繁殖的品种。(关于一年生、多年生与两年生植物的区别,参见下文"艾米莉花草种植指南"部分。)

　　关于艾米莉的园艺技术,我们几乎不怎么了解——这种"不了解"反而令人着迷——但我们知道,认识艾米莉而且自己也躬身园艺的人视她作行家里手。她种过的植物品种极多,从野花到珍卉,从灌木到藤蔓,从草地鲜花到鳞茎,应有尽有,这也表明她拥有相当强的园艺能力。她显然偏爱探索未知,在家园卧室(没有中央供暖,空气总是凉爽湿润)与东向餐厅阳台上培育种子与鳞茎。尽管许多鳞茎可以水培催芽,但有证据表明艾米莉选择在土里催芽。她很可能会用随手可得的"肥料茶"给植物提供营养。将几杯发酵的粪便泡在水桶里,隔夜泡出的"茶"即可用来浇灌家中与园中植物。

肥料茶在当时——如今依然——被广泛使用，因为它比较温和，不会伤害植物。尽管我们知道她满怀爱意地照料植物，但不清楚她如何处理虫害与疾病。她必然要面对虫病。1853年她写信给艾米莉·福特："我发现玫瑰虫（rosebug）一家子一大清早就吃上了我最珍贵的花蕾，还给女房东留下了一条伶俐的小毛虫。"（L124）精心修剪植物能够有效防控病害。她曾风趣地描绘过自己如何清除、采摘蜀葵脱落的花蕊，这足以说明艾米莉知道，清理植物不仅关乎花园外观，而且有益植物健康。调整土壤成分以防止植物病死，我们肯定比当年的艾米莉更有经验。但是艾米莉似乎也了解土壤成分的重要性，1882年1月，她在给凯蒂·斯威策姨妈的信中提到过珀菊迟迟不开："也许会长出一棵，已经自然播种－若当真如此，我一定与你分享－这东方的造物，不习惯我们的土壤。我想它的初次绽放可能纯属偶然。"（L746）

"艾米莉的技法不同寻常，"乔治·威彻说，"她能让最娇气的植物茁壮成长。"威彻是阿默斯特学院的英文教授，他的著作《这便是诗人》（*This Was a Poet*, 1938）汇集了狄金森家众多亲朋的回忆，是第一本重要的艾米莉·狄金森传记。谈到她的花园，威彻引用了尚还健在的艾米莉同时代人的回忆。其中一位充满热情地说："艾米莉小姐的花园，有一种常人没有的特色。我想其他人之所以会在花园中栽种柠檬马鞭草、赛马会萱草（jockey club）、草木犀（sweet clover）和伯利恒之星（Star of Bethlehem），只因为他们看到艾米莉小姐的花园里也种了这些花花草草。"

今天的园丁可能并不熟悉——甚至从未听过——这些老派花草。比如柠檬马鞭草（*Aloysia citriodora / Lippia*），在19世纪60年代它可是极为流行的温室植物。这种绿植室内常青，适合其生长的温度为55度上下，夏天挪到户外后，甚至能长到3英尺高。艾米莉有时会拿它的叶子来为菜肴调味。伯利恒之星（*Ornithogalum umbellatum*，虎眼万年青）是漂亮低矮的鳞茎植物，窄叶，裸花葶上顶着一簇簇星状小花。花色雪白，分六瓣，每瓣中心都有一抹绿色。每到阳光明媚的日子，伯利恒之星便会在上午开放，傍晚合拢——在这一点上，伯利恒之星亦酷似令艾米莉参透美之易逝的萱草或一日之爱玫瑰。

艾米莉·狄金森园中的许多老派鲜花如今还能在植物种子目录中找到，这很可能是受益于最近复兴的对"传统"多年生与一年生植物的兴趣。这些老派植物背后藏着有趣的故事，而且比现代品种更加坚韧耐寒，更能抵御虫病。除了玫瑰（后文将专题讨论艾米莉种类繁多的玫瑰花），艾米莉的花园中还种有下列鲜花：

紫菀：多年生。现代有新英格兰紫菀（*Aster novae-angliae*）与纽约紫菀（*Aster novae-belgii*）以及其他大小、形态、色彩各异的品种，花期从仲夏直到晚秋。全日照植物。

满天星（Baby's breath，*Gypsophyla paniculata*）：多年生。适合做鳞茎植物开花后的填充植物，多与其他花卉搭配。偏爱碱性环境，全日照植物。

凤仙花（*Impatiens balsamina*）：纤弱的一年生植物。最后一场霜降过后两个星期，可在花园中播种。不到两个月便会绽放，花期一直持续到下一年的头一场寒霜。在肥沃土壤中甚至能长成灌木模样。凤仙花又被称作"勿碰我"（touch-me-not）。成熟的凤仙花种荚在被触碰时会喷射出种子。与其近亲苏丹凤仙花（*Impatiens walleriana*）一样，凤仙花在半阴或全日照条件下都能开花。

荷包牡丹（*Dicentra spectabilis*）：多年生。花色深粉或纯白。野生荷包牡丹（*D. exima*）是其本土形态。需日照。

雏菊或英国雏菊（*Bellis perennis*）：矮生多年生。能适应寒冷、潮湿环境，能于草地自然散播。需日照。

白日百合（*Hemerocallis sp.*，萱草）：块茎多年生。因其花朵只能绽放一天而得名。黄色（柠檬色）白日百合（*Hemerocallis lilioasphodelus / H. flava*）高3英尺，花朵芬芳，是已归化新英格兰地区环境的外来花卉。叶子细窄，花朵小于黄褐白日百合，其繁衍速度在可控范围之内。黄褐或八月白日百合（*Hemerocallis fulva*）是艾米莉最爱的橙色"奶牛百合"（cow lily）。东海岸原野上举目皆是此花。全日照植物。

石竹（*Dianthus sp.*）：凉爽气候下，多年生石竹更喜爱全日照与排水良好的中性及碱性土质。如果土质偏酸，可加入些许石灰或草木灰予以中和。大部分石竹都不太适应炎夏，而冬天的排水不良与冠部潮湿又会令其枯萎。条件适宜时，石竹会在花园中生长多年。垫状、簇生、直立，都是其常见形态。参见下文须苞石竹（*Dianthus barbatus*）部分。

293

勿忘我（myositis sylvatica）：一年生勿忘我，能自然散播。

耐寒天竺葵（Geranium maculatum / G. robertianum）：老鹳草，本土多年生植物（不同于现在所说的原产非洲、花朵美艳的一年生天竺葵），花朵芬芳。

天芥菜（Heliotropium arborescens）：常被用作一年生花坛植物，可以先室内种植，然后在初夏移至户外花园。（狄金森家可能就是这么做的，1886年5月19日艾米莉的葬礼上，拉维妮娅便在她手中放了几枝天芥菜。）天气较凉时，天芥菜不会盛放，而炎夏的潮湿又会令其枯萎。需定时浇水施肥。在诸如第10区这样较暖的地方，天芥菜会长成直立有分枝的多年生植物，可以培育成灌木状，也可倚靠花棚种植。

蜀葵（Alcea rosea）：高大的背景植物。一般为两年生，但某些植株生命周期稍长。蜀葵能够自然散播，所以常被人认作多年生植物。单瓣蜀葵比重瓣容姿更优雅。原产中国，因为在仲夏开花所以流行于美国。

金盏花：法国或非洲（Tagetes erecta）一年生植物。植株直立且有分枝，高达2英尺，黄色或深橙色单瓣头状花序。重瓣法国金盏花（Tagetes patula）是更加常见的品种，小巧（9英寸）团簇，开黄色小花，头状花序层褶上点染红色或棕色，有刺鼻气味。全日照条件下栽种于贫瘠土壤，最宜金盏花生长。在艾米莉的时代，金盏菊（calendula, Calendula officinalis）也被称为金盏花。

木犀草（Reseda odorata）：不耐寒的一年生植物。木犀草在全日照条件下的贫瘠碱性土壤中生长时最为芬芳。小花品种比大花香味更浓。

旱金莲（*Tropaeolum majus*）：一年生藤蔓植物，最初生长在菜园之中。花蕾与花都可以做成沙拉，花蕾还可以像刺山柑一样腌制食用。旱金莲喜欢全日照环境，普通或贫瘠土壤都能生长。肥沃土壤会让它们只长叶子不开花。与现代的低矮形态不同，艾米莉的老派旱金莲还能够攀上藩篱，搭上其他藤蔓、灌木，或像玛莎·狄金森·比安奇说的，"疯长到毫无防备的芍药丛上"。

芍药（*Paeonia officinalis*）：长寿耐寒的多年生植物。花朵美艳，香氛浓郁。花冠硕大，呈粉、白、红色。应于晚夏种植在排水良好、湿润肥沃的土壤中，植株间距4—5英尺，在花园中保持固定良好的位置。注意不要让"花鼻"生长过深。每天至少要日照6小时。

报春花（*Primula* sp.）：多年生，有芳香的黄色耳状报春花（*Primula auricula*）和多花报春花（*P. polyantha / polyanthus*），喜爱肥沃、潮湿环境，需排水良好的土壤，半阴种植。

鼠尾草（*Salvia* sp.）：多年生。品种很多，夏季开花。但是艾米莉花园中的鼠尾草都非耐寒品种，如红衣鼠尾草（*S. fulgens*，深红色）、一串红（*S. splendens*，猩红色）、狭叶鼠尾草（*S. angustifolia*，蓝色）与龙胆鼠尾草（*S. patens*，蓝色）。在新英格兰地区，鼠尾草必须先在室内种植，等到夜间温度稳定在45度以上时，才能移至室外培养。

金鱼草（*Antirrhinum majus*）：在艾米莉的时代有红色、深红、白色与杂色等多种形态,这种一年生植物可以种植在阳光下,也能适应半阴环境,夏季较为凉爽的地区更宜生长。

香雪球(*Lobularia maritima* / *Alyssum maritimum*):常被用作地被或镶边植物。一年生香雪球能在花园中自然散播。

甜豌豆(*Lathyrus odoratus*):卷须品种是藤蔓而非灌木。关于甜豌豆的最早记载出现在17世纪,它一直都是备受喜爱的一年生插条植物。早期品种比今天的更加芬芳。那些古老的芳香品种至今仍存。甜豌豆不耐炎热天气,一般早春种植,气候凉爽地区也可夏季栽种。甜豌豆喜潮湿的碱性土壤。若想种好,可在秋天备好土壤,混合堆肥。如果需要,可以用石灰水浇洒中和。不会自然散播。

甜蜜苏丹(*Centaurea moschata* / *C. suaveolens*,珀菊):古老的蓟状多年生植物,原产黎凡特地区。芳香,长茎上开黄色蓟状花朵。珀菊性喜干燥、全日照及碱性土壤。在凉爽气候下,花期能持续到霜降。1880年夏末,艾米莉给侄女玛莎写信说:"披肩上的'苏丹'搞错了半球,但是我们这里空气轻灵——手套中的沙王(Shah)[5]也一定会寻踪而至。"(L655)

甜心威廉(*Dianthus barbatus*,须苞石竹):两年生。深浅红色或白色花朵,花瓣边缘呈锯齿状。有时是单色,有时中心与边缘颜色相撞。香味浓烈。1861年夏天,艾米莉写信给玛丽·鲍尔斯:"难道香石竹已成真-甜心威廉亦守信?"(L235)1880年,艾米莉赠给詹姆斯·S. 库珀夫人"冬天你送给妈妈的香石竹的后代"(L647),可见她十分擅长保养植物。

堇菜（*Viola* sp.）：多年生、两年生、一年生均有，取决于品种。某些品种来自异域，某些生于本土。在艾米莉的年代，阿默斯特野外生长着众多品种的堇菜。堇菜喜爱砂质壤土与阴凉环境，尽管某些品种也能在潮湿条件下生长。香堇菜（*Viola odorata*）是最为芬芳的变种。花园常种的三色堇（*Viola tricolor*，又名pansy 或heartsease），原产英格兰，在北美开枝散叶。堇菜钟爱肥沃土壤。

百日草（*Zinnia multiflora*，红色；*Zinnia pauciflora*，黄色）：一年生。原产墨西哥，艾米莉时代引入美国。原本只开不起眼的质朴单瓣小花，现今已发展出大量大小、颜色、形态多姿的品种。传统百日草耐热、耐旱，适应贫瘠土壤。

林地植物

尽管林地植物极其难养，但狄金森的一位同时代人曾说："只要［艾米莉·狄金森］接手，什么植物都能活，就算是林地植物也死不了。"艾米莉最爱的几种野花，虽非美国本土所产，但早已归化，如牛眼菊（ox-eye daisy）、红白三叶草、蒲公英与狮齿菊。殖民时代它们即已通过牲口饲料或填箱稻草传到了美国。许多归化的野花都能在全日照条件下盛开于土质寻常的花园。过于肥沃的土壤会让它们耷拉下垂。旱季时需浇水。下列许多植物都曾生长于艾米莉·狄金森的花园（但要注意，草地野花在花园环境下会变得有侵略性。）

美国樱草（*America cowslip*）或沼泽金盏花（*Caltha palustris*，驴蹄草）

扁萼疗齿草（*Scrophularia marilandica*），扁萼花属，很少当作花境植物

蓝旗鸢尾（*Iris Versicolor*，变色鸢尾）

红衣主教花（*Lobelia cardinalis*，红花半边莲）

耧斗菜（*Aquilegia Canadensis*）

红三叶草（*Trifolium pratense*，红车轴草）

西洋樱草（*Primula veris*，黄花九轮草；*Primula vulgaris*，欧洲报春花）

欧洲银莲花（*Anemone nemorosa*）

龙胆（*Gentiana* sp.），如今常作假山花园植物

蓝铃花（*Campanula* sp.）

狮齿菊或蒲公英（*Taraxacum officinale*）

牛眼菊（*Chrysanthemum leucanthemum*，法兰西菊）

粉色拖鞋兰（*Cypripedium acaule*，粉色杓兰）

延龄草（*Trillium*）

白花草木樨（*Melilotus albus*）

堇菜（*Viola*）

黄色拖鞋兰（*Cypripedium calceolus*，杓兰）

鳞茎

春季鳞茎

春天盛开的鳞茎需在前一年的秋季种下。总体而言，鳞茎性喜阳光充足、排水良好的中性土壤。冬季应避免使用黏土质地的坚硬容器，以保证排水良好，夏季要注意灌溉系统可能会导致鳞茎腐烂。番红花和水仙可以种在草地上，它们能够适应归化。种植时可在前期施肥。小部分鳞茎需单孔栽种。对大部分鳞茎植物而言，只需大面积翻土，栽种，再悉心覆盖泥土即可。按照种子供应商为每个品种给出的具体建议，在恰当的深度进行疏植。种好之后需浇水。三四年后，鳞茎若因长得太密而少开花，应于秋季休眠时小心挖出鳞茎。可以使用翻土铲叉刨出大丛，分开重植。

1881年4月中旬，艾米莉·狄金森致信诺克罗斯姐妹："小小礼物甜蜜而来。鳞茎已然种下，种子还在家中纸包里，等着太阳的召唤。而现在正飘雪。"（L691）与其他书信一样，这封信也表明艾米莉经常收到波士顿寄来的种子。信中提到的很可能是百合等夏季鳞茎，但她也曾说过，所有的鳞茎，都让她"久久沉迷"（L823）。春天，艾米莉花园中会看到以下鳞茎：

春番红花（*Crocus vernus*，荷兰番红花）：最早绽放的春花之一。小巧的野生春番红花，是杂交大朵荷兰番红花的前身。花色包括各种深浅的蓝色和白色，在草地中极易成活。早早绽放，草坪还没长成便已凋落。全日照条件，肥沃土壤，早秋播种。

水仙（*Narcissus sp.*）：大量单品种栽植会比混合栽植更加事半功倍。水仙叶片成熟后变黄，至少需要等待六个星期，再除叶以备鳞茎长成，次年开花。

贝母，又名帝国皇冠（*Fritillaria imperialis*，花贝母，参见图6）：贝母需深耕种植，喜肥沃的弱碱性土壤，全日照或半阴环境。极能吸取养分，易令土壤贫瘠。每隔几年，在其生长过高、花朵不多甚至不开花时便需挖出，重新种植于沃土中。

风信子（*Hyacinthus orientalis*）：家园中生长的很可能是东方风信子。看上去结实规整，香气迷人。9月或10月种下，土质普通时最好稍稍深植，更宜生长。

山谷百合（*Convallaria majalis*，铃兰）：山谷百合根茎——即所谓种子或花冠——收到后需立即种下，或用泥炭藓包裹以防风干。需半阴或遮阳条件，以及肥沃、潮湿、排水良好、养分充足的土壤。在整月温度40度以下的适宜环境中，匍匐根茎生长迅速。最初一两年开花不多，直到它们长成。秋季注意"施肥"（Top dress）或用堆肥、陈年粪肥以及腐殖土做护根，夏季要保持湿润，避免黄叶。第2—5区的凉爽气候更宜生长，第6、7两区也可存活。

夏季鳞茎

百合（*Lilium sp.*）：百合能在美国大部分地区成功生长。在第

3—8区，百合鳞茎都能在地面种植。大概能存活4—6年，年年盛开。在较温暖的第9—11区，10月要将鳞茎挖出，冷藏6—8个星期。冷藏期十分必要，能为其留出充分的休养时间，以备再次绽放。挑选百合鳞茎时，要尽量选个头大的，这样开的花更多。如果通过邮购购买，最好收到后便立即种下。与其他鳞茎植物不同，百合不喜欢被"搁置"。必要时可以在不拆包状态下置于冰箱储藏数日。

百合每天至少需要4小时日照，土壤需肥沃、富含有机物质，同时需排水良好。百合喜欢中性偏弱酸性（pH 5.5—6.5）土壤。孔洞要达到12英寸深，细心松土，在土中掺入大量有机物质。如果担心排水性，可在植株孔洞底部铺几英寸砾石。砾石上薄薄盖上一层混合了一勺鳞茎营养剂或骨粉的土。种植时请参考供应商的步骤说明。刚种下时要浇透水，随后需保持土壤湿度均衡。冬季可稍做护根，以免低温伤根。种植高茎百合（超过3英尺高）时可插入细竹支撑，注意不要刺穿鳞茎，将花茎固定两三处，以便百合生长。春天花茎初萌及花朵将开时，都应添加养料。开花之后仍需浇水，一直持续到秋天叶子变黄枯萎。彻底枯萎之后要将花茎齐地剪平。

1886年4月中旬，艾米莉·狄金森去世前数天曾致信查尔斯·H. 克拉克（Charles H. Clark），谈到查尔斯·沃兹沃思牧师来看她："他还在世时，最后一次来访，当时我正与百合和天芥菜消磨时光。"（L1040）沃兹沃思的来访是在1880年夏天。她提到的消磨时光，很可能指的是在为百合做支架——辛苦费力的活儿——或在给百合与天芥菜浇水，助它们熬过阿默斯特的热浪。

玫瑰（灌木）

在其植物标本集中，艾米莉·狄金森标出了三种玫瑰：野玫瑰或多花玫瑰（*Rosa rubiginosa / R. eglanteria*）、黄木香（*R. lutea*）和沼泽玫瑰（*R. parviflora*，也可能是 *R. paulustris*）。在阿默斯特地区，玫瑰遍地盛开，有些品种被写进了希区柯克的《阿默斯特学院野生植物名录》，如 *R. corymbosa*、*R. lucida*、*R. parviflora* 与 *R. rubiginosa*。艾米莉的干花标本应是从阿默斯特花园中采集得来的。玛丽·阿黛尔·艾伦（Mary Adele Allen）在《绿村边》（*Around a Village Green*）中写到了自己母亲对艾米莉·狄金森花园的印象。依艾伦所述，艾米莉种植了馥郁的香水月季（Bon Silene rose）——茶香月季（Tea rose）或中国月季（China rose），花瓣深红，学名为 *R. odorata*。（艾米莉在"玫瑰哪里不敢去"一诗中称其为"深红童子军"〔F1610〕。）

罗伯特·比斯特（Robert Buist）的《美国花园指南》（*American Flower-Garden Directory*, 1832）列出了一种野玫瑰，即格雷维尔玫瑰（*Grevillia*〔sp.〕），或称七姐妹玫瑰（*seven sisters* rose），这种玫瑰"非常奇特"，"堪称植物界的奇迹"。格雷维尔玫瑰花开呈白、粉、红、紫各色，单瓣、半重瓣、重瓣花朵团团簇簇同时盛开。在新格兰地区，格雷维尔玫瑰非常耐寒。狄金森家的玫瑰是艾米莉母亲新婚时从马萨诸塞州蒙森（Monson）带到阿默斯特的。比斯特指南中的格雷维尔玫瑰一簇有20朵花，包含12—15种各异色彩，缤纷玫瑰蔓延200平方英尺。格雷维尔玫瑰真真切切地确证着艾米莉对于玫瑰"庄园"的描述，不同的是比斯特指南说它生长于费城，而非艾米莉所说的"西西里"（F806）。

比斯特指南中还包含了另外两种野玫瑰，一种是粉色单瓣，另一种则是重瓣品种。野玫瑰，又名多花玫瑰（*Rosa rubiginosa*，锈红玫瑰），原产欧洲，很可能随第一批英格兰殖民者来到了美国，于19世纪在新英格兰地区生根发芽。芬芳的粉色单瓣品种晚春盛开，随后结出吸引鸟类的椭圆形猩红小果并持续到冬季。（"小果"［hip］指成熟的装饰性的玫瑰果，肉质花托包裹着大量瘦果或单核果。）多花玫瑰以香气馥郁闻名，常被制成干花包。叶子常被用来做花束。多花玫瑰属浓密灌木，9英尺×5英尺，可长成独立的花园玫瑰篱。也可以临墙种植，狄金森家园里的野玫瑰就是这样，种在温室旁边的角落，直到1860年毁于冬季暴风雪。野玫瑰耐寒，可生长在第4—8区。

艾米莉的花园中还有其他品种的玫瑰：黄白色的含羞玫瑰，还有一种名唤"肉桂"的单瓣玫瑰。含羞玫瑰是非常古老的传统品种，叶片肥厚，呈蓝绿色调，花朵无香，颜色浅淡白净，会结出装饰性的玫瑰果。含羞玫瑰有两种，一种是大重瓣白玫瑰（Great Double White, *Rosa alba maxima*），开重瓣、顺滑、奶油粉色大花，结椭圆玫瑰果；另一种是学名为 *R. alba semiplena* 的单瓣玫瑰，花蕊金黄，花瓣乳白，结红色玫瑰果。得克萨斯中部有个玫瑰"探子"，专门搜求老藤，在阿波马托克斯法院（Appomattox Courthouse）发现了一丛"古老的含羞玫瑰",至今仍然生长在马修·布雷迪(Mathew Brady)拍摄的银版照片中罗伯特·E. 李将军投降的位置。含羞玫瑰的著名品种包括"菲丽希缇·帕尔门提耶"(Felicité Parmentier)、"少女含羞"(Maiden's Blush)、"大朵少女含羞"(Great Maiden's Blush)和"科尼根·冯·丹恩马克"(Könign von Danemark)。

艾米莉的肉桂玫瑰(*Rosa cinnamomea*)一到季节就早早盛开。娇小、鲜红,因全天都能保持美丽芬芳而备受宠爱。肉桂玫瑰是法国野生的一种灌木,能长到中等高度,变种极多。6月绽放,花朵颜色因土质和栽种位置不同而异。

艾米莉还种过深红雪白的杂色卡里柯玫瑰(Calico rose,印花玫瑰)。有人猜测其得名原因是花朵长得像印花布上的西洋玫瑰(cabbage rose)。另一种猜想是人们错把"加列柯"(*rosa gallica*,法国玫瑰)写成了"卡里柯"。加列柯玫瑰又名法国玫瑰、普罗万(Provins)玫瑰、普罗旺斯玫瑰或西洋玫瑰,是一种非常古老的玫瑰花,没有经过现代嫁接栽培。艾米莉·狄金森的加列柯玫瑰很可能是条纹间色花瓣的 *Rosa mundi*(*R. gallica var. versicolor*)。

最后,艾米莉花园中还有长长一排"刺猬"玫瑰("Hedge-hog" rose),其锐利的芒刺能够有效地将游荡的动物拦在篱外。

"哈里森黄"(Harrison's Yellow,半重瓣黄玫瑰)、"斯坦韦尔四季"(Stanwell Perpetual,芳香重瓣含羞玫瑰),以及另外两种芳香条纹花瓣玫瑰"克雷西美人"(Belle de Crécy)与"法兰西荣耀"(Gloire de France),都于19世纪引入北美。众所周知,狄金森家种的就是"哈里森黄",但她们的花园里或许也有其他品种。到了19世纪中叶,大马士革(damask)玫瑰、百叶(moss)玫瑰与诺伊斯特(noisette)玫瑰也很流行,随后月季也很受追捧。生活在波士顿的婆罗门作家弗朗西斯·帕克曼(Francis Parkman)在《玫瑰之书》(*The Book of Rose*, 1866)中认为"巴尔的摩美人"(Baltimore Belle)玫瑰是"月季或诺伊斯特玫瑰与外国品种嫁接(或偶然接种)而成",狄金森家或许也尝试过栽培这些时尚的新品种。古老的"深杯"等玫瑰品种,其容色香氛都令人心醉神迷。正如朱迪丝·法尔所说,我们很容易就能理解,为何艾米莉·狄金森会将嗅到玫瑰香气比作"饮下""深沉红玉"(F380)。

尽管19世纪的玫瑰行家倾向于将玫瑰种在单独的花坛之中,但艾米莉仍偏爱将玫瑰与其他灌木和花卉混种,她还会引导玫瑰爬上攀缘架。或许她也曾按照比斯特的建议,给玫瑰施上腐肥与干草搅拌而成的护根。

玫瑰养护

只要没有寒霜威胁,一年四季均可种植玫瑰。如有可能,裸根种植是最佳选择。视地理位置与供货商的运送时间不同,较好的种植时节应在秋、冬与早春。玫瑰适合用黏土或砂质壤土栽培,这些土壤排水性好,酸碱度合适(pH 5.5—6.5)。许多玫瑰都是连根出售,有些品种则会嫁接至较硬的砧木。在气候较凉爽的地区,玫瑰可裸根嫁接，芽接位或嫁接点保持在土壤以下1—3英寸处，以防范霜冻。这样做还可以防止砧木出条，促进接穗生根发芽。在南部（第8—10区），玫瑰种植时芽接位可高于土面。裸根种下之后，应在花茎周围堆上泥土以便固定。在寒冷地区，土堆可以保护花茎不受低温侵袭；在南方，则可以抵挡烈日与大风。土堆应一直保留到冬季结束；如果是在春天播种，则应三四个星期后在花坛中铺土。要耐心等待。玫瑰生长速度不一，有的第一年就快速生长，有的则生长周期较长。盆栽玫瑰养护指南详见后文。

狄金森花园中的其他灌木与藤蔓

丁香（*Syringa vulgaris*）：殖民者最早带到北美的植物之一，新英格兰地区许多花园中都有种植，样貌大同小异。丁香为数不多的可取之处就是它的花朵和香气，但仅此两点已足够招人喜爱，园丁们为此宁愿容忍它们漫长的无花期。丁香极易染上虫病，尤其是白粉病（powdery mildew），存活只能靠运气。成丛或紧邻灌木丛种植，最有利于丁香生长。中性土壤栽培，加泥炭藓或腐叶。充足阳光与新鲜空气对防范白粉病有帮助。丁香冬季需长期休眠，以保持活力，来年开花。丁香花朵会盛开于头年的枝干之上，所以，为保证次年绽出花苞，必须注意修剪（就第3—7区而言）。艾米莉·狄金森对丁香的热爱可从两封书信中得到佐证：采蜜的蜂群欢快地绕着丁香飞舞，迎向春日"神圣的灭亡"（L712）。"丁香这古老的灌木"

（F1261）一诗也热情地赞美着丁香的美色与芬芳。

欧洲山梅花（Mock orange, *Philadelphus coronarius*）：人们常把其名与丁香混淆，二者共用syringa（紫丁香属、山梅花属）之名，且都原产于土耳其。如丁香一样，山梅花虽香气馥郁，但并不建议栽种，因为花期过后，白花凋尽，它看上去就是一丛普通灌木。山梅花生长极快，容易移植，喜湿，需排水良好的肥沃土壤，是极佳的背景灌木。它几乎无须养护。花朵开过之后，修剪掉老枝塑型即可。随种植环境日渐发展，目前有多个品种，但并非每个品种都有香气。

粉红杜鹃花（Pinxterbloom azalea, *Rhododendron periclymenoides*）与沼泽杜鹃花（swamp azalea, *R. viscosum*）：奥斯丁喜欢杜鹃花，这在阿默斯特是出了名的。但是艾米莉的存世书信中并未提到过自己的杜鹃花。1885年春她感谢托马斯·P. 菲尔德夫人（Mrs. Thomas P. Field）赠来的花枝："你的杜鹃花还生机盎然，虽然较小的花朵已然渐凋。"（L980）随便笺一起寄去的，还有一颗瑞香花苞。

白色日本忍冬（Familiar Hall's Japanese honeysuckle, *Lonicera japonica cv. "Halliana"*）：自东方引进，花香浓郁，在美东地区繁衍成为野草。应栽于盆中以控制其侵略性。有些现代的贯月忍冬（*Lonicera sempervirens*）品种很香，如果喜欢花香，可以种植贯月忍冬来代替日本忍冬。忍冬花喜攀缘，需搭建篱笆或攀缘架。忍冬与玫瑰或铁线莲混种效果最好。（第4—7区，视品种而定。）

艾米莉花草种植指南

我们比艾米莉·狄金森更加幸运,今天可供选择的植物品种显然更加丰富。19世纪时,有些苗圃会专门培育能长期保存、运输的裸根树木与葡萄藤,鳞茎和菜籽。但大多数情况下,园丁们会从亲友处得到活植株、插条或一年生及多年生植物的种子。艾米莉的植物中,有些得自馈赠,有些是她在周边树林原野采集而来,另外一些是她四处搜集购买得到的种子与插条,更多的则源自花园植物的繁衍。那些非同寻常的花卉很可能是从温室或专门种植者那里得到的,后者是因人们对奇花珍卉日渐增长的需求而新兴的行业。

艾米莉的花园与温室中,种植着一年生、多年生和两年生植物。一年生植物生命周期只有一个生长季节。若想令其早点开花,最初要室内培育,等到寒霜彻底过去,才能将其移至室外。种子封包一般会附有关于种植、萌芽时间、移植时机的说明。如果花茎过长,则需在开花之后为一年生植物除枯、轻剪。若想要多次开花,应为它们浇透水,每两周加一次营养液。

两年生植物生命周期为两年。第一年种下种子,萌出绿叶,第二年开花、结籽,然后枯萎。(有些两年生植物能多活一年,而有些现代品种如须苞牡丹和蜀葵,头一年就能开花。)护理方法同一年生植物。

多年生植物生命周期超过两年,分草本(通过根茎熬过冬天,如鸢尾花)与木本(通过根、茎甚至叶子熬过冬天,大部分灌木与乔木都是如此）。通过种子、插条来培育多年生植物需要拥有全盘规划与足够的耐心，因为它们需要数年成长，才能成熟开花。大部分情况都是栽种已成株的多年生植物。

种植指南

非灌木植物：首先，提前选址，深翻，除掉所有野草、杂草与其他杂质。其次，检测土壤酸碱性，必要时适度调整。如果太偏碱性，即pH值高于7.0的中性值，土壤中应适度添加酸性泥炭藓、橡叶腐殖土或其他酸性有机物质，或在土壤表面铺上硫酸铝和硫黄等化学物质，浇水。过酸的土壤可铺上石灰粉或熟石灰，并浇水予以中和。黏质土可用树叶堆肥、腐肥等腐殖质或沙子来提高排水性能。砂质土可添加腐殖质来提高其保湿能力。在土壤排水性较差的地区，可在坑底加一层砾石，或将植物种在高地。

要知道，土壤也可以按照不同植物的具体要求而加以"改良"。改良土质或提高土壤有机物含量，无论在艾米莉时代还是现今都十分重要。如上文所述，今天的园丁会通过植物堆肥或化学营养物来改良土壤；而在19世纪，人们则主要使用牲畜粪肥。为使土壤拥有足够的养分来确保植物生长，"上肥"或施肥会在每年冬季或早春进行，现在仍然如此。灌木与花坛也需要年年施肥。（1898年秋天，拉维妮娅十分气愤，因为苏珊·狄金森指使园丁将家园谷仓储存的全部肥料都拉去了永青邸的花园"上肥"。这件事也常被人用来指摘苏珊自私自利。)

翻土之后,应仔细耙平表面,确保平坦。将这块土地静置过夜或数天,等待栽种。植物种下之后,用井水浇灌,排除土壤中的气泡,让其根部可以与泥土充分接触。(在家园,只有一口井供应家庭与花园用水,直到1880年6月才接通水管,从佩勒姆引水。1881年秋天,在给伊丽莎白·霍兰的信中,艾米莉谈到自己的小鸟追着水管,求"一啄饮"[L721]。1880年秋天,因为珀菊迟迟不开,艾米莉还怪"佩勒姆的水搅扰了花朵优雅的品位"[L668]。)

浇水,加3—4英寸护根,保持水分,防范野草。勤除草,干旱季节每周浇水至少1英寸深。

生长季节,需要除去开花植物枯死的花朵、叶子及受伤的茎。晚秋时节,需要清理掉残损的茎秆与落叶。第一场寒霜过后,花坛需覆盖干盐草或常青树枝,以保护瘦弱植株不受冻伤或因土地解冻而离土裸露。

邮购植物:好的邮购苗圃会在植物包裹中附上种植说明。如果有疑问,可以向园艺中心咨询养护要点。如果邮购植物无法立即栽种,也要切记其保存期有限。拆箱,除去所有包装材料。确保所有植物名签齐全。植物应置于阴凉且光照良好处,但需避免阳光直射。感觉一下花盆中的泥土表层,如果太干,要立即浇水。栽种之前,要让植物一直保持湿润状态,但也不能浇水过多,否则根部会因土壤过于潮湿而腐烂。栽种时最好选择阴天,或用报纸、粗麻布及倒置纸箱替植物遮阴一至两天。

灌木：出售时一般是裸根、盆栽，如果植株较大，则会扎上土包和麻布包。就较大植株而言，树坑深度需能裹住球根，宽度是深度的两倍。

裸根灌木晚秋、冬季及早春休眠期均可种植，视花园所处地区而定。以温水浸泡根部数小时，剪去破损枝叶及多余的过长根须，然后按照以下步骤栽种：挖掘树坑，要预留出日后根部向四周延展的空间。将植物稍稍抬高种植，用泥土填树坑至一半。调整位置，用脚夯实泥土，略微浇水。填满土。在树干周围留出直径12—18英寸的浅碟形空地，具体尺寸取决于树冠大小。慢慢浇水至土壤积水。为植物覆盖护根，但暂时不要施肥。如果不能立即种植，应用湿土、报纸或护根包住植物根部以免干枯。也可"假植"，即将根部埋在凉爽湿润的泥土中，避免日晒，能熬过两个星期。

盆栽植物：包括盆栽玫瑰在内的盆栽植物，都可随时栽种，只要确定栽种初期不会出现霜冻或极端天气即可。若要将植物移盆，则需事先备好湿土。从各个方向轻拍花盆。将刀贴盆壁深深插入，如果不易插入，可以试着从侧面切入。在球根四周划切口，包括其最底部，以确保植物根须在新盆中能顺利伸开。如果植物已经生根满盆，应整体拉出，解开所有缠绕纠结的根须。（动作不用太轻柔。满盆植物不怕生拉硬拽。不这样做，根部就会继续环形生长，植物永远无法适应新环境。）如果是无土混合料，则应尽可能抖掉混合料，尽量令根部在土壤中全部舒展开来。植物应种在与盆养时期相同或稍高的高度，这样才不会没入土中。其他建议参见上文"灌木"

部分最后一节。

温室

艾米莉的温室花木

  艾米莉·狄金森的异域花卉都是在温室中培育成功的，比起现代住宅，当时既无中央供暖，隔热效果也不好，更谈不上有多少密封性能。当时的室内空气总是微凉、清新而湿润，而我们在当下要面对的问题则是室内温度过高与湿度太低。艾米莉的植物都能够适应新英格兰地区温室，即窗户朝南，冬天温度介于凉爽与寒冷之间。除了山茶花与倒挂金钟，她选择的都是芳香植物。当时流行的仙客来（cyclamen）、兰花或盆栽杜鹃花都不在其温室栽种目录内。

  艾米莉所选择的都是在50—60度气温的环境下生长的植物。她面临的难关是如何让花草躲过寒冬。在寒冷的夜晚，她会将植物移入宅邸内较暖的房间，或至少远离窗边，以免冻伤。她或许还用过厚垫挡住玻璃来保温。她成功培植山茶花与栀子花的方法，今天恐怕很难复制，除非你有一间类似的玻璃房子，房中还要保持跟她未供暖的门廊一样寒冷。

  艾米莉的温室中也有不太珍奇的花草。1863年2月她写信给诺克罗斯表妹，就提到了番红花、倒挂金钟，"报春花－如去年冬天随信寄来的小花样－满满一兜天芥菜，山色映目－还有吉利花

（gilliflower）、观音草（magenta）、几株木犀草、团团簇簇的香雪球、康乃馨也打了苞"（L279）。（吉利花就是今天所说的香石竹或石竹花。"寄来的小花样"，指的可能是诺克罗斯和狄金森两家不断交换的植物种子、插条与某些颜色的干花。）

当时可供艾米莉选择的花器种类有限，可能只有附近陶匠与木匠所制的朴素陶、木器具；如今则选择无穷。从审美角度看，花器的大小与形状应视所养植物的尺寸形态而定。但也可以选择符合植物生长习性的花器，因为花器的容量和深度与植物根部伸展之间的契合是影响植物生长的重要因素。

艾米莉的温室不大，有些植物如夹竹桃、栀子花、山茶花占据了较大的生长空间。另一些植物则被安放于高低搁架之上，矮的在前，高的在后。小型植物安放在温室四壁的白色架子上。鳞茎秋天入盆栽种，储藏在架子下面的阴暗处，等到来年春天再让它们沐浴阳光绽放。

山茶花

耐冬山茶（*Camellia japonica*）是常见的品种，常绿灌木，原产东亚。山茶科植物，因花朵美丽而备受青睐。山茶花之名来自一位波西米亚传教士格奥尔格·约瑟夫·卡梅尔（Georg Joseph Kamell），1739年他将山茶花带入了欧洲。单瓣红花品种于1798年传入美国，白色品种"白色宝塔"（Alba Plena）随后于1800年传入。山茶花是

1825—1875年间北方最受欢迎的温室植物，纽约与新泽西都有种植者专门将山茶花做成女士胸花、花束以及男士领花。在南方，山茶花可以户外种植。首先在温室中作为盆栽植物生长，度过长冬之后，山茶花会长出常青绿叶与丰满美艳的鲜花。

现代山茶花形态多样——单瓣、半重瓣、银莲花状与玫瑰状，色彩缤纷——白、粉、红以及斑点、条纹、花边等混合色。花开可达5英寸大小。花谢之后细心修剪，可呈浓密紧实的灌木样貌。

耐冬山茶可以种植于北方凉爽的温室或阳台，冬季亦无须供暖。山茶花生长的适宜温度是夜间保持在40—50度之间，白天保持在68度以下，以确保花蕾在秋季成型，冬季继续生长。山茶花性喜湿润，要经常喷水雾，注意不要让土壤干透。盆栽时需使用混合泥土，比例为两份壤土、一份包装花土、一份沙子或珍珠岩。

如果夏季曾把室内栽培的山茶花移至室外，那么，移回室内时要在盆上标记好朝南的一面，以便让此面继续朝向灯光。萌芽对光十分敏感，若改变灯光方向，很可能会导致凋落。夏天同样要注意防止土壤过干，否则花蕾会在秋天凋零。花蕾萌出时，每月使用一次酸碱营养液（杜鹃花适用类型）。需经常喷雾。若想日后开出大花，则每簇只留一个花蕾，其余掐去。要小心防范蚧壳虫。

在可以户外种植的南方，从南弗吉尼亚到更南之境，山茶花已经成了花园标配。太平洋西北岸与温哥华岛的温和气候同样适合山茶花生长。它们能长到20英尺高，可以修剪成墙树、灌木或盆景。在温和气候下（第7—9区），若能提供所需的种植条件，山茶花可以成长得很快。它们喜欢疏松且排水性良好的弱酸性土壤（pH4.0—5.5）。不要栽种过深，山茶花是浅根植物，根部需紧贴地表。置于阴凉处，免受大风烈日侵扰，下午尤其要注意防晒。尽管山茶花能够忍受低至10度的低温，但温度降到冰点以下时花苞就会被冻死。良好的排水性是关键，干旱季节尤其要注意补充水分。种植山茶花的土壤需要保持潮湿，但长期湿润的土壤又会令其死亡。冬天要用几英寸有机物质做护根，但是注意不要碰到主干。要及时清掉覆盖物上凋落的花叶，这样才能预防真菌感染。

花期之后，为促其再生，可用硫酸铵混合物（一茶匙硫酸铵兑一加仑水）浇灌山茶花。夏季要施些山茶花专用的棉籽肥料。4、6、8月均可种植。

瑞香

瑞香喜怒无常，刚刚还香气扑鼻、繁花满目，突然便于不经意间死亡。瑞香（芳香瑞香或冬季瑞香）原产于中国，是最易栽植的植物之一，对土壤质地几乎毫不挑剔。花朵绽放时，空气中满是优雅温馨、沁人心脾的甜蜜芳香。作为常绿灌木，瑞香能长到3英尺以上，叶子或碧绿，或杂色斑驳。花蕾色泽呈粉红或玫瑰紫，盛开时花朵呈白色或粉色。瑞香于晚冬或早春绽放，花期很长。在第7—9区的条件下，初期需温暖环境，之后可以挪到凉爽的温室，季节合适时，还可以挪到室外阴凉处。瑞香喜阴。月桂瑞香（Spurge

Daphne, *Daphne laureola*），原产于英伦三岛，因香气馥郁而在19世纪极受欢迎，有时还会为冬季瑞香和其他常绿瑞香充当砧木。

瑞香喜欢湿润且排水性良好的酸性（pH4.5—5）土壤，而且需要覆盖一层护根。如果瑞香生长情况较好，就不应再择地移植。事实上，连修剪疏伐都用不着，别打扰它们就是了！东北部最易成活的品种应该是高加索瑞香（*Daphne caucasica*）。

倒挂金钟

倒挂金钟（*Fuchsia magellanica*）在维多利亚时代极为盛行，艾米莉·狄金森很可能也种过。这是一种低矮灌木，在温和气候下（第8—10区）可于室外种植。在气候凉爽的地区，种植时需加以遮盖，或在夏季于户外盆栽。夜间温度低于65度时最适宜生长。倒挂金钟笔直生长，有时会弯垂，小钟造型的单瓣或重瓣花朵挂于枝上。花朵美艳非凡，多为双色，常见的亮紫色花萼，垂挂绯红花瓣，雄蕊招摇于外。在温度适宜的凉爽环境下，倒挂金钟冬天仍然能够生长开花。应种在壤土、沙子与泥炭藓以等比例混合的泥土中。喜欢半阴，保持水分与新鲜空气充足。秋季与初冬要隔周施肥。

栀子

栀子（*Gardenia jasminoides*），一种因香气馥郁而备受青睐的常绿灌木，重瓣白花。需充足日照，以便墨绿叶片生长，保证其白蜡般的花朵能够几乎全年盛开。尽管如此，夏季仍需遮阳。打苞之前，室内昼夜常温即可。花苞成型后，夜间温度应比常温低5—10度（即保持在60—65度），否则花蕾易脱落。为求花茂，可以使用肥沃而透气性良好的土壤种植，用壤土、沙子、泥炭藓或腐叶等比例混合。花苞萌出之后，可每两周添加一次家用植物营养液。最好使用含铁质营养液，缺铁会导致叶片变黄。为保持土壤酸度（pH5.0—6.0），应隔周浇灌硫酸铵混合液，一茶匙硫酸铵兑一加仑水。要保证充足的新鲜空气。

栀子极不喜欢环境变化。叶子会从叶尖开始萎缩，甚至整株凋零。为了提前预防，要保持均衡的水分，保持泥土潮湿，但注意不要太涝。常常喷雾。要想增加植物周遭的湿度，可在花盆底部垫上少量蓄水的石碟。

栀子还有另外两个品种：*G. jasminoides veitchii*，原产中国，经英格兰传入美国南部；*G. radicans floreplena*，矮小的日本栀子。这两个品种的花朵都比常见的栀子花要小，但是更易成活，温室或室内种植均可。第8—9区，栀子可在室外栽种，能长成2—6英尺高的灌木丛。土壤酸性要求同山茶花。

茉莉

茉莉（*Jasminum*）是世界上最香的鲜花之一。在艾米莉·狄金森最爱的花朵名单上,茉莉名列第三[6]:"仅次于瑞香－除了野花－谁也比不上它们惹人爱。"(L513)因其善爬藤蔓,茉莉更适合吊盆栽种;也可以在盆中插上木桩、铁丝或篱架,供其攀缘。或者将两个花盆套在一起以增加高度,令花茎自然垂落。茉莉应放在光线充足处,但开花时要避免阳光直晒。茉莉需要经常通风,但要避免强风。开花之后,茉莉仍然需要充足光照。

玛莎·狄金森·比安奇还记得姑姑的黄色茉莉。卡罗来纳黄茉莉(*Gelsemium sempervirens*,常绿钩吻藤)是原产于美国南部林地的一种藤本植物,表面光泽。之前一直在原生地生长(从佛罗里达中部到得克萨斯和弗吉尼亚),1840年传入英格兰。初冬休眠很长时间,之后会绽放芳香的喇叭状花朵。黄色茉莉很可能就是艾米莉·狄金森1875年4月中旬给爱德华·塔克曼夫人的信中所说的"内陆金凤花"(L437)。

艾米莉的温室以及今天的大部分花园,栽种的可能都是白色茉莉。这种茉莉是亚热带灌木状藤本植物,叶子墨绿,星状花朵精巧雪白,芬芳袭人。朱迪丝·法尔注意到,艾米莉·狄金森曾送过小塞缪尔·鲍尔斯茉莉。在附诗之中,艾米莉在小塞缪尔父亲的名字上打了"星",意指其永恒不朽"隐匿于明星"(L935)。这也许可以看作某种文字游戏,白色茉莉花确实酷似星星与"星"号。

越冬之后,如果气候凉爽、空气湿润且日光充足,白色茉莉便会璀璨绽放。它不耐干热。温度在65度以上时,茉莉会只长叶子不开花。夏天可移至室外。茉莉需要四至五周的短日照和40—50度之间的清凉气候，才能形成花蕾，但在第一场寒霜来临之前，要将其移回室内。枯枝要修剪干净，但为了保存新绽花蕾，如非必需，尽量不要为塑形而随意掐枝。花蕾成熟期，日落以后，要避免人造灯光照射。初冬时分，茉莉会再次等待开花。茉莉从种子期开始培育十分困难，最好选择插条栽种。

夹竹桃

夹竹桃（*Nerium oleander*）是公园中常见的花卉，也是南方及远西地区高速公路旁的藩篱植物，但与此同时，盆栽夹竹桃也是历史悠久的家养花卉。无论室内外，夹竹桃都应该被小心对待，因为它全身是毒，连燃烧时的烟都有毒性。夹竹桃品种繁多，开深深浅浅的红花，单瓣重瓣皆有，有的品种开条纹杂色花。夹竹桃无须精心护理，也能适应阴暗角落，但受不住霜打。秋季及初冬要将其置于干燥处，定期均匀加湿。从初春直到夏季，为使花蕾顺利成熟绽放，应保持环境温暖湿润，并每两周浇一次"肥料茶"。植物根部萌出的芽苞要及时除去。夹竹桃在户外（第8—10区）能长到20英尺高，但一般都会被修剪到合适的尺寸。修剪最好在花期之后或秋季进行。为即将离别的朋友送去一束黑丝带扎起的夹竹桃（以坚忍著称），艾米莉·狄金森似乎欲以花暗示二人友情长存。

石榴

维多利亚时代的人们认为石榴（*Punica granatum*）象征着不朽。大型常绿灌木石榴原产于地中海地区，叶片闪亮，装饰性极强，花与果皆鲜艳润泽。夏天开花，珊瑚红或艳红色的花朵谢了，便会结出滚圆紧实的果实——可食用，泛黄的果肉包着石榴红色的籽。（成熟的果实可能跟艾米莉·狄金森在马萨诸塞花园中的有所不同。）在气候温暖地区，可以将其种在暖墙旁边，任其生长为装饰性灌木。石榴喜欢全日照、肥沃湿润的泥土以及规律的浇灌。还有矮生型品种，如月季石榴（*Punica granatum var. nana*）——一种可爱的盆栽石榴，冬天温室栽培最安全，夏季可挪到阳台。

温室鳞茎

艾米莉·狄金森会将种子与鳞茎种在清凉的卧室、窗台与东向餐厅阳台。她也在温室中土培鳞茎。下文提到的以及她花园中的其他鳞茎——荷兰番红花、风信子和水仙——都可以水培，但并没有迹象表明艾米莉·狄金森使用过水培方法。她种过的鳞茎有：

火燕兰（Amaryllis）：又名"雅各比百合"（Jacobean lily），或许就是艾米莉侄女所说的"罕见的鲜红百合花"。火燕兰也许就是龙头花（*Sprekelia formosissima*，又名 *Amaryllis formosissima*）。原产墨西哥。火燕兰有着美艳动人的百合状花朵，花瓣分成两个部分——三瓣在上，向后伸展，三瓣在下，簇拥着花蕊，直到凋谢。叶子与黄水仙类似。19世纪初，火燕兰便已出现在鲜花商的目录上。较冷地区推荐盆栽，它们只能耐住第8—10区的低温。可室内栽种，也可以在花园或花坛中作为夏季的鳞茎植物，种在阳光充足、排水性优良的土壤中。火燕兰并非现在我们所熟悉的原产南非、形色多样的朱顶红（amaryllis, *Hippeastrum* sp.）。

山谷百合（铃兰）：栽培方法同其他耐寒鳞茎。种子可以从供应商处购买预冷过的，收到后立即种在泥炭藓盆中，保持泥土湿润，置于清凉明亮处。山谷百合可以像水仙鳞茎一样，生长于卵石环境。为了美观，5—6英寸深的花盆中可种12粒种子。绿色嫩芽萌出，三周后开花。如果开花后叶子仍碧绿且持续生长，则只要天气合适，就可以移栽至花园。半阴、湿润环境为宜。

白水仙（paperwhite narcissus, *Narcissus tazetta*）：一种多花水仙。白水仙一般为水培，尽管泥土栽培能令花期更长。中国水仙（Chinese sacred lily）、灿烂金阳光（Grand Soleil d'or）与西瓦（Ziva）都是现代常见的室内栽培品种。白水仙清香四溢，每支茎能开多头花。天气温暖时（第8—10区），白水仙在户外也能成活。

酢浆草（*Oxalis*）：酷似三叶草，花朵与叶子会在夜间闭合。艾米莉温室中的酢浆草是双色酢浆草（*Oxalis versicolor*），不耐寒鳞茎或块茎植物。充足光线下，酢浆草冬天可在室内绽放。匍匐生长，纤细娇小，柔嫩的三叶草形叶片色彩从绿到深紫不一。奶油白花瓣镶着粉色花边。夏天，艾米莉会将酢浆草养在吊篮之中，但用小盆栽种放在低处也很可爱。

秋天，可将几颗酢浆草块茎一并种在盆中，小盆即可，使用排水性优良、含砂的盆栽土（两份黏土，一份沙子，一份腐殖质）。将块茎种在约1英寸深的土中，没过尖头。花盆放在向阳窗边。浇透水以便其生长，只要土壤表层摸起来发干就应立即浇水。嫩叶与花茎几星期后便会萌出，花朵会在接下来的三至四周后初次绽放。花朵可繁盛数周之久。开花时每个月都要施肥。叶子碧绿可爱的状态会保持几个月。植株若看上去有点打蔫，茎干凌乱，叶片下垂，这就意味着酢浆草快要进入休眠期了。不要浇水，放它们休养几个月。休眠结束之后，再次浇水，便可重新开启生长进程。养护方法同前。鳞茎过多时需要分盆。

紫叶酢浆草（*Oxalis violacea*）：常见的红褐色林间品种，生长于阿默斯特地区的树林深处。

温室中的多年生与一年生植物

石竹：有很多品种，如康乃馨（*D. caryophyllus*）、一年生石竹（*D. chinensis*）、多年生石竹（*D. plumarius / D. gratianopolitanus*）以及两年生"甜心威廉"（须苞石竹）。杂交品种众多给花卉行业带来了不少混乱。现代种植康乃馨主要是商用，在温室或暖房环境中栽培。这种康乃馨较高，需要立杆支撑，抗寒性也较弱。较矮、抗寒性较强的品种有中国石竹（China pink）、麝香石竹（clove pink）、常夏石竹（cottage pink）、边境康乃馨（border carnation）和欧洲蔓丛石竹（cheddar pink）。石竹与康乃馨的区别在于，前者有明显的锯齿形花瓣。许多石竹都芳香醉人，味道如同浓烈的丁香。艾米莉的温室里既有康乃馨，也有多年生石竹，她将后者称作"吉利花"（gillyflower）。紫罗兰（stock）也被称作gilliflower或stockgilly。

还有一种名叫*Dianthus xallwoodii*的现代杂交品种，适合在室内种植，也有甜美的丁香气息。需种在富含腐殖质的弱碱性土壤中。若在50—60度、夜间凉爽的气候条件下，将石竹放在清凉而阳光充足的窗边，花朵开放的时间会更长。花土摸起来发干时便可浇水。定期清除落花（掐头）能够促进植株继续开花。等到室内植株开花结束，可将花盆移到室外阳光充足且温度最低的地方。花土要稍潮，每三周施一次肥——家用植物营养液一半的浓度即可。春天，熬过了霜冻之后，植株可以移植到花园中。

新培植株可在早春分盆种植，初夏插条栽种，直接从种子开始栽培亦可（尽管可行性不高）。插条生根后，4英寸盆可以种3枝以上，室内培育。

老鹳草：艾米莉提到过，她在温室与花园都种了老鹳草。温室里的是*pelargonium*（天竺葵属植物），而不是当地草甸树林间野生的斑点老鹳草（*Geranium maculatum*）。当时人们认为，17世纪从非洲南部引入欧洲的"天竺葵"与北半球耐寒的野生老鹳草有着亲缘关系。尽管18世纪末这种植物已经被重新归类并命名为*Pelargonium*，但我们仍然习惯将其称为"geranium"。常见品种有花坛老鹳草、常春藤叶老鹳草、带状老鹳草以及香叶老鹳草。艾米莉室内养的便是香叶老鹳草——开粉色或薰衣草紫色小花，最令人心折的却是芳香可爱的叶子。可种植在清凉的温室，喜强光照与新鲜空气。2月以前保持干燥状态，之后可以常常浇水施肥。枝叶太密时可适当修剪。

天芥菜：天芥菜可于深冬或初春种下，夏季开花。一般插条栽种，因为种子发芽非常不易，生长速度又慢。并非所有品种的花朵都有香气，栽种芳香插条能保证开出芬芳的花朵。天芥菜喜欢排水良好的肥沃盆土。生根前要保持泥土湿润，之后注意不要浇水过多。艾米莉·狄金森在给玛丽·鲍尔斯的信中说："用你赠来的花枝，我种下了一小棵黄色天芥菜，就唤它'玛丽·鲍尔斯'吧。"（L212）现代品种花朵只有白色和艾米莉所说的各种"山间色"，以及蓝紫色调（L279）。

木犀草（曾用名 *R. odonia*）：因芳香而备受青睐，木犀草只开不起眼的红褐色或灰色花朵。小花品种比大花更香，瘠土栽培的品种比沃土栽培的更香。花园泥土或混合盆土装满小盆，撒上种子即可。不要用土盖住种子，它们需要阳光才能发芽。这种柔弱的一年生植物，播种六周后就会绽放。室外种植亦可，早春种在阳光充足或半阴处，能长到1英尺高。

香雪球（*Lobularia maritima / Alyssum maritimum*）：枝条低矮，簇拥着密密的白色小花，香雪球常被用作户外花园镶边或地被植物。闻上去有点像刚刚割下的干草。种植方法同木犀草。一年生，自然播散。

蕨类植物

艾米莉·狄金森的标本集收录了球子蕨（*Onoclea sensibilis*），温室中也栽培了美国铁线蕨等蕨类植物。蕨类是最早受欢迎的家庭植物。放在高台或架子上，它们垂荡的枝叶便是房中美景。今天我们会将蕨类植物养在吊篮之中。夏天，蕨类枝叶会填满空荡荡的壁炉；在菜园中，芦笋也会长出蕨类般的叶子。

蕨类植物性喜温暖，适宜在湿度适中或略高、光照充足的环境之中，但要避免阳光直射。种于富含腐殖质的土壤或纤维性生长介质中，将壤土、泥炭藓一比一混合，加腐叶土或干树皮、沙子以提高土壤排水性。11月至次年2月，蕨类植物要冬眠，其间应多晒冬季阳光。不要浇水，置于干爽处。蕨类重新开始生长时，可添加含鱼类成分的营养液。如果叶子开始发黄发棕，要贴地面剪掉。注意蚧壳虫，发现之后要立即清除。但不要混淆蚧壳虫与孢子（种子），孢子长在叶片背面，呈隆起的点或线状。

最宜室内种植的品种包括波士顿蕨（Boston fern, *Nephrolepsis exaltata*）、多足蕨（coarse-leaved polypody, *Polypodium* sp.）、巢蕨（bird's nest, *Asplenium nidus*）、欧洲凤尾蕨（brake, *Pteris cretica*）、铁线蕨和兔脚蕨（rabbit's foot, *Davillia fejeesis*）。

其他植物

兰花与铁线莲都曾出现在艾米莉·狄金森笔下。

兰花（Orchid）：尽管无香，但兰花仍然是温室种植者最钟爱的花。温暖湿润的环境最适合兰花生长，但兜兰（*Paphiopedilum* spp.）、蝴蝶兰（*Phalaenopsis* spp.）和某些大花蕙兰（*Cymbidium*）品种更适宜在阳台种植。我们知道艾米莉热爱野生的黄、粉色大花蕙兰，这种兰花喜欢湿润的酸性土壤与肥沃的腐殖质。她在室内成功培育过兰花吗？她从未提过这一点，也许是兰花无香令她望而却步了吧。

铁线莲（Clematis）：19世纪60年代，铁线莲便已经从亚洲进入了市场。佛罗里达铁线莲（*Clematis florida*）、蒙大拿铁线莲（*C. Montana*）、毛叶铁线莲（*C. lanuginosa*）、转子莲（*C. patens*）和意大利铁线莲（*C. viticella*）都生长于英格兰地区，并被用来杂交培育新品种。美国本土也有铁线莲，如 *C. virginiana*，但缺乏园艺价值。今天的爬藤铁线莲喜欢将根扎在阴凉处，但会将头探到阳光里，适宜种植在中性至碱性的土壤中。艾米莉·狄金森的"习惯于离别时"中有这样的句子："铁线莲－渐远行－/赠我一绺/令人神迷的鬈发。"（F628）托马斯·H. 约翰逊注意到，在《诗集》（J340）中，铁线莲也被称作"旅人的欢愉"，因此，这首诗或许是"写给即将远行的友人，并随诗附赠了铁线莲"。"鬈发"指的可能是铁线莲的果实——修长、蜷曲、绒毛密布，而非铁线莲花朵本身。

温室植物养护

光：光是最关键的条件。光照不足，植物便会生长缓慢，茎秆细高瘦弱，叶子也会越来越小。光若从上方直射，植物会转而向其他光源倾斜。光照过多会造成植物脱水与晒伤。在适宜的光照条件下，植物更易保持良好状态，因此，我们会用荧光灯或生长灯来补充或代替自然光源。

水：浇水过量的问题很难避免，尤其是在冬天。每种植物都要按自身需求摄取水分。就水分需求而言，木本植物（山茶花、栀子花、夹竹桃）大于草本植物，生长期植物大于休眠期植物，温暖房间内植物大于凉爽房间内植物。植物不喜欢太过干旱。休眠期可以在必要时略微浇水。如果触摸泥土时感到粘手，则可以稍等一两天再浇水。时间久了，可以凭经验判断浇灌水量。小盆可以拎起来观察，大而重的花盆可将食指插入土中几英寸来检查湿度。浇水时，若想浇透，可以将花盆放在水盆中，直到水漫过泥土，或者用水壶一直浇到水从花盆底部排水孔流出的程度。如果可能，尽量在烈日高照的正午之前浇水，水温应与室温一致，以免刺激植物。不要让花盆浸在水里。若想增加湿度，可在花盆下面垫上卵石碟子，浅浅盛一底水。水雾会向上浮起，便于叶片吸收。细密喷雾也可以有效增加湿度。

养分：艾米莉·狄金森会将植物养在从花园挖来的优质盆土中。温室生长的大型植物，第一年冬天无须额外的养分。当时流行的混合盆土是由如下几种物质构成的：充分腐熟的牛粪、新鲜紧实的土壤、腐叶、粗砂与草木灰，过筛后将其搅拌混合均匀。如今，在园艺商店就能买到盆土，再也无须亲自动手配土。对喜酸的山茶花与栀子花而言，有必要在土中添加一些硫酸铝或酸性肥料，这些在园艺中心均有售。

翻盆：艾米莉每年春天都会用花园中的新鲜泥土为花翻盆。大型植物无须翻盆，除非体量过大需要换盆。但每年春天，可以为它们松松花盆表层的泥土，挖去一两英寸表面陈土后，再堆些肥料或新土填充，浇透水。如果根部长出了花盆底，需要更频繁地浇水；如果发现植物萎靡不振，则说明植物已然满盆，需要换盆了。微微濡湿球根，用厨房长刀沿着花盆内侧松土。将花盆侧置，轻轻将植物拍出花盆。大型植物移盆可能需要两个人才能完成。花盆侧躺在油毡或麻布上，一人按住，另一个人抓住植株顶部往地板方向拉，慢慢旋转，迫使花盆与球根脱离。尽量抖落泥土，剪掉1/3左右的根须，以便新根健康生长。之后可移入排水性良好的新土之中。顶部叶片也应剪去，以促进较低位置长出新叶。不久后植物会萌出新芽。4—8月间需每周施肥，家用植物营养液一半浓度即可。

害虫：某些害虫易被发现——蚜虫（多彩，梨形虫，群聚于多汁的新芽上）、粉虱（繁殖迅速，受惊时成群飞起呈云状）、多毛绵蚧（爬行缓慢的小虫，身上覆盖白色粉末）、蚧壳虫（有硬有软，有棕有黑，多生在叶脉处）、棉叶螨（结网）。其他害虫太小，肉眼看不清，只能借助放大镜观察。生虫的植物会出现下列症状：蜷曲、畸形、叶片颜色难看、叶片边缘有咬痕。害虫常躲在叶片背面，有时会在叶子与植株底部留下黏稠物，即所谓的"蜜露"。蜜露出现就意味着污霉病来了。

摘掉最不堪的叶子，剪去所有受损嫩芽，清理干净。比较环保安全的除虫方法包括随时手动除虫除网、酒精棉签除虫（蚧壳虫）、水管冲洗（蚜虫）、喷杀虫皂水等。机械除虫设备如商用的黄色粘虫板，能够吸引粉虱与蚜虫。有些益虫如瓢虫、草蛉、蜘蛛、地面甲虫与蟋蟀——尤其在花园里——会与害虫做斗争。栽种新植株时，最初一个多星期要注意检测，观察是否有虫害或疾病，以避免传染其他植株。万不得已时，可在室内外使用杀虫剂。使用时要严格参照说明书，确认所用杀虫剂对植物的伤害最小。某些植物，尤其是蕨类植物，极易被化学制剂灼伤。

施肥：艾米莉没有谈过施肥的事情。她用的或许是事先备好的"肥料茶"。总的来说，植物生长旺盛期与新培期（良好土质）需要每两周施一次肥。应避免在植物休眠、枯萎或生病时，以及阴雨天气时施肥。营养不足的征兆主要是叶片变黄——开始时边缘发黄，慢慢扩展至整个叶片。原因可能是土壤太贫瘠，这时可以考虑施肥；当然也有可能是因为植物已经满盆，需要翻盆移植了。

清理：随时清理落花、残叶、枯枝。通过掐剪，来为植物塑形并促进分枝生长。冬季开花植物如山茶花、栀子花与茉莉，都会在夏末打苞，8月1日以后就应停止掐剪。所有夏季挪到户外的植物，都要在秋季移入室内，且不再修剪。为去除灰尘与垃圾，每周应喷雾，或将植物放到厨房水槽冲洗一次。可以用餐叉松松表层泥土。

夏季户外种植：晚春时节，寒霜威胁彻底散去，即可将植物挪到户外。最后一场寒霜的大概日期可从当地园艺商店或美国农业部下属的郡农业技术部门获知。夜间温度稳定在55度以上时，即可将植物挪到户外阴凉处，如门廊、树荫等，遮风避日，令植物茁壮成长，顺利适应新环境。逐渐增加日照时间，直到植物能够完全习惯全天日照。适应期为10—12天。适应之后就可以将植物固定在合适的位置不再挪动。为防止害虫从花盆底部钻入，可将花盆放在木板上，下面垫上砖块、倒扣的花盆或盘碟。下雨之后要清理盘碟积水，以免根部过涝。

要在霜降之前将植物移入室内。需确认植物的健康状况。蚜虫、草蛉虫等害虫能存活到第一场霜冻之前。仔细检查植物茎干、叶片下方，用强水流喷洒以驱逐害虫，或直接喷洒杀虫皂水。几天之后有必要再次杀虫，以确保消灭残存的虫卵。冬天植物生长缓慢，应减少浇水与施肥频率。

艾米莉·狄金森对植物的时令需求十分敏感，1884年秋天，她写信给玛利亚·惠特尼："昨夜植物都撤回营帐了，它们柔软的铠甲抵不住奸诈的凉夜。"（L948）在她那里，"营帐"是房屋，而非花园。

花园盆栽植物养护

对园丁来说，在室外养护盆栽是额外的挑战。细心选址尤为重要。温度波动、太阳灼晒、干燥风吹，都能轻而易举地毁掉原本健康的植物。围墙、篱笆与树木能够防风，也能帮助盆栽抵御比晨光更晒的午后艳阳。艾米莉的瑞香，虽然夏天会挪到户外，但仍会紧贴屋墙阴凉处摆放。

花盆：确保花盆底部一定要有合适的排水孔。为确保大型花盆能够良好排水，可在花盆里填些碎陶片、砾石或"花生"，再铺上草垫或细网筛以避免泥土堵塞孔洞，也能有效防止害虫从排水孔钻进花盆。花盆底部多余的积水会妨碍氧气流通，导致根部腐烂。

用优质盆土填满花盆，这种盆土在园艺商店一般都有售卖。注意土不要填得过满，否则会导致排水不良。要为护根物预留出位置。新的硬土盆使用前，应先用水浸泡五六个小时，这样花盆才不会吸干土壤中的水分。

浇水：浇水是盆栽养护中最难把握的一环。水量取决于气候温度以及花盆材质。大盆比小盆干燥得慢些。多孔花盆比无孔花盆更易蒸发水汽，更需频繁浇水。天气炎热时，植物与泥土水分流失都会加快，亦需多浇水。无遮阴处的盆栽，尤其是用吊盆种植的，更易缺水。但也不能让花盆浸在水碟里。雨季时应将碟口朝下，垫起花盆，以便排掉雨水。大花盆下面最好塞上垫脚或用石子抬高。为植物裹上1—2英寸的优质护根，保护根须，保持水分。

浇水前，用手指检查泥土湿度。手指插入泥土1英寸左右，以判断植物是否需要浇水。水要细心慢浇，直到泥土全部濡湿，花盆底部排水孔流出水来为止。

施肥：频繁浇水会导致盆土养分流失。每两周给盆栽施一次肥，按照说明使用水溶肥料。如果土壤湿度尚可，施肥可代替浇水。花盆太干时不要施肥，应先浇透水，一天之后再施肥。栽种时也可将缓释肥料颗粒事先混合在花土中。缓释肥料最适宜环境为pH值在6.5—7.0的优质温暖土壤。生长季将尽时，植物长速放缓，应减少施肥频率。

植物养护：除掉残花，以促进花朵再开、植物美观。枝条过长、不雅或残损时要立即修剪，剪到只剩一对叶子为止。保证植物不缺水分与养料，植株健康才能有效避免虫病。注意观察虫病，及时防治。大虫可手动除去，小虫可用水管喷冲。浇水不当或空气流通不良都会造成病害，需特别注意。万不得已时，可使用各种灭虫杀病的化学喷剂。使用时谨遵说明。

艾米莉·狄金森的温室中，形形色色的花木彼此依偎相伴。在复刻她的温室花园时，为了成功栽培她的植物，我不禁琢磨着艾米莉当年的园艺技巧，包括花卉保护与布局。苏珊·狄金森所写的艾米莉讣告中，提到了"她温室中精心栽培的奇花异草"，"无论寒霜暖阳"，花儿永能绽放，"她对化学实在是非常精通"。苏珊指的是艾米莉拥有各个方面的植物养护知识，尤其是施肥与维护土壤条件等方面。温室中"处处纯洁无瑕"，或许意指艾米莉拥有防控虫病和植物共栖等方面的知识，能为栀子与茉莉等最纤弱敏感的花朵提供良好环境。苏珊在讣告中并未提及艾米莉的户外花园，这或许是因为花园在阿默斯特早已是邻里皆知，也可能是苏珊希望专注于称赞艾米莉在温室园艺方面的高超技术。

19世纪早期，植物的整体外观或生长习性不大受重视，在园林设计中也不是重要因素，尽管对花朵的细致研究显然十分重要。无论具体而微的小花，还是宏大的花园景象，艾米莉的细观敏察都在诗歌中纤毫毕现。她那诗人的目光或许也有助于其作为园丁的技艺——有助于花园的设计与健康，也有助于对花卉品种的选择。在艾米莉·狄金森眼中，"花亦有舌"（L746）。在她笔下，花在阅读，也在旁观。

注释

1 玛莎·狄金森·比安奇:《艾米莉·狄金森的花园》,《艾米莉·狄金森国际学会通讯》(vol. 2, no. 2),第4页。

2 同上,第2页。

3 参见梅布尔·卢米斯·陶德编《艾米莉·狄金森书信集》(1894),转引自威利斯·J. 白金汉《19世纪90年代艾米莉·狄金森的接受》,第346页。

4 盖伊·莱顿:《艾米莉·狄金森的家园:花园景观历史沿革及关于维护与复原的几点建议》,第24、25、43页。

5 Shah,沙王,伊朗国王的旧时尊称,也可译作"沙阿"。——译者注

6 艾米莉·狄金森钟爱的花朵会随时间推移而变化。有时她还会在花朵排名中省略掉自己喜欢的花,如龙胆和水晶兰。她的诗中没有瑞香,尽管她在临终不久前发出的一封信中,曾将瑞香称作"喜乐造就的绝美"之花(L1037)。堇菜与龙胆,令她痴狂,爱得比瑞香更长久;而水晶兰也让她倾心,是她的"一生最爱"(L769)。从少女时代直到去世,野花一直是狄金森的最爱,("甜美的")藤地莓永远嵌在记忆之中(L1038)。

尾声

园丁四季

三月二日，乌鸦，高入尖塔之雪，对绝无之物心怀绛红期许，只因永在此处。

——艾米莉·狄金森，散文片想 43

1862年初，艾米莉·狄金森所谓"东道主"——想象力的天使——频频造访，除了侍奉"清教徒花园"，她手中的笔似乎从未停歇（L685）。那个冬天，"匿名的访客"，天使般的缪斯女神，给她送来了一首完美的死亡之歌（F303）。当时她已然写下了"因我无法静候死神"，诗中的梦境苦涩又欢欣：前来求婚的死神是个骗子，在新娘同意登上马车之时，他却将她一人丢在了旷野，但她无所畏惧（F479）。1862年，美国内战的死亡人数不断攀升，"如同雪片/任狂风肆虐"，迷失在寒冬黑暗中，她比以往更深地思索着死亡（F480）。有一条路可以令她英勇地抵抗这令人胆寒的死敌，黑夜中他化身寒霜掳走了她多少所爱——她可以写诗,诗中有她挚爱的自然象征——大海、高山、太阳,甚至自《创世记》而来的那条远古之蛇。

下面这首诗中,鲜花再次充当了美与真的象征。诗歌开头,狄金森写下了园丁们的死敌——寒冷:

> 死亡之霜已在窗—
> "护好你的花",他说,
> 如水手抵挡船漏
> 我们抵挡死亡—
>
> 柔弱的花,我们奉往大海—
> 往高山—往太阳—
> 而他那猩红的架上—
> 已爬起了最初的寒霜
>
> 撬他回去
> 我们侧身楔进
> 他与她之间—
> 易如瘦蛇
> 他长驱直入

直到她无助的美丽屈服

悲愤心中暗涌——

我们逐猎到他深谷

我们追索到他巢穴——

恨死，恨生

却已无处寻访——

比海更深，比大地

更辽远——唯哀伤（F1130）

  这首诗会启发我们理解鲜花在狄金森所有珍贵财富之中的地位有多高，理解她对鲜花何等看重。遭到如离穴野兽般的死神追索的花儿，象征着一种"无助"之美。19世纪的小说常常会刻画这样美丽而纤弱的女性形象——奥尔科特的贝丝·马奇（Beth March）或狄更斯的朵拉·斯本罗，二者身边都伴着一位美丽多病的女眷——狄金森笔下的花儿也是这样的"柔弱"。诗人含蓄地将花儿（藏身于宅中温室）比喻为少女，并非随意而为，而是欲以此凸显出花儿的独一无二，并将人的灵魂赋予鲜花。1866年春天，她在给伊丽莎白·霍兰的一封信中写道："上周辞世的女子，年纪轻轻，心怀期望，然而片刻间——就倒在我们花园尽头。自那以后，我便总是想着死亡之力。……对我们来说，死亡一如尼罗河。"信中的女子或许就是花园尽头生长的花朵——原本挺拔可爱，生机勃勃，却陡然枯萎凋零。在狄金森心中，死亡如同"尼罗河"，那黑暗神秘的远古河流，吞噬伟大生命的"嫉妒之川"（L318, 612）。她在信中想象的女子，漫步花园时跌倒陨逝（不过狄金森有时也会为叙事留白，因此信中所指其实也有可能是邻家刚刚去世的某个女子）。狄金森与19世纪的许多艺术家——坡、霍桑、画《奥菲莉亚》（*Ophelia*, 1852）的约翰·埃弗里特·米莱斯（John Everett Millais）与画《但丁之梦》（*Dante's Dream*, 1856）的D. G. 罗塞蒂——一样，深深迷恋着女性与珍卉以及死亡间纷繁错杂的联系。

在上引诗首节中，她重拾早年的意象——生命航程上将沉的小船。这一隐喻很可能受到了托马斯·科尔绘画《生命之旅》的启发，而后者的立意正来自古典文学/绘画中将生命想象成海上旅行的象征传统。她将花朵的守护者比作"抵挡船漏"的水手，第二节诗歌描绘园丁奔走努力守护少女/花儿的安康。花儿被"奉往大海/往高山－往太阳－"，处处令人联想起病人被医生遣往水滨、山中或乡下疗养。植物与人，这一对典型的狄金森式意象，再次合而为一。

第二节诗也写出了种花人千方百计抵挡"死亡"所做出的努力：为将残的花儿浇水（大海）、垫高（高山）、多晒"太阳"。或许狄金森的意思是将花朵摆到了温室的其他地方。但即使是温室中阳光最盛的架子，也"爬起"了寒霜，宛如毁灭人间初乐园的毒蛇。第三节"撬"字那字里行间的紧张感与"我们侧身楔进"（重点为笔者所加）一句，使园丁的绝望拼斗纤毫毕现。园丁的奔忙如在眼前：为花儿裹上御寒的围毯、报纸或帆布。劳登夫人的《淑女园艺指南》

（1840）用了第五章整章的篇幅讲解"抵御寒霜"。

1855年10月，艾米莉在写给"我的珍妮·汉弗莱"的信中说自己"刚从寒霜中来"，当时二十四岁的她越来越忙于照料自己的花园："孩子们还不能自理，只好由我来亲手照料，这样的夜。我给孩子们盖上小被子，蒙住小脸蛋，一时间母性满溢，如操心的双亲般小心翼翼。"（L180）十年前，艾米莉十四岁时，就已经担忧着凛冬"肆虐"。她致信阿比亚·鲁特，说尽管偶尔会有"几日好天气"，仿佛"花团锦簇的明媚五月"，而不是"雪堆中跋涉的极寒二月"，可她仍然担心小鸟"歌未唱毕便已冻僵"。值得庆幸的是，她的"植物美丽依然"，"寒霜老国王还没称心如意地拥花朵入他冰冷怀抱"（L5）。那年秋天，在另一封给阿比亚的信中，艾米莉倾诉了对花朵的深切珍爱，惋惜着冬天就会凋萎的花。花与她的诗思关系如此亲密，花凋对她而言创巨痛深：

> 你的花如今可还在？夏天我的花园何等美丽，现在却荡然无存。今夜苦寒，我想摘下最美的花……骗过杰克·弗罗斯特（Jack Frost，按：寒霜的拟人诨名），不让他觊觎珍宝的企图得逞。……全力对抗是不是个好主意，即使不能终胜，至少能够抵御一时？我愿赠你花束……供你压花，供你书写，在这夏日最后的花下。诗意盎然，是不是？（L8）

在狄金森的世界里，寒霜便是凶悍的匪徒。在"死亡之霜"中，他强迫花儿屈服。他的淫威之下,花儿无法再傲然独立——于花、于人,这都意味着生命的结局。看着花儿凋零,园丁-爱人满怀"悲愤"。归根结底,面对强悍的生之天敌,他们无能为力。他们找不到更毁不掉死亡的"深谷"与"巢穴",因为根本"无处寻访":尽管死亡的屠戮在时空中造成真切的痛苦,但死亡本身并不在时空之中。园丁/诗人空余"哀伤",只能继续苟活并耕耘劫后焦土。自从人间初乐园陷落,我们就已知晓,这空间必定远超陆地或海洋。

狄金森在她的诗歌"花园"中演绎着原初堕落与"逐出伊甸"的《圣经》神话,同时她也热情地沿用着19世纪传统的季节主题——著名的"人生如四季"(L552)。[1]她能够随心所欲地想象四季鲜花。1845年致阿比亚·鲁特的信中,她说自己写信时"手边无花,并非如你一样写信时有花儿相伴。但是你知道,我可以想象自己受到了花儿的启迪,或许那样也会有同样的效果"(L7)。(在这里,花就是她的缪斯。)很多时候,她会想象夏天、春日、温暖深秋(印第安夏日)甚或冬季,脑内风景启发着诗思。每个季节都有特别之处,激发并指引着她的幻想。既然季节流转于心中,她的生命"四季"似乎也体现了时间与永恒的秘密。她的一些诗作表明,四季的独特意蕴"永在"她熟识四季的心中(散文片想43)。她会开玩笑地自称昏了头,不是迷于自然的差谬,就是惑于诗人本性,想要一口气遍历一切"华丽演出/无须门票/穿越国度与时间"(F1678):

逝去的都已归来

菲比与乌鸦

三月即闻

松鸦聒噪——

心智仿佛迷失

难辨秋或春

一边坚果熟透

另一边五月正好（F1697）

冬天或许最不受狄金森待见，毕竟寒冬会冻死华美的一年生植物，埋葬灿烂的多年生植物，更会带来友人的噩耗。除了生育致死——苏珊·狄金森的姐妹玛丽便死于分娩——艾米莉的挚爱友朋还面临着肺结核、"流感"（la grippe）或夺走乔治·华盛顿生命的脓毒性咽喉炎。这些都是当时被认为与寒冷有关的肺部疾病。狄金森的冬日书信常常会带来疾病的消息——植物、她自己以及亲友。如1862年冬，她有短信致弗朗西斯·诺克罗斯，让她宽心，别太担忧阿默斯特表姐们的身体："可怜的维妮当时病得很重"，"我们也未能幸免，都开始担心小表妹或许再也看不到我们了，还好上帝慈悲……天气恶劣得简直致命，全天都是零下二度……夏天多好，若能与她再相见，我的一吻定会令她哭泣……"（L254）在她的观念中，四季与生死交相缠绕，冬天令她心灰意冷，尽管明知总有一日会冬去春来。当她跟范妮抱怨说冬天冷得"致命"时，意中所指的很可能是植物，而非人——冬天还并未冷得"致人死命"。但要知道，在她心中，花即是人，更何况在当时简陋的医学技术条件下，她的朋友们也常灾病缠身，一如紫菀生了蚜虫、玫瑰染上黑斑。于她而言，"致命"似乎非常贴切地指向一种病态、可怖而普遍的状态。

尽管破坏力强大，但冬天仍是狄金森最常书写的主题之一。有时她会以冬天象征痛苦，令人厌恶而沮丧，对丰盈之美、永恒生命与神的仁慈毫无信仰：

> 我的夏天—毁了—
> 因过去的—冬日—
> 牲群—饥饿—
> 还有大洪水—
> 横荡世界—（F532）

尽管身处阴沉冷峻的新英格兰地区，但像她这样一个唯美主义者，仍然会敏感于一切形式之美，包括寒冬——不过寒冬之于她，不啻"大洪水"之于诺亚。"冬天经过栽培"，她说，"如春日般宜耕作"（F1720）。四季更迭启发她说出这样既有趣又经得起推敲的格言。她会说，空无、残损或衰败的时日，也能转变为充实之季，只要我们不断耕耘灵魂花园。或许就在温室之中，这样的哲思会自然产生，因为温室中鲜花灿烂，打败了雨雪——这当然是她的意愿使然。她总是不忘提起她璀璨的"珍珠监狱"，父亲的铁杉与松树上优雅的霜凌，以及花园裸木与玫瑰丛上洒落的柔雪（L487）。

1873年冬，狄金森写下了精雅无伦的四行诗"二月，转瞬即逝的甜蜜之月"（L971）。这首诗超越了字面意义，因为对诗人来说，花木就是最基本的象征：

白如水晶兰

红如主教花

妙如午夜之月

二月时节——（F1193）

狄金森说的可是闪耀冬雪白如早春神秘的水晶兰，两个季节在一幅无瑕的景致中融为一体？她说的可是二月火焰红如绛色的主教花？1866年3月致伊丽莎白·霍兰的信中，她曾说"我心红如二月"。既然如此，诗中之红难道是指落日余晖映红了深冬白雪？或者是情人节的红？还是花苞中紧裹的深红？——在她眼中，二月似乎是红色的（L315）。如三月一样，二月亦给她"绛红期许"：真心实意地期盼春天与复苏的花园。(对于狄金森来说，"期许"当然是"绛红的"，理所当然。她能感到即将来临的幸福——春日般的幸福——其实"永在此处"，永在想象之中。）

作为诗人，她推崇悖论，但作为园丁的艾米莉·狄金森知道冬天对东北地区的花卉不可或缺。十六岁时，她整个冬天都在照料"大片花木"。她渴望见到"太阳与夏日"的"面容"，见到春临花园（L9, 487）。我们还记得她1877年对同为园丁的希金森说的话："鲜花年年凋落，而我那时还只是个孩子。希区柯克博士论北美花卉的书给了我慰藉－无花之时，仍让我相信花还活着。"（L488）有两位论者认为狄金森有"季节性情感障碍"，没有阳光时，便会消沉、淡漠、无所事事。[2]比起冬日苦寒，狄金森肯定更爱率领"雏菊军团"的"伟丽夏日"，但是她仍会以同样的优雅与热情歌咏"青草成璃"的冬日，似乎冰与雪原本就是灵幽之花（L381, 207, 381）。"冬日红"与"灿烂冬夜"——甚至"残败……初蕾花园"——在她心中唤起的就算不是爱恋，至少也是怀想，她最好的诗篇都写于无法户外耕植的苦寒时日（L365, 901）。寒冬并不会阻断她对温馨美好季节的想象。她甚至暗示，冬日严寒反而会刺激想象，令人神往舒适和暖的阳光：

设想有一种气候

太阳永不落－

冬天更显辛酸－

颤抖地幻想着

那虚拟的国度

那和缓的微寒－

不回避温度－

不降低纬度－（F551）

成年以后，艾米莉·狄金森似乎已然确信，冬天——除非寸草不生——是重新蓄满想象力"矿藏"的时节。社交杂事及春夏花园盛放的真实诱惑——远胜于想象中或冬眠时的花园（L908）——会分散她的注意力，而狄金森的手稿中有一首咏冬诗：

冬天很好—

他灰白的快乐

沉潜于斜体风—

而心智

沉醉

于夏日，

或世界—

寻常（Generic）如

采石场

真心—如

玫瑰—

苦寒

相邀

他若离去

亦欢迎。（F1374）

这首诗的几个关键词"采石场""玫瑰""苦寒",在艾米莉·狄金森的手稿中都经由自由组合(如上引文所示)而得到过强调。诗人区分着夏与冬:夏天诱惑心智,令其沉醉于酒精或世俗快乐;而冬日的心智则沉潜于"斜体"——斜排或着重。冬天令人们震撼/惊觉,养精蓄锐。而狄金森选用的"寻常"(generic,亦指种属)一词则暗示着冬天也如植物般有着生物种属——冬乃采石场属,资源丰饶。她虽并未点明资源为何物,但"采石场"一词,亦如"矿井",在她那里常常指涉想象力。生疏于花木者不会做这样的联想,但园丁知道没有雪与霜,没有凋零与化泥,多年生植物就不会萌发新芽。对园丁与植物而言,"碧绿"或温暖的冬天更令人提心吊胆。同样,没有死亡与埋葬,人类(如基督的教诲)便无法达至永恒不朽。如《传道书》的箴言——信或不信,艾米莉对《传道书》的句子总能随手拈来——花园生命有季,人生亦有季节流转,"栽种有时,拔出……也有时"(3:2)。

狄金森常以柔弱形容花园中华美的深杯玫瑰,在这首诗中,她笔下的冬天成了一朵"真心"似火的红玫瑰。令人想起六月、爱情与婚礼的玫瑰,变身为冬日象征,引出了典型的狄金森式悖论:爱的核心便是死亡,冬天也必如她童年肖像中手握的玫瑰般转瞬即逝(图35)。冬天"若离去/亦欢迎"又给出了另一重隐含的矛盾。艾米莉·狄金森有时会忍不住将冬天想象成某种传染病,她会写下这样温暖的句子:"贴心的医生,是将临的春天。"(L807)凯蒂·斯威策姨妈住得不远,她的珀菊及温室花卉享有盛名。艾米莉曾对姨妈

图35 奥提斯·A. 布拉德,狄金森家孩童肖像:艾米莉(手拿翻开的书本与一朵玫瑰)、奥斯丁与拉维妮娅,1840年

尾声　园丁四季

说过，自己的花园终将"在美的不甘中消亡，如同黄昏之金星—"（L668）。对她来说，花园就是金星（维纳斯之星），与爱与快乐紧密相连。

科尔、凡·戴克（Van Dyck）、提香（Titian）、多梅尼基诺（Domenichino）以及维多利亚时期最受欢迎的圭多·雷尼（Guido Reni），都是狄金森热爱的画家。除了以上她点过名字的画家，从其创作主题与诗句中，我们能推测而知，她还倾慕透纳、杜兰德、吉福德、丘奇与海德。与她喜爱的画家相似，狄金森也深深迷恋光线。梅布尔·卢米斯·陶德曾将艾米莉比拟为印象派。与印象派画家一样，她热衷于观察光线的品质与阴影，它们既区分又揭示，既神圣又魅惑。"光存身于春"，她会这样形容复苏的春季，"而非一年之中/其他的时节"（F962）。她有一首奇思妙想满溢的诗，写晨光载着春意，降临小城：

光的手指
温柔叩敲小城
"伟大如我，不耐等待
速速开门。"

"你来得太早"，小城回答，
"我睡意犹在
想我放行，你必起誓

绝不搅扰众人。"

轻浮的客人从命
可是一进城门
他笑颜初露
便惊醒了女郎与男子汉

池塘居民
高兴地蹲起
喧喧问候，小小飞虫
也举杯畅饮光芒（F1015）

这首如画的小诗透露出浓烈的神话气息：魔力强大的"光"与拟人化的"小城"进行着对话。这是狄金森版本的《创世记》，狄金森版本的"要有光"。诗的主题也许是自然与艺术或自然与语言/想象。光对人类来说当然至关重要，对其他小动物及昆虫如青蛙与飞虫也是不可或缺，这一点通过拟人化的性格特征描写而得到了美化——蹲着喧鸣的青蛙与黑色的小小飞虫，都受着日光的招引，吸收着太阳的养分。自然世界需要光，画家也同样需要光，作画便如同以光的"手指"点染着画卷。

对于艾米莉·狄金森来说，春天就是光明，在真实与象征的双重意义上皆如此。她笔下的三月，如同艺术上的对手——他的功绩，让她渴望,却又永远无法匹敌,因为原初的色彩只属于他一人:"那重叠小山你留我着色－/却找不到恰切的紫－/已全部被你带走。"(F1320)重要的语词"紫"又一次出现,它象征着尊严、地位、才华与圣洁。夹在严酷冬季与温暖春天之间,三月令她惊喜。她以沉潜的才华创造出了无限广大的魔幻世界,山间的光影仿佛熙熙攘攘的人群,"东方"与"西方"是每天抬着太阳出入"白日"大门的巨人,春天则成了神奇的灵药。她用家庭主妇的形象来描述它:"用你灰白的活计搭建好我的心/然后请在这玫红的椅上安坐－"她带着狂喜与春天邂逅:"我遇到春天时－按捺不住感动－/心中溢出古早的想望－"(F1319, 1122)冬天"灰白",春日"玫红",各有独特的颜色:冬天寒霜灰白,春日枝头茎上花蕾玫红。狄金森笔下对春日的渴望,几乎无可匹敌。

因此,也许其中掺杂着些许恐惧。因为她需要春天来唤醒她照料的花园——花园是重要的诗歌主题——所以她担心,有朝一日,春天不再到来:

当五月到来,若五月回转,

难道无人担忧

如此华美容颜

他却无法重睹?(F1042)

在艾米莉·狄金森心中,春天还有其他更为私人化的意义。她曾对伊丽莎白·霍兰剖白心迹："某些特别的月份似乎既施予又剥夺－八月施予最多－四月－剥夺最多－循环反复，永无尽头。"（L775）在另一封致霍兰夫人的信中，她又说："爱的日期只有一个－'四月一日'，'今天，昨天，以及永远'－"（L801）在内战中，查尔斯·沃兹沃思同情南方，1862年4月他被迫离开费城的拱门街（Arch Street）长老会教堂，远赴旧金山。二十年后的4月1日，他去世了。狄金森的书信本身、随信附赠花朵的指涉以及信中征引的两行丁尼生诗句（据托马斯·约翰逊考证，第一句引自"悼念"["In Memoriam"]，第二句引自"爱与职责"["Love and Duty"]），看上去都像是确认沃兹沃思为"大师"的铁证。但是狄金森常会将独特的爱意与非凡的赞美慷慨赋予朋友，而这些朋友并不见得是她所"爱上"的人。语词的力度，与情感的力度一样，对她来说不可或缺。沃兹沃思1880年8月拜访过艾米莉，而且二人可能早在1861年夏季就已见过面。这同样会令人觉得他就是"大师"。但是不要忘记，塞缪尔·鲍尔斯1862年4月5日启航去了英格兰。狄金森在写给玛丽·鲍尔斯的一张便条里，提到了塞缪尔的离去。便条中那满溢的欲望与痛苦，仿佛鲍尔斯已然逝去："最好的已然离去－其他一切便无关紧要－心只求其所欲……见不到你我所爱，太可怕。"（L262）

黄水仙、山谷百合、牡丹、番红花等鲜花复苏的季节，也是她重尝苦涩之时。春天的"激流""拓开了每个灵魂－"（F1423）。在狄金森眼中，春天如同圣典。"激流"——春雨——就是一种洗礼，圣灵神力的直接启示。春日花园令她窥见了上帝：

狄金森的花园

春天这个时节

上帝亲自送达—

与其他季节一同

他居住其中

到了三月四月

外面仍无精打采

除非同上帝

来场亲密交谈—（F948）

艾米莉·狄金森所信仰的上帝全在诗中。她的上帝自1860年以来就已在某种程度上与花园融为了一体。"外面"指的主要是她父亲的土地。对她而言，所有的季节都由神意点染，但春天与众不同，它直接证明着上帝的存在与善意。如果花能与人交流，那么每年春天百花复苏便是它们与造物主愉快的"亲密交谈"。

在狄金森出生的一百多年以前，另一位马萨诸塞州的作家也曾将灵魂比喻成"上帝的花园"。他同样熟悉"林中的隐秘之地"，也有一块能够思索自然神性的"退守之地"——他就是乔纳森·爱德华兹（Jonathan Edwards），一位清教牧师兼诗人。在《私人叙事》（*Personal Narrative*）中，他为皈依的基督徒灵魂寻找到了颇为雅致的比喻："如同每年春天我们见到的白色小花，谦卑地紧贴土地，盛开的花朵喜悦地沐浴着太阳的光辉，不动声色地经历着幸福的狂欢，馨香四溢。"爱德华兹的白色小花,也如狄金森最爱的银莲花一样,"可爱,……谦卑,心灵残损,灵魂柔弱"。在他看来,这些小花是美德的典范:"没有什么(比它们的品质)更让我渴望。"这些谦卑美丽的春日小花终令他相信了"耶稣基督的亲切与美"。(相信小花在艺术上具有优越性的约翰·罗斯金,是否曾读过乔纳森·爱德华兹的文字呢?)艾米莉·狄金森不会如爱德华兹一样,将这些小花对应为三位一体中教导信众"像小孩子一样承受神国"的圣子。但对狄金森和爱德华兹二人来说,春天都点燃了他们"内心深处的火种"。如同爱德华兹,狄金森也会大胆地相信,鲜花的复苏或许就昭示着她自己的复活。

艾米莉·狄金森自称"清教徒"时,她心中想的是自己的"清教徒花园"(F866, 685),这或许并非偶然。这个短语她写于冬日落雪之后,但写作时间并不足以解释这一巧合。了解狄金森的读者绝不会将她炽烈的情感与清教徒古板的教条相连。她所谓"清教徒",可能更多地指向纯净、洁白之意。因此,她会邀请詹姆斯·S.库珀夫人(Mrs. James S. Cooper):"你该来……看看我的房子,大自然将它粉刷得如此洁白,问都没问我-大自然很'老派',说不定是个清教徒-"(L706)狄金森关于白色的观感与爱德华兹颇为相似,并不局限于白雪之白,更指向内心纯洁。花园会激发神圣之情:

花的善意
人若想拥有

必要首先出示

盖印的神圣许可（F954）

春天与清新、纯洁、神圣紧密相连，那夏天是怎样的呢？狄金森的夏日图景有趣又复杂，或许可以概括为果实成熟的完美喜悦，以及灵魂与花园繁花盛放的凯旋：

我的花园—如同海滩—

紧邻着—大海—

夏天来临—

宛如—她拾得的

珍珠—宛如我（F469）

这首诗仍按惯例有花为伴，花就是她园中的"珍珠"。在"举足轻重的一生"（F248）一诗中，几乎可以断定珍珠指的就是苏珊·狄金森——典出狄金森最爱的《马太福音》中"昂贵的珍珠"（13:46）一语，以珍珠寓喻灵魂。"珍珠"一词的精神指涉常令她感动。她的园中之花宛如珍珠，这更加深了花朵的神圣意味。而大海意象，一如"东方"，复杂多变，象征着永恒、痛苦、热情或包容大地的辽阔天空。在本诗中，夏天情境中的大海不再咄咄逼人，而是成了巨大简朴的珠宝盒子，内中藏着快乐。"我的花园—如同海滩"这样的小诗，常有一种未完成之美，仿佛需要随信附赠的鲜花来补全。无论是意义，还是结构，这样的小诗当然比不上那些常被选入集子的精美诗篇，比如"灵魂时常伤痕累累"（F360）或"青铜－火焰－"（F319）。它们是诗歌便条，文学价值或高或低，但狄金森常会用这些小诗补全鲜花或礼物的未尽之意，反之亦然。诗与花，联结起了她的双重使命：诗人与园丁。

狄金森最为画意沛然的一首咏夏诗，形容"蝴蝶/如门内美人"，破茧而出，撑着斑斓的阳伞，在草地上游乐直到黄昏。蝴蝶可不是草地上收割草料的农民，它们"迷失于外面/炫人耳目的诱惑"，"四处修修补补－/杳无规划"，似乎总在"漫无目的地悠游"。狄金森将这首诗称为"热带表演"（重点为笔者所加），用上了她内涵丰富的形容词。比起"辛劳的"蜜蜂与"热情满溢的"鲜花，蝴蝶与其他"伙伴－像她一样的魅影－"都是围观劳作者的"闲散看客"。狄金森或许很清楚，在西方艺术中，蝴蝶一直是灵魂的传统象征；在她的诗中，固然潜伏着某种爱默生式的正统观念（"漫无目的""杳无规划"），但与之相抗衡的，却是诗中人对蝴蝶优游闲散生活的由衷欣赏。蝴蝶的漫不经心，"三叶草－懂得"。读者能够感受到劳作与玩乐间的冲突——这主宰了狄金森精神世界的冲突。最终，劳作者与嬉游者皆会同归于无形，那个午后也终将如蝴蝶般逝去，而诗中人会发觉：

直至日落潜行－稳步而来的潮－
收割干草的人们－

午后—蝴蝶—

都将消逝—于海—（F610）

这幅夏日速写中潜藏着某种黑暗。午后强光屈服于落日余晖，在这"稳步而来的潮"中，诗人目之所及的一切终归"消逝"。18世纪的赞美诗，如伊萨克·沃茨（Isaac Watts）的"上帝啊，我们古老的救主"（"O God, our help in ages past", 1712）会写到永恒的浪潮终将带走一代代子孙，给原本欢快、明朗的画面染上一层忧伤的悲光。但我们并不打算将这一传统加诸本诗中的蝴蝶消逝，毕竟蝴蝶之死亦是重归自然。"消逝"虽然迫不得已，但也可说是主动选择——完满而充实地度过一天、一生，之后走向终点。尽管光焰熄灭——这并不是个积极乐观的意象，因为狄金森总是梦想着"死亡之后，精魄长存"——但它亦与劳作者一样，同归永恒之海，经由一条更为轻捷的彼岸之路（L650）。

不同于其他季节，夏天在狄金森那里还意味着感官餍足，一种暂时脱离严肃理智状态的快乐。她将夏天"联想"为诗人、太阳与最珍贵的"上帝天堂"，若诗人排在第一位，只是因为诗人的想象能让"他们的夏日［持续］整年—"（F533）。尽管狄金森的一个典型特质便是恐惧（鲜花盛放时的？）完满与快乐，但是花园给了她精神的广度与持续的信念，令她能够精准地描绘出夏日的丰腴富饶。1859年前后她创作的一首诗中，夏天魔幻而魅惑，神圣之力升腾，令人既敬畏又"惊喜"。该诗以一节四行诗句结尾——相较于诗歌前几节的力道而言,这几行诗句略显轻柔——似欲重写夏日美景诱她想象的那一幕大戏:"红色大篷车"。这首迷人的诗让我们理解了她对所谓"热带"有着何等强烈而本能的爱:

夏日白昼有种东西
如她那缓缓燃烧的火炬
隆重典礼只为我。

夏日正午有种东西—
深邃—湛蓝—馨香—
超越极乐。

而夏日的晚上仍有
某种东西跳脱明亮
拍拍手便看得见—
…………
东方仍举起她琥珀的旗帜—
太阳仍沿着绝壁指引
他的红色大篷车—

请看—夜晚—黎明
结束于奇异的欢畅—

> 而我，晨露中穿行，邂逅
>
> 另一个夏日白昼！（F104）

"火炬"、"绝壁"与"红色大篷车"的意象，"东方"的存在，以及宣告日出并维持白昼的"琥珀旗帜"，影响着奢华享乐的东方主题，将狄金森关于美与浪漫的书写渲染得更为多彩。无论正午抑或夜晚，夏日总是高擎着以阳光或月光制成的火把；天空中香气氤氲；诗人-观察者是"庄严的"，宛如通过神圣的仪式。最后一节四行诗中"奇异的欢畅"，似乎显得有些词不达意，不足以形容前几节中准宗教色彩的华美绮丽，但是，她从一开始就坦承自己的笔力远不能描绘出如此盛景：有"某种东西"触动了她。当然，这首以三行体（在其作品中罕见）写成的早期作品，已然相当丰满圆润，基本勾画出了艾米莉·狄金森自然宗教信徒的形象。

在这样的宗教情怀下，夏天既是女神，也是信仰：

> 夏天—我们都曾见—
>
> 只有很少人—信仰—
>
> 很少人—志存高远
>
> 全心全意深爱—

信（faith）、望（hope）、爱（charity）三者之中，"最大的是爱"，圣保罗如是说。在上引诗中，狄金森同样将爱置于信仰之上。

夏天如同圣父，而对于圣父，狄金森总是心有不满：对摩西，对亚当，还有对她本人，圣父从无丝毫悲悯。"夏日无情"，对人类视若无睹，"她只管阔步向前"（F1413）。

尽管花木常被看作她的孩子或玩伴，但艾米莉·狄金森很少指责花木令人失望。只有花木凋零或死亡，她才会如痛失爱人般以责备来倾吐痛苦。然而，在她的诗中，夏天又是一个狠狠背叛她的女人（这个令人深爱的女子，或许就是苏珊·狄金森。狄金森曾为她、因她而写下了包括"如今我明白已失去了她"在内的一系列诗作［F1274］）。夏天与园丁-诗中人仿佛建立起了深厚的感情，然而转眼便无情将她抛弃。这或许是因为夏天身为女神，而诗中人仅是凡人，身处凄冷小屋，寒霜环伺——女神与凡人无论曾经有多"亲密"，现在都已"形同陌路"。夏天如猫一般的背叛，令狄金森憎恶，而在夏日的操控下，连她的鲜花也倒向了背叛："夏日的温柔扈从迎向/迷醉的终结/无处寻觅－尽管我们曾一次次地相逢－"夏天狡黠而冷漠，转念间便冷落了侍奉她许久的诗中人，她的花朵"扈从"也绝不向日夜操劳的诗中人透露一点行踪，被抛弃的痛苦令她哭诉："多么虚伪的朋友－"（F1340）通过放大夏天远去对她情感的伤害，通过选择谴责人际关系中背叛的语词，狄金森成功地写出了这段历程，带着某种反讽，但又并未削弱情感的力量。

苏珊·狄金森如夏日般魅惑而迷人，在小姑艾米莉的诗歌与书信中，她总是与火山、东方、印度、意大利、埃及、激情四射以及炽热风景紧密相连。写到夏天与苏珊，艾米莉·狄金森总会出之以一种动感而有力的语言风格。夏天与苏珊都象征着大自然最具欺骗性的一面，因此，这首诗也有多种版本，普通读者未必能通过诗看清她们的真容。三卷本《诗集》收录的第一个版本书写的是外部自然：

自然还是个陌生人；

征引她最多的人们

从未经过她鬼魅的宅邸，

也不曾将她简化为幽灵。

可怜那些不知她者

愈发悔恨

知者知之越少

离之越近（F1433a）

在另一个写给苏珊的版本中（F1433c），狄金森用"苏珊"替换掉了"自然"，用"攀爬"替换了"经过"，用"妥协"替换了"简化"。"攀爬"表达出了狄金森对嫂子的一贯印象：个子高大，气场亦强，热情似火，似乎比艾米莉庞然得多。对她来说，苏珊宛如巨人"歌利亚"，她则是手握弹弓的"大卫"，"将力量"或艺术"握于手/对抗世界"（F660）。苏珊如夏天般魅惑诱人，这或许部分由于她的"鬼魅"或精神绝不会"妥协"，绝不会被剥夺其丰盈完满。母亲与妹妹的早逝，令少女时代的苏珊哀恸以极，这让敏感年少的艾米莉·狄金森深受触动。此后，在艾米莉心中，苏珊便成了夏天自然之力的象征：繁花盛开，惊喜不断。然而，讽刺的是，如同"比清晨更强大"的"晌午之人"，也就是狄金森在一封著名的致苏珊书简中充满恐惧地想象出来的未来丈夫，炎夏亦会以"强大太阳"般的男性之爱来焚烧、毁灭（L93）。苏珊与夏天、烈日、激情、婚姻紧紧相连——归根到底，她们都一样危险而诱人。

最后，在"南来的鸟儿鸣啭—"中，狄金森说自己与夏天定下了"同居"的"契约"，死亡铸成了这段生死相许的情缘；诗人长久陷于"哀悼"，而夏天同样为"她的逝者"唱着挽歌——一年生植物花开一季便猝然而逝，再难重生（F780）。诗人与夏天固然亲密，但夏天永远有着意料之外的"奇妙"，保持着神秘与神圣，一如春天（F374）。在早期作品中，艾米莉·狄金森便无惧于探寻夏日的永恒，所有不得不面对荒凉土地的园丁都会对她的祈祷感同身受：

夏日—姐姐—撒拉弗！

就让我们随你而去！（F22）

但是令狄金森写下最为深沉、最为热烈的诗句的，并非夏日"怒放的繁花"，而是"秋日的愉悦与忧伤"（F822, L945）。在这一点上，她与自己最欣赏的风景画家托马斯·科尔心有灵犀，科尔及其秋日画派都迷醉于秋天幻化斑斓的色彩中蕴藏着的忧伤、宁静与原始的光辉壮美。艺术史家罗宾·阿斯利森（Robin Asleson）和芭芭拉·摩尔（Barbara Moore）在《自然对谈》中认为，托马斯·道蒂（Thomas Doughty）的风景画《哈德逊河之秋》(*Autumn on the Hudson*)中蕴含着数不清的"美国"特质，如"辽阔无垠"与"原始天成"，但是"最具美国性"的还是道蒂选择的季节本身，那生机勃勃的红与黄，都迥异于克劳德·洛兰（Claude Lorrain）所树立的欧洲风景绘画传统。[3]（事实上，这样鲜明的色彩在欧洲风景中极难见到。画家贾斯珀·克洛普西［Jasper Cropsey］曾将美国秋叶献给维多利亚女王，以说服女王相信他的《秋——哈德逊河上》［*Autumn—on the Hudson River*］画的都是实景。）[4] 秋——尤其是临近入冬时的意外回暖时期，即所谓"印第安夏日"（Indian summer）[5]——不断启发着哈德逊河画派的绘画与艾米莉·狄金森的诗歌。无论作为普通人，还是作为美国艺术家，在狄金森看来，这个季节都最为令人心潮澎湃。印第安夏日继承着夏秋两季的生机，在年复一年的衰亡季节，以非凡的精神之光唤起生命的复归。对狄金森而言，印第安夏日的灵动——鲜明的色彩、恒久又常新的和谐——呈现出的正是艺术的力量。

阿尔弗雷德·哈贝格曾写道，"花帮助（艾米莉·狄金森）具化了（人的）灵魂四季"；在她那里，"季节象征着精神历程的不同阶段"。[6]这固然不错，但狄金森对季节、对花的感受都相当个人化，又极为敏锐，她会不断交叉或模糊季节与花期的边界。她喜欢对比秋、夏与狡黠的印第安夏日，尤其是后者，在寒冬到来之前带给花园短暂的复活，令园丁欢欣雀跃。印第安夏日会让狄金森想起自己一贯的判断："更美的不是停留/而是远去的面容"（F1457），"消逝的永存"（F1239）。印第安夏日，稍纵即逝的"六月"，有时会在玉米收割后，人们正忙着收获南瓜而毫无防备之时，倏然降临，令她生出天堂之思：灵魂的收割随时将至。她的秋日诗句充盈着沉重的迷醉，抑或忧郁。这种忧郁，一如秋日本身，建立在诗人对末世之美的体验之上。

作为自然诗人，狄金森乐于欣赏风物流转：蜂鸟虹彩斑斓地翻飞花丛，大树轻摇流苏般的枝条，雷雨云碰撞激荡成闪电，风吹雪落，还有春日树干上流下的汁液。在一首诗中，带着死亡讯息的秋天宛如战争风暴：

其一名一为"秋"一
其一色一为血一
动脉一在山一
静脉一沿路一

巷中一水珠硕大一
哦，斑斑纷落一
风一狂卷盆地一
猩红大雨飘泼一

秋季大自然的哀苦以及深蕴其中的恐惧，与内战给狄金森造成的创伤别无二致。因此，在这首诗中，她将绛红金黄的秋叶比作伤口，动脉、静脉寸断，是战争带来的浩劫与动荡（"风－狂卷盆地－"）。也许意识到了诗中过剩的哥特意象，她选择以宁静结束诗歌，秋天变成风暴后的彩虹，"玫瑰般的涡旋－荡开－/落于朱砂红的车轮－"（F465），字里行间暗示着春天。

狄金森最著名的一首咏秋诗，称秋之"正午如太古－"，"幽美的圣咏"中有蟋蟀的"草间悲鸣"，举行着"不为人知的弥撒"（F895）。诗中人发现"德鲁伊式的异变/增进了自然－"，尽管自然的"恩典""进程缓慢"，将其带到人间的八月之火也很"微弱"。由夏入秋，"寂寞无边"，狄金森如是说，而读者将会再次感到自然对诗人影响之深远——无论如何喜乐，总有一种惆怅与疏离的底色沉淀在她情感深处。她曾经写过"某种东西我总感阙如－"，形容自己是"黯然去国的孤独王子"，"仍然在静静寻觅/我那不合法的行宫"。"家中无家"，她便将花木当作值得信赖的旅伴，一路追索着"天国的住所"（F1063, 1072）。没有花园，她的"无家可归感"（这当然是夸大其词）便更趋深刻。

在中世纪的象征体系中，花园隐喻着灵魂；艾米莉·狄金森继承了这一传统。在秋季来临之前，她会祈祷："上帝啊，赐我一颗明媚的心/承受你大风般的旨意！"（F123）她会将印第安夏日想象成自然最后的神圣仪式（F122）：

这些日子，鸟儿飞回－

很少—或许一两只—

会回眸一瞥。

这些日子，晴空重演

古老的—古老的六月之诡辩—

蓝金色的谬误。

骗子啊骗不到蜜蜂。

你的伶牙俐齿

差点诱去了我的信任，

直到成行的种子出来作证—

漫行过变幻的空气

催促那胆怯的叶。

　　在一首以罗马天主教意象（或许是得自玛吉·马厄或家中其他的爱尔兰仆从）著称的诗中，艾米莉·狄金森自称"任性的修女－住在山下"（F745），在两个封闭的花园中——一为温室，一有篱笆环绕——向造就圣洁自然的神明祈祷。对她来说，春日与夏日固然宛如圣典，但印第安夏日这在十月间重现六月美景的奇异时节，更会令她油然而生出圣体转化的神迹之感：

哦，夏日（days）的圣典，

哦，雾霭（Haze）中最后的圣餐—

请允许这孩童领受—

承继（partake）你神圣的象征—

分享（take）你献祭的糕饼

饮下你永生的美酒！（F122）

狄金森常用的斜韵（slant rhyme）[7]体式非常适合表现迷惘、混乱与困惑。但这首音乐性极强的三行诗，韵脚非常工整讲究（days/haze, partake/take），欲借此来凸显诗中人感受到的圣餐之和谐。基督的训谕得到了实现："像小孩子"一样亲近上帝，但亲近的方式却是借助自然的典礼，而非基督教的仪式。[8]印第安夏日如同艺术品、绘画或圣典，足以"诱去……信任"，令人折服于其主题：夏日。它并非炫人耳目的假象，而更像是圣餐——根据罗马天主教的教诲，基督的身体与鲜血真切地隐现在面包（糕饼）与红酒（美酒）之中。

在写于上引1859年诗作之后的另外两首诗中，秋日沉思将狄金森引向了对生命与永生更深刻的理解。第一首诗创作于1877年：

夏天拥有两次开始—

一次始于六月—

另一次却在十月

> 令人感动地重来—
>
> 或许，没了嚣闹
>
> 只余更形象的优雅—（F1457）

为了治疗前葡萄膜炎（这种痛苦的眼疾折磨得她连冬日的微光都无法承受），艾米莉·狄金森与诺克罗斯表妹们一起寄住在坎布里奇公寓。她写信给苏珊·狄金森："我知道已是'十一月'，但玉米收割后还会有个六月，其抉择内蕴于心。"（L292）信后日期是"1894年6月"。与大量狄金森书简相似，该信也用到了她个人的典故。写信人的意思是自己正身受流离多舛之苦，这是"十一月"，但印第安夏日总会带给人另一种选择或"抉择"，它是"内蕴于心"的精神时节。人们可以选择（抉择）想象夏日——无论身处何时，总会让人感到振奋与欣慰。第二个六月或许缺少夏日色彩与香气的"嚣闹"，却有更形象、更严谨的"优雅"，如花叶落尽，枝条才能显出内在的构造。印第安夏日形色都在变化，其所传达的讯息也颇具狄金森风范：失败促发成功，离别预示重逢，失去含蕴满足。

本书的旨趣之一即欲致敬——借用哈罗德·布鲁姆激情澎湃的描述——艾米莉·狄金森的"惊才绝艳"与"心裁别出"。[9]（众多狄金森研究者或许皆与我此心略同。）狄金森笔下的四季，既展示出她错综复杂的心灵世界，同时也表现着其独特的精神气质。狄金森曾经评点过詹姆斯·汤普森（James Thomson）的《季节》（*The Seasons*,

1817），或许也曾被其中的传统比喻——冬与死及磨难、春与爱及光明——所深深触动，但她笔端的岁月显然充满了独特个性，超越了日历的条条框框。她的诗与书信，谈到六月的清丽可爱能将"沼泽"渲染成粉红（F31），但她所谓六月，并非日历中一年的第六个月份。这是狄金森式的大胆新创——在一首秋日之歌中，她的六月嫣然而至：

六月必临，玉米割后，
玫瑰隐于花种—
这个夏天，比第一夏短暂
柔情更脉脉

如早已埋葬的面容
某个正午孑然浮现
朱砂衣袂飘飘
触动你我，又归去—

据说，有两个季节—
公认的夏日，
以及我们的夏，变幻
以期许—以寒霜—

愿我们的第二夏

不与初始之夏较量永恒

我们是否只寻回了其一

而另一夏更令人心折？（F811b）

与其他狄金森诗作一样，这首诗也以雄浑庄严的《圣经》式调子开头，字里行间回荡着《传道书》中关于人们行事需有时的判断。现实中当然不存在一个"玉米割后"的"六月"，玉米收获之时已是秋天。"玫瑰隐于花种"，也指明了时处秋季，而非六月。因此，以"……必临"的句式召唤出的威权语气，有效地区分了象征与真实的两个六月。诗中所谓"六月"，指的便是印第安夏日，比火热的七月更"短暂"，更"柔情脉脉"。为写出其间的万般流连，狄金森在诗中请来了一位栩栩如生的幽灵，"朱砂"（既是亮红的硫化汞，又如秋天的落叶）衣袂飘飘，令我们心生"触动"，又蓦然消逝。奇迹般的印第安夏日，便是已逝夏日的幽灵。

在一首较早的诗中，狄金森曾经写过"丰盈完美"的"仲夏时节"，那时自己怀念的友人已逝往天堂，"倾身于完美－/穿过葬礼的氤氲－"（F822）。在"六月必临"之中，印第安夏日令她哀思再起。她将尘世此生"我们的夏"——印第安或虚幻之夏中，寒霜威胁着对美的"期许"——对比于彼岸来生天堂中"公认的夏日"。诗歌以祈祷结束，愿我们在天堂度过第二个迟来之夏，那个比尘世初始之夏更加接近"永恒"的夏日。这首诗写的固然是印第安夏日的六月幻境，但它有力地唤起了读者对那宛如天堂般六月美景的真切回忆。正是在这一意义上，季节更迭下的花园激发起了狄金森对永生的些许信念。

当然，讨论狄金森"六月必临"等诗作中的宗教主题与意象或有风险，因为很容易导出错误的结论：她也是约翰·邓恩（John Donne）或乔治·赫伯特式的宗教诗人，相信（而非希望）自己信仰基督神迹。当教区牧师安慰忧心忡忡的爱德华·狄金森，说"艾米莉没问题"时，他的意思很可能是她已经掌握了公理会教义，而并非指其已全心皈依。她的书信描绘了这样一幅图景：诗人坐在花园台阶上，家人们则在教堂中唱着赞美诗——枯燥的布道与令人走神的冗长圣餐仪式之后，焦虑而烦躁的艾米莉从侧廊飞奔逃出教堂。我们不能认为她总是沉醉于神启，如同文艺复兴时期神父们所谓"玄学"诗人，尽管在诗艺上，二者有着惊人的相似。[10]"有关不信的布道总会吸引我"（L176），她曾对苏坦承。她的信仰既不坚定，也缺乏信心，更不会陷入迷狂。相较于她对某些特定人物的笃信——当然还有她的缪斯——宗教之于她或许算不上真正的"信仰"。

但不管怎样，我们必须记住，狄金森的确曾经表达过对上帝的企盼与渴望。1864年，将自己想象成花朵，她写道：

然而，我若是，一朵花，
…………
褪色凋零

便已足够－

凋落，归于神－（F888）

她相信"其实大地即天堂－"（F1435），但是她又会热切地想象自己死后那个不为时间与季节所限的天堂。这些想法当然并非狄金森的原创，而是维多利亚时代艺术中的老生常谈，深深魅惑于哀悼或性之蜕变的丰厚魅力，一如沉迷于死亡。狄金森那（布鲁姆所形容的）"完美的陌生化"与"无匹的"原创性，上帝与天堂的观念，在她绝不纵容情感抚慰的头脑中接受着严格检验：

我们只能追随太阳－

随他每天沉落

他留一个圆球于身后－

我们只能－追随－

尘土将我们阻碍

止步于大地门外－

盖板陡然翻转－

我们再无法－窥看（F845）

在这首极简的诗中，一天、一生难分彼此。"只能追随"，这是狄金森对生命本身的描述。她的诗中人是西沉的太阳留在身后的

"圆球"；太阳落到地球边缘之时，她不会看到其将往何处。她也被肉身所化的"尘土"之球所阻隔，只能随球一起走向他的坟墓，他的"大地之门"。棺木"盖板"落下，掩住了一切光芒。对狄金森来说，坟墓的黑暗留给人的只有想望，想望"追随"所爱之人，想望某个清晨太阳升起时能与他们重逢。

除了园艺，艾米莉·狄金森原本也可以选择其他艺术活动作为兴趣爱好。比如，她曾经学过素描——苏珊·狄金森还曾打算为艾米莉诗集配上诗人的亲笔绘画[11]——但她并没有像诗人西莉亚·撒克斯特一样专心绘画。她也不追随为瓷器描花的时尚。她不谈论如何莳花弄草，如葛楚德·杰基尔（Gertrude Jekyll）或薇塔·萨克维尔-韦斯特（Vita Sackville-West）那样。她不做花卉刺绣，这在当时是女性消磨时光的主要方式，许多有艺术天分的女性都创作出了极其精美的作品。这些都是19世纪广泛推崇的女性技艺（但随着女子学院教育的崛起，针线女红到19世纪40年代以后开始渐趋衰落）。若想理解艾米莉·狄金森为何会终生倾心园艺而非其他领域，就不能仅仅简单地将之归结为她自童年时代便视花园为神圣，或只因母亲、妹妹、姨妈们同样酷爱花草。

从书信中我们可以看到，她之所以操持园艺——一如写诗——都是为了表达一种深刻而特殊的反叛欲望。天真的读者或许会讶异于她1863年10月写给诺克罗斯表妹们的信，开头便说"孤独之外，无他"，接着，怀着勇敢又悲凉的信心，她期望同样热爱园艺的表妹们能够理解自己："清晨我下来得比父亲还早，莳弄了好一会儿南海玫瑰（South Sea rose）。父亲发现了我，劝我做点更有益的事，在祷告时读一读那个善用自己银子和才干（talent）的男人的故事。[12]我想他可能觉得我的良知能校正性别问题。"（L285）"南海玫瑰"无疑就是她种的山茶花，1825年以后风靡美国温室。它常与狄金森1866年3月致霍兰那封眉飞色舞的短信中所说的"香料群岛"相连，信中艾米莉还赞美了山茶花的香氛（L315）。但是令山茶花声誉鹊起的，还是小仲马的名作《茶花女》（*La Dame aux Camélias*, 1855）。在美国家喻户晓的《茶花女》版本，其副标题就是"半上流社会"（*Le Demi-Monde*）。既然爱德华·狄金森号称为女儿建了冬天也能养花的温室，那么当他"发现"女儿"照料"（无非就是浇水施肥）山茶花时，为何又要阻止女儿，并打算诉诸其"良知"，提醒她不要忘了自己的"才干"：他指的大概是烘焙，而非写作。也许，从基督徒角度出发，父亲觉得艾米莉对花朵的热爱太过分，缺了些宗教虔诚。又或许，身为律师，她那理智的父亲担心莳弄山茶花会搅乱女儿的神志，令她沾染上世俗虚荣和"半上流社会"的陋习。娇嫩华美的山茶花当然不会像"清教徒花园"中的其他花卉一样，令人立即联想到坚韧与勤恳（L685）。这则轶事表明，艾米莉·狄金森对园艺的热爱，一如对诗歌的热爱，并非完全获得家人的支持；某些情况下，只有在更隐秘、更自我的黎明时刻，她才得以沉醉其间。

因此，再次想起她的"六月必临，玉米割后"时，我们就更能体会她承诺的重量。当狄金森在诗中将印第安夏日称作"六月"时，她表达的正是自己对存在延续性的笃信。在花朵的生死复活循环中，她找到了对永生承诺的希望以及有证明力的符号。（称死亡为"尼罗"时，她一定想到了埃及人尊尼罗为丰饶之神，而埃及人死后要航行过尼罗之水才能抵达永生［L318］）。园艺给了艾米莉·狄金森另一个世界，其中有另一种生命形态，等着她去了解，去守护，去爱。因为花园，避世隐居的诗人在更广阔的意义上融入了维多利亚时代中叶的女性群体。花园构成了她的主题与修辞，并以其精致丰腴的语言意象而令艾米莉与同时代艺术家们紧密相连。走出家门，来到花园（图36），她便邂逅了能亲身参与和感受的舞台，正是在这里，她品尝着成功与挫败，狂喜与失望。

花园同样给了她一扇"通往""尘世大地之门"。在花园中，她得以与土地、自然亲密接触，感受其中的伟力与美。于是大地不再是可怖的坟墓，狄金森发现了它的另一个名字。狄金森的自我认同仰赖于她的艺术。但是或许只有花园才能真正诱惑她相信"多年生花朵"与"某个六月"确实存在，相信在永生之中，将"再没有荒凉正午"，"再没有寒霜将临的恐惧"（F230）令她胆战心惊。

尾声 园丁四季

图36 家园后门，有通往远处花园的小径

注释

1. 艾米莉·狄金森1878年前后在给托马斯·菲尔德夫人（Mrs. Thomas Field）的信中写道："祝福之花冲淡了被逐出伊甸的悲哀。我没有对《创世记》不敬之意，但我要说，伊甸长存。"（L552）"逐出伊甸"或许典出托马斯·科尔的名画《逐出伊甸园》。纯净的美国风景中"伊甸长存"，这一看法也源自科尔的《美国风景随笔》（Essay on American Scenery, 1836）。狄金森在玛丽·莱昂女子学院时期的绘画教师奥拉·怀特（Orra White），很可能引领她走进了其所深爱的19世纪40年代新英格兰地区诗人-画家的作品世界。

2. 该说法出自心理医生约翰·F. 麦克德莫特（John F. McDermott）与南茜·安德里亚森（Nancy Andreasen）。参见《华盛顿邮报》（The Washington Post, May 14, 2001, A7）。

3. 参见罗宾·阿斯利森、芭芭拉·摩尔《自然对谈：19世纪美国风景与文学》（Dialogue with Nature: Landscape and Literature in Nineteenth-Century America, Washington, D. C.: The Corcoran Gallery of Art, 1985），第27页。

4. 安德鲁·威尔顿（Andrew Wilton）:《新旧世界的崇高》（"The Sublime in the Old World and the New"），安德鲁·威尔顿、蒂姆·巴林格（Tim Barringer）编《美式崇高：合众国的风景绘画（1820—1880）》（American Sublime: Landscape Painting in the United States, 1820–1880. Princeton, N. J.: Princeton University Press, 2002），第25页。

5. 据牛津英文大辞典，"清凉干爽、雾气氤氲的温和天气"一般出现在10月下旬或11月。形容词"印第安"的来由众说纷纭：有说源自印第安人信仰的西南之神考坦图维特（Cautantowwit），有说因为印第安人会在入冬之前袭击白人定居点，有说由于回暖天气神秘莫测如同"印第安"战争，还有人认为秋季色彩酷似印第安服饰。

6. 阿尔弗雷德·哈贝格：《我的书本之战》，第156、161页。

7. 又称"不工整韵"，意指韵脚较为随意，不追求工整。——译者注

8. 在《艾米莉·狄金森与加尔文教派的圣餐传统》（"Emily Dickinson and the Calvinist Sacramental Tradition"，ESQ, vol. 33 [2nd quarter 1987]）中，

简·多纳休·艾伯维恩（Jane Donahue Eberwein）曾有洞见："[狄金森]在[诗中]所感受到的'看不见的弥撒'如安魂曲般抚慰着信众，向他们许诺着一个包容并超越了死亡的宇宙秩序。"（第76页）

9　哈罗德·布鲁姆：《西方正典》（New York: Harcourt Brace, 1994），第295页。

10　参见朱迪丝·（班泽[Banzer]·）法尔《"混合风格"：艾米莉·狄金森与玄学派诗人》（"'Compound Manner': Emily Dickinson and the Metaphysical Poets", 1961），艾德文·H. 卡迪（Edwin H. Cady）、路易丝·J. 巴德（Louis J. Budd）编《论狄金森："美国文学"佳作选》（*On Dickinson: The Best From "American Literature"*, Durham, N. C.: Duke University Press, 1990）。该文比较分析了狄金森与约翰·邓恩、乔治·赫伯特及亨利·沃恩等人作品意象、技巧等方面的相似之处，讨论她在《斯普林菲尔德共和报》上发表的玄学派风格诗歌，并综述了霍顿图书馆狄金森藏书中玄学派作品内的艾米莉铅笔手迹——轻浅、层叠，迥异于苏珊·狄金森浓重粗犷的划线风格。

11　玛莎·内尔·史密斯和艾伦·路易丝·哈特提醒读者注意，苏珊之所以未能编成艾米莉·狄金森诗集，或许是因其打算"巨细无遗地收齐艾米莉的全部作品：书信、幽默随笔与速写图画"。哈特、史密斯编《小心轻翻》，第xvi页。1883年八岁儿子的夭折以及奥斯丁与梅布尔·陶德的婚外情事，令苏珊伤心崩溃，无力亦无心再去编辑诗集。

12　参见《马太福音》（24:14-30）。——编者注

附录　艾米莉·狄金森手植花木表

本表整理自艾米莉·狄金森的书信与他人（如其侄女玛莎·狄金森·比安奇等）的回忆。艾米莉·狄金森曾在花园与温室中摆放的花卉（包括她种植的花卉以及三叶草、蒲公英等林间野花）如下：

Amaryllis	火焰兰
Anemone	银莲花
Arbutus	藤地莓
Aster	紫菀
Baby's breath	满天星
Balsam	凤仙花
Bleeding heart	荷包牡丹
Buttercup	金凤花
Camellia	山茶花

Campanula	风铃草
Chrysanthemum	菊花
Clematis	铁线莲
Clover	三叶草
Columbine	耧斗菜
Cowslip	西洋樱草
Crocus	番红花
Daffodil	黄水仙
Dahlia	大丽花
Daisy	雏菊
Dandelion	蒲公英
Daphne odora	瑞香
Delphinium	翠雀（飞燕草）
Dianthus	石竹
Fern	蕨类
Forget-me-not	勿忘我
Foxglove	毛地黄
Fritillaria	贝母
Fuchsia	倒挂金钟
Gardenia	栀子
Gentian	龙胆
Geranium	老鹳草（Cranesbill）

Harebell	蓝铃花
Heliotrope	天芥菜
Hollyhock	蜀葵
Honeysuckle	忍冬
Hyacith	风信子
Iris	鸢尾花
Jasmine	茉莉
Jockey club	赛马会萱草
Lady's slipper orchid	拖鞋兰
Lilac	丁香
Lilies	百合类（Daylily 白日百合，Oriental lily 东方百合，Pond lily 睡莲）
Lily-of-the-valley	铃兰（山谷百合）
Lobelia	半边莲
Marigold	金盏花
Mignonette	木犀草
Mock orange	山梅花
Narcissus	水仙
Oleander	夹竹桃
Peony	芍药
Phlox	草夹竹桃
Pomegranate	石榴

	Primrose	报春花
	Rhododendron	杜鹃
	Rhodora	北美杜鹃
	Rose	玫瑰（Old / Bourbon rose 传统玫瑰或波旁玫瑰，Damask 大马士革玫瑰，China / Tea rose 中国月季或茶香月季，Sweet Briar rose 多花玫瑰，Calico rose 卡里柯玫瑰，Harrison's Yellow 哈里森黄玫瑰，以及其他品种）
	Salvia	鼠尾草
	Snapdragon	金鱼草
	Star-of-Bethlehem	虎眼万年青（伯利恒之星）
	Sweet alyssum	香雪球
	Sweet pea	甜豌豆
	Trillium	延龄草
	Verbena	马鞭草
	Violet	堇菜
	Zinnia	百日草

图片版权

P. 22: Indian pipes painted by Mabel Loomis Todd, Amherst College Archives and Special Collections.

P. 45: Bowles, Samuel, 1826–1878. Dickinson Family Photographs, Houghton Library, Harvard University. MS Am 118.99b (6).

P. 54: Jasmine from *Curtis's Botanical Magazine*, 1787. Dumbarton Oaks, Trustees for Harvard University, Studies in Landscape Architecture.

P. 59: Facsimile of Emily Dickinson's "Jasmin" note. The Rosenbach Museum and Library.

P. 62: Dickinson, Susan Huntington, 1830–1913. Portrait, undated. Dickinson Family Photographs, Houghton Library, Harvard University. MS Am 118.99b (29.1).

P. 63: *Fritillaria imperialis* (Crown Imperial). Dumbarton Oaks, Trustees for Harvard University, Studies in Landscape Architecture.

P. 70: Judge Otis Phillips Lord. Todd-Bingham Picture Collection (MS 496E). Manuscripts and Archives, Yale University Library.

P. 78: Thomas Wentworth Higginson, c. 1860. Boston Public Library, Rare Books Department, courtesy of the Trustees.

P. 81: Fra Filippo Lippi, *The Annunciation*. National Gallery of Art, Washington.

P. 83: Untitled (young woman with lilies), Harvard Art Museums/ Fogg Museum, Gift of Montgomery S. Bradley and Cameron Bradley, ©President and Fellows of Harvard College, P1984.60.

P. 88: Daylily from *Curtis's Botanical Magazine*, 1788. Dumbarton Oaks, Trustees for Harvard University, Studies in Landscape Architecture.

P. 104: Emily Dickinson, daguerrotype taken in 1847, Amherst College Archives and Special Collections.

P. 107: Mary Cassatt, *Lydia Crocheting in the Garden at Marly* (1880). Metropolitan Museum of Art.

P. 108: Eastman Johnson, *Hollyhocks* (1876). New Britain Museum of American Art.

P. 109: Frederick Frieseke, *Hollyhocks*. National Academy of Design, New York.

P. 117: Gabriella F. (Eddy) White, "Dandelion" from *Flowers of America* (1876). Houghton Library, Harvard University. MS Typ 598.

P. 121: Fidelia Bridges, *Calla Lily* (1875). Brooklyn Museum of Art.

P. 130: Herbarium, ca. 1839–1846. Houghton Library, Harvard University. MS Am 1118.11.

P. 132: Mabel Loomis Todd Papers (MS 496C). Manuscripts and Archives, Yale University Library.

P. 138: Gabriella F. (Eddy) White, "Lady's Slipper" from *Flowers of America* (1876). Houghton Library, Harvard University. MS Typ 598.

P. 153: Herbarium, ca. 1839–1846. Houghton Library, Harvard University. MS Am 1118.11.

P. 176: Lady's slipper from *Curtis's Botanical Magazine*, 1792. Dumbarton Oaks, Trustees for Harvard University, Studies in Landscape Architecture.

P. 192: Winslow Homer, *The Butterfly* (1872). Cooper Hewitt, National Design Museum, Smithsonian Institution.

P. 195: Maria Sibylla Merian, hand-colored engraving. National Museum of Women in the Arts.

P. 196: The Dickinson Homestead. Dickinson Family Photographs, Houghton Library, Harvard University. MS Am 118.99b (79).

P. 205: Martin Johnson Heade, *Orchids and Hummingbird*. Museum of Fine Arts, Boston.

P. 212: Walter Howell Deverell, *A Pet* (1853). Tate Gallery, London.

P. 218: Double narcissus from *Curtis's Botanical Magazine*, 1797. Dumbarton Oaks, Trustees for Harvard University, Studies in Landscape Architecture.

P. 230: Lithograph view of Main Street, Amherst, in 1840. By permission of the Jones Library, Amherst, Massachusetts.

P. 266: Winslow Homer, *At the Window* (1872). Princeton University Art Museum.

P. 273: Clarissa Munger Badger, "Fringed Gentian" from *Wild Flowers of America* (1859). Houghton Library, Harvard University.

P. 281: The Dickinson grounds today. Courtesy of the Emily Dickinson Museum and the Trustees of Amherst College. Photograph by Frank Ward.

P. 282: Emily Dickinson's garden today. Courtesy of the Emily Dickinson Museum and the Trustees of Amherst College. Photograph by Frank Ward.

P. 285: Jeremiah Hardy, *The Artist's Rose Garden* (1855). Colby College Museum of Art.

P. 347: Bullard, Otis A. The Dickinson children. Dickinson Room Collection, Houghton Library, Harvard University.

P. 375: Rear door of the Homestead. By permission of the Jones Library, Amherst, Massachusetts.

致 谢

衷心感谢帮助我搜集本书研究资料与图片的图书馆馆长、珍本馆藏管理员及博物馆馆员。感谢哈佛大学霍顿图书馆手稿部主管莱斯利·A. 莫里斯（Leslie A. Morris）及其部门馆员苏珊·哈尔伯特（Susan Halpert），帮我搜索狄金森手稿以及狄金森家族成员、友人与宅邸照片；感谢马萨诸塞州阿默斯特琼斯图书馆（Jones Library）特殊馆藏部主管泰维斯·金博尔（Tevis Kimball），帮助我大海捞针般遍寻线索；感谢阿默斯特狄金森博物馆馆长辛西娅·狄金森（Cynthia Dickinson），为我介绍19世纪狄金森花园的相关情况；感谢阿默斯特学院图书馆特殊馆藏部主管达利亚·狄阿里恩佐（Daria D'Arienzo）。

本书其他相关资料与图片，我要向下列人士及机构致以谢忱：哈佛大学美术馆的多萝西·达威拉（Dorothy Davila）与米歇尔·拉姆尼耶（Michelle Lamuniere）；哈佛大学景观建筑学敦巴顿橡胶园

（Dumbarton Oaks）研究珍本图书馆馆员琳达·洛特（Linda Lott）；霍顿图书馆印刷与图像艺术部主管霍珀·玛尤（Hope Mayo）及其部门馆员托马斯·福特（Thomas Ford）；波士顿美术馆的乔纳森·莱特福特（Jonathan Lightfoot）；我的母校耶鲁大学图书馆手稿档案部文献管理员达内尔·穆恩（Danelle Moon），在搜集复印所需手稿与图片方面，她的高效敏捷与低廉收费都令我受益匪浅；华盛顿国家美术馆与布鲁克林美术馆的管理人员；波士顿公共图书馆珍本手稿部管理员罗伯塔·宗吉（Roberta Zonghi）；史密森学会的库珀－休伊特（Cooper-Hewitt）国家设计博物馆的管理人员；国家妇女艺术博物馆助理编辑凯西·福莱（Cathy Frye）；纽约大都会美术馆摄影部朱莉·采夫泰尔（Julie Zeftel）；康涅狄格新不列颠美术馆主管梅尔·埃利斯（Mel Ellis）；缅因州沃特维尔（Watervill）科尔比学院（Colby College）美术馆的管理人员；费城罗森巴赫（Rosenbach）博物图书馆馆员伊丽莎白·E. 富勒（Elizabeth E. Fuller）；伦敦泰特美术馆的克里斯托弗·韦伯斯特（Christopher Webster）。

感谢布朗大学图书馆玛莎·狄金森·比安奇藏品主管马克·布朗（Mark Brown），帮助我检索出了花园与园艺相关文本。

本书中的两幅插图——《家园后门》与《阿默斯特主街石版画》——转引自波利·朗斯沃思《艾米莉·狄金森的世界》(*The World of Emily Dickinson*, New York, 1990）。

与哈佛大学出版社的优秀编辑们共事，令人倍感愉悦。人文部主任玛格丽塔·富尔顿（Margaretta Fulton）的睿智、机敏与干练，帮助本书获得了一幅重要绘画的图像使用授权。感谢她的得力助手艾利克斯·摩根（Alex Morgan）。资深编辑兼作家玛丽·艾伦·基尔（Mary Ellen Geer），她的审慎、精准与感性，都为本书增色。美编玛丽安·珀拉克（Marianne Perlack），作为一名极富想象力的园丁，她为本书设计的封面相当出色。

路易丝深爱的丈夫，刚刚过世的爱德华·卡特二世（Edward Carter II），为本书定下了标题。听闻我和路易丝打算合作一项关于"艾米莉·狄金森的花园"的研究时，泰德[1]悄声说："做书名挺好的。"很遗憾，多希望他还活着，能亲眼看到本书问世！

小乔治·F. 法尔（George F. Farr, Jr.），我的丈夫，四十年的婚姻（我的写作）生涯里，总会不断被要求："读读这个！""快说你觉得怎么样！"对他，我的"感恩永在/纵然方尖碑倒塌"。他的专业建议与由衷认同，他对我所倾慕的诗人的耐心欣赏，还有他为我抵挡俗务的慷慨大度，所有这一切，我只能说一声谢谢，而谢谢远不能尽意。

最后，我要说说本书出版过程中发生的一件奇事。狄金森诗集1890年初次出版时，波士顿罗伯茨兄弟公司选择了一幅白色水晶兰图画作为封面。这幅画出自狄金森的首任编辑梅布尔·卢米斯·陶德的手笔。白色水晶兰是狄金森的"一生至爱"，她常在家园附近的原野上遍搜其芳踪。即使在狄金森时代，这种鬼魅神秘的白花便已

---

[1] 爱德华昵称。——译者注

是难得一见的珍奇植物了。然而,就在玛丽·艾伦·基尔编辑本书之时,她家墙下阴凉处却蓦然开出了一簇银白水晶兰。"艾米莉向你致意呢",我开着玩笑。归根结底,"天上人间,未知茫茫……"

缅怀朱迪丝·法尔[1]

十几岁的时候，朱迪丝·班泽在一次诗歌大赛中获奖，大赛评委是玛丽安·摩尔，这位资深诗人给朱迪丝提出了这样的忠告："如果你想成为一个作家，就永远不要结婚，并远离女巨人。"根据法尔对这段对话的回忆，"女巨人"是指艾米莉·狄金森。幸运的是，为了个人幸福，这位年轻的作家漠视了第一条禁令，嫁给了乔治·法尔，他们是耶鲁大学的研究生同学。朱迪丝将她的学术热情倾注在这位阿默斯特诗人身上，对于狄金森学术的发展而言，这也是一大幸事。她以同样饱满的热情传授莎士比亚和狄金森的作品，对华盛顿特区狄金森小组的诞生发挥了奠基性作用。为了心爱的诗人，她撰写了

---

1 简·唐纳修·埃伯温（Jane Donahue Eberwein）:《缅怀朱迪斯·法尔（1936—2021）》（"In Memoriam Judith Farr [1936–2021]"），《艾米莉·狄金森国际学会通讯》（vol. 33, no.2）。本文为中文版特别收录，蔡宜凡译，王柏华审订，特此致谢。

三部作品：《艾米莉·狄金森的激情》（1992）、《我从未穿着白衣走近你》（1996）、《艾米莉·狄金森的花园》（2004），并编辑了《艾米莉·狄金森批评文集》（1996）。

法尔也写过其他作家，比如《埃莉诺·怀利的生活与艺术》（1983），以及论述夏洛蒂·勃朗特、艾米莉·勃朗特、埃德娜·米莱、D. H. 劳伦斯的文章。然而，直到去世的那一周，她也从未放弃写诗，包括几首以她挚爱的诗人为主题的诗歌。朱迪丝·法尔将她所有的著作都献给了她心爱的乔治，并在《艾米莉·狄金森的激情》中向儿子亚力克致谢，足见她漫长而幸福的婚姻与她丰富的文学成就是密不可分的。

在狄金森研究中，法尔聚焦艺术，同时采取广泛的文化视角，这反映了她个人对艺术的热情。她的父亲是音乐家，母亲热爱诗歌，两人都酷爱视觉艺术，喜欢带法尔参观博物馆，这培养了她对艺术的全面赏鉴能力。通过她母亲与博物馆员普里西拉·帕克（Priscilla Parke）的友谊，童年时期的朱迪丝多次访问狄金森故居，当成年人在楼下交谈时，甚至允许她单独待在诗人的卧室里。后来，读研究生期间，她曾在当时玛丽·汉普森居住的永青邸（诗人兄嫂的住宅）从事研究；在耶鲁大学，她与狄金森权威传记的作者理查德·休厄尔建立了友谊。

《艾米莉·狄金森的激情》是法尔最知名的论著，它细致入微地将狄金森置于诗人与她的亲密朋友所共享的多元文化语境中，至今仍是一项极富启发性的研究。它聚焦诗人对苏珊·吉尔伯特·狄金森和塞缪尔·鲍尔斯的激情,这一点颇引人注目,但最关键的是,该书有力地证明了共同的文艺热情对于狄金森的重要性。在解读寄给苏珊和鲍尔斯的信件和诗歌时,《艾米莉·狄金森的激情》周详地关注莎士比亚的典故(尤其是《安东尼和克莉奥佩特拉》的典故),还有诗人对维多利亚小说(尤其是《简·爱》)和诗歌(特别是《奥罗拉·利》)的引用,以及来源丰富的艺术灵感,从约翰·罗斯金的散文到托马斯·科尔、弗雷德里克·丘奇的画作(不辞辛苦地溯源到狄金森家订阅的期刊报纸)。法尔清楚地确立了狄金森对19世纪文化的回应,其动力来源于"描绘'时间的永恒'",并认识到"无限的有限性"(第302页)。她对特定诗歌的解读展现出清晰而有力的洞见。除了她,还有谁会注意到破折号是最接近笔画的标点?然而,对于近年来流行文化中有关艾米莉和苏珊之关系的假设,法尔有不同见解。她提到,此前她已回答了休厄尔有关狄金森如何能同时爱上苏珊和鲍尔斯的质疑:"这不是我的论点,我只是说这两人有类似的品质,她被吸引了。"

《艾米莉·狄金森的花园》也呈现出同样深度的文化语境。与《艾米莉·狄金森的激情》一样,法尔在信件和诗歌中发现了一些编码语言,它们反映了与狄金森几乎所有的亲密朋友(她指出,查尔斯·沃兹沃思可能是个例外)共享的敏感。为了理解狄金森有关花草的诗歌和信件所受的文化影响,法尔引述了大量研究材料,从艺术期刊到托马斯·温特沃斯·希金森和约翰·罗斯金等人的自然散论,还有维多利亚时代的诗歌与小说,再到《圣经》,甚至种子名录以及有关花语的期刊杂著。显然,她也借鉴了自己的园艺经验。一个令人愉悦的例子是法尔对悬挂茉莉的推测,可用来证明她研究方法的综合性、学术性和个人性。茉莉花在狄金森家的温室中享有特殊地位,鲍尔斯曾送给狄金森一株茉莉作为礼物,诗人在一封寄给鲍尔斯的儿子的书信中提到此事,苏珊在为艾米莉写的讣告中也特别提到了它。法尔在这些材料之外,加入了自己的花卉实验成果:

> 作为一个尝试在室内长期种植茉莉的人,我可以证明茉莉非常娇贵难养。艾米莉·狄金森很可能花了极大的工夫,夏天将她的茉莉放在花园中合适的位置养大,到了冬天再将其挪入温室,还要确保室内温度不低于40度,不高于60度,有时要施肥,有时又要停止营养,要喷水,要修剪,还要盖上帆布保护好,最终——花期只有一周——也许花会奖赏她,绽放星云般灿烂的花朵,那天堂般的甘甜芳馨,将令一切艰苦劳累都烟消云散。

法尔预计会有读者也想复制狄金森花园的特色,于是在《艾米莉·狄金森的花园》中安排了补充章节,由路易丝·卡特撰写,提供花卉栽培的技术性指导建议。这本书启发了2010年在纽约植物园举办的再造狄金森园艺的展览。据乔治·法尔回忆,朱迪丝担任了展览的高级顾问,召集了一个咨询委员会,撰写了目录手册上的短论,并在展览结束时发表了演讲。

对狄金森来说，花儿启发了对生命、死亡和再生的思考，它们以完美而脆弱激发着诗人的想象力。在《艾米莉·狄金森批评文集》的"导言"中，法尔表明，这些主题以及不朽和人类的普遍境况，正是狄金森的关注核心："人类在凄美的世界上的复杂命运，以及人文精神在未来的机遇"（第2页）。这也是法尔的一个机遇，让她反思如何推动狄金森学术研究。她特别关注拉尔夫·富兰克林的《艾米莉·狄金森的手稿册》，以及以何种方式复制这些手稿册。

在解读"正是这样－耶稣－敲门－"时，法尔将苏珊作为这首诗的收件人，将威廉·霍尔曼·亨特的名画《世界之光》作为其拉斐尔前派的艺术灵感，将手稿本身的视觉外观作为解释的关键。她特别指出了"一只狂放的手造成的几乎与笔画相差无几的松散字母（尤其是A、W、g和y）"所达到的效果，同时把这首诗与同册中的下一首诗联系起来。她问道："狄金森是有意这样做的吗？"而后回答："我们的工作需要同时兼顾看到的东西和读到的文字。"（第16—17页）

法尔的书信体小说《我从未穿着白衣走近你》精彩地展现了她大胆求新的创造精神，主要讲述了少女艾米莉在霍利约克女子学院的一年。小说以玛格丽特·曼（狄金森的修辞学导师）和希金森在1890年《艾米莉·狄金森诗集》出版后不久的信件往来作为叙述框架，通过艾米莉的各种书信来演绎故事，包括她写给自己的信，写给苏珊·吉尔伯特和阿比亚·鲁特等朋友的信、写给艾米莉·诺克罗斯和奥斯丁·狄金森等家人的信，以及写给"一个神秘的人"，诗人的缪斯,"那唯一重要的人"(第216页)的信。按照小说的描述,可能是以下因素造成了艾米莉的短期离家出走:少女的恶作剧、同学的嫉妒、一位老师对狄金森的敌意,法尔认为此人是所谓"自封的诗人和文学专家,在狄金森生前和身后对其作品表示蔑视"(第219页)。尽管法尔任由自己畅想狄金森可能会写出什么样的早期试探性诗作,但这部小说也和法尔的学术著作一样,引入了大量档案研究。

  法尔的著作诞生于狄金森学术研究蓬勃发展时期,受到休厄尔的传记、富兰克林的编辑工作和活跃的女权主义批评家的影响。作为华盛顿特区狄金森小组的创始成员,朱迪丝·法尔慷慨好客,在她的感召和帮助下,狄金森爱好者得以聚集到一起。当年的朋友们感激地回忆,法尔欢迎大家来到她的家里和花园里,又在她任教的乔治敦大学争取到会议室,并于1986年福尔杰图书馆的百年纪念会议上,讲述狄金森家族在华盛顿的经历。玛莎·内尔·史密斯说:"在狄金森和诗歌研究领域,朱迪丝既是一座高塔,也是一块基石。"后来,法尔多次参与艾米莉·狄金森国际协会的会议,特别是2000年,她在圣保罗举行的年会上发表了主旨演讲。

  上述卓越的成果每一项都来之不易。法尔深受关节炎之苦,被迫提前退休,后来几乎足不出户,就像狄金森离不开家宅一样。后来,由于心脏问题,法尔的病情每况愈下,最终导致她在2021年6月17日去世。但是,和狄金森一样,法尔通过写作与世界交往。一开始,她用亮蓝色墨水写信,就像艺术品一般,后来使用电子邮件,她的邮件也总是措辞精美,令人愉悦。她富有同情心,总是对患难者伸出援手。她的来信常常包含个人的回忆（我在这里引用了一些），对收信人正在从事的工作提供鼓励，对喜讯表达祝贺，并分享她对狄金森研究乃至国计民生的思考。她曾说过："狄金森待人温柔，我赞赏她也是因为这一点。"她本人的信件也显示出类似的深情厚谊。她的朋友珍藏着这样的记忆：她为受歧视者仗义执言，为身边陷入医疗危机的人提供帮助，与命蹇者同悲同泣，甚至为一只小猫写了一首挽歌。

只要健康条件允许，法尔总是乐于为狄金森发表演讲，她曾在美国国会图书馆、美国国家艺术馆和华盛顿的圣奥尔本教堂（该次演讲聚焦"艾米莉·狄金森与永恒"）举办过关于狄金森的讲座。法尔深知狄金森艺术的力量，这种力量和现代社会的挑战有密不可分的联系，她渴望将它们传递给大众，因此尽力接受了包括访谈、电台演说和采访等各种形式的邀约。乔治·法尔回忆道，法尔的演讲，借助于精挑细选的图像资料，受到热烈欢迎。她的教学也是如此，她与从前的学生一直保持着积极的联络，一些学生曾写信告诉她，她的课程对他们具有多么重要的意义。法尔撰写了第二部小说《莫莉和李先生》，聚焦罗伯特·E. 李家中的女性，但在手稿完成之际，正赶上邦联领袖的雕像被拆毁，法尔家公寓附近的国家大教堂的窗户上，李和"石墙"杰克逊的彩色玻璃图像也被拆除了。法尔说，她的文学经纪人因此担心收到邮件炸弹。她曾计划完成一部自传性作品，描写她作为女性在由男性主导的学术界的经历：她是几所传统男校（尽管也在瓦萨学院）里具有开创性的女性，也是乔治敦大学英文系里第一位女性全职教授。由于对性别歧视感同身受，她总是对身边的女性提供支持和指导。在学术领域以外，她热情好客，喜爱烹饪，是一对双胞胎的祖母，并以此为乐。

朱迪丝·法尔的最后一本书《彼岸是什么：诗集》（2019），以早期诗集《欲望的风景》（2001）为基础，汇集了她对家庭、学生时代、婚姻爱情、文学、视觉艺术和历史的思考。直到病逝前，她还在写诗，并拟好了诗集的书名《半开的门》。正如埃莉诺·赫金博瑟姆在法尔的葬礼上发表的悼词所言："她是学者星系中一颗璀璨的明星，此刻，是诗歌在言说，跨越彼岸，无论'彼岸是什么'。"在2019年的诗集中，有一组特殊的诗作，共五首，为艾米莉·狄金森而作。最后一首诗回到了最近刚刚修复的狄金森卧室，最后几行诗不仅可以献给那位"女神"，法尔深爱的诗人狄金森，也刚好可以献给法尔自己：

......永恒等待着她，如荒野，唯有她能造就出一个绚丽的花园，一个永存的世界，没有终结。

简·唐纳修·埃伯温

译后记

这是一本充满私人记忆与体验的亲密之书。艾米丽·狄金森之于朱迪丝·法尔，远不止是"谋生之道"（萨义德语），更是点亮自我与世界奥妙的启蒙之光。在霍顿图书馆中，朱迪丝陪着妈妈翻开狄金森的《圣经》，一片三叶草夹在其中，书页上是狄金森的文字：采自父亲的墓地。对于年幼的朱迪丝来说，这个瞬间如此神圣，采摘三叶草的悲戚少女与才华绝伦的天才诗人，交织成奇异的光彩，普照着这个亲情充盈的小小空间。用法尔自己的话说："正如狄金森的许许多多读者一样，我的一生都在那最初的时刻得到了形塑与指引，与艾米丽·狄金森的精神同在。"艾米丽·狄金森的诗与花，为法尔和我们打开了观照世界的另一双眼睛。漫山遍野的郁金香，是花布裹头的土耳其大军；深秋的第一缕寒霜，是冷酷无情的一吻爱人；大地上独一无二、错过不再的白日百合；追随太阳光辉直至凋残的小雏菊；还有幽暗之中诗人挚爱终生的水晶兰。狄金森巧智盎然的机锋典故，缠绕着野花珍卉、飞鸟小虫，令读者在广袤自然之中，常常蓦然寻得诗境。那样的珍贵时刻里，我们也如法尔一样，不断邂逅狄金森送上的小小惊喜。在另一双眼睛的指引下，自然与世界，瞬间有了超乎日常生活的奇异维度——我们似乎超越了平凡人生，拥有了对话自然的神秘力量，天地万物皆有情。

园丁四季。从秋到夏，《狄金森的花园》陪我度过了四季。日常的伏案工作，常令人焦虑，初心似已遥不可及。感谢箭飞老师，一通电话将我抽离，到狄金森与法尔的文字花园中快意畅游。书稿结尾，译至法尔对布鲁姆的致敬，不禁怀想十几年前，初到珞珈，追随老师，那些青春激扬、纵论天下的日子，历历如在眼前。

感谢哲萌师妹促成本书问世，感谢宇声编辑。

感谢我的先生张凇纶博士，我的"大师"，你的身份不会成谜——法学院的学究、翻译圈的新秀。风风雨雨，一路相伴，永远感谢你的支持与包容。

这本译作要特别送给最亲爱的儿子敏衡小朋友，秋冬春夏，四季之间，你陪妈妈穿越温带与热带，识花觅草，一路相伴。妈妈的翻译时间，是你的下午长觉；一本书终了，你的午觉也没了。明年春天，你还会不会认得，门前盛开的"金丝绒毛"？

南京·2018.11

匆匆几度春秋，南京门前的金丝芙蓉已换成了广州街头明媚高大的木棉树，幼儿园的小朋友也转眼间长成了小学生。亚热带的炎夏之中，重校《狄金森的花园》，替诗人忧心新英格兰那冷酷的冬日寒霜。从翻译到出版，三年之中，艾米莉·狄金森的诗句与朱迪丝·法尔灵动亲切的论述，伴我度过了身份与生活的转折变换。人生如逆旅，"舟行伊甸"，海上总有意想不到的"抛锚"之地。

感谢编辑刘涓师妹，谢谢你细水长流的耐心与细致。

卢文婷

广州·2020.6